当代中国最具实力中青年作家作品选

全民阅读精品文库

U0737399

午夜蝴蝶

胡学文中短篇小说选

胡学文/著

中国言实出版社

图书在版编目（CIP）数据

午夜蝴蝶：胡学文中短篇小说选 / 胡学文著. —
北京：中国言实出版社，2016.1
ISBN 978-7-5171-1701-8

Ⅰ.①午… Ⅱ.①胡… Ⅲ.①中篇小说—小说集—中
国—当代②短篇小说—小说集—中国—当代 Ⅳ.①I247.7

中国版本图书馆 CIP 数据核字（2015）第 292881 号

出 版 人：王昕朋
责任编辑：胡　明
文字编辑：张凯琳
美术编辑：张美玲

出版发行　　中国言实出版社

地　　址：北京市朝阳区北苑路 180 号加利大厦 5 号楼 105 室
邮　编：100101
编辑部：北京市西城区百万庄大街甲 16 号五层
邮　编：100037
电　话：64924853 （总编室）64924716 （发行部）
网　　址：www.zgyscbs.cn
E-mail：zgyscbs@263.net

经　　销　　新华书店
印　　刷　　北京温林源印刷有限公司
版　　次　　2016 年 1 月第 1 版　　2016 年 1 月第 1 次印刷
规　　格　　710 毫米 × 1000 毫米　　1/16　　印张 20.75
字　　数　　340 千字
定　　价　　43.00元　　ISBN 978-7-5171-1701-8

目录

罪　犯

1

我不太喜欢老马这个人。可老马是我的顶头上司，我躲不开他，就像躲不开自己的影子。每天上班后，我打了水、拖了地、擦了桌子，往那儿一坐，老马就进来了。老马布置完工作，肯定要问我一句，小陈，最近乡下有什么新闻没有？这时大家的目光就齐刷刷聚到我脸上，那情形跟刀切菜差不多。我摇头后，老马便遗憾地说，操。仿佛乡下没新闻完全是我造成的。自从李雅分到我们办公室，老马就开始问我这个问题了。我知道老马是怕我和李雅好上。李雅性格活泼，是那种纯情的城市女孩，挺讨人喜欢。而我是大龄青年，觊觎李雅的动机最大。老马在暗示我是从乡下来的，不能随随便便喜欢城里女孩。我觉得老马的目的达到了，我本来快枯死的自卑感开始发芽了。说实话，我确实打过李雅的主意，可现在我不再有那个念头了。那天，老马问完，我突发奇想，为什么不去乡下倒腾点新闻呢？我从来没给老马送过礼物，现在，该琢磨琢磨这个问题了。

"十一"放假，我回了老家。乡下亲戚虽多，可我一般住在二姨家，这样随便些。二姨家开了个小商店，也就半间房大，主要经营烟酒副食，利润不大，可凭借这个小店，二姨家的日子还算滋润。我到时，已是傍晚了。我一进门，二姨惊喜地说，怎么不提前打个电话？我将两瓶酒和几盒月饼放到柜上，二姨便啧怪我，回就回来嘛，买什么东西？我无言笑笑。二姨沏了杯茶，让我先喝着，说等我二姨夫回来一块儿吃饭。我问二姨夫干什么去了，二姨的神色暗下来，说去了村部。二姨顿了顿，又说，你不知道吧，莫老大的闺女让人强奸了。二姨是个藏不住事的人，没等我往下问，二姨就全兜出来了。前两天，莫老大的闺女一个人割地时，遭人强奸。这几天，县刑警队正在调查。因为罪犯先蒙住了莫老大闺女的眼，因此刑警队断定强奸犯和莫老大闺女认识。刑警队在村里展开了调查，村里的男人都是调查对象。我二姨夫去村部是接受刑警的问讯去了。

正说着，二姨夫回来了。一进门就说，我眼皮子老跳，知道家里要来客了。二姨夫的神情看不出什么，二姨问他刑警队问了些什么，二姨夫说，还能问什么，乱七八糟的。

我和二姨夫喝酒时，二姨夫直叹莫老大命苦。莫老大的女人去年病逝，闺女准备年底结婚，没想到又出了这么一档子事。整个村子都人心惶惶，好像丢了魂似的。

我喝了不少酒，第二天依然头昏脑涨的。我没有出去，躺在屋里翻几本旧杂志。快中午时，二姨急匆匆地进来，连说，交代了交代了。我莫名其妙。二姨说，强奸莫老大闺女的人交代了，你猜猜是谁？你肯定猜不出，是杨六指。我愣了一下，二姨说，你说，杨六指怎么能干出这种事？二姨其实是问她自己的。是啊，杨六指怎么能干出这种事？杨六指是村里最窝囊、最没筋骨，但也是村里最出名的男人。关于杨六指的故事很多。他最初出名是因为他娶了一个大肚子女人。杨六指不顾别人嘲笑，一心一意和女人过日子，只是他的女人看不起他，虽然嫁给了杨六指，但依然和过去的相好来往密切。遇到这种事，村里人没有不替杨六指憋气的，可杨六指依然一心一意地待那个女人和女人的孩子。时间一久，人们看惯了，都说杨六指是扶不起的阿斗，也就淡了。可是谁能想到这么一个人，竟然犯下了这种事。

二姨说警车已经来了，问我看不看。我说去就去，因为到现在我仍然难以相信。路上，二姨告诉我，杨六指做贼心虚，刑警队并没怀疑他，可没问几句，他就撑不住了。

村部门口围了好些人，都悄悄议论着。我刚站到那儿，人群突地静下来。

杨六指戴着手铐，被两个警察押着带出来。杨六指脸上没有我预想的那种死灰色，相反，倒有一种尘埃落定的坦然。他的目光在人群里扫来扫去——很快速地，像是在寻找谁。

这时，从人群里暴出一声嚎叫。

一个高大的身影扑到杨六指面前，掐住了他的脖子。此人是莫老大。莫老大咬牙切齿地骂，畜生！畜生！两个警察费了好大的劲儿才将莫老大拽开，莫老大仍跳着脚大骂。杨六指的脸憋成了紫茄子，大雁一样抻着脖子。莫老大再用一点儿劲儿，杨六指肯定就报废了。警察迅速把杨六指塞进警车，一溜烟走了。

乡下人最信善有善报、恶有恶报这句话。杨六指被拘，村子终于从压抑中解脱出来。可不知怎么，我的心里却像堵了石头似的。我老是在想杨六指的眼神。

我没想到一回村就逮住了新闻，尽管这是个让人不舒服的新闻。

上班后，老马问我乡下有什么新闻时，我就把它端了出来。同事们议论了一阵，最后老马总结道，这个案件涉及一个哲学问题。

老马口若悬河。

我盯着老马的嘴，但我一句也没听进去。我在琢磨，老马的嘴能塞一条多大的鱼？

2

我很快把杨六指淡忘了。我和他没什么关系，他只是我一个犯了罪的乡亲。工作上、生活上的事太多，诸如评职称呀，搞对象呀，我怎么可能惦记杨六指？

旧历年底，我又回了趟老家，这次是为参加冬子的婚礼。冬子是二姨家的老三，一直在外打工。冬子比我小八岁，我想自己真是落伍了。关于送什么礼物，我琢磨了好久。最后，决定送两块好一点儿的毛毯，不轻也不重。

那天下着大雪，我下了车，在茫茫雪野中走了五里路。由于提着东西，我有些吃力。到村口时，我的背汗津津的。我决定歇一歇，人就这样，在路上，觉不出什么，一到目的地，腿就软了。

我刚把东西放到雪地上，突地从路边的沟渠里站起一个人。我吓了一跳。没想到大雪天的，会蹦出一个人。我明明看见沟渠是白色的——这个人肯定在沟渠里待了很长时间。蹦出的人嘿嘿地冲我傻笑。我盯着他，眼珠突地凝固了。

竟然是杨六指。

确确实实是杨六指。

我惊恐至极，几乎有点口吃地问，你……干吗？

杨六指嘿嘿一笑，就是我强奸的，你信不信？

我不知道这是怎么回事，可我知道杨六指的脑袋出了问题。

杨六指再次说，就是我强奸的，你信不信？

我提上东西就往村里跑。

我吓得够呛，二姨说我的脸都绿了。我想问问杨六指的事，可在那样的场合，在那种气氛下，我只能将好奇拽住。夜里，我实在忍不住了，捅了捅二姨夫，问他杨六指的事。

二姨夫说，莫老大闺女根本不是杨六指强奸的。杨六指被带到公安局后，关押了一阵子，这期间，公安局破了一起案子，是个强奸案，作案手段相同。罪犯是邻村的，他供认莫老大闺女也是他强奸的。杨六指很快就被放了出来。人们不知杨六指为什么承认自己犯事，估计是吓的。杨六指回来后，莫老大去给他道歉。莫老大差点儿掐死他，大概心里过意不去。可就在那一天，杨六指突然疯了，见人就问，是我强奸的，你信不信？

简直难以置信。

二姨夫说，其实抓他那天，他就有点儿疯了，只是没这么厉害，不然，他干吗往自己身上扣屎盆子？

我突然想起了杨六指寻找什么的目光。找什么呢？

第二天，我又碰见了杨六指。他依然问我那个问题。这一次，我没有跑，久久盯着他脏兮兮的脸。

这时，一个有几分姿色的女人过来，冲我笑了笑，清脆地扇了杨六指一个耳刮，同时骂，回去！

杨六指的脑袋马上耷拉下去，随后，他又半仰起脸望着女人。杨六指很恐惧似的，往后躲着，躲着，尔后，突然跑开。杨六指奔跑的姿势像个孩子。

我一上班，老马就问，乡下有什么新闻没有？

我想了想，还是说了出来。我想看老马的笑话。看老马对这个他曾贯以"哲学问题"的事件如何评价。我没想到老马略怔了片刻，便找到了话题的支撑点。

我的牙直痒。

3

春节过后，李雅没来上班。我猜测，她可能病了，过了几天，方得知她辞职去了南方。我突然感到失落，虽然李雅与我没有任何关系。我发现大伙的情绪都有些低落，办公室气氛沉闷，完全没有刚过完年的喜气，像是在开追悼会。我很是压抑，干完手里的工作，找个借口溜了出来。

我去报社找老 K 玩。老 K 是市报社记者，人很幽默，社会上的事没有他不知道的。比如市长的情妇是谁，泰国洗浴城的投资者背景，全市有多少流动人口，其中东北军多少，川军多少，杂牌军多少，等等。老 K 肚里装着数不清的黄段子，笑得你肚皮都能翻出来。老 K 说他刚敲完一篇稿子，他脸上飞扬着兴奋，我知道这家伙又逮住了独家新闻。

老 K 给我倒了杯水，说，你猜猜我去了什么地方？

我想了想说，莫非你去洗浴城卧底了？

老 K 撇撇嘴，操，别往阴暗面想。

我说，你喜欢阴暗的角落嘛。

老 K 嘻嘻一笑，我去了你的老家。

我忙问，你去那儿干吗？

老 K 说，瞧你紧张的，我没去调查你的老底儿，我是去采访一桩案子，丈夫杀妻案。

我推开老K，坐在电脑前。

看完老K的稿子，我吃惊得眼珠几乎要掉出来。尽管老K用的化名，我还是一眼看出来，老K写的是杨六指。

杨六指杀了自己的女人？这怎么可能？

老K嗨了一声，你怎么了？

我说，不是你胡编的吧？

老K说，你认识凶手？

我迟疑了一下，摇摇头。

老K松了口气，我以为凶手是你什么亲戚呢，吓我一跳。

老K留我吃饭，我推说有事，离开了。为了证实，我给二姨家挂了个电话。果然是真的。

二姨告诉我说，大年初二，杨六指将自己的女人杀了。二姨还说，杨六指病得不可救药了，公安局逮他的时候，他一个劲儿地问，人是我杀的，你信不信？

我再次想起杨六指搜寻的目光。

这件事堵在我心口窝，我很不舒服。这种感觉带到了单位，办公室的同事问我怎么了，我说最近闹肚子。我想等老马来的时候公布这一消息。我等了一天，老马也没露面。李雅走了以后，老马来办公室没有过去那么勤快了，要是布置工作，便打个电话，喊张三李四过去。可是我不想去老马的办公室，我想等待他问：小陈，最近乡下有什么新闻没有？

一连几天，老马竟然没在办公室露面。我突然恨起老马来。没有老马的怂恿，我是不会去乡下倒腾什么破新闻的，如果我不去倒腾，杨六指肯定不会成为罪犯。我的逻辑显然是荒谬的，可在我心里，却固执地认为是老马把杨六指逼上了犯罪的道路。至少，是老马让我不愉快的。

老马终于光顾办公室了。不知怎么，看见老马，我的呼吸急促起来。我一直等老马发问，但老马显然已忘掉过去的话题了。眼看老马要出去了，我一急，喊了声马科长。老马望着我，问，有事吗？

我顿了一下，问，你看过最近的晚报没有？

老马愣了一下，问，怎么了？

我说，晚报上有一篇报道，是写一个丈夫杀死妻子的。

老马沉下脸，小陈，你是不是觉得我不像你的领导？

我的脸突然红了，马科长，是这样的……

我想解释清楚，可老马没听我说完，骂了句神经病，拂袖而去。

我不知怎么突然就控制不住了，狂怒几乎冲破胸膛。我喊了声老马的官名，骂，你这个混蛋。

老马的头又出现在门口，只是他的脸有些白，肩有些抖。他气呼呼地说，你这个白痴，你他妈骂谁？

老子骂你，我跳起来，撞过去。

没想到老马不经撞，我轻轻一碰，他就向后倒去，倒下就没再起来。同事们慌了，七手八脚地抬着老马跑出去。

办公室只剩下我一个人。我清醒过来。如果老马出了意外，我就成了罪犯。我害怕了，喃喃道，这不可能，这怎么可能？我的诘问仅仅是自我安慰而已，显得苍白无力。我明白，决定我命运的不是我，而是老马。

牙　齿

1

第二次见面在大桥下。

周枫沿着水泥台阶，缓缓走下去。站到桥底，才意识到这不是个见面的地方，更不适合约会。她明白罗小社的声音为什么浮着疑问了。桥下。她几乎是脱口而出。多年后她才明晰，当年的自己揣着怎样复杂的心思。北方的春天依然臃肿，干涸的河床裸露着粗糙的皮肤。风硬嗖嗖的，空中飞舞着塑料袋、枯叶。

周枫看看表，竟然提前半个小时。绝对是个错误。犹豫了一下，她还是决定等。那只风筝滑进周枫视线，受了伤似的，摇摇欲坠。但并没有掉下，就那么在灰蓝的天空中挣扎。周枫有些冷，再次看看表。表是新的，戴了不到一个月。之前那块周枫仅仅戴了二十天，便成了嫂子的私人物品。

罗小社老远就看见桥下的周枫，他的心慌得要飞起来。罗小社和不下十个姑娘见过面，个别能相处数月，多数只是一面。罗小社第一次看见周枫，立刻就冷了，容不得心底的种子有发芽的迹象。周枫的容貌超过他的想象。但周枫竟然约他见面。罗小社有足够的时间提前，他没资格迟到。可红姐孩子病了，罗小社等她给孩子打过针才抽出身。因为着急，罗小社骑出一身汗。桥这一侧没有台阶，罗小社扛着自行车上桥，跑到对岸。站到周枫身边，额头水洗了一样。罗小社喘息着检讨，我迟到了。周枫说，我也刚到。

罗小社偷偷溜周枫一眼，立刻移开，顺着她的目光，看见一只摇摇晃晃的风筝。罗小社想提议到个暖和点儿的地方，但他不敢。罗小社往后撤撤，替周枫挡些风。

周枫起初并不明白，突然之间，一片暖意从胸间腾起。她看得没错，罗小社是她找的那种人。她的心实实在在地疼了一下。

周枫问，冷吗？

罗小社说，不冷。

周枫问，你不是第一次相亲吧？

罗小社窘红脸，老老实实地招认，生怕周枫追问。

周枫说，我也不是第一次。停停又说，没有合适的。

罗小社的目光又细又长，想探到周枫心里。

周枫说，我一直想找个老实靠得住的男人。

罗小社说，我……

周枫说，我觉得你靠得住，你喜欢我吗？

惊喜让罗小社傻住，张着嘴巴说不出话，他怀疑自己听错了。他盯住周枫，似乎期待她重复。

周枫说，你不愿意咱们就算了。

罗小社马上说，我愿意。声音听起来不像他的。

周枫说，我有头疼病，你嫌不嫌？

罗小社说，怎么会？人吃五谷杂粮，谁都会得病。周枫说自己有病，倒让罗小社松口气。

周枫说，不管什么时候，不管发生什么事，你都不能欺负我。

罗小社急得搓手，不会的，不会的，我发誓。

那一幕没半点风月味道。过程简短，但目标明确，像谈判。没有开花的艰难，果实突然就悬挂在枝头，罗小社如坠梦中。离开的时候，罗小社提出送周枫回去。周枫答应嫁给他，他就有责任送。周枫说什么也不用，她说坐公交很方便。罗小社把周枫送到站点。周枫上车。车喷出一股黑烟。车淹没。罗小社缩回目光。

周枫只坐了一站地。这趟公交不是她乘的线路。周枫往回走了一段，找见电话亭。拨通，说，成了。一阵刺耳的鸣笛，周枫没听见那边说啥，追问。大街声音嘈杂，她还是听清了。她怔怔地、机械地挂掉电话。周枫脸色不大好看，但她强迫自己的思维往另一个方向滑翔。她的脸渐渐红润。

周枫住在书院巷。穿过堡子里长长的青石板路，几乎走到尽头，南边叫状元巷，北面叫书院巷。百年前，堡子里是皮城中心，饭馆、商铺、茶舍、妓院，大户人家的住宅。现在差不多是贫民区，一个院里挤着几户甚至十几户。这边打个喷嚏，对面听得清清楚楚。走到巷口，周枫想起母亲让她买糖葫芦。嫂子爱吃。周枫想了想，还是扭回身。她不怕嫂子，但受不了母亲的唠叨。嫂子是家庭中心，她想吃糖葫芦等同杨贵妃想吃荔枝。母亲说，你嫂子家庭不一样，别委屈人家。其实，嫂子父亲不过是橡胶厂的工会主席，嫂子是厂办打字员。可在母亲心中，嫂子俨然是高干子弟，处处端着她。更让周枫受不了的是，嫂子总是端着千金架子，咬文嚼字，却又错误百出。嫂子说堡子里水质不好，她原本白义（皙）的皮肤都变粗了；吹嘘她父亲能干，厂工会事多人杂，依然被她父亲管理得有条不序（紊）。一次次令周枫起鸡皮疙瘩。骨子里则是小市民的斤斤计较，给家里买一棵大白菜，至少在嘴边挂三天。还好，她不骄横，除了吃饭睡觉，周枫一刻也不想在家。好了，她就要离开了。

周枫买了两支，照例，她先吃掉一支。她也爱吃，但嫂子喜欢，她就不当嫂子面吃，似乎那是嫂子专有的权利。

他们正吃饭。开饭时间以嫂子到家为准。有一次嫂子在外面吃饭，他们等了两个多小时，周枫饿过劲儿，一口没吃。母亲照例给周枫盛出一份，可即使这样，周枫仍觉母亲偏心。母亲对嫂子说，你妹别的记不住，给你买糖葫芦可记得清呢。早上母亲嘱咐周枫两次。嫂子装出难为情的样子，又让小妹破费，尔后对埋头吃饭的哥哥说，记着把钱给枫儿呵。母亲马上接口，她当妹子的心意，一家人还见外？嫂子说，也是，我一直把枫儿当亲妹妹。

周枫洗过脸，坐在桌边。嫂子吃惊地哎了一声，新表？什么时候买的？周枫怕嫂子看见，往常回家前就摘了，今天因为相亲，心里乱，疏忽了。哥哥瞪嫂子一眼，关你什么事？一块还不够啊？嫂子说，我不过问问，我要了吗？你牛了啊，嘴也不让我张了？母亲忙训哥哥，哥哥埋头吃饭。母亲揣测着周枫脸色，却对嫂子说，你想换，就和你妹换换。嫂子说，夺人之爱，那多不好意思。她还真顺竿爬了。母亲和嫂子都看着周枫，哥哥也觉出异样，抬头盯住周枫。周枫说，我要结婚了。

2

周枫的声音像白色的墙壁一样冷。

周枫对面的老人昨夜去世了，现在我就坐在那张空床上。床上铺着土黄色的褥子，褥子装的似乎不是棉花，而是一枚枚铁钉，我的屁股被硌疼，不时要挪。周枫觉察到了，说，你老实儿听，不要问，我不喜欢被打断。周枫大概不知道我有猎奇癖，对个人隐私尤其着迷。关于她和罗小社，我问过她，她每次都是冷脸。她突然主动讲述，我怎会错过？禁止我问可不行，我做不到。她嫌我多嘴，恼火地说，舌头咋这么长？我把嘴巴捏成鸭嘴状。她极其难得地笑笑，但我还是没忍住。她无奈地叹口气，你想问什么？想知道什么？

3

半个月后，罗小社把周枫娶进门。

罗小社二十八岁，婚姻路上没少征战，却无任何成果，罗小社母亲愁得半死。周枫照亮了罗小社母子黯淡的生活。罗小社和母亲进行了一次声势浩大的改造和清扫。罗小社住食品公司家属房，父亲在的时候分的，排子房，两大两小，独门独院。母亲住小房，大房自然是罗小社的婚房。原先铺的是红砖，罗小社换成水磨石。罗小社看似木讷，手却巧，那些活儿都是他一个人干的。一干就是半夜。母亲则忙着剪囍字——每个窗户都贴也用不了，她似乎不识数，似乎要把别人家的窗户也贴上。被褥早就缝好了，每年夏天都要晒几十次，可母亲还是发现一块褥子蛀了洞，她换了块儿新的。依母亲，婚事要好好操办操办，但周枫不让，她不喜欢热闹，吵闹会让她犯病。结果，罗小社骑自行车把周枫驮进婚房。

婚后，罗小社仍然有梦里的感觉，就算周枫有头疼病，她也有一百个理由看不上他。他相了那么多亲，已心灰如泥，可馅包子突然就掉进嘴里。母亲则说佛祖显灵了。她信佛，是她的诚意感动了佛。

那是罗小社最幸福的日子。每天下班，他用最短时间赶到公交站牌。周枫在五毛（第五毛纺厂）上班，坐公交，下了车，离家还有一里路左右。罗小社想到五毛门口接她，她不让，罗小社便在公交站牌等。周枫有时从后面搂住罗小社，将头轻轻贴在他后背，罗小社就像喝了蜜一样。他屏住气，仿佛背上长了花，一不小心花就凋谢了。什么时候进家，什么时候吃饭。母亲早就准备好了。每餐至少两个菜，一荤一素，母亲吃素，荤菜给罗小社和周枫。为了省钱，母亲每天走老远的路到蔬菜市场买菜。洗洗涮涮，母亲更不让周枫插手。周枫对母亲也孝敬，每次拎回水果，先拿给母亲。周枫喜欢吃水果，有时自己买，有时是厂子分的。买水果周枫很大方，三块钱的草莓说买就买，母亲只舍得买三毛一斤的苹果。草莓，罗小社和母亲绝对不吃一颗，他们多吃一颗，周枫就少吃一颗，这个账最容易算了。

一天黄昏，罗小社像往常那样赶到公交站牌。自行车链子松了，刚才掉了好几次，罗小社从几米外的自行车摊儿借了扳子，边拧边张望着到站的公交，生怕周枫看不见他。其实，这个钟点儿周枫到不了。但谁能说得准呢？万一周枫提前回来呢？罗小社的交通工具是自行车，很少乘公交，公交车和他没关系。可婚后，公交车在他眼里不是一个喝油的冷家伙，而是一匹热情的骆驼。周枫每天要在它背上度过近两个小时，罗小社有些嫉妒。当然，更多的是亲切。公交车亲，1路车亲，3路4路5路都亲。一辆车到了，又一辆车到了……没有周枫。暮色一层层厚了，罗小社不由担心起来，她早该回来了，出了什么事？目光如断线的风筝，飘忽不定。她会不会离开自己？他打个寒战，强迫自己站定。路灯依次亮起来，罗小社再也沉不住气，匆匆跨上自行车。

罗小社去了周枫家。周枫家人不喜欢他，罗小社第一次去就觉出来了。周枫不让他去，可罗小社觉得一个女婿不招岳母待见不光彩，所以偷偷去了两次，一次送去一个猪头，一次送去五斤油。还好，岳母收下了。这是罗小社背着周枫干的最大勾当。喘着粗气、急巴巴的罗小社一头撞进去，岳母和舅哥都是一愣。岳母反应快，问，出了什么事？周枫呢？罗小社说，我也找她，她没回来？似乎怀疑岳母把周枫藏了，还往里屋瞅了瞅。岳母说，这么晚了，她来这儿干啥？你和她吵架了？罗小社说没有。岳母说，一定和她吵了，不然她怎么不回家？罗小社一边后退一边辩解，舅哥提醒，也许在外面吃饭呢。罗小社退到门口，绊了个跟头，爬起来就跑。

罗小社去了五毛。路远，骑得又快，到那儿衣服几乎湿透。罗小社拍着门房玻璃，那个中年汉子正沉浸在戏匣子里，被打断很是不快，极不友好地问罗小社找谁，罗小社说找周枫。中年汉子说早下班了，说着就要关窗户。罗小社用胳膊撑住，你看见她什么时候走的？中年汉子说下班就走了，尔后狐疑地问，你是她什么人？罗小社说是她丈夫。罗小社转身，听得汉子嘀咕，结婚了？

到家已经很晚，罗小社一路乞求奇迹出现。奇迹果然出现了，周枫在家。罗小社又是惊喜，又是委屈。周枫确实和人吃饭去了。周枫知罗小社去过她家，马上挂了脸，乱找什么？我还认不得家？罗小社没想到周枫生这么大气，他只不过去问问，他都快急疯了。罗小社小声辩解，天黑得这么厉害。周枫说，以后不要接我了！罗小社蓦地瞪大眼，周枫可以骂他打他，但不能惩罚他。惩罚他也行，但不能用这种方式。不让接，这对罗小社太残酷了。罗小社老老实实承认错误，下次不了。没你的同意，我肯定不去了。周枫的脸终于转了颜色，好了好了，快吃你的饭吧。罗小社忐忑地问，你不生气了？周枫说，我有那么大气吗？

周枫第二次和罗小社生气与红姐有关。罗小社在食品公司下面一个门店当售货员，红姐是他搭档。红姐缺少女性的柔劲儿，颇有男人的豪爽。邻居夫妻常吵架，一吵男的往死里打女的。红姐看不惯，一次拉架竟然和男人打起来，把那男人抓得满脸花。男人嫌丢人不上班，邻居女人哭哭啼啼找她要误工费。红姐气得大骂。红姐心肠热，整天给罗小社张罗对象，和罗小社见面的女孩九成是红姐牵的线。以至于和女孩说什么话，红姐都要教他。红姐把罗小社的事当成自己的，当然，也把自己的事当成罗小社的。她洗头，毫不客气地吆喝罗小社倒水。也不避讳罗小社，只穿一件背心，光着膀子，两团巨乳在胸间颤动。倒是罗小社害羞，目光躲躲闪闪。红姐发觉，轻轻踢罗小社一脚，小毛孩儿，懂个啥？她大不了罗小社几岁，竟然叫罗小社毛孩子。

罗小社把处对象的事告诉红姐，红姐相当高兴，详细问了周枫的个人情况，如家庭、工作单位、相貌、脾性等。并让罗小社把周枫带店里，她要看看。罗小社为难了，他试探着问过周枫，如他所料，周枫不肯。罗小社左推右推，直到结婚第三天才告诉红姐。红姐很不高兴。不带周枫来就罢了，结婚这样的大事也不通知她。罗小社再三解释，没告诉任何人，周枫有头疼病。几天后，红姐给罗小社买了一对被罩。她说一生就这么一次，姐咋也得表示表示。红姐仍要罗小社带周枫来，她要看看。罗小社心中愧疚，想和周枫商量请红姐一家吃顿饭，谁知话还没提，红姐突然跑家来了。比罗小社和周枫先到。罗小社看见红姐，呆了一下，正要介绍，红姐已开口，我是红姐，小社的搭档，哎呀，新娘子真是漂亮，我说呢，小社相一个不中相一个不中，福相在后头呢。坐呀，我也是刚进屋。周枫浅浅笑了笑。罗小社问红姐怎么找见的，红姐说，我长着嘴嘛，食品公司不就这一处家属房么？又对周枫说，小社条件好，我住的差远了。母亲留红姐吃饭，红姐毫不谦让地说，没参加上小社的婚礼，今儿就凑个热闹。红姐直夸罗小社，说他不言不语的，善良、仁义、手巧，仿佛给罗小社做保证。红姐不住地问周枫的个人问题，如五毛哪个部门，家里都什么人。得知周枫家在堡子里，红姐眼睛顿时放光，是吗？我二舅就在堡子里，卖豆芽豆腐，你认识不？周枫摇头。红姐说，他有点儿瘸，大高个儿，大嗓门儿。周枫还是摇头。红姐说，下次回去你肯定认得他了，你提我的名字，他会按批发价卖你。罗小社拦不住红姐，紧张得直瞅周枫。红姐绝无恶意，就这么个人。周枫没吃几口就放下了，红姐瞅着周枫肚子说，那怎么行，你将来是有任务的。周枫淡淡地说，今儿胃口不好。红姐严肃地说，小社，可得照顾好媳妇呀，尔后又自嘲，我是瞎操心，小社最会疼人。

　　送走红姐，周枫皱着眉说，一嘴酱油味。周枫这样评价红姐，罗小社不悦，他解释，她就这么个直性子，心眼蛮好。周枫说，以后别让她来了。罗小社说，我没让她来。可能是他说话速度快了，语气也硬了些，周枫提高声音，你没让她来她怎么就来了？罗小社语气已相当绵软，是她自己来的。周枫说，我不信她那么贱。罗小社说，腿是她自己的。母亲听到两人争吵，站门口喊罗小社出去，责骂罗小社不懂事，并让他给周枫赔不是。返回屋，罗小社耷拉下头，我错了。周枫没理他。罗小社又说，我错了，你别生气了。周枫摸摸罗小社脸，我生什么气呀，其实是我的毛病，一时半会儿我改不过来，你别计较。罗小社眼睛突然一湿。

　　如果说有矛盾，也就这么点儿，家里的气氛是温馨的。

那天吃饭，周枫突然丢下碗筷，跑到院里呕吐起来。先前，周枫似有恶心的表现，但没那天那样强烈。从驮她进屋算起，一个月了。罗小社拍着周枫后背，被周枫推开。罗小社提议去医院，周枫摇头，没关系，过几天就好了。罗小社让她早点儿睡，上床前，周枫说，我可能有了。罗小社惊喜得鼻孔都大了。是吗？他不知怎么表达自己的喜悦，捏捏手，挠挠耳根，跷跷脚尖。周枫淡淡地说，还不一定，你别乐早了。

　　罗小社冲进小房，对念佛的母亲说，她有了。母亲脸肌动了动，仍沉浸在自己的意念中。罗小社等了一会儿，母亲终于做完功课。罗小社又说，她有了。母亲问，她说的？罗小社点头。母亲眼睛奇怪地一闪，说，好。声调是冷的。罗小社说，以后得让她注意了。母亲欲言又止，罗小社觉出来了，盯住母亲。母亲问，她对你还好？罗小社不知母亲为什么问这样一个问题，答案在那儿摆着么。母亲一脸祥和地说，这就好，小社，早点儿睡吧。

　　罗小社想着母亲奇怪的眼神，母亲怎么……突然，罗小社被剑刺穿了一样，不由抽紧身子，越抽越小，几乎成一个球。他奋力伸出胳膊，想抓住点儿什么。周枫在他身边，可他不敢也不能抓。两只手无望地在空气里挠着。

4

　　我打量着罗小社。这个男人个儿不高，淡眉圆脸，神情和善。他的摊位前摆着花椒、大料、桂皮、八角、茴香等调料。市场里弥漫着鱼腥、烂菜以及说不出味道的味道。罗小社不和别人东拉西扯，总是规规矩矩的。若看见我，他一定很高兴。我不肯过去，是因为我没想好怎么开口，罗小社会不会合作。我不止一次跟踪罗小社和周枫，想窥探二人的秘密。请原谅我的无聊。我说过，我对别人的隐私总是很感兴趣，尤其是周枫和罗小社的。我的跟踪一半成功一半失败，不得不靠推测和想象填补。周枫坦白了——我喜欢这个词，尽管它不准确——我要撬开罗小社的嘴巴。我没像过去那么冒失，耍了点儿心眼。我把罗小社请到酒馆。除了我，谁会请他喝酒？罗小社眼睛迷离之际，我小心翼翼地抛出心存已久的疑问，罗小社眼睛突然瞪圆。我看见吃惊和慌乱在他脸上奔跑，他还做了逃离的架势。但他还是稳住，一阵痛苦的痉挛之后，神色恢复平静。我立刻明白，我的阴谋得逞。

5

　　周枫是怀孕了，但孩子不是罗小社的。

　　周枫急于嫁给罗小社，与此有关。妊娠反应早就有了，但周枫一直压着。她的一些举动当然可以解释了，比如她买了收音机，每天晚上听几首歌，据说音乐会使孩子聪明；她舍得吃水果，水果是给孩子补充营养的。这些都不避罗小社。周枫最担心新婚会让孩子流掉，罗小社单身多年，肯定会疯狂的。但事情没她想象得那样可怕，她的肚子会适时"疼"起来，她痛苦的样子使罗小社畏怯而退缩。这个老实男人过于疼女人了。有时，周枫难免内疚，可一想到孩子在腹中，孩子在看着她，她就释然了。

　　那天，周枫没忍住，她恶心得太厉害了。她坦言怀孕，是时候了，再瞒下去也困难，肚子已隐隐现出来。罗小社瞬间的表现令周枫心痛，他怎么不想想，仅有的几次不成功的性爱，怎么可能让她怀孕？当然，这样最好。第二天，周枫觉察到罗小社的异样，他脸色发灰，眼睛毫无光彩。一夜之间，他回过味儿了，但什么也没问。那么，瞒住婆婆更是不可能了。也许婆婆早就明白一切。

　　周枫等待着暴风骤雨。摊牌、审问、斥责、打骂，周枫做好应对的准备，包括离婚。如果罗小社提出来，她会答应，只是要等孩子满月，或者拖延更长的时间，直到她有了办法。但日子依然风平浪静。罗小社一天不落地候在公交站牌，只是他的话更少了。夜晚，他不再抱她——那是周枫及其紧张的时刻，罗小社怕弄疼了她，他的欲望简化到四肢。他坚硬地抵着她，直到疲软，周枫才喘上那口气。婆婆倒没什么，餐餐都使出看家本事。婆婆一手好厨艺，令周枫心慰。婆婆绝不会无所谓，她更善于掩饰罢了。沉默和平静没能让周枫踏实，反而于不安中添了急躁。这母子究竟要怎样？她甚至想主动摊牌。是啊，凭她，如果没有问题，怎么可能嫁给罗小社？罗小社母子未必不清楚。但周枫放弃了这个念头，他母子装糊涂，她也装好了。

　　周枫下车，竟然没看见罗小社，她四处望望，陌生的车流和行人。他终于没耐性了。也可能有事。无论何种原因，周枫都有准备。那么，和他捉个迷藏，她失踪一次，看他怎样？但腹中的胎儿阻止了周枫冒险。周枫慢慢往家走，中途买了两个烤红薯。

　　婆婆没见罗小社，问周枫，小社没接你？周枫淡淡地说，可能他有事吧。婆婆说，他怎么分不清轻重？语气中满是责备，但周枫看出婆婆担心。周枫给婆婆一个红薯，婆婆让周枫留着自己吃。周枫说，我买两个呢，凉就不好吃了，垫一下，等小社一会儿回来吃饭。婆婆没再推辞，拿着红薯出去了。片刻，婆婆进来，说不等他了，咱俩先吃。周枫说还是等等。婆婆说，一个大男人，等他干啥？直到吃完，罗小社也没回来。周枫以为婆婆要出去找，没料婆婆拿出一条新裤子，说是白天买的，让周枫试试。周枫发愣，婆婆解释，别让肚子受凉，以后会闹病。是专为孕妇做的那种，周枫根本没想到。周枫竟有些难为情。周枫要给钱，婆婆不满地说，你不认我这个妈是咋的？周枫想，婆婆是默认了。

　　罗小社回来快半夜了，一身酒气，醉醺醺的。他没什么事，出去喝酒了。周枫第一次见婆婆发那么大火，骂罗小社半吊子，不知轻重，酒重要还是媳妇重要？仿佛怕罗小社听不进她的话，婆婆把湿毛巾摔到罗小社脸上，让他醒醒脑子。在婆婆的斥责中，罗小社给周枫道歉。婆婆似乎过了，不就喝个酒吗？但周枫看不出婆婆有表演的成分，婆婆真是怒了。

　　第二天，周枫和罗小社都休息。周枫让罗小社送她回家。周枫的婚姻让家人大失所望，阻拦是少不了的，但母亲终是妥协。周枫不让罗小社去，她忘不了第一次带罗小社回去的情景。罗小社忍了，周枫受不了。她平时也很少回去，她的婚姻最大的意义就是让嫂子继续独享尊贵。他们知道什么？周枫一反常态，是想试探一下罗小社。罗小社果然中招，紧张地问，你要回去？周枫说我回去看看。罗小社明显松口气。

母亲总归是母亲，张罗着剁馅包饺子。周枫说出去买点儿韭菜，罗小社也要跟，周枫让他干点儿杂活儿，磨磨刀或磨磨剪子，母亲说正想砌个煤仓。这对罗小社实在是小事一桩。

周枫独自出来，买韭菜不过是借口，她想打个电话。堡子里菜铺不少，却没有电话亭，她走出老远。响了好几声，没人接。停停再打，还是没人。周枫留了言，等待电话打过来。电话亭只两部电话，一部占着，有人过来用，周枫说正等电话。开电话亭的瘦脸女儿不干了，说哪有你这么打电话的。周枫扔过十块钱，说等半个小时，够了吧？瘦脸女人夹了钱，似乎觉得不好意思，提把凳子给周枫。

十元钱耗光，电话铃没响。周枫怕嘈杂中自己听不到，问瘦脸女人，没响过吧？瘦脸女人异样地看她一眼，说，我这电话没毛病。

周枫不能再等，一路眉头拧着，走到巷子口，想起没买韭菜。

两人吃过饭便离开。

罗小社骑得很快，周枫浅浅地哎哟一声，罗小社马上停住。周枫说，没事。罗小社稳当多了。周枫目光在街道两侧游摆，走到坝岗街，终于看见一个电话亭。周枫让罗小停住，让他等一会儿。周枫能感觉出罗小社的疑惑，可这个电话她必须打。还好，这次通了。周枫边说边斜眼看着罗小社，怕他过来。挂了电话，发觉后背湿了。

周枫说，走吧。她没解释，罗小社也没问。罗小社沉默，可心里波涛汹涌。因为无处发泄，他都快憋疯了。难怪她那么爽快嫁给他，这就是答案。她怀了别人的孩子！她怀了别人的孩子！！罗小社似乎被绳子勒住，常常喘不上气。他被周枫愚弄了，这个女人。他该怎么办？离婚吗？罗小社又舍不得，他喜欢她。躺在她身边，他觉得整个屋子镀了金一样，闪闪发亮。他还知道，若非如此，周枫不可能嫁给他。但这并不能抚慰他。母亲肯定更不好受，但劝罗小社的话却豁达，谁都会犯错，老揪别人的错，这辈子好过不了。也许母亲早看开了，罗小社扭过这个弯儿却困难。

红姐觉出罗小社异常，问他几次，罗小社都说没事。咋对红姐说呢？罗小社情绪不好，那天和一个打酱油的老汉吵起来。老汉说罗小社洒了，非让罗小社再加一点儿，罗小社不肯。老汉骂罗小社奸，食品店黑。罗小社冷笑，我看你是便宜占惯了。老汉大怒，我占谁的便宜？占你的？老汉估计也是平时怨气攒多了，非要出在罗小社这儿，扬言要去主管部门投诉。红姐给老汉说软话，补加了酱油，并训斥罗小社一番，终于把老汉打发走。

下班后，红姐从里面插住门，命令罗小社坐椅子上，她来回走了两步，盯住罗小社，你认我这个姐不？罗小社默默地看着她。红姐说，你要认我这个姐，有啥憋屈就倒出来，姐不能看你憋出毛病。痛苦原本是一张纸，红姐一捅，突然就稀烂了。罗小社叫声红姐，号啕大哭。不知何时，他的头扎进红姐怀里，红姐抚摸着罗小社的头，怜惜地说，你这个小毛孩儿呀！

罗小社挣扎起来，意识到失态，他的眼泪鼻涕弄脏了红姐前胸。罗小注羞涩地咧咧嘴，说了。

红姐顿时火起，我说呢，她的身条看上去不成比例，这帽子不能戴，你不敢，我找她理论去。

罗小社急忙拉住红姐，说自己认了。

红姐问，凭什么认？

罗小社央求，红姐，你千万别去，我想通了，谁能不犯错误，我不能揪住她的错不放。罗小社对自己的冷静吃惊。他明白了，意识深处，他早已做了选择，只是他憋着一股劲儿。红姐让他释放掉了。

红姐问，你愿意吃哑巴亏？

罗小社叫声红姐。

红姐叹息，你呀，善到家了，有用红姐的地方，说话。

罗小社忽然哎呀一声，我得去接她了。

谁能不犯错？现在周枫是他的女人，他有什么好计较的？那个孩子是周枫的，就是他罗小社的。

罗小社骑得飞一样，多日没给周枫笑脸了，今天补给她。

6

　　我是一个牙医。诊所在某个靠出租养活自己的单位的二楼。那间屋子带个半圆形的阳台，从外面看，好像挂个鸟笼子。我会修牙、补牙、镶牙、正牙、洗牙、拔牙，但我最擅长、最乐意做的是拔牙。病人打算修牙或补牙，我都会搅动三寸不烂之舌，陈述病牙存在的危害，直至将其拔掉。拔了牙未必要镶，我并不是想为患者镶一个全新的牙，不是的。我只是想拔。患者张开嘴，我就不由自己了，甚至诊所以外的场合，我的手也发痒。一次在大排档吃饭，我看见邻座男人歪着嘴咬羊肉串，突然按捺不住。我走过去，微笑着告诉他，他有一颗牙需要拔掉，我可以免费服务。我的冒失付出了代价，但我并不以此为教训。我的桌屉里有个铁盒子，装着拔掉的牙。我是自己的老板，没人管我。无聊的时候，我常打开铁盒子，拨弄那些奇形怪状的牙齿，想象隐在其背后的故事。每颗牙齿从生长到咀嚼、撕咬，直至躺进我的盒子，都有一个复杂的过程。这些过程令我痴迷。

7

罗小社喜欢那个孩子。周枫能看出来，罗小社的神态、言语，准确无语地显示着答案。周枫眼里常常划过忧虑。

罗小社无暇捕捉周枫的眼神，他忙得很，和母亲争抢着洗尿布，制作玩具，如拨浪鼓、弹弓、风葫芦、木头手枪。这些玩具没一样用上，周枫买回的玩具样样比他制作的精巧。关于孩子的名字，三人都动了脑筋。母亲提议用平安或安安平平；罗小社则想到爱桥，具有纪念意义，周枫起的是小刚。自然，还是周枫说了算。顺着罗小社的名字，也蛮有趣。

罗小社总和红姐说罗小刚的顽皮，不是尿他裤子，就是挠他脸。一次罗小社兴致勃勃地讲述，红姐打断他，你真待见他？罗小社好像忘了他的羞辱，说，是啊，他和周枫一模一样，大了肯定和周枫一样有副好身坯，不像我罗圈腿。红姐眼圈竟然红了，说，你让姐啊……没说下去，破涕为笑。红姐跑出去买一套婴儿服，罗小社喜滋滋地接了。

罗小社并不知道，那个孩子将带给他怎样的麻烦。

每隔一段，周枫都要抱小刚出去。周枫说晒太阳既能补钙又能杀菌，这样孩子长得壮。罗小社没有异议。罗小社不满的是，周枫抱小刚一出去就是半天。一个深秋，周枫带小刚出去一趟，小刚受了风寒，发烧了。罗小社抱怨周枫，周枫情绪极坏，声音很大地说，我又不是故意的，谁想到出去一下就这样？罗小社别的事可以迁就周枫，事关小刚却不低头，顶撞道，亏你当妈，这么阴冷的天，你就不想想。周枫赌气，嫌我不称职，以后你一个人管。罗小社说，我管就我管。入睡时，周枫先软了，小声说，那阵儿我心情不好。小刚烧退了，罗小社早没了脾气，检讨自己，我也是急了。

又一个周末，周枫要带小刚出去。罗小社阻拦，但没用。周枫说穿厚点儿就行，男孩子不能太娇弱。但罗小社不放心，要跟。周枫说，这么点儿地方，我还能丢了？罗小社说，你是丢不了，我是担心孩子。周枫自然也拴不住罗小社的腿。三个人还是第一次一起上街，罗小社心里突然暖烘烘的。他抱着罗小刚走在前面，周枫跟在后面。罗小社不时停下等周枫。周枫步子迟缓，罗小社问她是不是不舒服，要不要返回去？周枫犹豫一下说，算了，反正出来了。他们坐公交到广场转了转，又去皮城商场。商场暖和，罗小社想在商场多待会儿。周枫说一热一冷更不好，罗小社认为周枫说的在理，不到二十分钟就出来了。走到门口周枫忽然发现手套不见了，她在二楼试过衣服，可能丢那儿了。罗小社飞奔上楼，手套果然在。罗小社暗暗责备周枫粗心，返到商场门口，周枫和孩子不见了。

罗小社懵在那儿。仅仅那么几秒，大脑不再凝固，快步冲到门外。小贩、行人、车流，罗小社扫视一圈，没发现周枫。周枫上去寻他了？他又上楼找了一圈，没有。也许，周枫和他捉迷藏？罗小社在大厅等了一会儿，周枫还是没影儿。前后不过五分钟，周枫就不见了。丢了？……当然不可能；被拐了？……罗小社听过一些传闻，可青天白日的，怎么可能？罗小社想肯定出了什么事，他不知是什么，一定和孩子有关。心悬起来。

罗小社不敢走开，怕周枫回来找不见他。他焦躁不安地踱着，引颈四望。又等了一会儿，沉不住气，跑回家。周枫没回去，母亲问他怎么一个人回来，罗小社说自己有事，和周枫分开了。可罗小社慌张的神色没逃过母亲的眼睛，母亲询问再三，罗小社说了周枫的失踪。母亲沉着地说，她一定有什么事，你在门口死等，找不见你，她更急。

罗小社又回到商场门口。脑子里蹿着乱七八糟的揣测。

前后差不多两个小时，周枫抱着孩子进入罗小社的视野。她果然又回到商场门口。因为走得急，她气喘吁吁，脸色绯红。

罗小社悬着的心沉落，声腔却是责备的，你跑哪儿了？

周枫解释，她在等罗小社，被贼偷了。情急之中，抱着孩子就追。

罗小社关切地问，你没累坏吧？又道，哪能抱着孩子追呢？

周枫说她急昏了，眼见小偷逃跑，她叫喊，但没人拦截。到底不是小偷对手，她实在追不动了。

罗小社说，亏得没追上，要是追上，他急红眼，不伤着孩子？

周枫想想说，你说的也对，哎呀，累死了。罗小社心疼地说，你瞅瞅你，脑门子都冒气了。

那天晚上周枫极尽温柔，一遍遍叫着罗小社的名字，罗小社浑身洋溢着激情和快感。第二天罗小社对红姐说了周枫抱孩子追小偷的事。你说说她，真是糊涂了，咋能抱孩子追呢？红姐神情怪怪的。尔后猛地盯住罗小社，你真相信她的话？罗小社被红姐吓了一跳，怔怔地说，当然相信啊，怎么了？红姐摇头，一个女人抱孩子追小偷，不大可能。罗小社叫，怎么不可能？她回来的样子我明明瞧见的嘛。红姐说，我不想挑拨，不过，你该多个心眼儿，你太善了。罗小社疑惑，你是说周枫？……昨夜的幸福还没消失，他随即摇头，她没问题的。

小刚四岁那年出了点儿事。他蹬倒一个暖壶，烫了脚。罗小社母亲吓坏了，小刚的惨叫和号哭使她乱了分寸，半天脱不掉小刚的鞋。她跑出去喊人，还栽了跟头，幸好没伤着。

罗小社比周枫先赶到医院，看见哭脏了脸的小刚，鼻子一酸，不由呵斥母亲，咋搞的？连个孩子也看不住？母亲怯怯地说，我没防住，我没想到。对母亲的斥责令罗小社后悔不已，母亲去世后，他脑里总是晃着母亲怯怯的眼神。但当时，罗小社情急，认为小刚烫伤是母亲的过失。周枫也是如此，看了小刚的脚，马上责问，咋搞的，暖壶咋放地上了？母亲似乎想辩解，张张嘴，末了只轻轻说：怨我。周枫说，亏得是脚，要是脸就毁容了。母亲不住地说，怨我，全怨我，我糊涂了，不中用了。罗小社站在周枫一边，周枫说了罗小社没说出的话。多年后，我和罗小社坐在酒馆，罗小社还抽自己一巴掌，说自己犯了不可饶恕的罪过。就在周枫责怨母亲时，小刚叫了声奶奶。突然的，莫名其妙的，三个人一愣。周枫住了嘴。母亲不停地抹眼睛，罗小社握紧小刚的手。

周枫买回香蕉，也许意识到自己过火，剥开没给小刚，而是递给母亲。母亲惊恐万状，像递给她的是一只刺猬，连声说，我不吃，我不吃，给小刚。周枫说，我再剥。强行塞给母亲。母亲捧着那个刺猬，悔恨地说，怨我，我把暖壶放柜上就好了。母亲可能觉得那香蕉太重，她不配承受，目光滑向罗小社，似乎等他帮忙。罗小社说，让你吃你就吃，吃了我送你回去。母亲忙说，不用不用，你留这儿照顾小刚。母亲捧着扎手的刺猬子了离开。

红姐来医院看望小刚，买了奶粉罐头。除了红姐，还有周枫两个同事来过。并且，周枫的厂长也慰问了周枫。罗小社第一次见他，有点儿紧张。厂长方头大脸，身材魁梧，他待了不到十分钟，临走往罗小社手里放了五百块钱。罗小社征询地望着周枫，她应允了，他方捏住。

两个月后，小刚脚伤痊愈，留下点儿疤痕，并不碍眼。但母亲却憔悴下去，她心上的伤痕没有愈合。那个利落、平和、沉着、大度的母亲不见了，代之是一个怯怯的、小心翼翼的、没有主见的老太太。过去母亲做饭从不征询罗小社和周枫的意见，她心里装着菜谱，并且知道周枫、罗小社爱吃啥，现在则要问周枫、罗小社吃什么。说得含糊，就不知道做什么，往往两人回来，母亲还守着几样切好的菜发呆。特别是在小刚的事上，母亲甚至事事请示。比如给不给小刚洗澡，那种果味饼干一次给他几块等。周枫私下说，你妈是不是故意的呀。罗小社反问，你看她像吗？周枫说，你找机会和她说说，小刚早好了，别老放在心里。罗小社早就想和母亲说了，可除了哄小刚，母亲便在屋里打坐，彼时的母亲安静肃穆，沉浸其中的她与平时判若两人。罗小社不忍打扰她。

罗小社忧心忡忡地和红姐讲了母亲的异常。在罗小社意识深处，红姐更像他第二个母亲。红姐说罗小社母亲是吓怕了，老人都这样，时间长自然就好了。红姐对罗小社的家事很关心，不断地问周枫是不是仍爱领小刚上街。罗小社说是啊，昨儿还出去一趟，天气好，我就不担心了。

有那么一段，红姐常常往出跑，说办事。她不说，罗小社自然不问，他和红姐再好，也不至于好到打听人家私事。有一天，周枫忽然对罗小社说，你那个红姐跟踪我。罗小社大惊，怎么可能？周枫逼住罗小社，我还能瞎说？发现她两次了。罗小社愕然，她跟踪你干吗？周枫急道，我正要问你呢？罗小社冤枉地说，我不知道呀，她又没跟我说。周枫冷笑，你不知道？是她自作主张了？罗小社发誓确实不知道，只知道红姐老往外跑。周枫说，你那个红姐对你真够好的，是不是你俩……罗小社打断她，没有的事。罗小社急得脸都紫了。周枫问，那她是干吗？罗小社说，谁知道呢？我问问她。周枫停顿一下说，算了，也许是我看错了，你别问了。她跟踪也没啥，就是烦。

罗小社却放不下。他一定要问问，到底是不是红姐？她要干啥？第二天不断有顾客进出，罗小社没找到机会。直到下班，罗小社才叫声红姐。红姐说等等，跑过去先将门插好，并冲罗小社扮个鬼脸。

罗小社突然有些虚，但还是开口道，红姐，我有话问你。

红姐顿时严肃起来，坐下，我正要和你说。

8

　　我站在皮城的大桥下。这是周枫和罗小社提到的那座桥。我无法走到桥底。此时是八月，洪水奔泻。也只有八九月份，清水河像条河，更多时候，河床是干涸的。前几天，一对青年男女跳河殉情。对于河水，不过是落入怀中的两片树叶；对于皮城，也只是报纸边角的豆腐块消息。可有个牙医却执迷于此。他想知道，是什么在瞬间击穿了他们？在落水的那一刻，彼此是否改变了主意？如果一个人生还，如何走过漫长的人生？河水无言。

9

　　小刚满月，周枫跑出去的第一件事是打电话。足足说了四十分钟。电话亭主人忙着别的事，眼角却睃着周枫。这个散发着奶香的女人一会儿哭一会儿笑，他怀疑她脑子有问题，担心电话费打水漂。出乎他的意料，她不但给了钱，连零头也没他找。以至于周枫走了好远，他还在凝望。

　　之后，周枫去了趟医院。

　　和杜刚见面则是两个星期后。那是个下午，阳光温暖。她坐半个小时公交，到烟厂下车，不远处就是长桥宾馆。在皮城大大小小的宾馆中，长桥宾馆档次居中，位置较偏僻，不像政府宾馆及后来建起的部门宾馆雄居闹市，因而显得异常安静。小旅店价格便宜，但太脏，还不安全。周枫喜欢这儿，还有门口那两株百年垂柳。她和杜刚数次在此幽会，她熟悉这里就像熟悉自己的家。上楼，302，敲门。杜刚早就到了，几乎是把她拉进去的。周枫想说什么，杜刚堵了她的嘴，他抱着她，她抓着他，渐渐移到床边。

　　周枫攒了太多的话，可杜刚开始穿衣服。周枫很是意外，怎么？你要走？杜刚歉意地说，一会儿还有个会，我不能误了。周枫失望地说，我还以为这个下午……杜刚亲亲周枫嘴唇，来日方长，有的是时间，到时可不许烦我啊。周枫像吃了定心丸，但还是问，最近怎样了？杜刚没有正面回答，反问，你不希望我做恶人吧？枫儿，别急。周枫捶他一下，谁急了？嗨，你想知道吗？杜刚又亲亲周枫，我真的走了，改天再告诉你。周枫咽了回去。杜刚走后，她想起忘带照片了。

再次见面是一个月后。那天淋着雨，从站牌到长桥宾馆中间，雨突然下大，进屋，周枫衣服湿透了。生过孩子后，周枫身材更加丰满，湿透的衣服将每一处韵致凸显出来。杜刚疯狂地剥着她的衣服。周枫显得十分被动，仿佛被雨淋僵了。突然间，她推开杜刚。杜刚莫名其妙，气喘吁吁地问，怎么了？周枫翻着衣服，找出一张照片。小刚的照片。周枫眼睛流光溢彩，瞧瞧，哪些地方像你？杜刚端详一番，哦，我们的儿子，太可爱了。枫儿，你太伟大了。周枫说，你可要快点儿。杜刚说，我想把心掏给你。

这次，急着离开的是周枫。杜刚说，我有时间了，你又……周枫说，我出来时间太久了，得赶快回去。湿衣服裹在身上，皱巴巴的，

你该见见他。周枫忽然回头。

杜刚迟疑一下，谁？

周枫说，我们的孩子啊。

杜刚略显惊愕，这怎么行？

周枫盯住他，你不想？

杜刚说，我不是看过照片吗？看他，太冒险了。

周枫固执地说，你必须见他，咱们约个地方，我抱他出来。

杜刚十分迟缓地说，好……吧。

罗小社还没回来，婆婆见周枫湿成这样，心疼地说，咋不避避？别再伤风了。周枫换衣服，婆婆把热毛巾递给她。婆婆让周枫照看孩子，她出去买了几块姜，给周枫熬姜汤，让周枫趁热喝。晚饭时，周枫接连打几个喷嚏。婆婆说，还是没过劲儿。睡前，又给周枫熬了一碗，并嘱咐罗小社注意周枫，别夜里发烧。

罗小社没睡踏实，隔一会儿便摸摸周枫额头。周枫说，你睡吧，我没事。罗小社哦哦着，过一会儿又伸过手。他怕惊醒周枫，悄悄地，轻轻地。其实，周枫没睡着，罗小社摸一次，她的心便疼一次。她甚至有扑进罗小社怀里的冲动，可她不能，她身上还留着另一个男人的味道。那种挫痛感有过

多次了，她不知怎么回事。在那个夜晚，她明白了，那是欺骗一个善良男人的心理反应，比内疚更复杂更强烈。

周枫开始就欺骗了罗小社。那是她和杜刚的一个计谋。

现在，周枫要说出她的计谋了。她爱上一个叫杜刚的男人。爱是没有理由的，但周枫有。这一点留待以后再说。周枫怀了杜刚的孩子。杜刚妻子久病卧床，没几年时间了。周枫是知道的，不只杜刚说过，周枫也听别人说过。周枫把怀孕的消息告诉杜刚，杜刚想出那个计谋。先嫁掉，生下孩子，一年或几年后，周枫离婚，杜刚娶她。杜刚想要那个孩子，他妻子不能生育。周枫犹豫过，可想到是为他们的孩子，为了他们的爱情，她答应了。

一个疯狂的计谋。

但是，什么都有意外，周枫选择这个叫罗小社的老实男人，觉得将来不会有什么麻烦。至少不会纠缠她。她没想到罗小社对她的好，还有婆婆对她的好，完全超过她的预期。母子不是装出来的，实实在在把她当成了公主。母亲端嫂子，周枫不平。现在周枫成了比嫂子更嫂子的人。特别是孩子出生后，罗小社和母亲完全忘记他是周枫"带"来的，对孩子的爱更是超乎她的想象。周枫随便就能说出一件。孩子闹肚子，有那么一阵儿，婆婆每次都要闻孩子的屎，还让罗小社闻。母子从屎的味道辨别孩子是否吃坏了肚子，消化功能是否正常。周枫目瞪口呆。她这个母亲做不到。罗小社不过是个道具，可这个道具却抢了演员的魂。周枫害怕。

周枫明白了疼痛的原因，却不知害怕在什么地方。

接下来的日子，周枫和杜刚幽会过数次。每次，她急于见到他，两人在一起她又心不在焉。周枫抱着孩子，让杜刚见了几次，有时在公园有时在路边。杜刚自己开车，慢慢从周枫身边驶过、消逝。她必须让杜刚时时记着他们的孩子。周枫想离开罗小社，害怕的感觉让她难眠。杜刚妻子原说一两年就不行了，现在孩子都三岁了，没听说她有什么问题。周枫不想诅咒一个生命将要结束的女人，可她等得心焦了。不，得和杜刚谈谈。

那次没在散发着暧昧气息的302，是一家餐馆的小包间。周枫订的，她让杜刚快点儿。杜刚问什么事，周枫说急事，便挂了电话。她从未用这种语气和杜刚说话，在他面前，她是藤萝，而不是玫瑰。藤萝样子柔弱，质地却坚韧。杜刚没耽搁，周枫的话产生了作用。杜刚进来便问，怎么了？出了什么事？周枫说，你先坐下，吃饭时间到了，你不至于忙到连饭都省了吧？饭钱不用你出。杜刚把皮包放下，坐在周枫对面，你把我吓坏了，刚才差点撞了。周枫给他倒杯水，杜刚接过却没喝，问，你不是为了吃饭吧？周枫说，当然不是。

周枫问，什么时候把我和孩子接过去？

杜刚皱眉，不是说了吗？

周枫说，你说的时间已经过去很久了。

杜刚说，医生那么说的，我不骗你，也许就一两年了。

周枫冷笑，医生又这么说了？

杜刚受了污辱似的，略带怒气，你让我怎么办？毒死她？

周枫说，我没让你这么做，但你得给我个交代，我不能吊在这儿。

杜刚放缓语气，你要理解我，再等等吧。

周枫问，假如她一直这样下去呢？

杜刚说，不可能。

周枫咬住不放，我是说假如……回答我！

杜刚躲避着周枫的目光，你这是逼我啊，你让我怎么办？

周枫干脆地说，离婚！

杜刚吃了一惊，看出周枫不是临时想出来的，嘴角动了几下才说，你知道现在的情况，我在二把手位置上耗了这么多年，就等这一天了，一旦离婚，我所有的努力全白了。再说，我抛下一个病人，对你也有影响。

周枫凄然地说，我会等老的。

杜刚握住周枫的手，枫儿，你受苦了，你以为我不急？好在那家人对你不错。

他怎么会知道——罗小社母子的好让她害怕。周枫不想跟他说这个。周枫说，我梦见罗小社把孩子拐走了。

杜刚说，毕竟是梦嘛，不能当真的，你又何必？

周枫痛苦地摇摇头。

杜刚说，好了好了，吃点儿东西。

没有得到正面答复，周枫也没指望一次严肃的谈话带来什么。但周枫亮出了态度，从现在开始，她不再闪闪烁烁，只要和杜刚见面，或是打电话，她会直截了当地提出。男人就得逼着，不能让他只惦记自己的位置，他必须把她和孩子放在心上。

过一段，周枫仍要去趟长桥宾馆。次数明显少了。杜刚很忙，周枫也没了被噬咬的期待。见面也不再疯狂。更多是围绕那个主题的询问和答辩。周枫喜欢抱孩子出来，目的也只有一个。半年后，杜刚如愿坐上一把手交椅。障碍只剩下杜刚妻子。周枫没见过那个时日无多、却顽强活着的女人，不错，周枫决不咒她，可她的存在却如一座山。如周枫担心的，她一直这样下去，周枫怎么耗得起？周枫冒出不少怪念头：她和杜刚结婚，并照顾那个女人；杜刚把她送回娘家，每月给她生活费。她不生育，如果换了周枫，会想通的。可是，杜刚几下就撕碎，仿佛她的念想是纸花。他总能找出充分的理由。

孩子烫伤之后，周枫更加焦躁，更加不安。她不是怀疑罗小社和婆婆对小刚的疼爱，她看得很清楚。不但不怀疑，而且有一种恍惚感，小刚确实是罗小社的，不是杜刚的。还有小刚对罗小社和婆婆的依恋，几乎超出她的承受，那是骨肉间才有的。婆婆的变化绝不是因为周枫的呵斥——周枫一直为自己的粗暴后悔，婆婆是怕自己的不慎伤着小刚。烫脚的事，小刚忘了，周枫忘了，罗小社也不再提及，只有婆婆没忘。其实那算什么呢？意外总是有的，但婆婆不行了。一个信佛的人，心那般地重，一天比一天重。周枫先和罗小社说，有一天又对婆婆说了。不要再想了，真的。婆婆说我没想。她显然说谎。还是那个样子，小心、紧张、敏感。周枫还能说什么呢？周枫又能怎么样呢？那么，快点儿离开吧。

周枫决定让罗小社永远蒙在鼓里。就算和罗小社离婚，也不会把那个计谋说出来。那过于残忍，她不会的。离婚毕竟不同，她不想过了，她要离么。虽然可能伤害罗小社，最终他会接受，说出真相可真是打击了。杜刚妻子是个障碍，罗小社不是。周枫说不出他是什么。在那个计谋中，罗小社只是个群众演员，临时担任的角色。这个男人好哄，当然，周枫也要抓紧行动。在和杜刚拉锯的过程中，周枫突然发现，那个红姐跟踪她。

10

我问周枫为什么选择桥底和罗小社见面，是对桥的迷恋，还是另有原因。周枫想了一会儿，说没什么特别含义，随便提的，她只想找个安静的地方。我说，安静的地方很多，任何一个地方都比那儿合适，这是你蓄谋已久的计划的组成部分。周枫不满地瞪我一眼。我没理她，径直说，你脑里有一座虚幻的桥，你第一次倒进杜刚怀里，他还没承诺你的时候，那座桥就定格在你脑里。周枫大叫，你胡说！

11

罗小社骑了不到 10 米，意识到车胎破了。下来一捏，果然。他前后瞅瞅，这条街没有修车摊的，其实他知道。红姐已经走远，罗小社嘘了口气。拐上大街，十字路口左侧有个修车摊儿。罗小社往那儿一摞，说补胎，便蹲下去，望着来往的车辆。罗小社没坐过轿车，但他知道许多轿车的玻璃是望不进去的，里面的人却能看见外面。不然就会跑进沟里。罗小社坐过两趟客车，一次卡车。公交车，他陪周枫坐过几次。第一次坐客车是和父亲回老家奔丧。奶奶去世。从早晨坐到半下午，下车又走了两个多小时，才到那个村庄。罗小社又累又饿。肚子填饱，罗小社却在奶奶灵前犯了迷糊，父亲狠狠踹他一脚。罗小社脑际至今留着一条浅疤，那是在奶奶棺材上磕的。第二次坐客车仍然和父亲。不同的是，父亲成了骨灰，躺在盒子里。罗小社把父亲送回老家，埋在奶奶脚下。罗小社再没出过远门。是啊，出远门干什么？罗小社坐货车是在市里，被公司临时抽调装卸货物。罗小社对什么车都没兴趣，可现在他的目光不停地碰触那些轿车。他有穿透的愿望，像神仙一样。他失败了，目光一次次被挡回来。

正是下班时间，修车的人多，终于轮到罗小社。一个妇女急切地说，能不能先给她补，她要赶着接孩子。师傅征询罗小社，罗小社说，你先给她弄，我自己来。早知这样，还不如自己补。罗小社将车翻过来，拧开，搜出里胎，找见破洞，捡个火柴棍插进去，算是记号。锉、粘、上胎、打气。师傅是个中年汉子，斜着罗小社说，行啊，同行？罗小社摇头，摸出一块钱。师傅说给五毛吧，罗小社没说话，把那一块钱压在工具箱上。

罗小社仍然推着，他饿了，一饿就腿软。接周枫已经来不及，索性走一会儿。周枫不让罗小社接，但罗小社每天都在站牌下等半小时，等不见才回去。他不再慌慌张张四处乱找，周枫常有事，他找不见的。

罗小社脑子有点儿乱。他被红姐的话吓坏了。怎么可能呢？怎么可能呢？红姐发誓是真的，胡编一个字就让她烂舌头、烂眼睛。说别人罗小社就信了，可红姐说的是周枫，罗小社怎能相信？夜里，周枫还咬他耳朵来着，罗小社幸福得想哭。周枫是装的？不对，不对。她没必要装，她要怎样，他是拦不住的。红姐戳他脑门骂他傻，还愤愤地要替他质问周枫，罗小社脸都白了。他不让红姐那么做，他相信周枫。红姐生气了，说再不管他的烂事。罗小社也挺恼火，他让她管了么？她这个人！

绝不可能，罗小社对自己说，声音鼓鼓的，像刚充气的轮胎。可咋就忘不掉红姐的话呢？罗小社跨上车，猛骑一阵，出了汗，似乎好点儿。有个事实是铁定了：红姐确实跟踪周枫。周枫不是看花眼。

周枫教小刚背儿歌，母亲则像个忠实的观众，慈爱地看着娘俩。周枫、罗小社都回来的时候，母亲才回自己屋。她等着给其中一个弄饭。没人问他咋这么晚回来，罗小社自己解释，车胎破了。罗小社吃过饭，逗小刚一会儿，去了母亲屋。母亲已在打坐。罗小社出门，母亲问，有事？罗小社回答得很快。罗小社本来想和母亲说点儿什么，但母亲询问，他突然改变主意。小刚睡着，周枫忽然主动钻进罗小社被窝。红姐在罗小社舌尖蹦蹦，被罗小社压回去。

红姐恨铁不成钢，发誓不再管罗小社的烂事。第二天她就把誓言抛到脑后，要替罗小社主持公道。罗小社几乎生气了，你要把我和周枫拆开还是咋的？红姐惊骇地瞪大眼。罗小社意识到话狠了，伤了红姐，可是他必须阻拦红姐。红姐半晌道，你是说……你宁可她……也不吭气？罗小社说，我不想让她为难，不管咋说，她也是小刚的妈……忽然有些心虚，没再说。红姐连声道，好，好，算我狗拿耗子。没过两天，红姐又提起来，我是你姐，不让我操心我难受。我一个人守柜台，你去跟踪她。你不信我，总该信自个儿吧？罗小社措手不及，红姐的话如冒烟的烙铁，接不接都呛人。迟疑好一会儿，罗小社方道，公司知道，我的饭碗不丢了？红姐说，他们能来几趟？一天来一趟我也能应付。罗小社摇头，我不去，没必要。红姐斩钉截铁，不行，好像我说瞎话祸害你俩似的。不由分说把罗小社推出门。罗小社不知去哪里，不知怎么跟踪周枫。关键是他不想那么做，鬼鬼祟祟像特务一样，那还叫夫妻吗？转了一圈，罗小社就返回来。红姐又是气又是怜，你让红姐说啥好呢？

那天下班后，罗小社一如往常赶到公交站牌，等了半个小时，没见周枫下车，便往回走。快到巷口，罗小社看见周枫从一辆出租车下来，正要喊，一辆黑色轿车停在周枫身边，里面的人显然喊了周枫。周枫回头，似乎犹豫了一下，也仅仅犹豫那么一点儿，然后拉开车门钻进去。

罗小社傻了一样。

半晌，罗小社的血液才流转起来。他没看到车内的人，显然那人和周枫很熟。这么说……这么说……可周枫不就坐个车么？周枫就没个朋友？他还有红姐呢。罗小社终于找到替周枫辩解的理由，松口气。

周枫回来已经很晚，青着脸，仿佛冻透了。她情绪不好，无端地训斥小刚。罗小社不知她受了什么气，想问又怕戳她气窝上。小刚睡着，他才说，我今天看见你了。罗小社没有质询的意思，他是想表白，他对她和朋友交往是不在乎的，他后面还有话。但没等他说，周枫就抢过去，你什么意思？跟踪我？罗小社结巴，没……没……周枫不依不饶，那是什么？她火气很大，罗小社不知怎么招架。周枫喷射一样质问罗小社，尔后突然哑住，眼泪却淌出来。他让她受委屈了，罗小社想。她误会了。怎么就弄成这样？罗小社束手无策。

周枫哭好半天，罗小社腿都被她泡软了。哭过后，周枫平静许多，她说，你想知道什么问我好了，不能跟踪我。

罗小社这才说，在巷口偶然碰上的。

周枫停停说，我累了。

罗小说，早点儿睡吧。

周枫说，有些事，你没必要知道。

罗小社点头。

那种疼痛感又袭上来，周枫怕罗小社看出来，强忍着钻进被窝。周枫和杜刚吵架了，她的火气是从外面带回的。并不想撒罗小社身上，是罗小社掘开的口子。哭了一阵，她好多了。眼泪仍然和罗小社无关。在罗小社面前，周枫可以尽情地、毫不掩饰地流泪。她没有细想其中的原因，不，她根本就没想这个问题。她想的是另外一件事。

杜刚仍在推诿，还是那个理由。他那般地无奈，理由却是那样地强硬。周枫没控制住，说自己都快长出胡子了，他安的什么心？杜刚劝了一会儿，不见效，突然恼火地说，你让我怎么办？周枫说，杀了她。话出口，自己都愣了，这是她说的吗？可是看到杜刚发呆，她却来劲了，让他除掉那个女人。她威胁，如果他不答应，她就去他办公室闹。她相信他怕。吵了一会儿，杜刚服软，让周枫给他一段时间。她执意这样，他只好下手，大不了去坐牢，他说。

周枫冷静下来，意识到自己冒失，竟说出那样的话，还逼杜刚答应。她真是疯了。就是杜刚要那么做，她也不会同意。杜刚说的对，一个敢对自己女人下手的男人，她还敢托付终身么？至于哭闹，以她的心性，也不会不顾一切。亏得刚才哭过，她哭醒了。是罗小社帮她，让她痛痛快快地哭。罗小社救了她。周枫往那边靠靠，她吓着他了。又疼起来。

第二天上班不久，周枫跑出去给杜刚打电话。她急得要命，仿佛晚一分钟杜刚就会对妻子下手。周枫急速地说，你别那样，再想别的办法。杜刚问，你想好了？周枫跺脚，谁跟你开玩笑？杜刚说，好吧，我听你的。周枫觉得杜刚在那边笑了，她蓦然明白，他根本就没当真，料到她会改变主意。鬼东西！周枫并不生气。

等待！

等待！！

等待！！！

等是肯定的，已经等这么多年，可什么时候是尽头？周枫不清楚。睡不着的时候，周枫就想她和杜刚。走到这一步，她有种憔悴的感觉，是不是当初的决定太荒唐、太轻率？她怎么那么肯定地相信他？她凭什么要做出这样的牺牲？若是现在她怕不敢冒这个险。当初他说出那个计划，她两眼放光。经历无数个夜晚，她似乎找到答案：爱情。就是这两个字，让她痴癫疯狂，不顾一切。就是这两个字，让她的计划披上圣洁的霞光，支撑她走到今天。可是，杜刚已经给了她爱情，她有一百个理由相信那就是爱情，她为什么非得和他结婚？她要的究竟是什么？只是一个婚姻？如果说婚姻，她已经有了，干吗还要？只要杜刚的？没有婚姻，没有那张纸，她的爱情就不踏实吗？还是给小刚一个真正的父亲？那么，罗小社不就是真正的父亲吗？小刚和罗小社没有血缘上的关系，可罗小社绝对是真正的父亲，甚至超过。那么，她还要什么？要什么？

后来，周枫想，她要的可能是一个承诺。因为她想不出别的。她不能在两头游摆，她受不了。原先是身在这边，心在杜刚那边，现在是两边都有，她无法把自己割裂，她真要崩溃了。她还是要回到杜刚身边。她是属于杜刚的，她不过是回去。

又一次和杜刚见面后，周枫突发奇想，为什么不见见那个女人？那个女人在周枫耳上磨了不知几层皮，周枫还没见过她。周枫不想干什么，就是想看看。那个女人究竟病到什么程度？

周枫是上班时间溜出来的，她知道此时杜刚不在家。周枫买了两盒脑白金，几袋奶粉。她找到杜刚住的小区，他家住的是楼房。在门口打听一番，便找到杜刚的住处。周枫心狂跳，仿佛第一次作案的小偷。喘了五分钟，她的手缓缓举起。

一个纤瘦的女人拉开门，警惕地问，你找谁？周枫再次慌了，语无伦次地说，我是杜刚……不，杜……我看看……。女人扫扫周枫下垂的胳膊，说进来吧。

周枫一眼就看见衣架上那件灰色西装，是她替杜刚挑的。周枫拽回目光，往卧室瞅瞅，什么也没看见。女人给周枫端过水，将瓜子盘、水果盘推到周枫面前。周枫问，他爱人……女人奇怪地看周枫一眼，我就是呀……还有别的事？周枫忙说，没……我就是看看你……我以为……周枫脸红透了。

女人说，你有什么事，我会告诉他。显然，她经常接待类似的造访者。周枫摇头，趁机打量她。女人脸色发白，眼睛却很有神采，她描过唇，可能粗心，两个嘴角没涂匀。这就是杜刚口中"只剩一两年的女人"？周枫觉得自己一点点儿往沙发里陷进去。

你叫什么名字？女人问。

你叫什么名字？女人又问。

12

　　牙齿，又称牙。具有一定形态的高度钙化的组织，有咀嚼、帮助发音和保持面部外形的功能。人一生中前后两次长牙，首次长出的称"乳牙"，两岁左右长齐，共二十颗。六岁左右，乳牙逐渐脱落，长出"恒牙"，共二十二颗。牙齿是人体中最坚硬的器官，分为牙冠、牙颈、牙根三部分。按形态则分为切牙、尖牙和磨牙。切牙的功能是切断食物，双尖牙用以捣碎食物，磨牙则能磨碎食物。

13

　　小刚小学三年级的时候，罗小社的母亲去世了。那年冬天异常寒冷，三天两头下雪。罗小社拎着母亲的骨灰，在车站等了两天才等见一辆私人班车。人多，两个人的座儿都挤成三个人，几乎透不过气。罗小社邻座的妇女领两个孩子，车主让女人抱大的，小的坐罗小社腿上。罗小社怀里的提包，车主说替他搁车顶上。罗小社不干，丢了怎么办？车主说丢了赔你，只要你装的不是金条。不是金条，但拿金条换不来。那妇女眼巴巴看着罗小社，罗小社心软了，把提包半夹在两腿间，腾出胳膊抱那个孩子。这样也蛮好，只是委屈了母亲，她的每一次委屈都与罗小社有关。母亲始终没有从小刚烫脚的阴影中走出来，也或许，罗小社的婚姻是母亲更大的阴影，只是罗小社从来不敢这样想。路滑，班车蜗牛一样爬行着。下车又走了二十里路，望见村庄，已经黄昏。

　　罗小社回来的第三天，周枫提出离婚。罗小社以为自己听错了，待周枫再次强调，他的眼睛突然崩开，雾霭样的东西扑散出来。好一会儿，他才艰难地问，为……啥？周枫说，我不想过了。罗小社又问，为啥？他的思维似乎凝固，只会重复这两个字。周枫说，不为啥，找了房子我和小刚就搬出去，东西都留给你。雾霭渐渐潮湿，罗小社小声问，我做错了什么？周枫说，和你没关系，我不想过了。

罗小社还想问什么，周枫已扭了脸，冷酷无情的样子。周枫是装出来的，她的心一直在疼。周枫早就想离了。杜刚因周枫的造访大为恼怒，周枫则怪他骗她。吵闹、和好，妥协、再吵。唯一的指望是逼杜刚离婚，自己先离，至少对杜刚是一种压力。杜刚早就坐稳了，离婚对他的前途没什么影响。周枫推到现在提出，是不知怎么面对婆婆的眼睛。婆婆去世后，周枫终于明白自己怕的是什么。罪孽感。罗小社母子越对她好，她的罪孽感越深。和罗小社摊牌自然不轻松，但周枫只能这么做。听着罗小社翻来覆去，周枫一遍遍流泪，这个善良的男人……周枫忽然想把手搁他身上，她清楚这样意味着什么。话已出口，就要挺住。早晚有这一天，她为自己打气，终于克制住。

第二天，罗小社破天荒没去上班。头重脚轻，浑身绵软，竟然迈不上自行车。他骂自己没出息，折回来。他躺不住，燥燥的，仿佛某个器官着了火。他试图捂住，手掌从胸口一直滑至腿侧。哎呀，到处都是空的。心是空的，肺是空的，胃是空的，肠是空的，嘴巴也空空荡荡，满嘴的牙都被拔掉一样。从正房到小房，走了数十个来回，不知自己要干什么。不错，他脑子也空了，最后，他接了一盆冷水，劈头浇下。刺骨的冷，他打个寒战，总算清醒了些。

罗小社要想想。太突然、太意外了。更意外的是周枫铁了心的样子，对他怀了多大仇恨似的。周枫说和他没关系，他还是得想想。他没打过周枫，没骂过周枫，没跟踪过周枫，甚至没抱怨过她。红姐跟踪周枫，是她自作主张，他阻止了她，没听她说的那些乱七八糟的事。他喜欢小刚，他早就忘记那一档子事，小刚是他的孩子。他宁可委屈母亲，也不委屈周枫。他终于想起一些，那次喝醉酒，吐在被子上，让周枫恶心了；那次他瞒着周枫去岳母家，周枫知道后发了脾气……难道因为这个？不至于，不至于……那么，真是她的原因？又是什么原因呢？周枫要离，他是拦不住的，但他不能稀里糊涂地离，他得知道。他要给母亲一个交代，不然母亲会责备他，她一走，他就把女人丢了。

晚上，周枫提出明天就办，她迫不及待。罗小社再问，她还那样回答：

跟你没关系。罗小社说我一定要知道。周枫痛苦地摇头，你没必要——罗小社大声道，不行，你得告诉我。结婚十年，这是罗小社最强硬的话。不过，他马上就软下来，软得整个人泡在眼泪中，究竟怎么回事？

那个秘密并不是说不出口，而是不忍心说。那对罗小社没有好处。周枫冷酷、搪塞、躲闪，就是想绕开。可罗小社这个样子，周枫为难了，说与瞒，哪样儿对罗小社更公平？

周枫横下心，说，好吧，你一定要知道，我就说吧。那个超凡的、神圣的计划此时竟是一枚扎在心上的刺，拔出来，周枫的心随着流血。

罗小社凝固在那儿，仿佛气都不喘了。

周枫说，我利用了你，原本是一场戏，该结束了。罗小社睫毛动了动，接着是眼睛、鼻子，最后是嘴巴，红姐说的是真的？自问，又像是问周枫。

周枫问，她跟你说什么了？

你抱小刚就是给他看的，对不对？罗小社不是看着周枫的眼睛，而是盯着她的嘴巴。

周枫说，是。

罗小社问，他是谁？

周枫说，你没必要知道，该说的我都说了。

罗小社说，这么说，你肯定要走了。

周枫说，是。

罗小说，谢谢你说了实话。

周枫低下头，对不起，我利用了你。

罗小社凄然一笑，倒头睡去。

没说同意，也没说不同意，秘密撕开，这个家庭就成了滚烫的水，凑合一天对双方都是煎熬。可是明天不行，周枫不能再逼他。周枫很难过，不知罗小社要怎样恨她。他是剖出了心肺的，十年如一日。若不是那个光芒四射的理想，她或许会和他厮守下去。

黎明时分，周枫被罗小社推醒。他目光灼灼地烫着周枫，你开始就不是找人家，只是找个避难的地方，对不对？

周枫骇然道，我不是说过了吗？

罗小社问，是，还是不是？他声音极低，显然是怕吵醒小刚，但有着瓷片一样的锋利。

周枫说，是。她猜不透他的意思。他会不会……周枫悄悄侧侧身子，准备随时跃起。他的头和半个身子悬在她身体上方。

罗小社问，就算不找我，也会找别人，对不对？

周枫说，对。

罗小社问，为什么找上我了？

周枫说，你看上去让人放心。

两滴硕大的眼泪滴在周枫脸颊，溅起惊人的回响。周枫伸出手，想替他拭去，但中途缩回来。她的手腕湿了，肩膀抽了抽，哽咽道，对不起。

罗小社说，我今天就和你去办，不过，我有两个条件……你得答应。

周枫有准备，只要在她承受的范围。她背后有杜刚，他不会坐视不管。

罗小社说，先别让小刚知道，我怕他一下子……到时候……到时候，你知道怎么办。

周枫没想到他说出这样的话，停顿半天，方吃力地说，好……吧。

罗小社说，你住在这儿，不要搬走。

周枫断然道，不可能！又补充，那怎么行？

罗小社把周枫的胳膊搁进去，掖住被角，你要搬出去，就瞒不住小刚了。

周枫说，咱俩分开就不能再住在一起。

罗小社说，你没懂我的意思，你和小刚住这儿，我搬出去，这儿离小刚学校近，你也住惯了。

周枫惊得脸都走形了，这个男人……这个男人……很坚决地说，不行！别人知道，我周枫成什么了？我不能把你撵出去。

罗小社说，我都不怕，你还怕别人说？再说，这房子也有你一份。

周枫说，不。

罗小社说，你不答应，我就不和你去。我不会把你拴这儿，等他接你的时候……我还能说什么呀。求求你，我没别的要求。

周枫别扭地说，我……想想。

罗小社说，小刚要醒了。

周枫说，这算怎么一回事啊。

罗小社说，就算是照顾小刚。

小刚醒了。那个睡得死沉沉的、傻里吧唧的家伙跳下地，长长地尿了一泡。钻进被窝时，顺便在罗小社腰上拍一下。几分钟时间又睡去。

周枫和罗小社长久地对视。这次，罗小社没有躲避。

14

《牙齿》是美国喜剧加恐怖片，导演米切尔·利希藤斯坦。影片很有想象力，讲述一位无辜的不幸女孩，阴道内长了一排牙齿，并由此引发个人生活的各种麻烦。

15

离婚后，罗小社搬了出去。他租的房子在一个大杂院，间头窄，一张床占去多半间房。他捡来一些砖头，将床四个角垫高，床底空间变大，足够放东西。就是上床麻烦，罗小社必须撑住床沿跳起来。房租便宜，重要的是这儿和自己的家只隔两条街，回家很方便。

但搬出来二十天了，他没回过，倒是在学校门口候过数次，只为看一眼小刚。孩子们排着队走出校门，罗小社心中便漾起一股暖意。他的孩子就要出来了——就是周枫带小刚飞离地球，小刚也是属于他的。那是心底燃烧的火，谁也扑不灭。小刚排在第二，小刚前面是个羊角辫女孩，小刚后面也是女孩，胖墩墩的，三天两头换衣服。一部分学生在校门口就离队，剩下的要过马路。这样，小刚就排在最前面。没有老师护送时，罗小社的心总是悬着，直到小刚过了马路。罗小社隔着马路，看着小刚。小刚慢腾腾的，有时踢一块石子，有时从地上捡起什么东西。倒是颇合罗小社心意。小刚拐进巷子，罗小社迅速穿过马路，站在巷口目送那个瘦小的身影渐渐模糊、消逝。罗小社喉咙肿胀着，痒痒的，像塞了棉团，终是封住嘴巴。只要喊一声，小刚肯定会冲过来。但他"学习"去了，他不能现身。一个滑稽的理由，罗小社哪有学习的资格？任何一个理由都能将小刚骗住。罗小社眼睛一潮，迅速转身，走一段，突然慢下来，蔫蔫地挪着脚。待躺在高床上，想到小刚仍然住在那个地方，他会欣然一笑。

有时，罗小社候在公交站牌不远的地方，瞟一眼周枫，看她往家的方向走或是拐进菜市场。她还是一个人，那个男人不在她身边。她走路的样子、她甩发的姿势还是那样好看——那曾经是属于他的。罗小社不恨她，不可思议的。有那么一刻，他绝望极了，锋利的刀片飞快地划过，血珠四溅，可怨恨也随着血滴流逝。并不是她要骗他，是他撞上的，换了黄小社、赵小社，她都会这样。他是幸运的，若非如此，她怎会属于他？他捡了别人的东西，现在人家来寻，他不能揣着不放，尽管心存不忍。不幸的是周枫，委屈了十年，也亏得遇上他了。罗小社不知那是个什么样的男人，会不会像他一样爱她和小刚。有周枫在，想他也不会把小刚怎样。

离婚的事，罗小社没跟红姐说。红姐不再逼他跟踪周枫，有时问起，罗小社说好着呢。特别是说起小刚，罗小社滔滔不绝，仿佛之前的寡言就是攒到今天说的。惹得红姐又是嫉妒又是不满，你呀，让红姐说你什么好呢？或者说，你呀，红姐可服你了，你前世是什么？罗小社嘿嘿笑。

沧海桑田，世事难料。有那么几日，罗小社和红姐天天去公司学习。公司下属各个商店全关门。上午学了下午学。公司领导如丧考妣，眉头被犁过的样子，脸上的肉要坠落至桌面，语气却如揭锅的笼屉，透着逼人的热。拐弯抹角或直截了当，意思只有一个：裁人。公司养活不了，自己想办法去。初步原则是每个店裁一半，公司发半年生活费，如果自己主动提出，可以发一年生活费。罗小社第一次听说下岗这个词，是别人说的。公司领导的说法是自谋职业。这意味罗小社和红姐之间，有一个必须失去工作。

那几天，罗小社和红姐总是分开坐，散会各走各的，匆匆忙忙，仿佛急着去赴盛宴。照面时，罗小社忽然有些紧张，不敢看红姐的眼，红姐也不那么大咧咧地放粗了，规矩得如没见过世面的小姑娘，见谁都是一笑。罗小社父亲在食品公司干了一辈子，罗小社是顶班，以为像父亲一样干到退休，谁知屁股下的椅了忽然散架。红姐比罗小社进来得晚，但这话罗小社怎么能说？罗小社心里慌，表面却波澜不惊。他对自己的表现吃惊。那几天，罗小社悄悄做着一件事。这可不敢告人，更不敢告红姐。

"学习"结束，罗小社和红姐回到店里。还是"学习"期间，有个晚上，罗小社想回店看看，却发现红姐在扫地抹柜台，罗小社隔玻璃看了会儿，一声不响地走掉。现在两人不得不面对。红姐冲罗小社一笑，罗小社也冲红姐一笑。两人开始新一轮清扫。食品店像灰暗的心，很难抹亮。

红姐愁眉苦脸，这可咋办？你姐夫在自来水，也不保险，说不定哪天也要裁人，要是没了工作，一家三口就得喝西北风。西北风能喝就好了，扯开嘴往肚里灌吧。说着说着她就来了气，这叫什么世道，不藏奸不偷懒，干这么多年咋说辞就辞？还自谋职业？放着好好的工作不让干，自谋个鸟啊？先前还竭力控制，后来破口大骂。主要骂公司领导，好好的公司让他管成这样，因为他心思没用正，腐化堕落，天理不容。小社，你不知道，有一次我去他家，正赶他家吃饭，你猜猜他喝的啥酒？杏花村哎，他挣几个钱？凭啥喝那么贵的酒？他的钱哪儿来的？但凡他的心思用正，公司就不会落这么惨个下场。红姐怒气冲冲，咬牙切齿，一副要把公司领导撕裂的样子。罗小社叫声红姐，红姐厉声道，别拦我，憋多日了，我得放出来。罗小社低下头，任耳边风声呼啸。终于放完，红姐喘了几口，声音忽然软下去，惆怅地说，总得有个法子呀。

罗小社说，你留下就是。

红姐中了弹似的，目光伸出无数张嘴，一点儿点儿将罗小社咬定，小社，你说什么？

罗小社说，我明天就和公司说，你比我能干，你留下。罗小社不是和别人争抢的性格，尤其和红姐。从知道大局已定，罗小社就这么想了，只不过有些摇摆，有些犹豫，红姐的悲愤让他的念头落地生根。

红姐僵了一会儿，忽然道，不行，别人我争就争了，可姐不能和你争，把你踢出去，姐以后怎么见人？

罗小社说，我是自己要离开，与别人无关。你一大家人，你没工作等于塌半边天。

红姐说，你呢？也不一家人吗？

罗小社说，我早离了。

红姐嘴巴突然撑开，半天才缩回去。你说什么？什么时候？

罗小社轻描淡写说了，红姐瞪住罗小社，这么大事，你咋不早说？你还认我这个姐么？罗小社解释，带着愧意，连自己也不知所云。红姐一脸激愤，那女人太没良心，你对她好到天上了，她还嫌你，说离就离。罗小社说，她不是嫌我，她有别的原因，我不怪她。红姐声音顿时提高，到现在你还替她说话？还有原因，谁离婚没原因？小社，你就是太善。我早告诉过你，她不是省油的灯，让你盯紧点儿，你就是不听。现在怎样？她这会儿在哪儿？我找她去！反正离了，我好好寒碜寒碜她，替你出口气。罗小社紧张地说，红姐，你千万别去，我真不怪她，她对我挺好的。红姐反问，好还离？罗小社说，她有原因。红姐眉头紧蹙，说半天你又绕回来了，你……你……好，我不寒碜她，看她一眼总行吧。罗小社说，我不知道她去哪儿了。红姐接一大杯水，咕咚咕咚灌下去，算她走运。这笔账记着，就是在大街上见了，我也得说道说道。罗小社讨饶，求你了，红姐，千万别。红姐不满地说，瞧瞧你那点儿胆儿，我还能杀了她呀？好，我不理她就是，最多啐她一口。随后痛快地一笑，仿佛已啐了周枫。尔后突然严肃，小社，听姐的，你留下。你不能一个人过，没了工作，哪个女人还嫁给你？罗小社摇头，我没心思了。红姐说，死了张屠户，不吃带毛猪，忘了她，姐给你找个更好的，你有工作，咱说话硬气。罗小社说，红姐，以后再说吧，工作我也找好了，我能养活自己。红姐惊道，真的？哪儿找的？罗小说，我打算去黑石坝市场卖调料，你知道那儿的。红姐问，咋想起来的？怎么也比不上公家的柜台啊。罗小社笑笑，那更自在，有时间我回来看你。红姐眼圈一红，小社，想到你要离开，红姐心都空了。红姐做过对不起你的事，你别计较啊。罗小社说，红姐，你开什么玩笑？红姐惭愧道，不，这是真的，前天晚上我带东西去经理家，我要了心眼儿，想让他留下我。我对不起你，我过于自私。和你比，我算什么东西呀。罗小社倒是没想到，但他并不轻看红姐。敢自个儿揭丑不枉是他罗小社的红姐。罗小社说，红姐，这很正常嘛。红姐说，这是自个儿打脸，这脸也该打。说着举起手，罗小社紧紧抓住她手腕。

离开门店那天，红姐说什么也要请罗小社吃饭。罗小社第一次到红姐家，她住的很远，差不多快出城了。红姐男人罗小社倒是见过几次。他是自来水公司抄表员，风里来雨里去，面色却不黑，也不长胡须，和红姐站一块儿母子似的。红姐摘菜，他跷着二郎腿和罗小社胡侃。罗小社口拙，偶尔插一句，更多时候是听。罗小社想帮红姐干活，他不习惯坐享。站起两次都被红姐男人拽回来，坐着，这是女人的活儿。红姐骂，放屁，凭什么是女人的活儿？我前世欠了你还是咋的？话冲，却不是真正生气。红姐男人笑嘻嘻地说，上世是男人，这世就是女人，下世又轮回来了，老天爷很公平，谁也吃不亏，谁也占不了便宜。红姐骂，狗嘴。罗小社好生羡慕，周枫从没这么骂过他，有时候挨骂真是福分。吃的是涮羊肉，简单实在。红姐男人海量，罗小社根本不是对手。红姐替他解围，姐替你，端过罗小社的酒一饮而尽。红姐男人说，你怎么向着小社啊，胳膊肘子往外拐。罗小社不自在，脸有点儿烫。红姐板着脸说，你别拿小社开玩笑啊。又对罗小社说，他跟谁都没正相。红姐男人嘿嘿笑，乐子就是逗出来的，嘁，女人懂啥？罗小社看到家的另一种样子，心中酸涩。

几天后，罗小社出现在菜市场，新的一页就此掀开。迈出这一步没觉得多难，难的是见小刚没那么方便了。小刚放学早，罗小社收摊晚，想个什么办法呢？罗小社动起脑筋。

周枫也在动脑筋，当然与罗小社无关。夺了罗小社的地盘，周枫心中不安。搬出去的应该是她。可罗小社真是动了情，周枫想到小刚，答应了罗小社。如罗小社所言，等到那一天再搬吧。那一天究竟是哪一天？她不知道，她说了不算。她能做的就是催逼杜刚。

滑稽的是，罗小社的离去，使周枫和杜刚见面出现了问题。下班后，她匆匆往家赶。如果罗小社在，她就不用操心小刚。周枫和杜刚又恢复了过去的联络方式。她告诉杜刚她离婚的消息。她一心一意等他，还有他的小刚。杜刚抱怨她轻率，让她耐心等。周枫恨恨地骂，杜刚，我真想割下你的舌头。杜刚小声叫着枫儿。周枫骂，我想把你的牙一颗一颗拔下来。杜刚声音忽然提高，请进！周枫知道进去人了，啪地挂了电话。撒气归撒气，过几天，她又出现在电话亭。

那天，周枫回家的路上忽然想，为什么不把杜刚叫家里来呢？只要杜刚进屋，在那个时间他就属于她和小刚。一家三口，一个完整的家。她会想办法拖住他。合适的时候，小刚从心理上接受他的时候，她就告诉小刚，他是他真正的爸爸。她和小刚，女人和孩子，难道抵不过一个病恹恹的女人在杜刚心中的分量？

周枫边做饭边哼曲子，仿佛杜刚已经在路上。听到敲门声，周枫呆了一下，蹦着就出去了。浑身的血液往上涌，脑袋有点儿胀。

一个肥壮的女人站在门口，……是红姐。

红姐也怔住，咦，小社呢？

周枫忽然紧张起来，嗯嗯，小社……走了。

红姐追问，走了？

周枫解释，他搬到别的地方了。

红姐眼睛瞪圆，别的地方？你这个不要脸的女人可够狠，蹬了他不说，还霸占他的房子。

周枫说，是他让我住的。

红姐质问，他善良不是？他好欺负不是？

周枫说，你去问他。

红姐怒道，我抽你个不要脸的东西。周枫退后一步，红姐手掌落空。红姐身子往前扑扑，突然定住。周枫侧过身，看见小刚倚在门口。

周枫喝令小刚回去，小刚似乎没听见，一动不动地盯着红姐。

红姐的目光变得柔软，撇开周枫，走到小刚面前，小刚，你爸呢？

小刚说，他学习去了。

红姐揉揉眼，姑给你爸蒸了包子，你爸不在，姑给你吃。说着就解提来的那个包。

小刚跑进屋，红姐晾在那儿。她慢慢把解开的包系住，但并没提。她对木然的周枫说，还热着，没毒。我以为小社还住这儿呢。顺便告诉你，小社下岗了。

16

拔牙后，患者须咬住 1～2 条棉条，作用是压迫止血，保护口腔。一般棉条在拔牙后 40 分钟即可吐出。棉条不要咬压太久。有人以为时间越久越好，咬几个小时甚至十几小时，这样反而因棉条被唾液长久浸泡，可能引起感染或凝血不良。

17

周枫躺在长桥宾馆床上，想起数月前那个日光昏暗的下午。

周枫跟随那个长着雀斑的护士穿过医院幽暗曲折的走廊，从顶头的台阶下去，又走了一段，进入档案室。周枫早被绕晕，辨不清方向，但她知道这是地下室。雀斑护士面无表情，周枫搭讪几次，识趣地闭嘴。周枫托了不少关系，辗转和雀斑护士接上头。周末，雀斑护士牺牲休息时间自然不快。周枫塞给她一百块钱，也没起多大作用。

档案室阴嗖嗖的，散发着霉味和来苏水味。来苏水味可能是被带进来的，周枫想。雀斑护士让周枫坐凳子上等，她的身影在木架中穿梭。木架上的牛皮纸袋是病历。周枫不知这一屋有多少人，那么多人（有人早离开这个世界）挤在这儿，无声无息，神秘诡异，周枫不由敛气屏声。她提供的信息不详，雀斑霉护士半天才找见。周枫急速地翻着，厚厚一沓，有几十页吧。她问能不能复印一下。雀斑护士毫不客气，让你看已经违反规定了。周枫赔着笑又翻了一遍，再三向她致谢。

日光依旧昏暗，周枫却觉耀眼，像刚从墓穴爬出来。

杜刚没说谎，他妻子先后住过三次医院。只是不知"还有一两年时间"是医生口误，还是杜刚杜撰。这一点没法向医生证实。确定无疑的，那个生病的女人恢复了，周枫浪漫而崇高的目标悬在了半空。

已经很久没和杜刚相拥缠绵，周枫躺在床上，却没有从前等待的焦渴。杜刚迟到，周枫并不计较，她有的是时间。窗帘没拉严，光亮如一条细长的瀑布。周枫眼瞅着瀑布干涸、变暗，和屋子染成一个颜色。周枫没拉灯，直到杜刚进来。

杜刚抱歉地解释什么拖了腿，信誓旦旦在不知不觉中被歉疚取代，电话中如此，见面也如此。有时周枫都不忍了，逼自己想他的难处。可歉疚能解决问题？恼火不经意就冲上周枫面颊。

杜刚俯在周枫身上，一边动作一边请求周枫谅解。周枫强忍一会儿，猛地推开他。杜刚愣怔着，怎么了？周枫迅速地穿衣服，穿了两件，忽然趴下哭起来。赤条条的杜刚晾在那儿，不知所措。

回家的路上，周枫一言不发。杜刚不时瞄着她，说，这么晚了，总得吃点儿东西呀，别空着肚子回去。吃麻辣烫？周枫面无表情，本想点头，脖子却梗着。她没胃口，可什么也没谈成，她心有不甘。杜刚摸不准，慢慢开着车，小声提议，要不吃辣鸭头？见周枫未反应，自作主张往路边靠。周枫很硬地说，送我回家！

周枫刚进巷口，背后射出一束光。周枫知道是罗小社，不知他在什么地方猫着。没灯，只要周枫回来晚，罗小社总会拿着手电筒出现在巷口。他总借口去买什么东西，周枫心知肚明。周枫听着罗小社重重的脚步，鼻腔再次酸涩。罗小社搬回来了，住小房，她住正房。周枫让他搬回来的。他住那样一个窄憋的小屋，让她更加愧疚，似乎她明目张胆敲诈罗小社。周枫再不必急着回家，不必替小刚操心。这个男人似乎是为她的宏愿才来到世界的。

周枫吃了一个苹果，刚才昏昏欲睡的饥饿突然受到刺激，惊醒，张着大嘴，在五脏六腑乱咬。周枫和小刚要一小袋薯片，小刚出去一趟，罗小社跟着进来。小刚冲她眨眨眼。罗小社没问她为什么没吃饭，只说我马上煮面条。十分钟后，罗小社端进一大碗面条，上面飘着香菜和葱花，周枫胃口大开。然后，罗小社又抢过碗洗了，说闲着也是闲着。罗小社承担了做饭和洗涮的任务，周枫只能和他一起吃。没活儿可干，罗小社绝不在周枫身边逗留。每次周枫想喊住他，和他说说话，张开的嘴终是慢慢合住，她不知说什么。是啊，说什么呢？

杜刚仿佛弥补上次的过失，提出周末出去游玩。杜刚和周枫一直是地下活动，即使野外，他也不肯。他主动提出，周枫欣喜不已。罗小社搬回来，周枫灭了让杜刚去的念头。周末带上小刚，让小刚和杜刚混熟，混得谁也离不开谁，她就阿弥陀佛了。

头天晚上，周枫跟小刚说，小刚翘着嘴巴问，是咱们三个一块儿去吧？周枫紧张看罗小社一眼，罗小社自然瞧出周枫的担心，说，你和妈妈去，我有事呢。小刚不干，周枫呵斥，小刚不听。罗小社咬着小刚耳朵说悄悄话，小刚懂事地说我记住啦。罗小社出去买了面包矿泉水，周枫责备，买这么多干吗？我都准备好了。罗小社小声解释，预备着，万一不够呢？

周枫不知罗小社对小刚说了什么，悄悄审他。小刚说，我爸不让告诉你。周枫说，你悄悄告诉我，我不让他知道，下周妈妈还带你出去。小刚哪经得住这样的诱惑，马上背叛了罗小社。不过也没什么，罗小社说他坐车就呕吐，这个让他害羞的秘密从不告人。

周枫松口气。她还以为……倒是她多疑。

杜刚带周枫和小刚去了塞外草原。七八月份，正是草原的黄金季节。水洗的天空，弥漫的草香，与皮城俨然两个世界。经过一个旅游点儿，小刚嚷着要下去。杜刚说，我知道一个更好的。周枫明白杜刚的意思。他们到的地方叫百灵湖，还没开发，游人稀少。小刚情绪低落，说杜刚骗他。等杜刚拿出遥控汽车，小刚的眼睛刹时点亮。这个家伙，有奶就是娘。

周枫不时瞟杜刚，他有办法讨小刚欢心。她不会怀疑他对小刚的爱，他的眼神里有答案。是啊，他们是真正的一家人。待小刚睡去，她钻进他怀里，享受被大自然荡起的激情与疯狂。仿佛那一刻已经来临，周枫忽然不能自持。小刚一声尖叫，周枫的肩颤了几颤。杜刚诧异地问她怎么了，周枫说你欠小刚太多了。杜刚说，对不起，等……他停住。等那个女人……周枫也这样想过，现在他还用这个假象应付她，离婚对他真就那么难？他对女人的软心肠为什么不用到她和小刚身上？周枫怨愤地瞪他一眼，忽然说，我让他喊你爸爸。杜刚大惊，你疯了？周枫冷笑，难道不是你的孩子？你非逼我去做鉴定？杜刚说，我怎么会怀疑？只是不到时候。周枫说，只怕到时候喊不出了。杜刚说，那不过是形式，并不重要，现在，还是别坏他的兴致。周枫看着远处的小刚，你答应我，每周要带我和小刚出来。杜刚斟酌着，要是没什么特别的事。周枫抢着截住他，别找理由，不然我带小刚去你家里。杜刚讨饶，周枫在他胳膊上拧了一把。

周枫和小刚第二次出去郊游，罗小社没买任何东西。上次他买的面包、矿泉水被原样不动地拎了回来。小刚说，叔叔车里全是吃的。周枫没接罗小社的眼神，其实，他只是下意识地瞄她一眼，并没有审视的意思。他不敢。她只是他的前妻。小刚给罗小社表演遥控汽车，得意地问罗小社怎样。罗小社竖起大拇指，心里却一阵酸楚。

和上次一样，罗小社整日心神不定，好像小刚要永远离开他。那个男人开始行动，那一天迟早要来。他改变不了，可他不希望这么快，让周枫多借住一日吧，他暗暗祈祷。

第三个周末出去了，第四个周末在家。那天，周枫的脸阴郁着，如黑云低垂的天空。小刚也很不开心，罗小社给他买了泥哨，嘴角才翘起来。罗小社不知发生了什么事，下周还是出去吧，罗小社想，他宁愿那天没一分钱进项。

那个男人究竟是干什么的？疑问又翻起来。他有车，自然有钱。此外，罗小社就一无所知了。罗小社忽然想见见他，不是要认识他，而是想看看这个从开始就打败自己的男人什么模样。十多年了，这个躲在暗处的男人该露露面了。这话没法对周枫说，只有自己行动。

罗小社躲在巷口对面，等了整整一个下午。日影西斜，一辆黑色轿车终于停在巷口。周枫和小刚从车上下来，还有那个男人。他揭开后备箱，给周枫拎出一包东西。

罗小社似乎在什么地方见过他，稍一顿，想起来了，天啦，竟然是……竟然是……罗小社脑袋被戳进铁棍似的。

18

　　在那个午后，在那个被白色覆盖的屋子，周枫向她对面的牙医拽出一页页往事。我突然有一种强烈的愿望，拔下她一颗牙。在我收藏的牙齿中，唯独没有周枫的，我的瘾犯了，而且不可控制。我痴痴地盯着她的嘴巴，琢磨拔哪颗合适。周枫察觉到了，愕然地问我，你干什么？我说听你说话呀。周枫问，干吗盯着我的嘴，嘴里有啥？我说，你讲得太慢，我着急。周枫瞪我一眼。我没敢说实话，这个时候我可不想惹她生气。

19

配肉车送来肉，红姐还没到。罗小社有红姐的钥匙，他打开店门，把两扇猪肉卸在案板上。

也就两年时间，红姐离开了她和罗小社守了多年的食品店。那个店被人承包了。红姐诉苦、叫骂，仿佛全世界都欠了她。罗小社劝，骂也没用，咱长着手，饿不死，你看我不挺好么？红姐就这样，暴怒来得快去得快。她合计半天，在市场租个小门店卖肉。她说，合着咱俩有缘，转半天又转一块儿了。罗小社的调料摊儿在她对面，两人能互相照应。红姐开业没几天，市场的人就领教了红姐的厉害。除了工商部门，市场还有地下收税的。三五天收一次，也是按买卖大小收。罗小社每次交五元。那天收红姐的钱，红姐不给，那个青皮往肉上吐了一口。红姐大怒，老娘活得不耐烦，正想拉个垫背的，提着刀子追青皮满市场跑。青皮不再收红姐的钱，也免了罗小社的，别人照收。

半上午，眼窝红红的红姐才露面。没等罗小社开口，红姐已是泪花飞溅，段鹏这个王八蛋，我在外面拼死拼活，他和别的女人鬼混！罗小社半张着嘴巴，一时无措，但周围卷扑过来的目光提醒了他，他让红姐小声点儿。红姐哭嚷，他不嫌丢人，我还怕什么？昨日红姐生意好，提前回去打算给男人包饺子，没想到撞个正着。罗小社急声道，红姐，买卖要紧，你还做不做了？红姐粗声大气，不做了！我图啥？拿脸往屁股上贴，去他娘的吧！随即挽了袖子，拉开数条猪肉，叫，白送了，不要钱！罗小社制止她，红姐说，你让我痛快一会儿吧……来呀，随便拿！她这样叫，反没人上前。罗小社埋怨，你都把人吓跑了。红姐泄气地把肉摔在案上。

肉卖完，却赔了钱。罗小社早早收摊儿，送红姐回去。一路不住劝说，马失前蹄，谁没个犯错误的时候，只要他能改，你就放他一马。红姐骂，我白天伺候了黑夜伺候……意识到走嘴，小社，姐嘴笨，你甭在意，他实在不是东西，我要和他离婚。罗小社说，你别冲动。红姐说，我没冲动，世界这么大，我还怕找不着男人？实在不行，咱俩过！罗小社脸迅速涨红，红姐，你开什么玩笑？红姐勾他一眼，瞧你吓得，红姐还能吃了你？罗小社心乱如麻。红姐愤愤地骂，就是离婚，我也得收拾饱他。

家里乱糟糟的，到处是碎裂的盘碗，被子也没叠，可以想见昨晚的场面。红姐边收拾边骂，指望惯了，什么都靠我。正说着，男人回来了，紧张兮兮的。见罗小社在，吃力地扮出假笑。罗小社看见他脸和脖子深一道浅一道的抓痕，暗想，红姐要是再收拾，他的脸就成烂瓜皮了。红姐瞪他，你还有脸回来？咋不和那个贱娘们儿鬼混？男人赔着小心，我错了，我改嘛，宰相肚里能撑船，你别生气了。红姐骂，去他妈的宰相，少恶心我。男人求救地望着罗小社，罗小社接起话劝红姐。红姐收拾完，忽然想起没买菜，她让罗小社留下吃饭，匆匆出去。

红姐男人获了大赦似的，招呼罗小社坐，你不知她多凶，差点儿揭了房顶。罗小社说，你气坏她了。男人辩解，其实就这一次，偏偏让她撞上，我够老实了，隔壁男人……看罗小社脸色不对，改口道，你劝劝她，她听你的。罗小社说，你别再那个啦。男人摸着脸说，不了不了，一遭就让她糊成这样，再有一次还不吃了我，再不敢了。待会我出去躲会儿，她还窝着火呢。原来红姐逼令他交代那个女人的地址。男人说，你知道的，我要是说出来，那就了不得了，得出人命，让她别问了，我保证改。

罗小社边帮红姐做饭边劝。红姐说，偷腥也上瘾，不偷就罢了，偷过就难改。我问他那个女人住哪儿，他死活不说，这是改吗？罗小社反问，你没给他机会，咋知道他改不了？那个女人你找她干啥？依你的脾气，又得干一架。姐夫还是顾忌脸面，你一闹一嚷，他反而没顾忌了。红姐愤愤地骂，他护着那个贱货，我一点儿便宜没占上。罗小社说，就算你找见她，抓她几把，又能怎样？逼得她和男人离了婚，她和姐夫真还难说了。红姐横他一眼，你平时抖不出几句话，今儿咋连三赶四的？还有理有据。罗小社说，你气昏了，看得没我清楚，别老计较他的过去。红姐说，不拍扁他，我心里这口气出不去。罗小社听红姐的话头，气消得差不多了。

罗小社回去，周枫和小刚已经吃过。罗小社解释，周枫说，你没吃吧，正好有剩的，我给你热热。罗小社忙说，我自己来。红姐再三留，罗小社还是赶回来，他怕周枫有事，小刚饿了肚子。周枫没离开，罗小社吃得很小心。他盼她离开，又怕她离开。周枫瞧罗小社一会儿，问红姐没什么事吧。罗小社简要讲了，说，红姐就是脾气大，没别的毛病。周枫点头，她心好，就是嘴厉害。周枫如此评价红姐，罗小社十分高兴，不由多看周枫两眼。

第二天，红姐早早来了。一瞧她红光满面，罗小社心中有数了。果然，红姐说她想通了，谁不犯个错误，知错就改，她不计较。谢谢你啦，小社。罗小社说，谢我什么？谢自个儿吧。红姐说，小社，你离了婚，还让周枫住你的房子，还那样对她，我咋也想不明白，今儿我明白了，你这个人……可惜我和你相处这么多年。我留出一块儿肉，你带回去给周枫红烧，就说我请的。我没少寒碜她，就算道个歉吧……你什么也别说，喏，我装起来了。罗小社看着忙碌的红姐，感慨万分，红姐的坎儿过了。这日子谁又比谁顺溜呢？关键看谁能想顺溜。

晚上周枫进屋，罗小社的红烧肉已经摆上桌子，他强调了红姐的话。周枫笑着说，那我得多吃几块。桌上，周枫讲了同事的事。不知从何时起，两人有了话题。尴尬淡了，像两个不分彼此的合租者。那个男人常常从周枫嘴里走出，周枫说着他的善良与心狠，罗小社偶尔出个主意。罗小社自是不愿意她离开，可看着周枫惆怅的样子，又替她难过。那办法虽然用不上，却是绞尽脑汁想出来的。

这几天没找他？罗小社关切地问。半个月了，周枫晚上没出去过。

周枫摇头，我累了，想歇歇。

罗小社说，让小刚到小房写作业，你早点儿休息。

周枫说不用。

即使躺在那儿，又有什么用？心累睡不踏实。十五六年了，她只奔波一件事，目标依然悬着。似乎更遥远了。郊游没有实质性效果，甭说周枫，小刚都腻了，不再跟她出去。有那么一阵儿，周枫每天去他办公室。周枫想逼杜刚投降，逼他兑现承诺。她没有大吵大闹，不想让人看笑话。她不能。她坐他对面，默默地冷冷地没有丝毫退缩地看着他。杜刚确实慌了，说，你别这样，你这是干啥？周枫的目光变硬变粗。杜刚给周枫冲杯咖啡，周枫一动不动。杜刚说，你要我怎么办？周枫说，你知道的。杜刚说，她的身体看起来是好了，其实很虚弱，离婚她就会垮掉，这是变相谋杀，我狠不下心来。周枫嘴唇使着劲，让"骗子"二字响亮一些。杜刚说，那时候她真是不行了，我哪想到……老天爷夺去也就去了，我不能当杀人犯。周枫恨恨地，我雇人杀她。杜刚踉跄地摇头，你做不出来。周枫叫，我做得出，我现在的样子和坐牢有什么区别？杜刚说，你真要坐牢，就看不到小刚了。周枫的心突然被尖锐的金属刺中，脸色十分难看，但她仍顶回去，看不到就看不到。杜刚说，你别犯傻，谁照顾他？那个罗小社？时间久了，难免……周枫打断他，不准你说他，你有什么资格说他？你能照顾，为什么缩头？他比你强百倍。杜刚说，他比我强百倍……终是没敢说出来，换了可怜的内疚的语气，你也想想我的难处，再等等。一千遍的理由，都捂出馊味了。周枫威胁，我不等了，我说得出做得出。扬长而去。

周枫心绪难平，和罗小社讲了。罗小社如刀剑逼喉，脸都白了。雇人杀那个女人？不行不行，你别这样，毁了她也毁了你。周枫说，我没路了。罗小社说，至少你现在不是死路，你这么办，就真是死路了。周枫目光坚定，我不能让他骗了。罗小社说，你能断定他骗你？他不愿扔下那个女人说明他心地没那么坏，再想想别的办法。周枫愁苦地摇头，我想不出来。罗小社说，总会有的，别做傻事。周枫说，算了算了，不谈了，烦！

半夜，罗小社敲周枫的门。从未有过的，罗小社一向很规矩。周枫稍有些紧张，牙开门缝儿，问他什么事。罗小社说，你得答应我，千万别那么做。周枫没有向他保证的义务。可看着月光下他灰暗的脸，周枫心中涌上暖流。她差点儿把他拽进来。周枫哑哑地说，我答应。罗小社如释重负，扭头离开。其实，周枫也就说些出气的狠话，如果想那么做，几年前她就那么逼杜刚了。

周枫仍去杜刚办公室示威，但硝烟淡了许多。周枫自己也明白，她其实是告诉杜刚，她说的不过是气话，是戏言。她束手无策，她没招了。就这么无声地威逼吧，无招之招，她不好受，他也甭想好受。谁说她没想过他的难处？她想的太多，所以不能再想。他答应了的，给了我吧！给了我吧！！目光在强硬与柔软间摇摆，腰板却总是竖得直溜溜的。

终于，周枫连静坐示威的耐性也没了。她不知道怎么办，怎么办呢？撕了杜刚的脸？和那个病恹恹的女人叫板？周枫不愿成为闹剧中的角色。她生气，她骂杜刚骗子，但心底始终有一个声音：杜刚没欺骗她。那不是骗，如果是就简单了。可那又等于骗，周枫在并非虚幻的等待中，青春一点点流逝。不管她怎么闹，绕来绕去，始终站在起点。

一天晚上，哥和嫂子提了些水果上门。周枫不想谈及家人，既然上门，还是说说吧。数年前，嫂子和人私奔。母亲受了打击，一病不起，不到半年就耗干了身体。闭眼前，紧紧抓着周枫的手，直到周枫答应找回嫂子。也就两年，嫂子失魂落魄地回来，又和哥过上了，只是哥一喝酒就揍她。那么揍，也没把她揍跑。嫂子没了工作，没了架子，不再咬文嚼字。岁月残酷又滑稽。

周枫一瞧嫂子浮浮虚虚的笑，就知道有事。嫂子捅哥几次，哥不耐烦地说，你说嘛，没长嘴？嫂子好脾气地，小妹又不是外人，瞧你这胆儿。目光移过来，看不出丝毫难堪。她想让周枫找个工作。周枫说，不是在复印部找了吗？嫂子说，私人开的，又累钱又少。周枫说，现在活儿不好找，我差点儿也让裁掉。嫂子说，那个……能不能找那个人说说？周枫诧异地问，谁？嫂子看哥一眼，杜……周枫突然打断她，什么乱七八糟的，我没这能耐！看来，哥嫂知道了周枫和杜刚的关系，也许早就知道。知道也没什么，已经不是秘密，可周枫还是恼火。让她找杜刚，这怎么可能？哥表情错愕，大概没想到周枫这么大脾气，呆了呆，扯起嫂子就走。

周枫很快就后悔了。哥的脸在眼前晃来晃去。两人来前怕是犹豫了很久，但还是来了，她是妹妹嘛。撞一鼻子灰。周枫失控了，不是"让她找工作"，而是"找那个人"，除了兑现那个承诺，周枫还没找过杜刚。她必须让他欠着她，现在……还是说一声吧，毕竟是她哥，她也想试试杜刚在"别"的事上的态度。

第二天，周枫去找杜刚，杜刚很痛快，没问题，你的事就是我的事。

周枫不知该高兴还是难过。

20

据专家研究，人说谎可造成牙齿衰老。人每说一次谎，牙质中的钙磷化合物会流失，导致牙齿易被酸蚀，久而久之，形成龋齿。

21

周枫站在路旁，斜着那个跪立的学生娃。他背一个旧书包，额上扎着白布，两臂低垂。他勾着头，周枫无法看清他的脸。他面前铺了一块白布，自然是写着字的。半年前，周枫经过一个跪乞者身旁，看过一个个冒着血的字，心中酸楚，丢下十块钱。跪乞者咚地嗑一个头，吓周枫一跳。不过几个月工夫，类似的学生娃蘑菇一样冒出来，成为街头路口抹不去的风景。周枫看了半天，施者寥寥。人们的心不知不觉间变硬了。谁永远被骗呢？

视线模糊……跪乞者的背影像极了杜刚，周枫马上惊醒。周枫奇怪自己怎么有这样虚幻的感觉，心乱如麻，扭过头，搜寻着什么。

一辆崭新的车停在周枫身边，周枫迅速钻进去。杜刚握握周枫的手，问她听什么歌。周枫说随便，她不是来听歌的。杜刚放了一首舒缓的音乐，并说，音质非常棒。车无声地滑行，周枫目视前方，余光却扫着杜刚。杜刚喜不自胜的声音仍留在周枫耳里，他说要送她一个礼物。见周枫反应不大，他沉不住气，枫儿，梦想，记得我们的梦想么？周枫咬紧牙，没让自己瘫在那儿。梦想，覆盖了无数灰尘的梦想，已是周枫身体的一部分。周枫没听说那个女人怎么了……脑里一闪，他悄悄离婚了？他送给她的莫非是离婚证？单位改制，杜刚摇身一变成了董事长。杜刚有足够的钱换一张离婚证。

周枫没问，等杜刚主动拱出来。她奇怪自己沉得住气……其实她的心极乱。杜刚似乎故意耗她，就是不开口。但他难以掩饰喜悦，眼睛、鼻子、嘴巴、眉毛、耳朵都带着笑。周枫暗骂，可恨！她不知他带她去哪儿……忽然悟出味儿来，喜事自然有个仪式，他怎么可能在车上说？是啊，是啊……她燥热起来，她想不起两人有多久没在一起，她的身体差不多荒芜了。看样子不是长桥宾馆，以他的身份，那个地方档次似乎低了。但周枫宁愿去那儿，她难以忘怀。但周枫不打算说，她兴奋地横下心，任这个狗东西宰割了。

　　车在一个小区停下。杜刚说，百花小区，报上常做广告的。皮城楼盘蜂拥，周枫哪记得住那些乱纷纷的名字？机械地点头，跟随杜刚上楼。杜刚熟练地打开301。装修没多久，空气中味道颇浓。杜刚领周枫转了转，说120平米。房间没家具，唯独向阳的卧室横一张双人床，周枫注意到已经安了窗帘。杜刚说，这里很安静，非常安静。周枫想，这里的好处是没长那么多眼睛。

　　杜刚拉住窗帘，回头望着周枫。光线暗了些，但周枫仍然觉出他眼里啪啪的火苗。如何？杜刚问。周枫没说话，因为说不出来。她下意识地瞄瞄杜刚始终抓在手里的包，知道答案就在包里。她突然紧张而慌乱。但是杜刚并没有下文，他慢慢走过来，拥住周枫。周枫发热，变软，觉得自己的身体稀粥般从杜刚怀里往下溜。她咬住他的耳朵，抱紧！两个字，轻轻地，轻得她自己都听不见。但杜刚听到了，嘭的一声，杜刚被这粒火种点燃。周枫被他抱起，被他扔到床上。

　　燃烧的火。

　　周枫还没烧够，脸烫，身子也烫。杜刚已翻下床，撅着腚扒拉两人的衣服，终于找见那个公文包。他跪在周枫身边，脸带愧意，却目光灼灼，枫儿，这么多年，你受苦了，我们……他顿住，似乎有些哽咽，可马上轻快了，顽皮地眨眨眼，你闭上眼，傻孩子，必须闭上。

　　周枫闭上，怕自己做不到，咬紧嘴唇。

　　杜刚声音颤巍巍的，可以了。

　　周枫睁开，怕自己看错，努力睁大。

　　杜刚拎着一串钥匙。

周枫不解，这是什么？

杜刚说，这套房的钥匙。

周枫木然道，钥匙？

杜刚说，当然是钥匙。房子是送给你的，买了家具，你和小刚就可以搬来住。枫儿，我们的梦想不就是在一起么？这是我们的家。把我们的秘密告诉小刚，我这个地下父亲要站出来了。

周枫问，你每天都住这儿？

杜刚回答得相当干脆，当然不可能，但我随时会来。

周枫明白了，他和那个女人的关系没有任何改变。他只是在这个城市另置一个家，她是什么？他的小？这怎么是她的梦想？可笑！刚才滚烫的身体忽然滑进冰窖，淹没在寒冷中。

杜刚把钥匙塞周枫手中，只要心在一起，其他不过是形式。

周枫终于按捺不住，你把我看成什么了？

杜刚说，枫儿，我们结了婚，不也这样吗？你究竟要什么？

我要什么你清楚！周枫胳膊一扬，钥匙擦过杜刚耳朵，飞到对面墙上。她跳起来，抓了衣服往身上套。杜刚急了，枫儿，你这是干什么？周枫不理，一只袜子找不见了，她不再找，跳跃着奔到门口，怎么也打不开门。杜刚说，枫儿，你冷静点儿。周枫回头，叫，给我开门！杜刚似乎被她吓住，手抖了一下。

周枫大步奔出小区，没有片刻停留。没有公交，出租车也少，周枫走了半小时才坐上出租车。杜刚没有追上来。周枫的胸起伏着，仿佛两只困兽在那里冲撞。她咬着牙，不让酸胀的鼻子发出任何声音。付钱。下车。开门。扑到床上，周枫的眼泪决堤。她怀着喜悦，怀着期待，可那一串冷冰冰的钥匙把她的所有都撞碎了。甭说一套房，就是一栋楼，她也不稀罕。她要的不是这个。

委屈随着眼泪泄掉，周枫懒懒地躺在那儿。一个声音犹疑的、小心翼翼地提醒她：是不是过了。她早就想从罗小社这儿搬出去，现在有房，自然有了可能。她不能谋杀那个女人，不能逼杜刚离婚，有了房，和杜刚在一起的时候就多了。小又怎样？都什么年代了？况且，她不是小，绝不是。杜刚要把自己分开，一半留给那个女人，一半给她。国家还另立江山呢。也许这是最好的选择，她还能怎样？完全把他夺过来？早晚有一天，他会完完整整属于她。她等了快二十年，这也是一个阶段性胜利吧？那么……把那串钥匙要回来？那串钥匙在眼前晃动时，她又挥手抹去，毫不客气的。不错，她和小刚住到那儿，就把杜刚劈了一半儿过去。但她要的并不是一套房，并不是半个人，她要的是一个承诺。那个承诺让她不顾一切，让她的容颜在等待中苍老，他必须给她。

罗小社回来，周枫正从锅里舀汤。炒菜加多了水，成了煮菜。周枫抱怨自己笨，边舀边想，千万别让小社看见，好像她什么也不会做似的。还没舀完，罗小社进屋。周枫吐吐舌头，停住。

罗小社接替周枫。"家"务上，罗小社永远是主角，她算半个配角。

罗小社看出周枫眼睛异常，明白又和那个人闹别扭了。除了那个人，谁又能搅动她呢？一丝怜爱涌上来，罗小社悄悄叹口气。和红姐在一起，罗小社是弟弟，处处受她关照；在周枫面前，罗小社则是兄长，总是替她操心。

饭后，罗小社探询地看着她。周枫说，他给我买了一套房。

罗小社被咬了一口似的，你要搬走？

周枫纠正，是他让我搬过去。

罗小社心想，还不一回事嘛。罗小社害怕这一天，这一天还是来了。周枫搬走，自然小刚也要离开。罗小社吃力地笑笑，总算……行了。

周枫摇头，我不去！

可以想象罗小社的表情，惊愕，却搀着兴奋。待周枫说了理由，罗小社心却沉重了，他劝周枫想开，这样没什么不好。他说，你平时就当他出差吧。他是想让她住下来，可……终究是个临时的地方，她最终要飞走。他是愿意她好的。

周枫说，不，我要的不是这个。

罗小社松口气，很快又忧心忡忡。周枫的神情透着让人惊骇的寒冷与坚硬。罗小社想起她曾经说过的话，她莫不是……没有退路，或许她真会那样干。罗小社忍了忍，没敢提。万一不是呢？不能再提醒她。

红姐看出罗小社揣着心事，问他，又不说。红姐板了脸道，咋？信不过姐？罗小社不自然地笑笑，瞧红姐说的。红姐哼了一声，那还不快说？是不是周枫有事了？被红姐说破，罗小社只好招认。红姐说，我就知道，除了她，谁能让你心神不宁，你俩也真是有的一拼。红姐左右扫扫，压低声音说，要不我去找找那个男人？罗小社忙说，红姐，你千万别，周枫会生气。红姐说，我这也是帮她么。罗小社说，她知道怎么做。红姐焦躁地说，我想起来就烦，你吊这儿算咋回事呀？她走了，我好给你介绍个新的。罗小社生气了，重重叫声红姐。红姐也不高兴，冷着脸说，我也没咋着她呀，你就急成这样？真是！不再理罗小社，返身回自己的肉铺。

也就两支烟工夫，红姐又折回来。已是一脸春风。小社，昨晚坝岗街捅死一个人，你知道不？罗小社摇头。红姐哎呀一声，还是个学生呢，真是可惜了。罗小社消息闭塞，外界的事多半是红姐传给他。

那天，红姐上厕所，回来说一个女人跳河了，在大桥那边。可能是"桥"字刺激了他，罗小社忽然脸色苍白，额头出了冷汗。红姐看出来，问，你怎么了？罗小社掩饰，没事啊。禁不住又问，是个女人？听谁说的？红姐说，刚才上厕所……小社，你别过敏好不好？你这人真是没治。罗小社却慌得控制不住，胸口都突突了。他紧张地说，红姐，我心慌。红姐嘲弄，瞧你这点儿出息。但她很快觉出罗小社真的难受，挟住他，你是不是病了？我去叫车。罗小社抓住她，别……没事……我喝点儿水。红姐递过水杯，罗小社喝了几口，稍稍镇定，却有一种痛感。还好，他能忍住痛。红姐说，妈呀，你可吓坏我了。罗小社不好意思地笑笑。

一个警察出现走进市场，罗小社并未在意。警察和旁边的摊主说了什么，往这儿走来。罗小社心跳再次加快，别是找他的吧？罗小社的目光想躲开，却又被警察粘住。在无助与游弋的注视中，警察走到他面前……

22

　　无数个夜晚，我听到铁盒子里牙齿的撞击，我甚至怀疑它们会把铁盒击碎。为保险起见，我加了锁。我知道它们是不会老实受困的。呓语、倾诉、叫嚣、怒吼、责骂、嘲笑。争先恐后，如大浪拍沙。

23

　　罗小社被门卫拦住，他说找杜刚。罗小社说得随意，仿佛含着一枚瓜子，轻轻一吐就出来了。门卫打量罗小社，问他联系过没。罗小社说没这个必要，便往里走。门卫再次拦住他，已是一脸卑笑，让罗小社登记一下，解释，这是规定，要不我会丢饭碗。那是一张略显稚气的脸，唇上的黑胡还很柔软。一听可能丢饭碗，罗小社的心便塌下来，乖乖填了会客签。这个杜刚规矩够多，他自己咱就不讲规矩呢？

　　转了一圈，终于找见杜刚办公室。罗小社没敲门，推开就进。他没这样莽过，为了周枫，他豁出去了。杜刚正和一个女的说话，罗小社贸然闯入，他愣了一下，但他反应快，指着沙发让罗小社坐。又示意那个女的出去。罗小社想，想必是秘书吧，比周枫年轻多了。

　　杜刚审视罗小社，罗小社悄悄畏缩一下，立刻摆出一副凛然的样子。周枫看着他呢，他不能稀。罗小社从沙发站起，走到杜刚对面。这个男人，这个让周枫痛不欲生的男人，竟然是周枫的老板。这个男人，小刚被烫伤，他第一次出现，假惺惺塞给罗小社五百块钱，罗小社感激涕零。这个男人，在医院走廊，罗小社狠狠揍他一拳。罗小社活了四十多年，没打过人，那天是气昏了。若不是红姐拽着，绝不止一拳。罗小社想在杜刚脸上辨出那一拳的痕迹，没有。

杜刚问，怎么？找我打架？

罗小社莫名地颤了一下，杜刚坐在老板桌后，不怒自威。罗小社一寸一寸扬起自己的傲然，我找你讲理。

杜刚忽然笑了一下，你可全是打架的架势啊，坐吧，别站着。

罗小社说，我喜欢。

杜刚说，什么事？

罗小社说，别装糊涂，你知道。

杜刚很不客气，我不知道。

罗小社暗暗骂娘，耐着性子，我替周枫讨个公道。

杜刚冷冷一笑，旋即冷了脸，神情依然残留着似笑非笑的东西。我倒想知道，你是周枫什么人，你凭什么？

罗小社抽搐一下，杜刚击中他的死穴。是啊，他是周枫什么人？脸一点点儿黑了，白了；又红了，白了，冷硬无比。我是她哥。他逼视过去，不再退让。

杜刚愣住，仿佛被利器钉住。终于，他的神情松弛了，好吧，说说你想怎样。

罗小社说，你娶她。你答应过她，你是有身份的人，说话要算话。周枫等了快二十年，你让她等到什么时候？

杜刚苦笑，没想到你和我说这个话，我很羞愧。我知道你是个好人，周枫很感激你，我也很感激你。这么多年，是你照顾她。我不知道你了解多少，有些事你恐怕不清楚。我没骗过她，从来没有，可我伤害了她，我很无奈……

罗小社截住他。杜刚不是坏人，罗小社已从周枫那儿获知，但他对周枫又很坏。罗小社不想再听，他知道杜刚的理由难以反驳——杜刚舍不得丢下病弱的妻子，这点儿令罗小社钦佩。没有理由，没有退路，没有条件。

你让我怎么办？杜刚问。

罗小社斩钉截铁，娶她。

杜刚又是苦笑，我何尝不想？你知道……

罗小社耍横，我不管，反正你得娶她。

杜刚说，干吗非要那个形式，我给她买了房……

罗小社说，她不要那个，你清楚。

杜刚无奈地、悲怆地，我没别的办法啊，小社，换你，你会怎样？

罗小社不知道，他没想过。杜刚的痛苦触动了罗小社，罗小社软了许多，你想想办法。她已经跳过一次河，不能再逼她跳第二次。

杜刚说，你劝劝她别做傻事，再给我点儿时间。杜刚站起来，在罗小社肩上拍拍，兄弟，靠你了。

罗小社出了大门，忽然觉得不对头，他是找杜刚算账的，怎么反而被他说服？时间不早了，罗小社没回市场，得回去给周枫做饭。

罗小社进屋，周枫睁开眼。罗小社歉意地，弄醒你了吧。周枫说，我没睡着。整天躺着，哪睡得着？挣脱死神的怀抱，她一直在家歇着。身体极度虚弱，骨骼、肌肉甚至每个细胞都软绵绵的，元气大伤，估计就这样吧。罗小社端上饭，坐在一边。周枫让他也吃，否则她就不吃。罗小社盛了一碗。但他吃得极快，几乎是倒进去的。吃了没一半，周枫不想吃，罗小社硬是喂她几口。罗小社说，身体养好，咱俩一块儿去看看小刚，我挺想他。周枫明白他的用意，他其实是在责备她。周枫十分羞愧，她怎么就……在落水的一刹那，她清清楚楚地看到小刚惊骇的脸。还连累罗小社，每天中午跑回来给她做饭。自小刚去外地念书，中午也很少开伙了。泪水模糊了周枫的眼。罗小社说，咋还哭呢？别这样。周枫摇头，我没事，你去吧。

第二天，罗小社又去找杜刚。杜刚惊道，怎么又来了？罗小社说，你还没给我答复，我当然要来。杜刚说，我说得明明白白。罗小社说，我不听你说，要你做！杜刚说，你给我指条路，兄弟。罗小社说，我不知道，事是你做的，话是你说的，你得兑现。杜刚说，别影响我办公。罗小社说，你答应我就走。杜刚说，你怎么能这样？罗小社说，我就这样了。罗小社没无赖过，现在耍赖。杜刚威胁要报警。罗小社说不怕，全世界都知道才好呢。杜刚又软下去，让罗小社想他的难处。罗小社吸取昨天的教训，没顺着他的话题。你有千万个理由，我只有一个要求。否则就赖着。当然没赖到底，得回去做饭。

罗小社再去就进不去了。门卫不放行，态度强硬。看来杜刚发了话。罗小社在门口软硬兼施，门卫正眼也不看他。罗小社就在门口等，心里窝着火，杜刚还能躲一辈子？

追堵杜刚成了罗小社最紧迫的任务，每天都来。罗小社不想介入周枫和杜刚的事，可周枫跳河后，罗小社再不能坐视。他要管，必须管。周枫的事自然是他罗小社的事，让她从这个院子嫁出去吧。

罗小社都跟红姐说了，有时还向她讨主意。红姐忙坏了，一边卖肉一边照顾罗小社的摊儿。七八天过去，罗小社没逮住杜刚。红姐说，你这样不行啊，他出进坐车，你哪拦得住？罗小社说，我不是进不去门嘛？红姐说，明天我跟你去！

自然被门卫拦住。红姐嚷，你知道我是谁？你的饭碗是不想要了。门卫只一句话，不能进。红姐往里闯，门卫推她一把。红姐大叫，你竟敢占我便宜？我都能当你娘了。门卫吓得后退。回头见罗小社发呆，红姐骂，傻了？罗小社醒悟，撒腿往里跑。但是杜刚的屋锁着，罗小社楼上楼下找了好几遭儿，无果。返到门口，红姐还坐在地上叫骂，身边围了不少人。罗小社冲她摇头，红姐迅速起身，抓起罗小社就走。问明情况，红姐说，也许躲了，也许当真不在。躲了和尚躲不了庙，去家找他。罗小社担心，行吗？他是怕周枫知道。红姐说，有什么不行？干脆和那个女人闹一场，逼她离婚。周枫做不出来，咱帮她。罗小社更加担心，红姐说，打蛇抓七寸，不这样没办法了。一闹也许那女人主动离婚呢，一个男人霸了这么多年，该让出来了。

红姐真是神通广大，没费什么事就弄清楚杜刚家住哪儿，拉罗小社杀上门。当然，和周枫曾经去的不是一个地方。杜刚不在，只有女人和保姆。罗小社听到"保姆"两字，心里不怎么舒服。周枫何曾享过这样的礼遇？可是看到那个病歪歪的女人被保姆扶起来，罗小社明白杜刚为什么雇保姆了。女人瘦得像晒干的豆芽，怕是榨都榨不出水来。她居然涂了口红，反衬得脸更黄。罗小社和红姐对望一眼。女人说杜刚不在，有什么事她可以转告。罗小社说，还是当面和他说吧。女人警觉道，你们不是公司的吧？红姐说，不是。罗小社忙说改天再来，拽红姐出来。

两人都很泄气，罗小社甚至感觉受了重击。红姐说，看来那家伙没撒谎，不大好办了。罗小社紧蹙眉头，一脸茫然。

罗小社回到家，见到同样躺着的周枫，马上占到周枫一边。那个女人需要照顾，周枫不需要吗？杜刚必须回到周枫身边，至于那个女人，罗小社荒唐地想，他可以替杜刚照顾。

罗小社候了几次，终于在家门口堵住杜刚。杜刚恼火地说，那天是不是你？我就知道是你。你还有完没完？你再添乱，我真报警了。罗小社说，你不跟周枫结婚，我就没完。杜刚说，你也看到了，我能扔下她？罗小社说，我替你照顾她。杜刚见了怪物似的，你说……什么？你简直是个疯子！罗小社说，我没疯，是周枫快疯了。杜刚说，你是不是想把我逼疯？目光血红血红，罗小社头皮一麻。

那天，罗小社进屋，周枫就问，你找杜刚了？

罗小社想否认，随即又哦了一声。看来她知道了。

周枫厉声道，谁让你找他的？

罗小社嗫嚅，我……想……

周枫眼泪飞溅，罗小社你不要再管我的事。

24

恒牙是人最后的牙齿，恒牙脱落后，将不再有牙齿萌生。

25

其实，周枫咳嗽很久了。她嗓子不利落，总觉得堵着什么东西，又咳不出来。她尽量避着罗小社，不在他面前咳。罗小社絮叨，有时他的关切反而成了负担。这么说，周枫甚为内疚，可确实是这种感觉。那次她患感冒，根本没当回事，吃两片药就去上班。中午，罗小社竟然跑去给她送药。晚上罗小社给她试体温，说不行，一定要睡前再吃一顿药。眼看着她吞下去，才放心回自己的小屋。一个院子，楚河汉界。

总有避不开的时候，罗小社给她买了治咳嗽的药，没效。罗小社让她去医院，她一推再推，最后被罗小社拖去。当天，周枫住院。

周枫从没把自己和医院联系起来，虽然也曾出入其中，除了那次陪小刚，没在医院长住过。罗小社安慰她，没有大问题，住一段好些，咱就离开。罗小社一个咱字，周枫不由心酸。这个世界没有真正属于周枫的地方，她先在父母那儿借住，后在罗小社那儿借住，现在又借住医院。周枫的身份似乎就是一个永远的过客。借住在病房，周枫开始意识到先前借住的地方是多么温暖。母亲的茴香馅饺子，哥哥的呼噜，甚至嫂子文绉绉的表演都有一种迷人的光泽。至于那个小院，让她回想更多：婆婆的鲫鱼豆腐，小刚的恶作剧，罗小社的傻笑，还有她的骄横。

病室是冰冷的，尽管罗小社日夜在身边。那种冷与气候、季节、温度无关，是从心底透出的冷。冷让周枫变得平静，冷让周枫的思维插上翅膀。她想起蝴蝶飞舞的草原。她随副厂长杜刚到内蒙古收验羊毛，一个休息的日子，他带她去草原。她把第一次献给他。她忘不了他炽热的眼睛和他诗一般的语言，天是帐篷，地是床。说不清她和他是什么时候开花的，但结果是在那个独一无二的帐篷里。她想起现已拆掉的长桥宾馆里的承诺，她为那个承诺一日日奔波，一日日流逝着青春。她想起那个春日午后，她站在大桥下等待罗小社，匆匆对答，尘埃落定。奇怪的身份，奇怪的方式，罗小社走进她的生活。她想起她站在大桥上威胁杜刚，其实是试探性的考验，却差点儿成为生命绝笔。

周枫的目标很明确，虽然被岁月磨得粗粝，千疮百孔，但面貌犹存。她犹豫过，也怀疑过，但没有冷静下来认真思索。此时，周枫检索往事，也冷静地检索着往事的意义。就像她一直借住，也许她一直没找见真正的门，也许她从来没搞清楚自己真正需要什么。需要什么？她自问。找不出确定答案，周枫因此满怀忧伤。

周枫常常在背后打量罗小社。罗小社的背影有时很陌生，就像她从未见过一样，跟她没有任何关系；有时却亲近无比，仿佛是她自己的轮廓。罗小社开始陪床时，周枫很尴尬。让这样一个身份的人做那些事，但很快就习惯，和在家没什么区别。医生、护士、病友，没有谁看出她和罗小社的真正关系。糊涂也好。

第五天，杜刚来了。他不安地解释，刚刚知道，他在另一所医院。她也住院了，他说。周枫瞄罗小社一眼，罗小社默默退出。周枫和杜刚见面次数少了，有时几个月一次，还是杜刚找她。周枫并不是躲，她累了，并且累透了。杜刚神色疲倦，头发散乱，看样子那女人病得不轻。周枫绝不是咒她，而是无意识的判断。杜刚握住周枫的手，说，我找过了，医院答应换个好点儿的病房。周枫知道杜刚还会补交押金。她没感觉。她和罗小社没什么积蓄，杜刚出钱，可以少花罗小社的。罗小社的钱是一分一毛挣来的。如果杜刚早来两天，周枫可能会给他脸色，现在不会。一个瞬间，想法都会改变，何况周枫已经在病床上窝了五天。五天时间，足以让周枫的心变得空阔、辽远。杜刚哑着嗓子说，对不起。都说烂了，还说。周枫淡淡一笑，你累了，找个地方睡会儿吧。没有讥讽的意思。杜刚说，不，我和罗小社说过，今天我陪你。周枫摇头，你去照顾她。杜刚痛楚地说，别撵我，给我一个机会。周枫说，我想明白了，她比我难，你在这儿我会不舒服。杜刚叫，枫儿。周枫说，你走吧，别在这儿浪费时间。杜刚固执地说，我一定要留下。周枫说，那你留下，我走。杜刚忙拦她，好好，我走。周枫闭上眼，没让一滴液体溢出。

罗小社无声无息地站到床边，周枫责备，干吗告诉他？罗小社赔着小心，我想……我想……，周枫说，你不想陪我就走。罗小社急白脸，怎么会？不是的，我觉得……周枫马上意识到自己过分，她根本没资格这样对待罗小社，她是横惯了。

一个星期后，杜刚再次来到周枫面前，满脸憔悴。他没道歉，默默地坐了很久，才说，她走了。周枫突然有一种痛感。一个人就这么去了。曾经的，她是那么热切地等待那个女人消逝，并费尽周折去查阅她的病历。周枫不知说什么，不知该怎样安慰他，无言地看着这个男人。杜刚也沉默，直至离开。

周枫出院，罗小社和杜刚发生了争执。杜刚要把周枫接走，罗小社不干。杜刚理直气壮，罗小社没那么硬，但坚持说，周枫身体还需恢复，暂时还是由他照顾。罗小社特意强调是暂时。最终由周枫决定。周枫说，小社，我还是住小院吧。杜刚大叫，周枫！周枫十分平静，就这么定了。杜刚说，你还是不肯原谅我，我们等的不就是这一天吗？周枫扭过头，无言。罗小社扯扯杜刚，那个地方，你认识的。

周枫默默起身，下楼。出了医院大门，突然捂住嘴巴。

杜刚和周枫的婚礼是三个月后举办的。中间过程曲折，不说也罢。过程永远是过程，结果才最重要。

我参加了周枫和杜刚的婚礼。

我不喜欢凑热闹，是被罗小社拽去的。罗小社当然是不可缺少的人物，我就没必要了。但罗小社胆怯，他说，就算陪我去行不？眼神充满期待，我还能推辞么？有时候，我的心也挺软。

那天，我还没起床，罗小社就在楼下喊。昨夜，盒子里的牙齿格外闹，我没睡好。这个罗小社，又不是你举办婚礼，着哪门子急？我让他上来，他说不，要在下面等。我想，咋的？还怕我拔你的牙？我和罗小社有个小故事。我其实也是个胆小鬼，诊所刚开业那阵子，不敢下手拔牙。第一个患者的牙齿拔了半截，没弄下来。那老头不干了，好一通吵闹。罗小社跑来，指着自己一颗牙说，痛，拔了！我心一横，手上的力气大了几倍。罗小社的牙是我拔下的第一颗牙，之后我就顺溜了。也是拔了之后，我忽然明白，罗小社并不是牙痛，他不过想让我实验。这个人就是心好、义气。

我和罗小社吃早点儿。罗小社摸出一个红包，问我够不。我捏捏说，足够，你又不是大款。罗小社说最好再买点儿什么。我愕然，随份子就行，还买啥？罗小社拽着我去商场，让我参谋。转一大圈，他在珠宝首饰柜台停住，一个一个问戒指价钱。我嘲笑他，连起码的常识也不懂，送戒指是新郎的事。可能我的话有些重，罗小社看我半天，问，那该选点儿什么？我说送一束花吧。罗小社说，这个主意好，还是你脑子活。选花又花去好大工夫，我看时间不早，一再催促，罗小社才定准。

婚礼定在皮城唯一的四星级酒店——北方饭店。走到半路，罗小社想逃，他说拿了红姐的钥匙，红姐的肉铺开不了门。他让我把份子和鲜花代他献上，他一会儿再来。他不敢去了。钥匙不过是借口。我说他不去我更不去。罗小社再三央求，脑门都冒汗了。无奈，我答应了。罗小社塞给我，转眼消失在人流中。

婚礼场面很大，有几百来宾，光大厅就摆了几十张桌子。当然，我不在意这些。如果说在意，也只在意周枫和杜刚。两人出现在台上，目光、灯光齐刷刷聚过去。杜刚西装革履，神采奕奕，周枫脸有些苍白，仿佛冻着了，但时有红晕飞过。过程和我见过的其他婚礼没什么区别，只是司仪更饶舌，废话更多。我觉得自己没必要待在那儿，可一种说不清楚的感觉阻止我逃离。

饶舌的司仪终于问到关键问题，高潮，也是尾声。

你愿意娶周枫女士为妻，并一生一世爱她吗？

我愿意。声音洪亮。

你愿意嫁给杜刚先生，并一生一世爱他吗？

周枫没有回答，而是扭着头，扫过大厅，仿佛寻找什么，但目光空洞，没有内容。

全场鸦雀无声。

周枫慢慢转过头，看杜刚一眼——不知那是什么眼神，突然跳下台阶，往门口奔去。所有的人都被她弄愣了，呆若木鸡。桌子挨着桌子，周枫遇到了障碍，她拼力往外冲。桌子倒了，椅子倒了，糖果、烟卷、瓜子、杯盘相继落地，场面顿时混乱。周枫奔到门口，夺路而逃。

26

诸位，你们也许猜出了我是谁。不错，我就是那个叫小刚的家伙。并不是我故意兜圈子，而是不想分散你们的视线，让你们没有恶意地嚼我的舌头根子。你们没有看到更多关于我的文字，因为我不愿提及，我是个闯祸的家伙。但现在，我无法再隐瞒，更不能安静地躲在那个鸟笼子里。罗小社和周枫的故事尚未结束，我的故事却开始了。

我清洗那堆牙齿的时候，杜刚来找我。由于上楼，他微微喘着。他鬓角已经有了白发，虽然不多，但足以显出他的衰老。杜刚来和我谈判，不，说恳求更合适些。杜刚认我，并让我认他。一个"认"包含着极其复杂而丰富的内涵。杜刚说那些家产将来都是我的，那个数字充满诱惑，我当二百年牙医也挣不到。我能不动心吗？我是个什么货色，自己清楚。在街上看到某个丰乳翘臀的姑娘，我动心过；在报上看到别人中了大奖，我动心过；但我没松口，并非想装孙子，而是没有准备。靠！那么多钱，我怎么花？杜刚说他已分别找过周枫和罗小社，他们的态度是，由我决定。我注视着面前的男人，他脸部的轮廓、五官的特征我每天都能从镜子里看到，但移开镜子，我眼前出现的总是罗小社的脸。杜刚的目光柔软、灼热。我说我得考虑考虑，杜刚说明天再来。离去时，在我肩上重重一拍。

热闹了不是？诸位，如果你们是那个闯祸的家伙，你们怎么办？

不过，你们说不说都没意义，一千个人怕有一千个理由。其实，当我从窗户凝视杜刚慢慢离去，那一刻，我已明白怎么做了。

无须赘言，答案隐藏在小说中。

午夜蝴蝶

1

夜落下来，像一只厚重的胶皮袋盖在城市的头顶。

收摊儿后，马午没往家的方向走，而是拐到正义街。他馋羊杂了。羊杂是皮城最有名的小吃，马午虽然不是皮城人，但和大多数皮城人一样好这口。当然，并不是每天吃，羊肉价格噌噌上蹿，羊杂也不甘落后，天天吃哪吃得起。马午每周吃一次，某些特殊的日子，会趁机犒劳自己一下。

那个晚上没什么特殊，马午只是馋了。如果非要寻出些不寻常，无非是比平日多收入了一百元。还有就是回老家的赵玉琴回来了。不用掐指都算得出来，她走了十一天，算得上是久别重逢。

马午常去的是老杨羊杂店，稍远了一些，其实也就隔两道街，骑三轮用不了十分钟。老杨羊杂店生意好，平时都得排队。马午不用排，他收摊儿晚，到羊杂店差不多就十点了，往往是最后一拨客人。比如那个晚上，除了角落的一对男女，再无他人。马午随便坐下，点了一碗羊杂两个烧饼。

像往常一样，马午埋下头，咬一口烧饼，就一口羊杂。不是什么大餐，但马午很享受。吃得也慢，不想囫囵吞枣地糟蹋了。吃到碗底，马午的目光被咬住，跳了几跳，然后，一动不动地盯住那块粉红的肺片。没错，肺片上趴着一只苍蝇。虽然已然变形，但马午还是识到它的真面目。马午在乡下生活多年，对这种东西实在太熟悉。偶尔掉到碗里，挑出去就是，并不当回事。可现在不同，他花钱买的羊杂，却吃出苍蝇，还是生意兴隆的老杨羊杂店。马午思量数秒，招手叫来服务员。说到底也没什么大不了，肯德基、麦当劳那样的店都能吃出苍蝇，羊杂里有只苍蝇还不是正常？马午不想闹大，也不是能闹大的人，他吃过的亏够装几麻袋了。服务员低声说你稍等，端起碗进了里间。片刻，一个中年男人端出一碗热气腾腾的羊杂。男人给马午道歉，说晚上的单全免。你看行吗？男人脸上挂着适度的微笑。不但免了，还送了一碗，马午还能怎样？他不是寻衅滋事的主。

马午吃第二碗的时候，进来两个客人。马午瞥了瞥，也只是瞥了瞥，是两个男人。坐在马午左边靠后的位置。长相年龄，马午都没在意。白捡一碗羊杂，马午的心思都在这上面。

第二碗，马午吃得快了些。碗见底，他重重地打出一个嗝。嗝的声音过于响亮，他有些慌，忙扯了块餐巾纸，借拭嘴掩饰。马午离开时，服务员快步过来，让马午慢走，谢谢光临。声调非常悦耳，马午冲她笑笑，竟有些不好意思。

马午发动着三轮车，回头瞅瞅，刚才服务员还站在门口，此时门已经关上。马午想，女孩早盼着他离开了。

马午住在二环外，那里房租便宜。从羊杂店到家差不多五十分钟。马午比往日开得快。第二碗让马午耽搁了二十分钟，得补回来。当然晚一点也没什么，赵玉琴顶多责备他不着调。马午急于回去就是因为想赵玉琴。羊肉大补，两碗下肚，马午火烧火燎的。

从正义街拐到平安路上，走了也就几百米，后面传来鸣笛声，马午连同三轮被硕亮的光环罩住。马午放慢速度，往边上靠了靠，一辆面包车擦着三轮车驶过，吓马午一大跳。马午想司机准是个新手，不由暗暗骂娘。对方似乎听到马午叫骂，面包车往右一拐，挡住了三轮车。接着三个人跳出来。马午心里咯噔一下，正欲堆上笑解释，大麻袋扣下来，眼前顿时一片漆黑。马午叫了一声，脸上重重挨了一拳。马午还欲挣扎，后背挨了一脚，整个人倒下去。对方极其利索，不等马午再反抗，就把马午塞进车。马午脸颊小腹同时挨了几拳，一个声音威胁，如果马午再叫，现在就把他的脑袋敲烂。

马午不再挣扎，也不再叫喊。他在车上，叫喊也没用，只会招来踢打。最初的恐惧过后，马午稍稍冷静了一些，虽然心仍怦怦乱跳。显然不是因为他骂了他们，他们就是冲他来的。他被绑了。电影里常有这样的场景，马午爱看电影，见得多了。可……那些被绑的人，要么是大老板，要么是得罪了人，马午不过是卖炒货的，绑他能有什么油水？得罪人就更不可能，在市场里，马午脸都没和人红过。马午问他们是谁，又招来一脚，同时喝令马午闭嘴。马午就闭了。

　　嘴闭了，脑袋却更加闹腾。马午快速检索近来的事，试图能和晚上的遭遇搭上关系。想了一圈，没有任何结果。没油水，又没得罪过谁，他们干吗……马午脑里突然划过一道闪电，整个人筛糠一样抖起来。没错，一定是这样！炒货摊隔壁卖鸡蛋的王胖子经常讲，不法分子专门劫单行路人，割掉肾把人随便丢到什么地方。一对肾值好几万呢。马午没什么宝贝，唯一可夸耀的就是有一对好肾。四十几岁的人了，和毛头小伙没什么两样。可……除了赵玉琴，谁晓得他的肾好？他们怎么就盯上他了？

　　手机响了，肯定是赵玉琴打来的。马午的胳膊挨了一脚，然后一只手伸进来，把手机摸走，声音便断了。

　　不知走了多久，也不知把他拉到什么地方。车停住，那几个人拽出马午，半架半拖。就要动手了。一针麻药下去，他就是死猪一条。等他醒来，肾已经没了。他被丢在荒郊野外或某个废弃的桥洞下，待被发现，人已经咽气。这么个死法也实在窝囊。马午不知恐惧更多还是委屈更多，呜呜哭起来，拖架的人骂稀松货，不让马午出声。马午想反正逃不过死，索性放声大哭。后颈重重挨了一下。马午没有刚才那么听话，哭声更响。

　　凭感觉，马午知自己被带进了房间。他听到拖凳子的声音，接着被摁着坐下去。干吗不直接把他扔到床上？等操刀医生吗？马午的哭声小了些，他试图辨析出点什么。至于什么，自己也说不明白。几分钟后，马午听到脚步声。有人进来了。罩在马午身上的麻袋也慢慢扯掉。

　　劈面而来的光刺疼马午的眼睛，他本能地闭了闭，又慌里慌张地睁开。若不是肩膀被死死摁着，他肯定会跳起来。距马午两三步远站着一个人，个子不高，敦敦实实的。马午竭力想看清男人的模样，可目光麻麻花花的。男人突然挥挥胳膊，说声错了。男人离去时骂了什么，显然不是骂马午。

马午再次被麻袋罩住，接着被塞到车上。

马午大致猜出端倪。男人是头儿，绑马午的是男人的手下。目标不是马午，他们认错人了。不是冲着他的肾来的。马午稍松一口气，随之的疑问让他的心又揪起来。这些人怎么处理他？马午想不会轻易放了他，毕竟他看到了些什么。可是，他看到什么呢？什么也没看到。想到这里，马午开始哀求。对方起先置之不理，之后狠狠踢马午一脚，喝令马午闭嘴，不然就把他扔河里。

车再次停下，一个声音警告马午管住舌头。马午保证后，对方扯掉罩在马午身上的麻袋，猛推一把，马午跌在路上。马午反应还算快，就势一翻，爬起来甩步便跑。怕他们反悔再把他撅回车上。穿过十字路口，惊魂未定的马午回过头。没看到面包车，又左右扫扫，方蹲下去，大口大口地喘。

街上不时有车辆驶过，马午确信没任何危险了，方直起腰。他认出自己所在的路叫自强路，往前就是平安路。他们还够意思，把他送回来了。

除了惊吓，他没损失什么，至于挨了几拳踢那几脚根本不算事儿。人活一世，谁没个沟沟坎坎？这个夜晚的遭遇无疑是马午的沟坎，他撞上，又幸运地躲过。换句话说，他捡回命，其实是撞了大运。

更让马午意外和惊喜的是，三轮车居然还在原地。日他娘，半夜吃糖包，闭着眼喊甜哩。

回到家天还未亮。马午怕惊醒赵玉琴，轻手轻脚的，没想到赵玉琴在黑暗里坐着。马午刚站定，灯突然亮了。马午吓一大跳，往后闪闪，腰撞到方桌，桌上的暖水瓶晃了晃，马午及时扶住。马午叫，你干吗——？赵玉琴盯着马午，目光要刺到马午骨头里。尔后没好气地说，我干吗？你说我干吗？马午定了定，向赵玉琴解释为什么现在才回来，为什么没接听赵玉琴的电话。当然扯了谎。那一切已经过去，就当做了个噩梦。他一夜未归，这个女人担心了，绝不能再吓她。当然也没胆量说，管住舌头，必须的。他有祸事，自然会殃及赵玉琴。赵玉琴半信半疑，还欲问什么，马午开始动手动脚。赵玉琴象征性地推马午一把，说她困死了。马午死皮赖脸，说我吃了两碗羊杂，怎么也得用用啊。

2

马午的生活仍旧是原来的状态，没有任何变化。炒货摊儿依然是上午开张，夜晚收工，隔七八天到老杨羊杂店解次馋，一如过去放两勺辣椒。吃完羊杂，从正义街往东，到平安路南拐，直到二环外，路线都没有变。再没碰上乱事，马午不担惊也不受怕，仿佛之前不过是一场梦。

但马午又很清楚，他人没变，心却不一样了。究竟怎么不一样又说不清楚，反正有一点点不一样。那件事他忘了，但忘得不彻底，它就躲在身体的角落，像一粒沙子，也像一根刺，时不时硌着或扎着他。有时又像一绺烟雾，突然冒出来，待他慌忙寻找，又没了踪迹。

马午所在的市场不过一条二百米的小街，中午和傍晚是最繁闹的两个时间段，其余时间顾客稀少，生意冷清。摊主有的聊天，有的玩手机，有的打牌。打牌要带钱的，不多，输赢不超过百元。若有顾客过来，将牌塞进兜里一溜小跑，完后三步并两步返回，似乎打牌才是正事。

马午从不打牌，消闲方式就是听王胖子胡侃。对面卖牛奶的罗小个儿夫妇也是王胖子的听众。罗小个儿女人不离店门，但马午知道她在听。有时别的摊主也会凑过来，那时，王胖子肯定在曝惊人的内幕或发布什么消息。店铺都是卷帘门，卷帘门升起来，整个市场都是通的，马午不听也不可能。

那个下午，两日没露面的王胖子讲述的是自己的经历。王胖子的三轮车碰了旁边的轿车，车主要王胖子赔偿五百块钱，王胖子心脏病发作，当即躺在轿车底，结果是车主倒赔王胖子五百块钱。别人说王胖子你能啊，碰了人家的车还讹人家的钱，什么时候有了心脏病？王胖子骂，鬼才有心脏病？我不装病，那家伙能饶我？有人问王胖子就不怕被识破，王胖子说你以为他没数？他心里明白着呢。咱是光脚的，他是穿鞋的，咱不怕他怕。我也没想讹他，到那份上，不讹也不行了对吧？随后，王胖子掏出赔款，不无炫耀地抖了抖。

马午站在几米外，王胖子的话一字不落地掉进耳朵。王胖子白得五百块钱，可与马午的遭遇比，实在太过平常。王胖子瞧出马午的冷淡，待众人散去，他凑过来，让马午帮着验验，那小子别是拿假币糊弄我吧。马午一张张捻过，淡淡道，是真的。王胖子说这我就放心啦。马午便笑了笑。王胖子似乎瞧出马午的笑里藏了内容，问，怎么，你不相信？马午问，我信不信重要吗？王胖子说当然重要，你不信，就是认为我说胡话。马午说我信。王胖子摇头，老弟，你还是不信，我能瞧出来，你干吗不信？马午说我当然相信，你要认为我不信我也没办法。王胖子追问，真相信？马午笑笑，这事还用这么较真？王胖子说好吧，拍拍马午的胳膊。他转过身，马午又笑了笑。马午没和王胖子比过什么，各做各的生意，没什么可比的。那个下午，马午竟有了和王胖子比的意思。他不是故意不屑，不屑是自个儿冒出来的。

晚饭是排骨炖土豆，凉拌荞粉。马午收摊儿晚，让赵玉琴不要等。但赵玉琴总是等。饿得不行她就吃零食垫垫。赵玉琴在某小区打扫卫生，走得早，两人的早饭和午饭都吃不到一块，若晚饭再分开，就只有睡觉在一起了。马午也就由她。马午其实很受用。当然，马午对赵玉琴也不错，早就把她当成自个儿女人，一半收入都交她。她的儿子到了成家的年龄，用钱地儿多。

平时一个菜，赵玉琴和马午都不是讲究的人，讲究得靠钱撑着。赵玉琴炖了排骨，拌了凉菜，还准备了啤酒。马午想了想，不是特别日子，就问赵玉琴。赵玉琴喜滋滋地让马午猜。马午说，咋？给你涨钱了？赵玉琴瞪大眼，见了怪物似的。马午笑笑，吓着你了？赵玉琴喘口气，说你真吓到我了，咋什么你都知道？马午说我利害吧，哄我可不容易。马午不过信口胡扯，碰巧说中。赵玉琴说涨了一百五十块钱，从下月发。这是喜事，自然要庆贺。

两人都爱喝一口，当然是白酒。白酒买便宜的，也经喝。偶尔喝啤酒，也是一人一瓶。那个晚上赵玉琴竟然买了八瓶。马午说喝一半，给下次留点儿。可不大的工夫，八瓶酒就光了。

酒足饭饱，折腾一番，赵玉琴翻过身睡了，马午则打开电视。看电视是马午生活中的重要内容，少了这一环，睡觉都不踏实。马午看得杂，影视剧，歌舞表演，传奇故事，包括新闻，瞅上一阵儿，人就进去了。那天夜里，马午的魂没被电视勾走，脑里老是冒出王胖子那张脸。马午不由哼了哼。他有理由也有资格哼这一声。此时他的不屑是故意的。

马午不是爱攀比的人，四十多年的人生都是看人脸色，实在没什么资本，意外的遭遇竟让他有了比拼的武器，尽管这武器不能伤人，不，示人都不可以，只是作为秘密而存在，但毕竟拥有，这意味他和别人已经不同。马午想起吴大嘴。吴大嘴是宋庄头号懦弱男人，老婆胡搞，吴大嘴家都不敢进，因为坐了一次牢，在村庄的地位立马不一样了，村长都忌惮他三分。相比吴大嘴，马午的拥有不值一提，但谁说得准呢？也许有一天……马午一阵战栗。

半个月后的一个夜晚，马午像往常一样趴着枕头看电视，怕影响赵玉琴，总是把音量调到最低。屋子不大，马午距电视屏幕也就两米左右。他眼睛好使，耳朵也好使，这点音量足够了。看的是关于调解的节目，一对亲兄妹因为争房产反目，各说各的理。插播广告，马午随便摁了遥控器，眼睛突然就硬了。他看到了那个人。那个夜晚在他面前站着的人。愣了片刻，马午揉揉眼睛，再次睁开。他的目光不花，每一根都像刚从清水里捞出来。男人虽是坐着，马午仍能看出他个子不高，敦敦实实的。那个夜晚，马午没看清他的模样，并不是没有丝毫印象。模糊一些，印象还是有的。圆脸和平头，马午记忆中的男人就是这个样子。马午甚至还回忆起男人恼怒的表情。此时，男人突然挥挥胳膊，虽然面带微笑，但他挥胳膊的架势和那个夜晚一模一样。

马午说不出是紧张还是兴奋，只觉口干舌燥，骨头爆响。他猛推赵玉琴一把，目光却仍然在电视上牢牢焊着，似乎一眨眼男人就会逃走。赵玉琴嗯唔一声，马午又推一把，用的是狠劲。赵玉琴终于醒了，支起半个身子问，天亮了？马午说，天亮早着呢，我让你看……马午某根神经铮地响了一下。赵玉琴问看什么，马午说我的老乡上电视了。赵玉琴漫不经心地瞟一眼，说上电视有什么稀罕，又不是你。

赵玉琴重新躺下去。马午抹抹脑门。其实脑门上什么也没有。

男人还在。马午嘘口气，轻轻往前探探，这样与男人的距离更近些。

男人看不到马午。或许马午坐他对面，他也认不出马午。但马午认出了他。马午已经冷静，重新和记忆对接了一下。没错，是他，是他，是他。是他！

男人正接受采访，男人对面的女主持人声音甜腻。听了一会儿，马午听明白了，这个叫郝总的男人援建了好几所小学，那些学校能抗八级以上地震。郝总还资助了许多贫困学生。接着女主持人把受郝总资助的学生代表请上来，一个大学生，一个小学生。年龄不同，声音不同，两人嘴巴里的郝总却是一样的。

马午不由张大嘴巴。目光忽忽飘飘，像寒风中的炊烟。郝总的脸变得模糊，马午怎么也看不清了。郝总又说了什么，马午再没听进去。

马午再抬起头，屏幕上一对古装男女正在打斗。瞅瞅时间，三点多了。忙关掉电视。

马午的脑袋里像跑着火车，轰隆隆的，任怎么努力也合不上眼睛。那个夜晚再次飘出来，像慢镜头。也许认错了，郝总和那个夜晚的男人不是同一个人，他当时目光又花又乱，看得不是那么真切。几秒钟的记忆哪说得准？男人的所作所为和郝总搭不上任何关系。郝总——虽然马午还不完全了解他，但以马午的经验和推断，他不会干那种勾当。暗算绑架可不就是勾当？郝总敢在电视露脸，也是清白的证明。若心里揣了鬼，肯定都遮遮掩掩的。哪会这么愚蠢？

马午揉捏着麻木的脸，有些失落，也有些窝火。像被人算计了，窝火的同时又生出些许不甘。于是又在脑里过了一遍，又过一遍。结果把自己推翻了。那个夜晚面对马午的男人应该是所谓的郝总。虽然马午彼时目光麻花，看得不真切，但他记得男人的轮廓，记得他挥胳膊的动作。俗话说，画虎难画骨，一个人干这样的事，未必就不能干那样的事。比如宋庄的村长白天还算有人样儿，夜晚就露出真面目，公狗一样乱窜。对于某些人，鬼是不存在的，即使揣了再大的鬼。说鬼是鬼，说别的就是别的。

马午在是与不是之间反复推敲，直到天亮也未彻底敲定。不能百分之百确定郝总与那男人是同一个人，但也不能彻底否定，只能说可能是。而且很可能。

赵玉琴呵欠连天地穿衣服，马午说头疼得厉害，问家里有没有止痛片。赵玉琴问，感冒了？然后摸摸马午的脑门。马午说可能没睡好。赵玉琴骂，该，再半夜不睡。马午说，你快找找。赵玉琴翻找半天，找出一板感冒胶囊。马午说胶囊也行。马午喝下去，赵玉琴催促马午起床，自个儿去买药。药店在老远的地方，她买药再送回来就误了上班。马午说，没事，睡一会儿就好了。赵玉琴问，真没事？要不我请假？马午说，请什么假？我又不是豆腐渣。

可能是三粒胶囊起了作用，赵玉琴走后不久，马午渐渐昏沉。一觉醒来已经中午。马午急急忙忙爬起来，胡子都没刮就往市场赶。马午暗骂自己，胡鸡巴想，耽误生意。

3

马午更爱看电视了，就连和赵玉琴做那种事，也得先把电视打开。马午只想顺便听听，可电视一响，目光就时不时往那儿飘。这一分心，马午就不专注了，有些应付差事，像交公粮掺了假。赵玉琴不大高兴，问他喜欢电视还是喜欢她。马午说当然喜欢你，我天天搂你睡，什么时候搂过电视？赵玉琴说你搂着我心却不在我身上。马午说我整个人都在你身上，心还能飞了？赵玉琴就骂他，让他关掉。马午说唱歌没个伴舞的，显得孤单。赵玉琴说我不要伴舞，我要独唱。马午说独唱多没劲，听说有钱人边弄边看光盘。不是马午胡编，王胖子讲过。赵玉琴推马午一把，问马午关不关。马午见赵玉琴生气了，便跳起来关掉。完事马上把电视打开。赵玉琴不解，问电视里有金还是有银，马午说没金也没银，就是想看看别人咋活。赵玉琴说别人咋活跟你也没关系，你就是把脑袋伸进去，你还是你。马午说就当看戏么，我从小就是戏迷。赵玉琴哼道，不对啊，你原来也爱看，可没这么当紧。马午拍拍脑袋，这么说，我脑子有问题了？

又一日，马午钻赵玉琴被窝，赵玉琴拽着被角不让。马午知她抵触的原因，赶紧把电视关掉。赵玉琴仍不松手。马午边突进边说，你不解恨，我把电视砸了吧。没料赵玉琴竟顺着说，那就砸了吧。马午愣了一下，四处扫扫，操起赵玉琴的水杯。不锈钢的，赵玉琴每天都带着。马午举举又放下，说砸了怪可惜的，你明儿找个收家电的，处理掉吧。赵玉琴说我不处理，要卖你自己卖，反正电视是你的。马午说明儿就把这狗日的卖了，这玩意要是个女的，现在就抽它两嘴巴子。赵玉琴笑骂，谁信？要是女的，你才舍不得呢。马午趁机突破赵玉琴的防线。

马午很卖力气。赵玉琴满意了，政策才有可能宽大。马午没有贸然行动，等了五分钟，又等了五分钟，想借着喝水打开电视。赵玉琴突然说，咱俩分了吧。马午怔了怔，挂着笑问，就因为这个第三者？赵玉琴说，限我几天时间，租了房我就搬走。马午看出赵玉琴不是开玩笑，说我讲了明儿就卖，你等不及我现在就搬到门口。赵玉琴摇头，不关电视的事。马午大声道，不关电视的事，那关谁的事？赵玉琴说，你别嚷嚷，我不经吓。马午喉咙干得要命，跳下地灌了一通凉水，放缓语气，你要走我不拴你，总得说个缘由吧。赵玉琴说没缘由。马午说我不信。赵玉琴问，那你告诉我，你从电视里瞅什么？马午说，不是讲了吗？赵玉琴说，不对，你肯定有事。这阵子你整个人都变了。马午说，咋？我变凶了还是变狠了？赵玉琴说，我说不上来，反正跟原来不一样，我不踏实。马午没想到在赵玉琴眼里，自己竟有这么大的变化。静了几分钟，说，我咋没觉得？我身上没多出什么，也没少什么物件——马午突然莫名地慌——我还是我，当然，我挣钱不多，这辈子没挣大钱的可能了，若你有了好主，我不拦你。只是，你痛痛快快告诉我，别绕来绕去打哑谜。赵玉琴说你想多了，好主？就我这模样，你是嘲笑我吧？马午叫，谁说的？你就是我的八仙女。赵玉琴不解，怎么跑出个八仙女？马午说，七仙女的姐姐嘛，可不就是八仙女？赵玉琴骂，少胡扯，跟你说正事呢。马午道，我说的就是正事啊，还是那句话，你要走我拴不住你，不过，缓缓可以吧？死刑还能缓期执行呢，你得给我个缓刑期。赵玉琴盯他一会儿，说我困了。马午很识相地闭嘴。

和赵玉琴一起六年多了，马午第一次没开电视。表面是电视惹的祸。马午知道不是。马午以为自己的变化就那么一点点，没想到赵玉琴竟然看出来了。赵玉琴说分，不是很坚决，但也并非戏言。毕竟只是同居。宋庄管这种关系叫搭伙计，说散就散的。虽然是搭伙计，可六年过下来，和夫妻没什么两样。赵玉琴水桶腰，长相一般，不说撒进人群，就是三个女人站一起也显不出她来。但这恰恰是赵玉琴的优点。她实用，里外都实用。实用又懂得疼人，马午是真的舍不得她走。

与以往不同，马午现在看电视的意图很明确。还想看到郝总。郝总和那个夜晚的男人究竟是不是同一个人，马午终是没谱，想进一步核实验证。现在想想，是又如何？他敢去报警吗？再借十个胆子也不敢。就算敢又能把那个人怎样呢？也许一根汗毛都伤不着，而他没准会引祸上身。

算了，还是踏踏实实过日子吧。他吃过折腾的苦，不能乱折腾了。

市场就有收家电的。次日，马午出门就将电视机搬到三轮车上。和赵玉琴说卖掉并不是当真，想了一夜，马午下了决心。卖掉就不用再看，什么郝总白总，关他鸟事？

收购点老板出价一百，马午以为老板说笑，再问还是一百。你以为和你的炒货一样，新旧可以掺在一起，这掺不得。一个市场，叫不出名字，但彼此都熟。马午说，话不能随便说，我从来不掺旧的。老板说咱不讨论这个，你卖不卖吧？马午说再考虑考虑。

傍晚，赵玉琴打来电话，问电视哪儿去了。马午说卖掉了。赵玉琴追问，真卖了？马午瞅瞅角落，说有你就够了，我以后再也不看了。赵玉琴问卖了多少钱。马午一说，赵玉琴急了，我不过说说，你咋话都听不懂了？赵玉琴让马午赎回来，必须赎回来。马午说我试试吧。赵玉琴叫，什么叫试试，赎不回来你就别进门了。

马午又可以看电视了。他小心了许多，尽量不影响赵玉琴。

马午发誓不再寻郝总的身影，但当他来回变换频道时，他明白，并没有彻底死心。只是没那么强烈，只是掩埋得更深。因为揣了这样的念头，总是不能控制看电视的时间。睡得晚难免起得晚，那天赶到市场，竟然过了中午，满市场也没几个人，更不要说买炒货的了。马午暗骂自己混账。

王胖子问马午是不是在别处还有营生。马午摇头。王胖子说你肯定有，不然就不会这个样子。马午问，我哪个样子？王胖子意味深长地笑了，你心里明白。马午说，你别乱猜。王胖子往前探探，压低声音，这年头挣钱门道不好找，你交了什么好运？马午嗤一声，狗屁门道。王胖子说，东头卖鸭架的老汉你记得吧，赶上拆迁，得了一百万呢。难怪这阵子没见到老汉。马午想，一百万，得数几天啊。王胖子说，人不可貌相，打死你你也想不到，老汉成了市场最有钱的主。马午说，想不到的事多呢。王胖子抓把瓜子，马兄弟，这话底气足，你是和原来不一样了。马午没说话，但表情带出了厌烦。

整个下午，马午除了回答顾客，基本哑着。他不想说，也懒得听，但王胖子声音高，不听都不行。马午厌烦到极点。他不能堵王胖子的嘴，王胖子在讲副市长自杀的内幕。那和他没任何关系。耗到七点，正是市场最繁闹的时候，马午却拉下卷帘门。王胖子问马午咋这么早关门，马午答有事。王胖子还要问什么，马午已经转身。

马午像揣了心事，可细想想，有什么心事呢？没有，不过是有些烦。他的烦表面与王胖子有关，但真要追根儿，和王胖子一点儿搭不着。

到了十字路口，明明是红灯，鬼使神差的，他反加快速度。差点与左侧驶来的轿车撞上。司机踩了急刹车，嘎声极响。没撞上，马午却惊出一身冷汗。司机伸头呵斥，马午没敢回应，低头开溜。直到进屋，心还在狂跳。

赵玉琴问马午怎么了，马午说没怎么。赵玉琴说没怎么回来这么早，你脸色不对，到底怎么了？马午说老觉得头晕，就提前回来了。赵玉琴问感冒了？马午说也不知是不是感冒，反正就是头晕。赵玉琴找出感冒胶囊，马午说先躺躺，躺一会儿兴许就没事了。赵玉琴说就算不是感冒，喝了也没坏处。马午说咋没坏处？专家说滥用药等于服毒。赵玉琴说专家就爱胡说八道，尽听专家的就得勒住脖子。马午说那是假专家，真专家不胡说的。赵玉琴说马午要能识别真假专家，就不用卖炒货了。争执半天，赵玉琴突然叫，你不是头晕吗？咋嘴这么有劲？马午怔了怔，嘻笑道，看见你我就说不出的有劲。

马午最终妥协，喝了三粒感冒胶囊。睡了一觉，吃了两碗面条。赵玉琴问马午好点没有，马午说好多了。赵玉琴让马午去医院查查，头晕不是好病。马午叫，我又不是纸糊的，上什么医院？赵玉琴说你前几天头疼，现在又晕，还是查查好，有病早治，别拖。马午不去，花那冤枉钱还不如买两只鸡炖炖。赵玉琴说我话是撂这儿了，听不听在你。

到了早上，赵玉琴又坚决了，还要陪马午去医院。马午说都讲医院黑，没病也得剐三刀，咱受那个罪干吗？赵玉琴说我后半辈子还指望你呢。马午心底泛起一阵潮。去医院就是在乎赵玉琴，不去医院自然是不把赵玉琴当回事。马午拗不过赵玉琴的逻辑，也不忍拗。

进医院就不由马午了。验了血，还拍了片子。拍片子马午想得通，验血又有什么必要？医生懒得答他，马午躺在那里算着花销，心疼得直缩。血和片子都没问题，医生还是开了三瓶晕眩宁。马午说药就不吃了吧，赵玉琴说大的都花了，三瓶药几个钱？

从第一医院出来，马午看到斜对面电视台的高楼，心忽然一动。

4

　　两天后的上午，马午揣了一百块钱来到电视台。思前想后，马午还是决定核实一下，就这么不明不白地揣着，可能真会落下病。节目是电视台制作的，重看只能到这儿了。如果电视台拷盘带给马午就更好。马午宁愿花点钱。

　　那个脸颊黑红的保安拦住马午，说什么也不让进。除非马午要见的人打电话下来。马午没有认识人，怎么可能打电话？马午赔着笑，兄弟高抬贵手，我真有重要的事。保安斜视着天空，似乎马午根本不存在。马午以为保安默许了，这叫睁只眼闭只眼，便感激地说声谢谢。刚迈两步，保安猛揪住他的胳膊，喝道，没长耳朵还是听不懂人话？马午不解道，不是你让我进的吗？保安冷着脸，谁让你进了？马午呼哧着，不就个看门的吗？有什么了不起？保安正要说什么，一辆红色轿车在门口停住，保安跑过去。司机摇下玻璃，保安只看一眼，不，半眼也不到，便跑至岗亭摁了机关。栏杆缓缓抬起。保安的腰突然缩短了，脸上的笑像烂掉的西瓜，大片大片往下掉。

　　栏杆一落，保安的腰又伸长了，脸也板结成一酡。马午暗暗骂娘，到前面的商店买了盒紫钻。保安瞪着马午，仿佛马午是恐怖分子。马午把烟极快地塞到保安兜里。保安说，没用的，别动歪脑子，想收买我？马午贴住保安，我真有熟人在里面，你就高抬贵手，我说句话就出来。保安斜视马午几秒，挥挥手。马午生怕保安反悔，比兔子蹿得还快。

马午没想到大楼还有保安。楼口的保安年龄稍长，态度也好，说要么有证件要么节目组下来带他，若他违规放马午进，就得滚蛋回家。保安没撑马午，说马午可以在门口等，等到下班都可以。马午磨蹭了一会儿，没有任何突破。白跑一趟，还搭进一盒烟。

回到市场已经中午了。马午饥肠辘辘，刚刚升起卷帘门，王胖子便凑过来，问马午是不是要把炒货摊儿转手。马午说没有啊，转了手我喝西北风去。王胖子嘿一声，说他瞧出来马午不把炒货摊儿放眼里了。打探隐私是王胖子的嗜好，这家伙显然想从马午嘴里套点儿料。他盯上马午，马午很反感，又不能过分冷漠，毕竟是邻居。他问王胖子吃过没有。王胖子说刚吃一碗板面，马午说我也来碗板面，趁机甩脱王胖子。

听到王胖子和顾客争执，马午竟有种痛快的感觉。王胖子卖的鸡蛋分两种，普通鸡蛋和柴鸡蛋。柴鸡蛋的价格比普通鸡蛋高出许多。王胖子卖的柴鸡蛋并不完全是从供货商那里进的，也有自己收购的。这年头礼品花样多，除了钱卡名贵烟酒和名牌物品，土特产也是其中的一项，比如柴鸡蛋。市场有收名烟名酒的，也有王胖子这样专收鸡蛋的。鸡蛋放的时间久了，蛋黄和蛋清混在一起，顾客和王胖子争执的缘由大抵如此。顾客要退货，王胖子不退。

若以往遇到类似的事，马午能劝就劝，绝不袖手旁观，更不会幸灾乐祸。王胖子没得罪马午，但王胖子对马午"异常"的发现让马午不快，也让马午不安。那是他的秘密，赵玉琴他都不告诉，王胖子有什么资格打探？

争执在罗小个儿的劝说下化解了。顾客一走，王胖子便又开始曝内幕，还是关于自杀的副市长。副市长有六个情妇。王胖子的声音忽高忽低，马午都听清了。王胖子在给副市长算房事账，加上老婆共七个女人，就算吃壮阳药，那方面也够厉害的。他的肾要是割下来一定卖个大价钱。

马午没料王胖子最后拐这么大个弯儿。而马午也受了惊似的，差点跳起来。良久，他缓缓坐下。这和他有什么关系呢？什么关系也没有。

无论王胖子讲什么，没人追问内容的真实与可靠。真的又如何，假的又如何？离他们十万八千里，不过生活中的佐料。偶有质疑，也不是真的。马午也如此。那天，马午不禁联想起自己的遭遇。在旁人看来，是又如何，不是又如何？这个世界每天上演着疯狂，他那点事充其量是个小水泡。只有对于他自己，那不是小水泡。他形容不出那是什么，但绝不是小水泡。

王胖子过来抓瓜子，马午忍了半天，终是问出来。王胖子边嗑边问，怎么？你不相信？我知道你不相信，整个市场就你不信。马午说没有不相信，只是奇怪他咋知道的这么清楚。王胖子说信不信由你，别忘了，我的外甥是记者。马午知道王胖子有个当记者的外甥，王胖子爱看皮城晚报，也是这个缘故。马午突然想到什么。也许，王胖子的外甥可以帮到他。

马午没请过王胖子，王胖子也没请过马午。虽然摊位挨着，但没有深交。

马午说晚上想和王胖子坐坐，王胖子眼睛瞪得比灯笼大，请我？马午说早收一会儿，西街有个爆肚馆。王胖子眼睛慢慢缩回，几近眯缝，然后问马午是不是发烧了。马午笑笑，说你讲得这么夸张，不就一顿饭么，至于吗？王胖子嘿嘿几声，无功不受禄，我没帮过你，你干吗请我？王胖子过于精明了，马午只好说有些事拿不准，想请王胖子出出主意。王胖子这才答应，说早想和马午唠唠了。

坐下马午就后悔了。地儿选得不好。马午知道这家爆肚馆，没想到一盘爆肚三十八元，比羊肉还贵。又没隔间，桌与桌挨得近，说个什么话左右都听得见。还有他意识到自己在冒险。但已经坐下，再离开也不可能。菜贵，一顿还是掏得起，至于说什么话，还不是由自个儿？

王胖子能说也能喝，两人各倒一杯白酒，马午尚未喝到一半，王胖子已经见底儿。也不用马午倒，自己满上，然后把瓶里剩那一点儿倒给马午。王胖子喝了酒，彻底成了话痨，马午针尖也插不进去。马午边听边扫视王胖子的酒杯，照这个速度，很快就喝完了。马午倒不是舍不得要两瓶，王胖子毕竟五十多岁的人了，也开着三轮，他替王胖子担心。王胖子喝完最后一滴，马午忙说，咱俩就这一瓶吧，小心查住。王胖子说白酒肯定不喝了，马午招手让服务员上两瓶啤酒。王胖子探过头问，你是不是觉得我特没出息，逮住别人的酒往死喝？马午说哪里。王胖子说，那就上四瓶，一人两瓶，我喝酒有个毛病，要么不喝要么喝透，喝透一次半月不用沾酒。马午说，我是担心……王胖子挥挥手，放心，我身体赶不上副市长，也好着呢，咱是没条件，有条件养四五个不成问题。他妈的，这世界就这样，有撑死的有饿死的。

终于逮住说话机会，马午道出自己的意思。王胖子马上仰了腰，目光也晃起来，别看他是个记者，也不是谁想见就能见的。马午掬了笑，所以才让王哥帮忙啊。王胖子说忙是可以帮，但要看马午什么事。马午晓得王胖子打什么主意，说三言两语讲不清楚。王胖子说你自己都讲不清，我咋跟外甥开口。马午说如果你觉得为难就算了，来，喝酒吧。王胖子放下酒杯，似乎下什么重要的决心，眉头皱了又皱，然后说，我可以介绍你认识他，别的我可不管。马午要的就是这个话，才不要王胖子管呢。

第三天清早，马午在报社门口见到王胖子的外甥。说了没两句，记者便开始接电话。刚挂断又有人打进来。马午只好旁边候着。记者中等个儿，长相普通，一会儿说标准话，一会儿叽里咕噜像外国话，但马午知道不是，他听到一个"球"字。在叽咕中，那个音极其突兀，马午听得明明白白。马午吃了一惊，在他想象中，记者神通广大，有文化，咋也用脏词说脏话？

马午不晓得记者接了几个电话。那一阵子，马午脑里似乎掺了别的东西。记者再次站到马午面前让马午说的时候，马午竟然愣愣的。记者颇不耐烦，你倒是说啊，什么事？就在这当口，马午看到记者的相貌并不普通，鼻子和嘴巴闹别扭似地往两个方向拽。马午又惊一跳，嘴巴大张却发不出声。记者生气了，你这人怎么回事？我还忙着呢。马午嗝了一声，要说的话突然忘得干干净净。只记得早上出门揣了二百块钱，惶急之中，他掏出钱往记者兜里塞。记者羞怒地推马午一把，大步往里走。马午顿了顿快步跟上。记者猛地立住，你跟我干吗？马午重重地喘了几口气，忽然叫，我想起来了。记者霹雳一样爆出一个音：说！

马午竭力说得短一些，可那些话拉拉扯扯，怎么也砍不断。意外的是，记者没有打断，脸上翻卷的不耐烦渐渐消散。马午不知自己说了些什么，只记得说了很多。记者审视片刻，说，你随我来。

马午跟在记者身后走进十二层的小会议室。记者给马午用纸杯接了水，和善地笑笑，叫马午不要紧张，他听清了一些，也有一些没听懂，既然马午找他，他就得把来龙去脉弄清楚。

记者问，你叫马午？

马午嗯一声。

记者问，在市场卖炒货？

马午嗯一声。

记者问，你在找一个人，有一天在电视上看到了，知道别人叫他郝总？

马午稍一犹豫，点点头，马上改口，可能……我不能肯定。

记者问，你找我，就是帮你拷盘带，还想知道郝总在什么地方就职？

马午说是呢。

记者说，有个关键的地方你没告诉我，你为什么找他？

马午受了重击，猛地缩缩肩，避开记者的目光。

记者说，你想让我帮忙，可以，但我得知道怎么回事。

马午垂下头，他不能说。不敢说。

记者说，如果是你个人的秘密，你不想让人知道，你就不该找我。

马午说，算不上秘密，只是……

记者说，他是老总，你是卖炒货的，你和他之间肯定有什么故事对不对？不说也罢，但我帮不上你。不过，你这吞吞吐吐的倒让我产生了兴趣。干我们这行的，只要有一点线索，就能顺藤摸瓜，只要我想。

马午说，他救过我。

记者的鼻子和嘴巴往相反的方向拽了拽，很快归位。救过你？怎么回事？

马午也没料自己会这样说。话说出口，他突然愣住。不只是牛头马尾扯不上，整个黑白颠倒。或许是记者的顺藤摸瓜让他恐惧，而恐惧让他的大脑和嘴巴往相反的地方跑。他被记者传染了。面对记者的追问，马午挤牙膏似地往外挤。说几句就停住，耗费多大体力似的。记者肯定觉出马午在撒谎，如果记者冷笑着打断或制止，马午求之不得，但记者没有制止，反帮着马午往外挤。马午整个人就是一袋瘪下去的牙膏，而记者死死掐住，一遍又一遍地挤。

马午再次停住，后背已然湿透。他可怜巴巴地望着记者。

记者问，热吗？

马午说，有点儿。

记者问，你告诉过别人吗？

马午摇头。

记者说，我会帮你，从现在起，你不能告诉任何人。

马午说，我看看带就行。

记者递给马午一张名片，记者的名字极其响亮：杜青天。

5

出报社大楼马午就后悔了。不该那么说的。宋庄有句骂人的狠话，明明吃了屎却抹个油嘴唇。说郝总的人绑他，没那个胆子，况且没铁证。可也不能……咋就……救了他？简直是扯鸡巴蛋。

既然说了，也舔不回去。马午只想再看一遍节目，没啥目的，若杜青天帮了他，那自然好。不帮或帮不上，马午就此作罢。彻底忘掉，汤汤水水都忘掉。如此一想，马午心口的石块似乎小了些，但呼吸仍不顺畅。

王胖子常在马午的摊上叼东西，今儿捏几粒花生，明儿抓一把瓜子。王胖子有这毛病，水果摊、糕点摊也是他光顾的地方。王胖子自己的摊也敞着，可生鸡蛋塞不到嘴巴里，揣兜里难看。现在帮了马午的忙，王胖子像炒货摊半个主人，不只自己抓，还给别人。马午说不出的厌烦，又不好在脸上露出来，毕竟搭了王胖子的人情。人情也是要还的。人情最难还清。于是，王胖子再抓的时候，马午舀起一勺装进袋里，丢给王胖子。王胖子稍显意外，这多不好意思？嘴上不好意思，手却稳稳拎起。一个下午，王胖子再没当副主人。只是当副主人也就罢了，王胖子贼心不死，时刻想着往马午肠子里钻。对杜青天胡说八道算个意外，马午绝不会让王胖子嗅见。在马午潜意识中，杜青天虽然狠劲挤牙膏，还是比王胖子可靠。王胖子就一粗人，捡半块豆腐也会添油加醋熬半锅汤，和他外甥不在一个档次上。

当天回家的路上，马午便接到杜青天的电话，让他明早过去。马午问搞到没有，杜青天没正面回答，只讲你过来就是。

马午起个大早，赶到报社还不到上班时候。马午买张煎饼，靠在门外的树上，边吃边等。马午猜杜青天搞到带了，他打算给杜青天二百块钱。看一场电影六十，二百相当于看三场电影。算是对杜青天的酬谢。钱不多，但就杜青天帮的这个忙，也该够了。马午盘算着，若杜青天开口索要，再加点也行。他也准备了。但马午不会由着他狮子大张口。杜青天要宰他，那就失算了。马午想该事先和杜青天说说价，这样不至于心里没数。昨儿脑袋爆了一样，根本没往这上面想。

杜青天夹着公文包，匆匆赶过来。马午弹丸一样射起。杜青天被惊着，眉头紧皱，看马午的眼神带着厌嫌。马午忙叫声杜记者，看到杜青天另一只手拎着食品袋，便去接。杜青天甩开，连声说不用。马午仍盯着袋子，试图争夺。王胖子讲某个县长的秘书和司机为争夺给县长拎水杯的权利打得头破血流。夺杯子不就是和县长套近乎吗？马午没当过司机也没当过秘书，也不知自己的悟性哪来的。但杜青天走得快，马午试了两次终是放弃。

杜青天把马午带到上次见面的小房间。马午急不可待地问，弄到了？杜青天没回答，说先坐，我去去就来。几分钟后，杜青天拎着电脑上来。马午有些紧张又有些兴奋。突然想到什么，马午拦住杜青天，问多少钱。杜青天似乎有点愣，马午只好说明确了。杜青天很生气的样子，谁和你要钱了？马午忙着解释，杜青天更生气了，你看不看？不看我拎走了。马午慌忙道，我看，只是……杜青天打断，少废话。

时隔数日，马午再次见到郝总。这次和郝总挨得更近，郝总的嘴巴鼻子甚至眼睫毛都看得清清楚楚。还有郝总说话的声音，没有任何水气，每个字都像算盘珠子，珠子和珠子击碰着，又脆又响。笑的时候，郝总的声音则是另一个样，浸了过多的水，四处飞溅。

郝总和那个夜晚的男人再次重叠在一起。没错，就是他。郝总就是那个男人，那个男人就是郝总。虽然那个夜晚郝总说了仅仅几个字，但一样是算盘珠子。

马午的眼睛一会儿瞪大，一会儿眯成缝儿，脑里则是一片嘈杂。

马午忘了杜青天，好大半天，才记起记者就在身边。马午回过头，杜青天嘴巴嚼着，目光探针一般戳着马午。杜青天像马午一样，吃的是煎饼，喝的也是豆浆。豆浆也是一次性软杯，不经捏。这个发现未免让马午失望。杜青天和马午是两个世界的，杜青天应该吃点儿别的。杜青天终于吃完，嘴角沾了点什么，他似乎要找东西擦拭，翻了两下没翻着，便用手抹了抹。失望的马午却因杜青天抹嘴巴的动作生出几分亲近。如果杜青天不要钱，就请他吃个饭。

是他吗？杜青天问。

马午点头。

杜青天脸上似乎有什么闪过，马午没看清。

杜青天追问，你确定？

马午再次点头。终于弄清了，郝总果然和宋庄的村长一个德行，人前一张脸人后一张脸。可……弄清有什么意义呢？一个村长马午都惹不起，又能把郝总怎样？鹌鹑蛋撞石头，结果想都不用想。

杜青天递给马午一张打印的纸，上面是郝总的个人资料。郝总的全名、公司、兴趣、业绩，清清楚楚。从头看到尾，马午的心更凉了。

你确定他救了你？杜青天再次问。

没……他……没……马午的嘴唇极其僵硬。

杜青天声音突然提高，你说什么？逗我玩是不？

马午觉出杜青天的怒气，慌道，我……没有……

杜青天从公文包掏出笔。轻轻一触，马午便听到自己摇摇晃晃的声音。那是他的口供。赖不掉的。马午脑门的汗顿时流下来。

杜青天却笑了，你这个人挺有意思。

马午跟着咧咧嘴，有些虚，别听我胡说八道。

杜青天刺住马午，你很紧张？

马午摇头，我不紧张。

杜青天问，你很害怕？

马午说，我不害怕。

杜青天问，你干吗害怕呢？

马午强调，我没有害怕。

杜青天说，不，你显然害怕。我很好奇，一个救你的人，你干吗怕他？

马午站起来，杜记者，我得走了。

杜青天拦住马午，我不是猴，你也不想当耍猴的对不对？你得回答几个问题。

马午只好坐下。

杜青天倒杯水给马午，来，润润嗓子。你和他什么关系？

马午连连否认，没……没关系。

杜青天说，不可能没关系，没关系你就不会找我对不对？如果不只是他救你那么简单，你和他之间肯定有别的故事。以他的身份和地位，你能和他搭上关系，很不寻常。提供新闻线索，社里有奖励，几十到几百，你不想挣这个钱？

马午垂下头，我不挣。

杜青天说，就算不挣，你也得告诉我，到底怎么回事。

马午带了些违拗，杜记者，你怎么不像记者倒像警察。

杜青天轻轻一笑，你说对了，记者就是警察，只是分工不同。你不找我也就罢了，你找了我，往我脑袋里喷了一团雾，说没事了，和我拜拜，那怎么可能？你得给我个说法。

马午不清楚杜青天是记者的缘故，还是原本就喜欢死缠烂打。还不说不行不说不可了？

杜青天说，你要忘了什么，可以再想想，改天我去市场找你。马午生怕杜青天看到自己的紧张，不由窥他一眼。恰被杜青天捕到。

杜青天问，你和他之间的秘密不可告人？

马午猛一抽搐，没……没有，就是……他确实救过我。

杜青天问，你确定他就是救你的那个人？

马午点点头。别无选择。还能怎么说呢？

杜青天问，开始说救了你，后来又想否认，你似乎害怕提起。他救了你，你为什么怕呢？

马午的汗再次流下。

杜青天递块纸巾给他，别紧张，我就是和你聊聊，职业病，没办法。

马午冲杜青天笑笑，心里却暗暗骂娘。这是聊吗？比逼供差不到哪儿去。

杜青天问，告诉我，你怕什么？

马午说，把我送到医院，他就走了。他……垫了钱。马午豁出去了。一个谎是撒，两个谎也是撒。

杜青天问，多少？

马午说，五百。

杜青天审视马午一会儿，你想还他？

马午点头。

杜青天像钻到马午脑子里，所以，你苦苦寻找他？

马午点头。

杜青天说，当你终于找到他，又有点儿后悔，他这么有钱，你不想还了是不？

马午几乎跳起来，不，不是。

杜青天直视着马午，你就是这样，除此，还有别的理由吗？

马午犯了会儿呆，脑袋耷拉下去，逻辑严丝合缝，马午难以抵赖。也不想再抵赖，这样的说法总比说出真相让他踏实。

杜青天说，你不是不记恩的人，不然就不会寻找了。你后来的想法当然不对，但我能理解。其实，每个人都有私欲，我也不例外。这没什么，关键最终的选择是什么。

马午问，我能走了吗？

杜青天说，没什么可耻的，这很正常，你是一个真实的人。你打算什么时候还他？

马午怔住，真忘了这个茬儿。郝总垫了钱，自然要还人家的。

杜青天问，不想还？

马午说，不，不是，我不是那样的人。

杜青天笑了，带了几分诡异，别急着还，你再想想。

6

晚饭是面条，白菜肉丝卤。忙了一天，马午饿透了，不只是饿，整个人都被掏空了，鞋来不及换就坐在桌边。赵玉琴是西北人，擅做面条，尤其手擀面，又细又筋道。马午过去不怎么爱吃面，和赵玉琴一起后，对面条有了格外的偏好。

吃了两口，马午却皱起眉，问赵玉琴是不是放姜了？赵玉琴哎呀一声，说让主管训了一顿，脑子还没转过弯儿。马午爱吃辣椒，却不爱吃姜，晚上吃姜也不好，早吃姜暖胃肠，晚吃姜赛砒霜。马午说过几次，赵玉琴就不再放。那晚赵玉琴不但放了，还放了很多，马午当然恼火。赵玉琴作了解释，马午仍不痛快。可能正是赵玉琴的检讨，推助了马午的不满。马午奋拉下脸，讲过几次了，怎么不长记性？赵玉琴不解道，不就放几片姜么，还能毒死你？如果马午就此闭嘴，也就没事了。马午其实挟起一筷子面条，本想塞住嘴的，可鬼使神差地，他又反驳，这是几片姜的事么？赵玉琴揪住话头，问马午什么意思。马午说你清楚。赵玉琴说不清楚，非要马午说清楚。马午眼看赵玉琴的火拱起来，埋下头不想再说。赵玉琴夺下马午的筷子让马午说。马午说我饿了。赵玉琴压住马午抓筷子的手。马午压着火气，还让不让人吃饭了？赵玉琴极其干脆，不让！马午没控制住，腾地立起，同时掀了桌子。一碗面扣在赵玉琴怀里，赵玉琴哎呀一声，往后突跳。马午慌了，扑过去抓赵玉琴的衣襟，赵玉琴重重抵他一肘子。

赵玉琴换衣服，马午围着她赔不是。赵玉琴一言不发，脸冷得像冰挂。她的肚皮烫红了，但无大碍，马午略略松口气，但还是劝她去医院。赵玉琴仍旧不搭理，马午就拽她，她猛一甩。马午立在一旁，说些寡话。暗暗骂自己混蛋，让杜青天整蛊了，跟赵玉琴撒什么气？

赵玉琴从床下拽出平常放零碎的鞋盒，又去抱被褥。马午看出她要离开，急了，问她去哪里。赵玉琴说我去哪里不关你的事。马午挡在门口，说我错了，我嘴巴贱。赵玉琴叫他走开。马午说，我错了，你浇我一杯开水好不？赵玉琴说，你别拦我，我不想跟你拉扯。马午说要走也得天亮，这么晚了你去哪儿？赵玉琴不让他管，马午说不管哪行。赵玉琴问他是她什么人。马午说，你男人啊。赵玉琴呸一声，出了这个门，我就不认你了。让开！让不让？

马午稍一闪，赵玉琴挤出去。黑天半夜的，马午当然不放心，随后追出去。一个骑着电动自行车，一个骑着电动三轮。马午与赵玉琴并行一段，叫她把行李搁他车上。赵玉琴不理，马午便放慢速度跟在后面。

中途，赵玉琴的行李摔在路上，马午拾捡起要放到三轮车上。赵玉琴不让，两人正争夺着，一辆警车停在旁边。警察问怎么回事，赵玉琴说这个人抢我东西。警察本来在车上坐着，听到赵玉琴的话便下来了。马午突然慌了，拽得更紧，一旦松开就说不清了。马午赔着笑，说和赵玉琴是两口子，吵架了。赵玉琴说鬼才和你两口子。赵玉琴不像刚才那么恼怒，警察简单询问过，警告一番便离开了。马午向赵玉琴投去感激的一瞥，正要说软话，赵玉琴跺他一脚，把被褥夺过去。

马午随赵玉琴来到她干活的小区，明白她要住哪里了。地下室有工作间，其实就是换衣服的地方。只有几把椅子，没桌没床。马午问你要睡地上吗？赵玉琴不言，将竖在墙侧的纸箱铺在地上，把行李丢上去，便推马午走。马午说你这样不行，一夜就能睡坏腰。赵玉琴仍不言语，动作越发硬了。马午说我陪你吧，这黑洞洞的，你一个人不怕？赵玉琴猛推一把，马午跌出门外。

马午在门口蹲了大半天。今天是别指望赵玉琴随他回去了。返回的路上，马午越发空了，感觉整个人就是一具壳，吹口气就能飞起来。他骑得慢，稍稍快些方向就不稳。车把不听使唤，抓不住。他走走停停，停停走走。到家天快亮了。

看到满地狼藉，马午狠狠抽自己个嘴巴子。不就是卤里放点姜吗？嘴咋就那么贱呢？以前也吃过啊。和赵玉琴较什么真？可话说回来，他只想和赵玉琴说说，并不想和赵玉琴吵，怎么就搞成这样呢？和赵玉琴同居这么久，难免磕碰。服个软认个错，她就不再计较。她还没离家出走过。看她今天的样子，可能真要离开了。或许，她正想离开，她说过的呢，他正好给了她借口。但无论怎样，这事怪他。他不是有脾气的人，咋突然就犯浑了呢？如果他不掀桌子，不会搞成这样的。

马午不解恨，又抽一下。没有第一个响亮，绵软无力。不是下不去手，而是忽然想到杜青天。杜青天灌他满满一肚火，赵玉琴撞在枪口上。只是他忘了，赵玉琴和他只是同居，说走就可以走的。他没管住自己，真是活该。他妈的，欠抽的是杜青天，白白净净一个人，硬是给马午整出五百块钱欠款。还？马午又抽一下，抽杜青天，也抽自己。

马午扶起桌子，清扫过地面，想烧壶水喝。就那么个工夫，竟然靠在椅子上睡着了。嘟嘟的水响声吵醒他，他一时懵着，不知自己在哪儿。愣怔半天，拔掉插头，一头扎到床上。欠就欠吧，走就走吧。爱他娘的咋，睡觉要紧。

这一觉睡得天昏地暗。中间似乎醒过来一阵，他听到鸟鸣，脑袋偏了偏，又昏睡过去。再次醒来，日已西斜。竟然睡了大半天。睡过去也就罢了，可是他醒了，恼人的事重又摆到面前：杜青天让他欠了郝总的钱。是杜青天让他欠的，他承认了。承认就是事实。他窝了火，窝火导致赵玉琴离开他。欠钱可以不还，毕竟没有真欠，但不能不顾赵玉琴。马午虽然有个炒货摊，一年下来挣不了多少钱，在城里娶个老婆比登天还难，马午也没那个想法。在城里的好处是和谁同居都没人管。赵玉琴之前，马午和另一个女人同居。不到半年，她丈夫把她领回去了。和赵玉琴过这么久，马午早就把她当成老婆。赵玉琴老家有男人，已经瘫了，赵玉琴每年回去一两次，其余时间都在皮城。法律上她不属于马午，但事实上她就是马午的女人。马午想着赵玉琴的种种好，后悔得又想抽自己。当然，抽自己没用，得把赵玉琴找回来。再寻个女人同居不是不可以，找个像赵玉琴这样又能和他睡觉，又能和他过日子，他打心眼里喜欢的女人，怕是很难。

必须把赵玉琴寻回来。至于"欠"的钱，去他妈的吧。他不还，杜青天还逼他不成？

明确了方向，马午又有了劲头。他洗了洗头，看时间还来得及，又洗了几件衣服。平时衣服都是赵玉琴洗。他又一次想到赵玉琴的好。看到巷口的肉夹馍，马午停住，从昨夜到现在，还没吃过东西。两个肉夹馍下肚，精神头更足了。

马午赶到小区，五点多一点。赵玉琴五点半下班，一般五点就可以走了。马午没在正门口，而是蹲在斜对面。马午认识和赵玉琴一起干活的女人，赵玉琴搬来行李，等于向所有干活的人宣告，她和马午闹意见了。马午不愿意她们看到他，虽然看到也没什么。马午还抱着一线希望，赵玉琴主动回到他身边。如果她抱着行李出来，他立马迎上去。

马午的希望落空了。

五点半，马午大步往里走。推开工作间的门，赵玉琴正挂工作服。她看到他，脸突然就有了冷色，你来干什么？马午赔着笑，接你回家啊。赵玉琴说，那是你的家。马午说，我的家不就是你的家么？两人在一起才叫家，一个人只能叫窝，你……腰不疼吧？赵玉琴说，我好着呢。马午说，别闹了，闹出毛病——赵玉琴打断，我乐意，你管得着？马午说我是管不着，我心疼呀。赵玉琴哼一声，少装样，我再也不上你的当了。马午说，咱俩过这么久，我是什么人你清楚，谁还不犯个错，你得给我改正机会。赵玉琴说，我不知你是什么人，也不想知道。马午可怜巴巴的，跟我回吧，怎么罚我都行。赵玉琴问，当真？马午大声道，当然当真。赵玉琴指着门口，出去，现在就出去。马午试图靠近，赵玉琴叫，离我远点儿。马午便站到墙角，这样可以了吧，玉琴，你回去住，我搬出来。要不，你在这儿罚我？你说，咋样你才肯搬回去？赵玉琴说，咋样我都不会回去，你别费唾沫了。马午索性耍赖，你不回我今天也住这儿。赵玉琴不屑道，你不就是想找个陪你睡觉的女人？犯得着死皮赖脸的？马午说，找个女人不成问题，去哪儿找你这么好的女人？赵玉琴呸道，你就是往嘴上抹半斤油也没用。马午说我是说真格的。便历数赵玉琴的好处。马午并不是巧言的人，那天或许动了情，竟然收不住了。

赵玉琴的眼睛湿了。她抹了抹，又抹了抹，突然道，说塌天也没用，你走吧。

马午僵了数秒，说就算赵玉琴不和他过了，毕竟在一起这么长时间，怎么也得吃个分手饭。赵玉琴同意了。

吃的是火锅。两人说了没几句话，气氛还算祥和。到了小区门口，赵玉琴让马午回，马午说我怎么也得把你送回工作间。到了工作间，赵玉琴又催马午回，马午说怎么也得抱一抱吧，就要分了，留点念想。赵玉琴由了马午。马午抱住就不松手了，不但不松，还做了别的动作。赵玉琴反抗着，但不坚决，非常不坚决。马午心里有了数，更加放肆。很轻易就突破赵玉琴的防线。

以马午的经验，两口子闹再大的别扭，只要在这件事上合作了，那就算和好。但赵玉琴穿了衣服，仍催马午走。马午说，我要不走呢？赵玉琴瞪他好一会儿，慢悠悠地说，非等我报警啊？马午说，你一个人不害怕？我陪你吧。赵玉琴说，单身保安多的是，你甭操闲心。马午说，那我更不能走了。赵玉琴哎呀一声，快走吧，物业知道，还不把我辞了？马午说你清楚就好。

马午没再骚扰赵玉琴。再用些劲儿，也许赵玉琴就随他回了。马午又怕弄僵。虽然赵玉琴神情厌烦，但口气松动许多。明晚再哄哄，该差不离了。毕竟两人好了这么久，他挣不了大钱，但小钱不断，何况他有一副好肾。

次日，马午早早到了市场。炒货摊和菜摊水果摊不同，上午没什么生意，开摊不过聚个人气。人气也很重要，没人气哪来生意？

马午把摊外清扫得干干净净，顺便也替王胖子扫了。王胖子还没来，他一向比马午来得早。马午吃了碗安徽板面，要了一颗咸鸭蛋。虽不是喜气洋洋，但从里到外，马午是清爽的。晚上必须把赵玉琴接回去。马午有信心。清爽就是因为有信心。

王胖子到的时候，马午刚好收到赵玉琴的短信。马午先发的，很肉麻地讨好赵玉琴。马午想为晚上的凯旋作些铺垫。赵玉琴的回复只一个字：滚！一个字足够了。马午从这个字嗅到味儿，抬起头，满脸灿烂。

王胖子迎着马午的灿烂走过来，将手里的报纸往马午怀里重重一拍。马午不解，干什么？王胖子答，你自己看。

7

话从嘴巴往外甩，不管不顾的。马午豁出去了，不就个记者吗？能把他咋的？语速过快，身体承受不住，往四个方向抖动。马午挺解气的，原来他也会说狠话。令他意外的是，杜青天没有丝毫惊愕，甚至还带了些笑意，仿佛马午在谢他。他不回应，当然马午也没给他机会。

终于停下来，身体也停止抖动。杜青天的笑意倏忽隐逝，脸比扫过都干净。

杜青天问，就这？

马午愣住，还嫌不够？

杜青天问，你是不是被人救过？

马午说，救没救过……

杜青天打断他，你告诉我有没有这回事？

马午稍一沉吟，说有是有。

杜青天问，救你的人垫没垫医药费？

马午的喉咙有些干。

杜青天问，五百？

马午被催眠似的点点头。

杜青天问，你是不是一直在寻找救你的人？

马午说，我……

杜青天口气严厉，别绕！是，还是不是？

马午说，是。

杜青天把摊开的报纸往马午面前一推，你给我指指，哪个字我胡说了？马午沮丧地说，我没让你说出来，我不想让别人知道，现在整个市场……差不多全城的人都知道了。杜青天问为什么。马午说不为什么，我就是不想让人知道。杜青天如钩的目光在马午脸上划拉着，像马午的脸是条大鱼。马午忽然就慌了，再不走，杜青天就该开膛破肚。杜青天拦住马午，我来告诉你，你仍不想还那五百块钱是不？马午说不是。杜青天说，没人知道，你就可以不还，现在，逼得你也得还，是不是？不待马午回答，杜青天异常肯定地说，我非常清楚你在想什么，你也不用掩饰，我清楚得很。杜青天似乎有些难过，他抹抹脸，生怕马午看见似的，然后说，陷落的底层。马午听懂了，又似乎不怎么懂。他吃力地看着面前的人，这个和他生活在两个世界的人。认识他，但根本看不清他。马午也没想看清他。他与马午原本无关，马午不过想让他帮个忙，哪想他摁着马午不松手，不但掏出马午的秘密，还满大街嚷嚷。嚷了个遍，把马午置于进不得退不得的尴尬境地，他自己倒难过了，好像马午做了对不起他的事。被杜青天一顿审，马午的气焰彻底熄灭，只剩下狼藉的烟灰。杜青天的难过和悲叹反让马午感觉对不住杜青天，后悔一时冲动找上门。原本是兴师问罪，不料反罪加一等。也活该他，谁让他好奇呢？那男人是不是郝总，郝总是不是那男人，关他鸟事？他逃离了噩梦，却又念念不忘，多诱人似的。那惊险的夜晚不过是一场意外，结识杜青天则是自投罗网。

算账已经显得可笑。马午只想尽快逃离，远远地躲开。但杜青天再次拦住马午。杜青天突然变得客气，说还有些想法和马午商量。马午说他得回去，已经耽误不少生意，再耽误该喝西北风了。杜青天问生意行吗？马午说马马虎虎。杜青天问知道馒头妹吗？马午点头。杜青天说她原本没什么名，媒体把她推出来的，现在她的生意火得不得了。马午迟疑着，你是说……杜青天对马午的悟性表示赞许。她可能，你也可能。马午双眼顿时放亮，瞬间又暗下去。他不能。他害怕。马午摇头，杜青天问为什么，难道他不想赚钱？杜青天的为什么让马午头疼，马午没法完整回答，也不想回答，那会牵出更多的为什么。为什么？见鬼去吧。

杜青天仍不让马午走，说他在帮马午。马午说混口饭吃就够了，没赚大钱的命。杜青天说就算是这样，可你想想，混饭也得有起码的品格，现在都知道救你的人垫了五百块钱，你却没打算还回去，别人怎么看？会不会遭人唾弃？马午脱口道，谁说我不还了？杜青天反问，怎么证明你想还钱的？整个皮城上百万人，你挨个解释吗？马午说，我又不认识他们，他们爱怎么想怎么想。杜青天说，你错了，原先他们是不认识你，现在已经知道你是谁了，退一步说，周围的人总认识你吧？所以，你必须证明，你不想黑那五百块钱，你想还的。马午问怎么证明。杜青天说，快中午了，我请你吃个便饭，别吃边说。

餐馆就在报社对面，杜青天要了两碗汤，两盘凉菜，四个火烧，又单给马午要了块棒骨。马午没吃早饭，也不觉得饿，闻到香气，肚子忽然就瘪下去。反正已经这样，横竖吃个够再说。杜青天见马午吃得香，又让服务员加了块棒骨。马午也不客气。马午不知杜青天让他咋证明，狂吃也有壮胆的意思。肚子胀圆，马午重重地打个嗝。可心里还是有些虚。

吃饱了？

马午说吃饱了。杜青天吃了一个火烧，另一个火烧象征性地咬了一口。

咱说正事。

马午紧张地盯着杜青天的嘴巴。那是炮口，不知会射出什么样的炮弹。马午有点儿后悔。两个火烧，两块棒骨，一碗汤，自己又不是吃不起。现在，他不得不看着这个肉乎乎的炮口。

杜青天嘴巴一张一合，一合一张。明明在动，可马午什么也没听见。马午忽然就慌了。他站起来要走，可能吃得太撑，也可能因为腿软，两次竟然都没站起来。杜青天觉察到他的企图，在马午肩上猛掼一下，我还没说，老实坐着。马午听清了，接下来杜青天说的话都听清了。马午不干，又要起身，杜青天再次摁住他，又是一顿轰炸。马午被彻底炸晕。不只是晕，他的肩背头脸眼睛鼻子全是尘土。他似乎也简单表示了自己的意思，结果是覆盖了更多的尘土。

那天下午，马午终于答应随杜青天到街上去。马午抱在怀里的牌子是现做的，杜青天从餐馆要了硬纸箱，"寻找救命恩人"几个字是马午写的。杜青天说马午自己写效果更好。马午像个木偶。马午知道自己不是。有些话，杜青天还是说动了他。看起来是五百块钱的事，但就其意义，五千五万也未必买得到。马午身上沾了淤泥，现在必须把衣服洗干净。

杜青天给马午拍了照便远远地躲开，留马午一个人站着。有些人瞥一眼匆匆而过，有些人则停下来用手机拍照。每有人围观或拍照，马午的脸便绷得紧紧的，这是紧张的缘故。马午生怕有人问他，那样就得一遍遍重复杜撰的故事。围观的人离去，马午得了大赦，整个人放松下来。斜对面竖着一块巨幅电子屏，明星、酒、宣传语轮番闪现，有一阵，马午觉得自己进了电子屏，高高在上的他俯视着行人车辆。急促的笛声很快就把他拉回到街口。

马午觉得差不多了，念头刚刚冒出来，杜青天就竖到面前，仿佛就在他脑门口候着。杜青天不同意马午撤离，他表情严肃，说马午必须证明自己的诚意。杜青天让马午换个路口。依然是个大路口。

若让马午走路，一天都不成问题。单站着，看似闲，其实特别累。管他呢，咬咬牙就挺过去了。这么想的时候，马午的腰板挺直了些。

一直到晚上九点。那两个火烧两块棒骨一碗汤根本不经站，马午早已饥肠辘辘。若知这么晚，中午该再加一个火烧。不过，总算完成任务。对于马午，这是异常艰难的任务。马午说我已经证明，以后你别找我了。但杜青天提出新的要求，马午至少要站个四五天。马午很不高兴，问杜青天为什么说话不算话。杜青天说不是说话不算话，而是这么做效果更好。马午说你爱咋说咋说，我反正不站了。我要犯了法，你让警察抓我，我去自首也行。杜青天说我是为你好，马午说不要他的好。两人吵了一阵儿，马午摔了牌子，大步开拔。杜青天追在身后，舌如莲花。最终，两人达成协议。马午同意连续站五天，但只限于上午，杜青天承诺每日给马午一百块钱。就是说，五天站下来，马午可以挣五百块钱。杜青天声称是为了马午，他提出给钱，马午明白杜青天肯定有别的目的。马午问杜青天图什么，杜青天说证明自己。马午问他证明什么，杜青天说每个人都得替自己证明，不证明这个就证明那个。

马午不大听得懂，也就懒得再费脑子。

马午返回报社骑了电动三轮，方想起还有一桩重要的事。顾不上饥饿和劳累，心急火燎地赶到赵玉琴上班的小区。敲了半天门，地下室的声控灯亮了又熄，熄了又亮，工作间悄无声息。赵玉琴不在里面。若在，肯定要骂他。这么快就租到房了？这么一想，整个人就瘫下去。

马午问小区门卫，门卫审视马午半天，问他是赵玉琴什么人。马午说我是她男人，门卫问她没回家？马午忽然就爆粗了，他妈的，管得也太宽了。你倒是见没见她？门卫摇摇头，说他也该下班了。马午气得腮都哆嗦了，握握拳，扭头就走。

没料赵玉琴自己回来了，还抱回被子。她擀了面条，显然在等马午。马午小心翼翼地笑笑，便去捉赵玉琴的手。赵玉琴斜着他，还吃不吃了？马午慌忙松开，说吃，都饿晕了。

吃过饭，赵玉琴说他儿子要来皮城。马午明白她为什么她主动搬回来。他问什么时候，赵玉琴说后天，我不能让他看到我住地下室。马午问，后天？赵玉琴瞄他一眼，马午忙说，我没别的意思。赵玉琴问马午能不能搬出去几天。马午叫，为什么？他又不是……看到赵玉琴的眼神，马午顿住。赵玉琴说，他带了女朋友，你想四个人挤一张床？

8

和郝总见面是在一个阴沉沉的下午。

天转凉了，马午加了件外套。上了出租车，后背就不住冒汗，里层的背心几乎湿透。马午瞅瞅坐在副驾的杜青天，把褂子脱了。还是刚和赵玉琴住到一起的时候，赵玉琴买的。女人离开马午后，马午第一次添置衣服。那个夜晚，马午有使不完的劲，和赵玉琴折腾了三次。他还想的，赵玉琴说，什么岁数了，不要命了？然后拧拧他，日子长着呢。这句话，马午捂了好多天。

杜青天回过头，热？

马午说，穿多了。

杜青天说，我见过郝总两次了，他没老板架子，别紧张。

马午舔舔嘴唇，没吱声。马午没想到和所谓的郝总还能见面，更没想到是这样一种方式。自然是杜青天穿针引线。马午被救，马午寻找救命恩人，马午终于找到恩人，哪一环都少不了杜青天。现在，马午要在杜青天的见证下还恩人垫付的五百块钱。其实，杜青天早就可以帮马午见到郝总，没必要这么折腾。对马午的疑惑，杜青天是这样说的，吃东西要慢慢嚼，才能嚼出味儿。

马午一想到"恩人"，就吃了屎似的恶心。他被绑架，就算是绑错，他也是被绑了。怎么就成了恩人？不是吃屎是什么？这倒好，他吃着屎，还得给人钱。当然，这怪他自己，谁叫他撒谎呢？如果他把原委告诉杜青天，杜青天就不会牵着他，让他慢慢嚼了。但他没胆子，实在没胆子。他，马午，不过是一只蚂蚁，能惹起谁？吃屎就吃吧，吃了吐，吐了再吃，谁叫他好奇呢？世界不是他这种人看得懂的。

出租车突然一个急刹，马午的头撞在前面的挡杆上。司机骂着脏话，杜青天问马午没事吧？马午仓促地摇摇手，猛地捂住嘴巴。差点吐出来。他拼命忍着，吐到车里太丢人了。

就快到了，杜青天说。

马午摇下车窗。涌入的凉风带着薄荷味，马午似乎舒服了些。不能再想恶心的事了。可……想什么呢？想郝总的好？他也想过的。郝总没把他怎样，也算仁义，若郝总挥挥手让手下人做掉马午，马午的小命肯定就报销了。扔到河里或随便埋到哪个地方。除了赵玉琴，没有谁在乎他。王胖子可能会念叨几天，也就念叨几天。没把他怎样，就是救他，救他就是恩人。理似乎是这么个理，但理通了，马午的气却顺不过来。屎还是屎，没变成馒头。

终于到了。

马午下车一个趔趄，还好没摔倒。杜青天问马午行吗，马午点点头。杜青天让马午穿上褂子，马午说太热了。杜青天说还是穿上吧，这么拎着不庄重。马午就穿上了。可一进大楼，马午的后背又开始冒汗。马午背着满身的汗，跟在杜青天身后。带路的是个后生，肯定是郝总的手下。马午不知那个夜晚绑他的人里有没有后生，彼时他惊恐万分，没敢硬看。

迈进门那一刹，马午的心提到嗓子。恐惧交织着兴奋。马午想一下就捕见郝总的，可办公室过于辽阔，马午的目光像七零八落的花，四处丢散。这使他在恐惧与兴奋之外，有种干了什么勾当的慌。晃了几晃，才看清桌子后面那颗脑袋。脑袋刚离开桌面，杜青天便蹿过去。而马午被定海神针定住一般，直到杜青天碰他，他才意识到郝总站到了面前。

搞错了！郝总和那个男人不是同一个人。郝总比那个男人壮，个头儿也略高些。但当郝总坐下来说话，马午又觉得郝总就是那个男人。两个人的脸在脑子里交错，频率渐快，马午一阵恍惚，郝总说了什么，他一句也没听清楚。

杜青天再次碰碰马午，郝总问你话呢，同时对郝总解释，您这样的人物，我看见都紧张，何况他！

郝总面带微笑，我不是老虎，不吃人的，怎么样，身体没什么事吧？

马午结巴着，没……事。杜青天补充，他当时肯定是吓坏了，所以不能动弹，多亏了郝总，要不是您及时把他送到医院，他说不定被后面的车二次碾压，那真就有生命危险了。您垫了钱，不留姓名就走了，而他满世界找您，连自己的小本生意也黄了，你们的故事……杜青天说不下去了，哽咽着，似乎他才是主角。

马午想起此行的目的，忙掏出准备好的五百块钱。郝总没要，让马午买营养品。马午坚持要给，在马午的意识中，郝总拿了钱，他们就两清了。郝总是不是那个男人，那个男人是不是郝总，他没有能力证明，也无意再证明，只想尽快结束。郝总生气了，脸上没表现出来，但话硬了些，让你拿你就拿。马午求救地望着杜青天，杜青天说，你就领了郝总的好意吧。马午便领了。这就意味着，他仍"欠"着郝总。因这个缘故，马午有些沮丧。

郝总问了马午一些问题，比如年龄，什么地方人，何时到的皮城等等。马午答完便望着郝总，不是期待郝总再问，而是盼着郝总不再问，他好离开。郝总没有放马午走的意思，他似乎对马午很感兴趣。他问马午是否常回宋庄，马午摇头。又问马午几年没回了，马午说有八年了。郝总甚为惊异，问宋庄没亲人吗？马午说父母不在人世了，老婆几年前喝药死了。郝总哦一声，结束了问话，转而说起自己。

郝总也生在乡村，在南方的大山之中。母亲四十五岁才怀了他，生下他不久，父亲便在打柴途中摔下悬崖。母亲为了养活他，每天半夜就背着竹篓进山，采蘑菇木耳之类，回到家，浑身尽湿，头发水泡过一样。山里野猴多，某次母亲遭到野猴围攻，母亲的半拉耳朵没了，脸上留下两道长长的抓痕。怕吓着人，母亲每次到镇上卖山货总是遮住大半个脸。

郝总不看杜青天也不看马午，目光在云雾缭绕的群山之巅流淌。郝总感伤的声音像细雨从里到外浸着马午。马午想他肯定认错了人，郝总绝不是那个夜晚的男人。郝总干不出那种事。

我每年都要回去，因为母亲埋在那里。郝总用这句话结束了自己的故事。

杜青天眼里闪着蛇信子般的光芒，说要写一本郝总的传记，一定要写。郝总摇头，说目前还没这个打算。杜青天几乎是乞求了，说了些能量意义之类的话。郝总说，我考虑考虑再答复你。杜青天连声说谢谢，眼里金蛇狂舞。

从郝总的公司出来，快中午了。杜青天非要请马午吃饭，马午说算了吧，我还有事。杜青天一把揪住马午，怕马午逃了似的。杜青天说不吃不行，你瞧不起我咋的？马午哪有资格瞧不起杜青天？他只想结束，和杜青天结束，也即彻底结束。但杜青天说得如此严重，马午只好任杜青天挟裹。

杜青天抓着马午，仿佛马午是他的犯人，直到进了包间才松开。杜青天眉宇几乎被兴奋崩开，让马午吃什么随便点，他要请马午吃顿大餐。马午不清楚杜青天为什么如此开心，似乎与郝总或郝总的故事有关。好吧，既然杜青天让他点，那就不客气了，被杜青天整蛊快一个月了，吃他一顿也没什么。马午点了小鸡炖蘑菇，油炸鲜蘑。杜青天夺过菜谱，说除了蘑菇就是蘑菇，你属猴的吗？一口气点了六个。马午说点多了，那位穿旗袍的女孩也说两个人，是有些多。杜青天似乎很生气，我掏得起钱，不可以吗？女孩说可以的，又问，喝酒吗？杜青天说当然喝。喝白酒，怎么样？不等马午回答，杜青天的手掌凌空劈了一下，来一瓶五十二度的山庄老酒。

到现在，马午都说不清杜青天是什么样的人，但有一点他是清楚的，杜青天与之前不一样，大不一样。如果之前的杜青天是正常的，那么此时显然是反常的。如果之前是伪装的——有这个必要吗？——此时是他真正的样子。

像多年的老友相逢，杜青天频频举杯，他喝干，让马午也喝干。喝酒对马午是小菜一碟，他不怕自己喝多，而是怕杜青天喝多。酒瓶见底，马午说行了吧，杜青天口气很冲，老马，怎么能行呢？我要请你喝个够。马午说我已经够了，杜青天说我还没够，你陪我喝，必须陪我喝。还好杜青天没要白酒，而是要了一打啤酒。

杜青天是怎么说到自己的？马午想不起来了，反正杜青天绕到自己身上。像受了郝总的传染。但杜青天说的不是童年，而是现在。杜青天也不像郝总说得清晰流畅，因为喝多了酒，舌头不利索。但他没停歇，每当马午劝他，他都很愤怒，凶凶地嚷，别插嘴，听我讲。不错，杜青天没了兴奋，他的表情他的语言都是愤怒的。

虽然杜青天的讲述没有头绪，但马午还是听清了。坐在他面前的杜青天，报社记者，是个憋屈的、窝囊的、不得志的人。工作快十年了，还是跑来跑去的记者，至今还在出租屋住着。女友谈一个崩了，再谈一个又崩了。买不起房，没有哪个女孩愿意跟他。碰上心眼儿好的，还能陪他睡一觉，势利的，他求个吻都困难。妈的，我长得不行吗？能力不行吗？凭什么……他妈的，就因为我没关系没根基，操他妈的，你说这叫什么世道？鼻涕出来了，眼泪出来了，鼻涕和眼泪混在一起，杜青天的脸像非洲的泥沼地。

马午有些傻。想起第一次见杜青天的情景，虽然夹着公文包，吃的和他一样，煎饼，软杯豆浆。马午不知怎么安慰他，只是不停地扯餐巾纸往他手里塞。起先马午还护着，尽量不让纸团落到菜上，到后来就护不住了，那些菜终是被纸团覆盖住。

杜青天的胳膊突然从纸团上伸过来，似乎想抓住马午。马午躲了躲，杜青天的手拍到盘子里，油汤四溅。老马，谢谢你啊，我他妈以为这辈子没出头的日子了，没想到……你是我的恩人呢。

马午吓了一跳。他怎么可能是杜青天的恩人，又怎么会成为杜青天的恩人？他知道杜青天喝高了，喝高了难免胡说八道。马午喝高还管赵玉琴叫娘呢。马午叫杜青天别说了，也别喝了。杜青天根本不听，让服务员上酒，嫌服务员速度慢，像扔纸团那样扔出一地难听的话。待服务员拎两瓶啤酒进来，杜青天的脑袋已经扎到纸团里。

账是马午结的，杜青天摇都摇不醒，更别说结账了。马午想一个人离开，服务员非让马午弄走杜青天。马午说醒来他自己会走的，服务员死活不答应。马午只好背了杜青天出来，打车到报社。想起杜青天那番话，没把他送楼里去。

马午把烂醉的杜青天放到电动三轮上，离开报社。马午不知杜青天住在哪里，没法送他回家。拉到市场交给王胖子是可以的，可马午不想一遍又一遍解释。马午上了几回报纸，是市场的新闻人物。谁逮着都问，马午不胜其烦。拉回他和赵玉琴的出租屋更不合适，何况，赵玉琴的儿子和女友还住着。这些日子马午都住在炒货棚。可是就这么转太耗电了。后来，马午在友谊医院的外墙停住。杜青天呼呼大睡，马午靠在车的一侧，试图清理清理脑子。这一天脑里装了太多东西，郝总的，杜青天的。

因为塞得太满，马午脑里乱糟糟的。此时，他一块块往外抠。抠了一会儿抠不动了。越抠脑袋越胀，许许多多问号往里挤，鬓侧的血管快鼓出来了。

马午扔出的不过是个谎言，没想到郝总竟然接了。郝总是当真救过人还是装糊涂？马午想以郝总的身份，不会无中生有，别人说他救过他就顺口说救过。若郝总真的救过什么人，如马午叙述的那样，怎么恰好垫了五百块钱？也许是六百八百，郝总记错了。世上的巧合太多，这样的可能不是没有。马午掏出衣袋里的名片，郝总送他的礼物。盯着那三个字，马午依然一头雾水，自语，这究竟是怎么回事呢？

9

马午出名了，但生意并未像杜青天说的那样火到什么程度，相反，这阵子由于马午吊儿郎当，失了不少老客户。市场最西头新开了一家炒货店，距马午的店铺不足五十米。新开的店铺卖炒货，也卖水果、馒头片之类的小食品，品种比马午的全。马午唯一的优势是价格。他把价格压到最低，不然就被挤出市场了。利润锐减，一天下来也就挣几十块钱。马午暗暗着急，照这样下去，只能吃老本了。

王胖子收摊后，照例来马午这儿报到。马午上了报纸，王胖子功不可没。至少王胖是这么认为的。作为马午的恩人，王胖子抓把瓜子或花生，像在自家一样随便。马午虽然烦他，还是忍了。就算有天大的恩，一年也还清了。是的，马午打算还他一年。绝不欠他的。郝总那份恩马午都能还清，王胖子的小恩算什么。

喝一盅？王胖子鬼头鬼脑地问。马午没作回答，只是看着他。昨天马午刚请过他。王胖子嗨一声，干吗这么看着我？不用你请，我做东。从来不出血的人突然要主动割自己一刀，马午以为听错了。王胖子说青年路新开一家自助涮，二十块钱随便吃。马午摇头，他不想和王胖子有更深的关系。王胖子死缠硬拽的，说低头不见抬头见，马午这点面子也不给？马午说改天吧，今晚有事。王胖子眼巴巴地望着马午。马午说，我在等一个人。等谁？触到马午的眼神，王胖子顿时讪讪地，不是……我是……王胖子似乎想解释……那我先走了。王胖子神情失落，马午很奇怪，猜不到王胖子葫芦里装了什么药。

马午说等人只是托词，没想到果真等来一个人。马午拽下卷帘门，就触到门外那双脚。马午的惊喜立时溅出来。果然是赵玉琴。她系了条丝巾，似乎还打了唇膏。她嘿一声，发什么呆？让我在外面站着呀？马午这才叫，我个奶奶。一把扯进她，利落地合上门。马午在店铺住的这段日子，赵玉琴来慰问过两次，这是第三次。赵玉琴说好闷，就要脱褂子。马午猛地揽了她，说你跑这么远的路，够累了，哪用你亲自动手。替赵玉琴脱掉褂子，马午就去抓她的裤带。赵玉琴挡了一下，先说会儿话，跟个种驴似的。马午说夜长着呢，说话着什么急？赵玉琴还欲说什么，裤子已经被马午褪掉。

喘息尚未平稳，赵玉琴便叹息一声，像好端端的树突然断裂，露出白生生的茬。马午一怔，问她怎么了。赵玉琴没说话，又一棵树裂成两截。马午仄起身，看到赵玉琴眼角挂着泪珠。他轻轻一抹，一汪细泉突然跃过他的手指。马午坐起来，直视着赵玉琴。赵玉琴似乎不愿意和马午对视，马午扳住她的头，让她看着他。

怎么了？马午追问。赵玉琴说我觉得特对不住你，我占着你租的房，让你睡店铺。马午松口气，睡店铺怎么了，告状那些年，还在大街上睡过呢，别说睡个半月二十天，睡几个月都没问题，只要你隔三岔五慰劳慰劳我，就是神仙日子。赵玉琴苦苦一笑，说她儿子想留在皮城。马午便僵住。赵玉琴说儿子找上活儿就搬出去。马午问他女友呢，也留下来吗？赵玉琴说要留两个人一块留。马午说城市挣钱也不易。赵玉琴说还用你讲，可我们那个地方……说了一堆老家的难。那是沙漠边上的村庄，穷是其次，喝水困难。赵玉琴以前零言碎语讲过，马午知道的。

没准哪天村子被沙子吞没，他在老家，我也不放心。赵玉琴的声音透着伤感，又有点决绝。马午明白，儿子要留在皮城，是赵玉琴的主意。她不是和他商量，是告知。她的儿子要在哪里，马午其实是管不着的。当然，她儿子留在皮城意味着什么，马午也很清楚。和赵玉琴睡觉，就不能不管她儿子。问题是他只是个卖炒货的，根本没有能力管。

马午勾了头，有点泄气。他清楚，不能没有态度，但不知怎样表态。怕伤着她。伤着她，自然就伤到了自己。

静默片刻，马午问，找到活儿了？赵玉琴摇头，说问了几个地方都不行。马午问，那怎么办？赵玉琴别有意味地看他一眼。马午忙补充，咱俩帮不上呀。赵玉琴说，我帮不上，你能的。

马午突然被烫着，往后一挫，动作夸张得自己都不好意思，于是又往前挪挪，在赵玉琴眉头点了点，急昏了吧？

赵玉琴固执而严肃，你能的。

马午摸不着头脑，难不成让他卖肾啊？他是长了对好肾，可也就一对，不是苹果，能摘个三筐两篓的。

赵玉琴没笑容，目光却如温泉冒着丝丝缕缕的热气，要将马午浸没的样子。

马午从未见过赵玉琴这个样子，甚至有些紧张，我……咋个帮？

赵玉琴说完，马午整个人都走了形。她竟然让他找郝总！马午和她唠叨过，因为她问过。他并不想让她知道，可他上了报纸。也就三言两语，她怎就冒出这样的念头？他明白，这样的念头不是突然冒出的，至少在脑里猫了好几天。

赵玉琴说，我就这一个儿子，只要他好，我怎么都可以。

马午听出她的潜台词，但实在是……马午苦笑着摇头。连门都进不去。

赵玉琴声音很大，你救了他，是他的恩人。

马午纠正，不是我救了他，是他救了我。

赵玉琴说，一样的。

马午叫，怎么能一样呢？

赵玉琴说，别管谁认识谁，反正你认识了他。你老说咱在皮城两眼漆黑，现在结了关系，就得利用呀。关系是走出来的，也是用出来的，你不找他，这层关系就断了。趁他还能记得你，你现在必须找他，求他。他是老板，在他手底下找个差事，没那么难。

马午没想到赵玉琴说出这样一番宏论。不是没道理。可……他和郝总不是救与被救这样简单的关系。

　　赵玉琴问，你试试总行吧？你找他一趟，如果他说不行那就拉倒，算咱白跑。

　　马午说，我怕是大门都进不去。

　　赵玉琴不高兴了。她早就不高兴了。你还没去，怎么知道进不去？

　　马午说，你不知道——

　　赵玉琴火了，别啰嗦，来痛快的，行，还是不行？

　　马午说，我……试试吧。

　　赵玉琴的口气软下来，都四下寻关系呢，有关系不用，那就是傻子。忽然哎哟一声。马午问她怎么了，赵玉琴指着肩胛，让马午挠挠。马午挠了两下，手绕到前面，攥住她的乳房。他好这一口。她知道他好这一口。她刚才逼了他，这是要给他吃夜宵呢。交换就交换吧，整个市场不都在交换吗？他放倒她，但怎么也进不去，越进不去越着急。终是放弃。和赵玉琴同居这些年，还从来没有过。

　　次日清早，赵玉琴离开时，问他，今儿事多吗？马午当然明白她的意思，说我今儿就去。然后掏出郝总的名片。那天差点扔了。不知道还会和郝总见面，原以为从此会离这个人远远的。不管他是不是那个男人，马午都不想再见他。现在马午必须去见他，然后求他。行就行，不行拉倒。见过郝总，马午就可以向赵玉琴交差了。

　　走到半路，马午又踌躇了。像杜青天带他去一样，后背湿漉漉的。他有些怕，不错，郝总吃不了他，但马午就是怕，说不出的怕。马午掉头折回。快到市场又转身，赵玉琴中午可能跑过来，他该怎么说？

　　一个上午就这样被马午来来回回折腾没了。中午过去了，下午又过去了，傍晚，马午回到市场。王胖子见到马午，像失走的孩子见到亲人，竟有几分委屈，问马午怎么才来，非要拉马午去喝酒。马午应了。他怕见赵玉琴。喝酒是个不错的理由。喝酒就没迟没早啦，喝醉没准还睡在外面呢。

　　马午没有深想吝啬的王胖子为何请他喝酒，赵玉琴的任务压扁他的脑袋，装不进多余的东西。

三杯酒刚刚下去，王胖子便说有个事求马午。马午笑自个儿愚，王胖子哪会无缘无故请客，市场没有谁白喝过他的酒。马午等王胖子的下文，王胖子却说起自己的老伴。不再眉飞色舞，表情像揉搓过的报纸，皱皱巴巴。世上没有王胖子不知道的事，奇闻秘闻，但王胖子没讲过家里的事。马午不知道王胖子的老伴患了一种罕见的病，不知道滔滔不绝的王胖子心里也是憋屈的，不知道王胖子还会掉眼泪。说到动情处，王胖子抓住马午的手。马午以为王胖子抓抓就放开了，可王胖子没有放手的意思。马午很不舒服，很不习惯。他试图抽回来，但王胖子攥得紧，似乎怕马午跑掉。确实，如果不是王胖子紧紧攥着，马午可能真会跑。王胖子絮叨家事不过是序幕，真正的目的是让马午帮忙，给郝总说说他的情况。

马午惊愕万分，王胖子竟然冒出这样的念头。怎会有这样的念头？难怪赵玉琴……马午连连摆手，说他和郝总没有任何交情。王胖子根本听不进去，为了显示自己的困难、急切和亲热，他挪至马午身边，把马午另一只手也攥住了。

王胖子说他已经了解过，郝总不但是富人，还是善人，建过希望小学，救助过失学儿童，每年用在慈善上的钱上千万。其实救助谁，对郝总都是一样的，都能留下好名声。王胖子让马午和郝总说说他的情况，他卖鸡蛋挣的钱根本救不了老伴，除非郝总这样的人伸出援手。说说，只是说说。这对马午是小事一桩。马午问王胖子为什么不找他的外甥杜青天，杜青天可以在报上写写。提到杜青天，王胖子气就粗了，破口大骂杜青天没良心，找他帮个忙，不说行也不说不行，只是推。王胖子叫马午不要忘了，他也帮过马午的。若不是他引见杜青天，马午这一辈子怕是都没有见郝总的可能。他帮了马午大忙，马午该帮他这个小忙。当然，不白用马午，他不是没良心的人。

马午脑里满是轰隆的声音。他只知王胖子没有停歇，嘴唇碰了开开了碰。等王胖子停住，扑闪扑闪瞪着他时，马午方啊一声，问，你说什么？王胖子没答，慢慢抽回手，先是一只，尔后另一只也抽回去。变戏法似的，手上夹了二百块钱，这是报酬，老哥不会白用你。马午叫，你这是干什么？跳起来试图逃离。王胖子狠狠撞他一下，你别走，我还没说完呢。马午说上厕所，王胖子说我也去。马午在前，王胖子在后。王胖子的嘴仍不停歇，如果你给弄成了，我会给你更多。马午说这不是钱多钱少的事，这个忙我根本帮不上。王胖子说不是帮不上，是你不想帮，你说吧，什么条件？

　　手机响了。一瞅是赵玉琴，马午整个人发疟疾一样抖起来。

10

马午可以不理会王胖子，却不能不理睬赵玉琴。必须给赵玉琴一个交代。自那晚，赵玉琴往马午的炒货棚跑得更加勤快，至少隔一天来一趟，有时连着过来。通常是在马午收摊时，有一次快半夜了，马午责备她，她说睡不着，睡不着就烦，烦就跑出来。马午明白赵玉琴不只是慰劳他。不等她开口，先告诉她，他去找了，没见到郝总。至少有两趟，马午到了公司门口，但没进去。他以为这么拖拖赵玉琴就淡了。

第九天夜晚，赵玉琴带着一个挎包。慰劳过马午，赵玉琴从挎包掏出几团红毛线，一把钢针，说要给郝总织件红毛衣。难怪她向马午打听郝总的身高长相。马午惊得差点咬破舌头，她真是疯了。虽竭力控制，马午还是听出声音发颤，咋冒出这念头？赵玉琴说，求人办事，不能光靠嘴皮子，送钱咱没有，人家也不稀罕，我琢磨织件毛衣，兴许他会喜欢。马午说，人家是什么人？哪会穿你织的毛衣。赵玉琴铿锵有力，穿不穿在他，织不织在我，咱不过是讨他高兴，高兴了才好办事。马午愣怔半晌，问，你的意思是等你织好我再去找？赵玉琴直视着马午，你找你的我织我的，两不耽误。马午吸口冷气，赵玉琴拉开架式，要跑马拉松呢。她的心思不但没淡下去，他的拖倒让她更加坚定。

马午再无退路。

赵玉琴让马午先睡，她从今天开始熬夜。马午睡不着，看着赵玉琴的背影。同居这么久，熟悉得不能再熟悉，此时突然变得陌生。马午想起妻子，那个动不动就脸红的女人。马午走上漫漫告状路，与妻子的诱逼不无关系，她的固执超乎马午想象。马午奔波数年，倾家荡产，妻子的死也与此有关。马午心灰意冷，两年多才走出阴影。现在，另一个女人，与他同居的女人，又抓了把炭火抛他屁股底下。

次日，马午去了郝总公司，当然没进去。他躲在远处，看着出出进进的人，底气一点点耗竭。夜晚，马午告诉赵玉琴，他见到郝总了。在赵玉琴油光闪闪的注视中，马午满脸歉意地摇摇头，末了补充，毛衣别织了。马午随后大骂郝总小人，忘恩负义。人前一套背后一套。

赵玉琴似乎有些泄气，她终于泄气了。眼睛里的油光熄灭了，大片的灰暗相互挤撞。

他怎么说？赵玉琴望着别处。

马午答，现在的员工都用不了，还打算裁呢。

赵玉琴哦一声。

马午说，我讲哪怕当个保安也行，郝总站起来说要开会，我只好离开。几句话，马午演练了一整天。

赵玉琴又哦一声，仍然没看马午。

赵玉琴的情绪似乎没受影响，让马午先睡，昨天织的都得拆了。她打算换一种织法。郝总偏胖，换种织法更适合他。马午呆了呆，说，咱就别织了吧。赵玉琴说，我年轻时，三天就能织一件毛衣，现在不行了，不过有半个月咋也织完了。马午试探着，明天我再去碰碰？赵玉琴极干脆，不用了，我自个儿去。马午大惊，使不得，千万使不得。

赵玉琴偏过头看着马午，咋？她终于看他了。她的目光透着冷。

马午说，他不认识你啊，你门都进不去。

赵玉琴说，他不认识我，总认识你吧。他救了我男人，我去感谢他，他还揍我一顿？我是你女人，这不会错吧？

马午虚虚地笑着，你当然是我女人。

赵玉琴说，你别担心，他不会把我咋的。他要把我咋的倒好了。

马午提出还是他去，一趟不行两趟，两趟不行三趟。他说我豁出去了，就你说的，他咋也不会把我赶出来吧？

赵玉琴问，想好了？

马午咬牙道，刀山火海我也不怕。

赵玉琴说，郝总不是恶魔，是恶魔就不救你了，别说得这么可怕。不早了，你睡吧。

躺下，马午发现后背湿了。似乎从那个夜晚开始，后背的毛孔突然变粗了。显然，赵玉琴瞧出他在撒谎，她没有戳穿。戳穿肯定是一顿吵。她不想吵。她的目的很明确。现在她，虽然疯，也没什么不对，她想给儿子找个活儿干，而他突然有了这样一层关系。可……他所谓的关系是搭建在谎言上的，他不敢碰，是担心崩塌下来砸了自己脑袋。但事情弄成这样，马午没有更好的选择，绝不能让赵玉琴找。他知道她做得出来。

第二天，马午先去了报社，如果可能，让杜青天陪他去一趟。这个一度纠缠马午的记者自那天醉酒后，再没露面。他说马午是他的恩人，就该帮衬帮衬马午。

马午没找到杜青天，报社的人说杜青天一周前就辞职了。至于去了哪里，他们也不清楚。马午呆了半晌，忽然想，杜青天挂靠上郝总了？他赶回市场问王胖子。王胖子怪声怪气，你也有求人的时候？马午说，不是我不帮你，是实在帮不上啊。老哥，我以后会慢慢解释。王胖子嘘一声，模仿马午的口气说，不是我不告诉你，是实在不知道啊。我又不是他亲爹，老弟，我打听好会告诉你。

马午去了趟郝总的公司，当然是自己去的。只能自己去。郝总不在公司。马午压在心上的石头突然卸掉，轻松得要飘起来了。他找了，但郝总不在，是真的不在，这怪不得他。他告诉赵玉琴，他还会去的。赵玉琴问有郝总的名片，为啥不给郝总打个电话。马午想了想说，好吧。为了让赵玉琴相信，马午第一次拨了郝总的电话。郝总似乎忘了马午，马午也顾不得对赵玉琴撒的谎了，大声说，我是马午啊，就是你救过的那个人。郝总终于想起来了。马午问他什么时候有空，他想见见他。郝总说我会安排的，便挂了电话。

赵玉琴问马午，安排是什么意思？

马午说，咱等一等，等一等就知道了。

三天后的一个上午，马午正靠在破椅上昏昏欲睡，有东西从嘴巴流出来，顺着下巴停停走走，探雷一般。一个人在棚前立住，喂了一声。马午跳起，胡乱抹了一把，海海地堆上一脸笑，吃点啥？是个瘦腰瘦脸的后生，目光也细细瘦瘦的，却极其有力。后生问，你叫马午？马午点头。没等他问话，后生抢先道，郝总要见你。马午愣怔着，似乎被后生的话搞懵了。后生重复一遍，马午方颤声问，现在吗？后生说，现在。马午努力让自己镇定下来，但他没做到，卷帘门两次才锁住。

车在巷口停着。后生拉开车门，示意马午上。马午爬进去，正欲回身拽车门，车门砰地合上了。

没往郝总公司方向走，而是驶出城外。马午顿时紧张起来，哎了一声。后生似乎没听见。自上车，后生就没说过一句话，像个半哑子。马午又哎一声，不是去见郝总吗？后生说是见郝总。马午的声音带出慌，怎么……后生冷冷地说，我是带你去见郝总的。马午说怎么就……三宝的男高音突然冒出来，马午只好咽回去。

走了一段高速，然后拐上乡间公路。田野和树林滑过来，又向后闪去。马午不知后生要把他拉到什么地方，心揪成一团。他后悔给郝总打那个电话，他们根本不是一路人，不该惹他的。又想他也没得罪郝总，就是得罪，郝总也不会明目张胆随便派个人把他拉到荒郊野外做掉。后生虽然冷淡，并无凶杀之气……正胡乱想着，车停住了。

后生拉开车门，冷风逼过来，马午不由一哆嗦。这是一个水库，后生把他拉到水库边。马午下意识地往里缩，后生拽他一把，马午说别……后生低低道，郝总等你呢！后生脸上没了冷淡，什么都没有了，只剩下一张脸。马午犹犹豫豫下了车。

马午看到水边坐着的郝总。没错，是郝总。郝总在钓鱼呢。这么凉的天，郝总竟然还钓鱼。

后生回头看马午，又看马午的脚。马午明白，这是不让他搞出声音。他讨好地笑笑，点点头。又往前走了一段，距郝总有五六米远。后生示意马午站着，别动。

马午站着，大气不敢出。郝总岿然不动，像一块石头。郝总不像钓鱼的，鱼把钩咬断，他未必知道。可郝总分明在钓，赤红色的鱼竿就在他前面。

等了足有一个小时，马午脚儿乎木了。郝总终于开口，声音不高，却有一股压人的霸气，说吧。

马午啊了一声，脑袋出现短暂的空白。

郝总问，找我干吗？

马午想往前探探，试图看到郝总的表情，马上意识到不妥，又往后缩了缩。虽然郝总看不到，马午的笑仍大块地悬挂在脸上，郝总好。

郝总说，我听着呢。

马午却咬住。他有点紧张。不，是太紧张了。

郝总说，我喜欢痛快人。

马午就说了。开始结结巴巴，突然间就通畅了。他的苦，他的难，赵玉琴的就要被沙漠吞噬的村庄……忽然刹住。郝总似乎睡着了。马午屏神敛气，有那么一会儿，感觉自己也快成了石头。

我帮了很多人。石头终于醒了。

马午频频点头，我知道我知道。

郝总说，下周一，你带他去公司。

马午啊了一声，郝总竟然答应了。这么快就答应了。他还以为……谢谢，郝总……太谢谢你了。你真是我的恩人，是我全家的恩人。就那一刻，马午甚至想给郝总磕两个头。

我救过你？郝总冷不丁地问。

马午愣了一下，仅仅愣了一下，嘴巴便跟上去，你救过啊，郝总，你怎么忘了？你把我送到医院，还垫了五百块钱。为了寻你，我跑电视台，找记者……郝总，你是我的恩人呢。马午哽咽了。不是装的，他确确实实哽咽了。

郝总说，我记不得了。

马午说，你救了那么多人，哪能都想起来？可是我忘不了，郝总，你是大恩人。

郝总嗯了一声，说我知道了。马午便闭嘴。正犹豫着该不该和郝总告别。郝总用更轻的声音说，陪我吃饭吧。马午以为听错了，傻傻地看着那一尊背影，想辨析声音是不是从那里发出的。郝总说，来，扶我一把。

11

赵玉琴的儿子到郝总公司当了保安，儿子的女友也找了份保洁的工作。儿子和女友租了房，马午搬回出租屋。赵玉琴尝到了甜头。马午虽然是被赵玉琴逼的，但不得不说，他也是舔了糖的感觉。赵玉琴不让马午断了这层关系，多少人打破头找关系呢，现在老天眷顾马午，马午必须牢牢抓住。

马午再次找郝总是送毛衣。赵玉琴熬了几个夜晚，总算是完成心愿。喜欢不喜欢是他的事，表示不表示是咱的事。仿佛担心马午背过她耍心眼，她如是说。马午不会，因为他也动了心。用宋庄的话，这叫攀高枝。有些无耻，也令马午不安。这个高枝过于神秘，超出马午的想象，但不安终被诱惑遮掩住。

郝总留下马午说了不少话。主要是郝总说，马午不过是听众。像在水库旁边的饭馆那样，郝总讲的全是童年和乡村。马午发现，讲这些，郝总便换了一个人，看不到威严和霸气，也没那么咄咄逼人，甚至郝总的声音也是软的，像在水里浸泡过。

此后，马午给郝总送过毛裤、鞋垫，还有红腰带。郝总快到本命年了。只要马午过去，郝总多半会留马午说话。偶尔，郝总会派人接马午过去。那往往是郝总厌倦和疲累的时候。有一次，说着说着，郝总竟然睡着了。马午惊愕间，郝总突又醒过来，问，我讲到哪儿了？

马午和郝总还算不上朋友。不可思议的相识，不可思议的交往，连同那个不可思议的惊魂夜晚。所有这些不可思议，马午遇上，并由此和郝总搭上关系。

某天夜晚，马午和赵玉琴躺在床上盘算给郝总送什么东西。送什么已经成为马午和赵玉琴主要的话题。可能送的已经送了，两人想不出还能送什么。不送又不行，那意味着和郝总的关系很可能就断了。马午头疼，说明儿再想吧。赵玉琴撞撞马午，嫌马午不上心、不动脑子。马午说再动脑子就裂了。赵玉琴掐掐马午脑门，掐得重了。马午恼恼地嗨一声，干吗？负气地背转身。赵玉琴说我帮你治治，你真不知好歹。马午说我想睡觉。赵玉琴不说了，手掌却在马午身上摩挲。马午最禁不住这个，翻过来将赵玉琴压在身底。折腾了一阵儿，赵玉琴突然叫，我想起来了。马午喝道，别说话！然赵玉琴以更高的声音说，我真的想出来了！她两眼放亮，满面红光。马午捂她的嘴，被她拨开。烤箱！她叫，买只烤箱，我给他烤面包。马午哆嗦了一下，潦草收场。赵玉琴似乎没觉察马午的不满，说除了买烤箱贵点，做面包花不了多少钱。马午泼冷水，人家什么东西没吃过，稀罕你的面包？赵玉琴说就算你前脚走他后脚扔也没什么，你脑子锈住了还是咋的？咱送的不是东西是和他见面的理由，你懂不懂？马午软软地说，好吧。

马午见郝总的次数多了，这自然是赵玉琴的功劳。赵玉琴似乎担心马午不当回事，时常在马午耳边吹风。事在人为，没准哪天马午就不用卖炒货了。其实，根本用不着她劝，马午挺想和郝总见面的。和赵玉琴的憧憬不同，马午揣了别的心思。那个夜晚的经历像个鬼魅时不时跳出来。那个男人是不是郝总，郝总是不是那个男人，一度折磨他的问题又开始折磨他。他想知道，太想知道了。作为听众，马午获知了郝总童年的许多秘密，没准哪天，郝总会说起现在，会泄露什么。杜青天也好，赵玉琴也好，知道的只是壳子，一个救人与被救的壳子，只有马午自己知道，壳里包裹的是经不起推敲的谎言。马午制造了这个谎言。准确地说，是他和郝总的合谋。马午看得清自己，却看不清郝总。马午没有看清郝总的意图，没那个本事也没那个必要。他只想确定那么一点儿，就那么一点儿。

下雪的夜晚，马午正要收摊，那个精瘦的司机来找他。后生一来，马午便知道郝总想和他说话了。马午点点头，锁了卷帘门，跟在司机后面。路上，马午给赵玉琴发短信，别等他吃饭了。

车驶进皮城医院，马午愣了一下，问郝总住院了？司机没吭声，马午也没有再问。在住院处大厅，司机买份盒饭给马午，说吃了再上去。马午便蹲下去大口拨拉。他有一种预感，这个夜晚是不同寻常的。说不上预感从哪里来，但就是有。马午惴惴不安，又隐隐地兴奋着。他吃的时候，司机背对他站着，像根柱子。他说走吧，司机掉过脸。司机示意马午抹抹嘴角。马午拭了拭，嘴角粘了一粒米。马午不好意思地笑笑。

马午第一次见那么豪华的病房，里外间，里间是床，外面是一溜沙发。郝总没穿病号服，更没输液，他半仰在沙发上，似乎在闭目养神。马午站了好一会儿，方低低叫声郝总。郝总款款地说，坐吧。马午便坐下。

房间在楼道顶头，里边安静，外边也静悄悄的。马午几乎能听见自己的呼吸。郝总没言语，就那么仰躺着。马午觉得自己像在守灵，不用做什么说什么，只需守着。

许久，郝总才开口。自然还是童年和故乡。马午听出了矛盾的地方。郝总有个姐姐，十三岁便得结核死掉了。此时，郝总的姐姐却被村里的恶霸强奸了，不止一次。马午暗暗心惊，郝总的脑子是不是出了问题？马午当然不敢打断，更不敢质疑。郝总只需要听，可马午遏不住自己胡猜乱想。

你怎么了？郝总突然问。

马午啊了一声，他并未出声，连姿势都没变。

郝总问，你害怕？

马午带了些慌张，没有……我没有。

郝总盯住马午，我不是老虎。

马午讨好地笑着，你是我的恩人。

郝总问，我真的救过你？

马午猛一哆嗦，声音割裂似的，郝总，你是我的救命恩人，千真万确，你怎么又忘了……如果水库边马午是一次预演，那么在医院十七楼的病房，马午正式登场。不需要杜青天，不需要赵玉琴，不需要任何导演，马午彻底进入角色。不，是彻底进入自己。说到最后，马午号啕大哭。

马午不知郝总什么时候站起来的。猛然间发觉郝总就站在面前，几米远。他停住号哭，同时发觉自己跪在地毯上，似乎膝盖骨被敲碎了。这个场景如此熟悉。马午心惊肉跳。整个人泥浆一样往四下里浸。

我救过你？

救过！

是你的恩人？！

当然是。

那就好。现在，你帮我一个忙。

马午愣住。让他帮忙？他能帮郝总什么？他什么都没有，只有一对好肾。难道郝总要他的肾？还是让他去杀人？当人体炸弹？或者，郝总在开玩笑？

马午大脑出现了短暂的空白，待他抬起头，突然发现立在面前的是一头老虎。老虎双目如灯，嘴巴血糊糊的。马午不知郝总被老虎吃掉了，还是郝总变成了老虎。马午大叫一声，跳起来。竟然跳起来了。砰的一声，撞到墙面又弹回来，正好落到老虎爪下。

我的婚姻生涯

1

其实，我挺喜欢那顶帽子。苇叶编织的遮阳帽，草绿色的。这种颜色和帽子沾上边，是很容易让人尴尬的。所以，即使我喜欢，也不怎么戴。

当然，去车站例外。

那天，我就是戴着这样一顶帽子去接一个叫"绿茶"的女孩。我踩着九月的阳光走进火车站。我的脚底滑溜溜的，这个季节的阳光丰满、圆润，我都不知道怎么落脚了。车站广场挤满了出租车、摩的、人力车，空气中飘着烟味、汗味、油腻味、脂粉味，像个屠宰车间。好几个家伙瞅着我笑，其中一个瘦猴样的男人把嘴里的水喷了出来，末了忙低头寻找。大概把假牙喷掉了。我明白他们为什么笑，故意把帽檐往上撩撩。一个卖报纸的妇女突然坐到地上，捂着嘴咻咻笑，脸被烤了一样。旁边的男人扶她的同时，不怀好意地翻我一眼。那是个孕妇，肚子很明显地凸出来。我往远处站了站，怕惹出麻烦。如果妇女笑得流了产，那个男人会赖我的。我绝不是胆小鬼，这一点豁唇可以证明，我是不想沾那些纠缠不清的事。一次，我去车站途中碰见一个抱着西瓜的老汉，老汉爆笑时把西瓜摔了。这与我没一点关系，可老汉拽住我，非让我赔他的西瓜。如果老汉态度好点儿，我会丢给他十块钱打发了他。但老汉很不友好，硬说是我的绿帽子砸碎了他的西瓜。我岂是轻易被讹诈的？我推了他一下，他跌倒了，抱着我的腿不让走。先是围来一些人，后来警察把我和老汉带到了110值勤室。我没赔老汉的西瓜，但我领老汉去了医院，检查费、医药费花了四百多。另一个重大损失是，我没接上与我约会的女人。那是我唯一一次失手。

我点了支烟，有一眼没一眼地瞟着出站口。我讨厌火车站，这是这个城市最乱的地方。可是，我不得不与它打交道。我钓上的女人多数是乘火车来的，她们与我度过两三个激情燃烧的夜晚，我再把她们送到这儿，然后，我开始物色下一个对象。

我想象着"绿茶"出场的情景。"绿茶"发过她的照片，圆脸，嘴巴很性感，鼻子有几分傲气，只是眼睛稍细一些，给人的感觉是总在打量什么人。我的腿忽然抖了一下，有点奇怪，往常不这样，我是老油子了，早就没了第一次把女孩勾到手的兴奋与喜悦。这是怎么回事？我不知道，我有些心神不定了。

接了两个电话。一个是豁唇打的，他是我店里的员工。豁唇说那个女人又来了，吵着要赔钱。我问哪个女人，豁唇说就是涂口红的那个。我的声音提高了，你的嘴巴能不能利索点，涂口红的女人多了。豁唇说就是就是……下半句怎么也蹦不出来。我能想见豁唇急眼的样子，我说你稳住气，有啥大不了的？豁唇终于憋出来了，就是烧电视的那个。我想起了那个阔嘴女人，我给她的电视换了两个件儿，用了没几天，电视烧坏了。女人咬定是我的过错，非让我赔一台电视机钱，我几句就把她轰走了。我对豁唇说你别理她。豁唇说可是可是……我恶狠狠道，可是个屁，记住了，从现在到明天早上不准给我打电话。我开了个电器修理部，虽然只有豁唇一个下属，可我的脾气和毛病不比任何老板逊色。

第二个电话是我的前妻韦叶打的。她上来就问我在哪儿。我笑嘻嘻地说，怎么，想我了？韦叶说别这样好不好。我马上严肃起来，我在哪儿关你什么事？我不在你的体制范围内，有什么事直说吧。韦叶说你过来一趟好不好？声音里有一丝乞求，有一丝紧张。我听惯了韦叶不容置疑的语调，因此甚感意外。我说你不说清楚我是不会去的，说清楚了我可以考虑。韦叶说那就算了。她犹豫了一下，仍抢在我前面把电话挂了。这个女人，什么时候都要占个上风。

手机再次响起，火车进站了。是个陌生号码。我考虑该不该接，没料一股劲风旋过来，将我的帽子掀掉了。它在地上打了个转，被风抬着往前溜，我逮了几下都没逮着，不得不跟着它跑。笑声砸在我后背上，粘糊糊的。我一直追着帽子跑到广场外的马路上。

一辆摩托驶过来，眼看就要碾住帽子了。我大叫一声，比吼还高出几个分贝。完全是下意识的。那个家伙显然是被我的喊叫吓住了，他的头几乎扭成直角。摩托从帽子上压了去，紧接着撞在一辆行驶的出租车上。我没想到一声叫喊会造成一起交通事故。趁那个家伙还没爬起来，我抓起压成扁片的帽子，转身就跑。我没有直接进候车室，拐了几个弯，方折回来。

广场上，一个穿着白裙子的女孩大声喊，绿帽子！谁是绿帽子？旁边的人像看疯子一样看着她，她竟一点儿也不在乎。

我气喘吁吁地跑到她面前，别叫了，我就是。对不起，我来晚了。

绿茶瞅一眼我淌满汗水的脸，瞅一眼我手里的帽子，"哇"了一声，挂在我脖子上。

2

韦叶被人搞走以后，我就生活在虚妄中。没人管着我，我想怎么样就怎么样。抽烟、喝酒、睡懒觉，在街头看人下棋。我曾以为改掉了懒散的毛病，其实它只在某个地方憋着，现在哗啦一下全涌了出来。那个修理部挣不了大钱，可打点我的日常开销足够。认识我的人都说凭我的"鬼"，完全可以比现在干得更好，他们为我的落魄惋惜。谁这么说，我就反驳他，这么"鬼"那么"鬼"，我的女人咋就让人搞走了？你们个个老实本分，咋整天去搞别人的女人？

我的心思不在修理部。手头紧了，我就在那儿多待些时间；手头不紧，我就交给豁唇打理。我喜欢钱，但绝不做钱的奴隶。我不清楚自己需要什么，不清楚自己的兴趣，直到在网上遇见那个叫黑色幽灵的女人。我和黑色幽灵在网上搞了三个月，彼此熟悉对方身体的每一个部位。黑色幽灵是个离过几次婚的女人，因婚姻屡屡受挫，她对人产生了畏惧感，以至于白天不敢出门，几乎过着全封闭的生活。她说是我为她打开了外界的通道。不久，黑色幽灵从那个遥远的城市来找我。她住了两晚上，我巩固了她对生活的信心，便结束了和她的关系。我早已向黑色幽灵声明，我不会再结婚，因此她一点儿也没纠缠我。我人虽然吊儿郎当，做事绝不拖泥带水。

从此，我就在网上钓女人。钓这个字有点儿欺骗的意思，但我没骗过谁。不要把我和那些网恋骗子混为一道。她们从遥远的城市赶来，只为和我进行一次秘密幽会。我没要过她们一分钱，如果手头宽松的话，我还会替她们买张返程车票。既然是游戏，规则还是要遵守的，她们不透露身份，我绝不打听。一次有一个主动告诉我，她是大学教师。我屡屡得手，并不是手段有多高明，而是摸清了女人的心理。女人对一夜情两夜情都是渴望的，只不过有的敢于尝试，有的约束自己而已。她们不会因此而堕落，偶尔背离生活常态，权当吃了一道新鲜的菜。我得手的另一个原因，可能与我的网名有关，我的网名叫绿帽子，这是个很刺激的名字，满足了女人的猎奇心理。不错，我骗取了女人的同情，但我绝对不是骗子。

"绿茶"是我钓到的第十九个女人。

我领"绿茶"走进一个烧烤摊，要了一把羊肉串，两扎啤酒。"绿茶"似乎对周围的一切很感新鲜，左顾右盼的。"绿茶"有肉感，但不显胖，正是我喜欢的那种女人。想到一会儿和晚上将有两场厮杀，我冲服务员喊，来几个羊腰子。"绿茶"问，好吃吗？我说不好吃，但实用。"绿茶"问怎么你们这个城市到处都是烧烤店？我说皮城是过去的称号，现在不产皮子了，叫烧城或烤城比较合适，我刚向市长写了建议书。"绿茶"拍我一下，你长得坏，说话也坏。"绿茶"的手落在我的大腿上，没有离开。我见旁边有人往这儿瞅，就抓起她的手说，我瞧瞧你的手相。绿茶的眉毛挑起来，你还会看手相？同时踢了我一下。我说，当然。心下却想，小骚货，看一会儿怎么收拾你。

一个小时后，我和"绿茶"回到我的住处。"绿茶"里外转了转，说，你就住这么个破地方？来过的女人还没有一个说我的住处破。我说空间是小了点儿，但房间大小和价值没关系，关键看装了什么东西，如果放人民币，起码得几个亿吧。"绿茶"说我没嫌弃呀。我说这就对了，你就把它想象成一个星球吧，我们是在宇宙里约会。"绿茶"再次扑上来，我抱住她，将舌头伸进她嘴里。吻了没两下，我和"绿茶"就互相脱衣服。手机不合时宜地叫起来，我腾不出手，觉得它叫几下就会停的。孰料停了几秒，又叫了，不达目的誓不罢休的样子。"绿茶"停下来，说太闹了。我狠狠将手机关掉，骂，小狼羔子，没一点儿眼色。

"绿茶"扑哧一笑，我们又黏上了。情绪刚刚酝酿上来，响起了敲门声。真是邪门了，谁会找我呢？"绿茶"看着我，我说，别理他。可当当的声音就像响在头顶上。绿茶叹口气，你还是看看去吧。我说，躺着别动，我马上就来。

我拉开门，看见韦叶那张覆盖着多余脂粉的脸。韦叶本来很漂亮——我娶过的女人绝对错不了，可韦叶啥事都要争个第一，一天好几次往脸上涂涂抹抹，她的形象就打了折扣。我说你怎么来了。韦叶边往里挤边说，先让我进去好不好，吓死我了。韦叶的语气是商量式的，动作却生硬。我说哎哎，怎么回事，这地方和你没关系了。韦叶说你还不至于这么狠心吧，我遇上麻烦了。韦叶眼睛里飘着和她的年龄不相称的水气，我一犹豫，她鱼一样滑进来。

"绿茶"还在床上，只穿了件短裤，乳罩一半扣着，一半被我扯掉了。绿茶没动，仿佛等我继续宰割她。

韦叶瞥见了，她不屑地撇撇嘴，难怪呢，你这种人。话很短，却韵味无穷。这和韦叶有什么关系？我轻轻哼哼鼻子，懒得和她搭话。韦叶说，你忙吧，我歇会儿。

我关了卧室的门，把韦叶隔在外面。

"绿茶"问，谁呀？我说，别管她，和我没关系。我怕"绿茶"计较，可"绿茶"并不在意，她说我们来吧。我迟疑了一下，第三者在场怎么做爱？韦叶把水搅浑了。"绿茶"用目光鼓励着我，我觉得自己就像一口油井，嘭地点燃了。我没报复过韦叶，现在就让韦叶尝尝什么叫难受。我扑到"绿茶"身上，"绿茶"嗷地叫起来。"绿茶"旁若无人，喊叫声极富节奏，好像我和她很默契似的，其实我除了搞出一头雾水，什么也没干成。我说算了，垂了头走出来。

韦叶的脸苍白如纸，目光游弋不定。她的嘴角往后牵了牵，然后轻轻挤出一个字：骚！

我问，你有什么事？

韦叶马上坐直了，我遇到麻烦了。

我故意耸耸肩，爱莫能助，我帮不了你。

韦叶翻我一眼，我还没说呢。

我说，好吧，你得赶快，我还有事呢。

韦叶很认真地盯着我的眼睛，我没处去了，得在你这儿借住几天。

我急了，那怎么行？你住这儿，我怎么办？

韦叶说，我不会妨碍你们，我睡沙发。

我说，至少今天不行。

韦叶反而躺到沙发上，完全是死猪不怕开水烫的样子。反正我没地方去，你爱怎么着就怎么着吧。这种无赖手段曾是我用来对付韦叶的，现在，倒被她借用了。

我嘿嘿笑了，太滑稽了。

那天的前半夜，我和"绿茶"是在旅店度过的。韦叶赖着不走，我不可能把她扔出去，毕竟她是我的前妻。当然，我不会和她共处一室，不想被韦叶击碎我的浪漫时光。我答应"绿茶"，第二天带她到郊区玩，那儿有空中草原，古城遗址。以此弥补那天的缺憾。旅店虽然不如家里自在，可旅店有偷情的快感。那天的后半夜，我和"绿茶"是在派出所度过的。懵懵懂懂的，我和"绿茶"就被逮了起来。据说派出所是搜查一个什么嫌疑犯，我和"绿茶"是被捎带进去的。一进派出所，我和"绿茶"就被分开了。我从天堂掉进了地狱。我不知他们会把"绿茶"怎样，我求警察放了"绿茶"，一切由我负责。警察轻蔑地说，你倒是个有情有义的嫖客。我强调，我们不是那种关系。警察说，那你们是什么关系？她叫什么，你能说上来？我真说不上来。

第二天上午，我终于获释。"绿茶"先我一步，已在门口站着了。她的神情萎靡不振。我走到她身边，问，没事吧？

"绿茶"很认真地瞅着我，仿佛我们刚刚接上头。

我故作轻松状，他们抓错人了，这种事经常发生。

"绿茶"突然扇我一个嘴巴，然后掉头走开。她左闪一下，右闪一下，像一条扭得不成比例的麻花。

3

我不愿提及韦叶。没什么理由,哪个男人喜欢把前妻挂在嘴边?如果哪个男人有这个爱好,他肯定有病。可是,韦叶撞上门了,我就不得不说她。不然,好像我被韦叶伤透了心。

我大学毕业后,分到一所县城中学。我没多大的抱负,从小就这样。初中时,老师留过一篇作文,叫《我的理想》。同学们有的说长大当科学家,有的说当工程师,最次的也要当名医生,只有我说要当电影院收票员,那样看电影就方便多了。老师念我的作文时,几个女生笑岔了气。鬼使神差地,那些有抱负的都名落孙山,我这个目光短浅的倒考上了大学,尽管是师范类的。

我的课讲得很棒,第一堂课就把刺头班震了。但校长给我的评价是,不是合格的教师。我性格散漫,不修边幅,而且不遵守学校纪律。没多久,校长就找我谈话了。不是我不愿改,而是改不了。一次,我的一只鞋弄丢了,只好穿着拖鞋走上讲台。校长很生气,要找我谈话,就是那一次,我瞄上了韦叶。

韦叶先我一年分到学校,我和她打过几次照面,彼此点点头而已。韦叶挺漂亮,尤其在那个县城,绝对是吸引男人眼球的。她的漂亮不是我动心的理由,而是别的。我走进校长室,韦叶正在和校长争论。我听了几句就明白了。韦叶误了一节课，占用自习时间补上了，可校长要扣她五块钱，韦叶不干。韦叶的嘴巴很厉害，一会儿就把校长驳得哑口无言了。韦叶当时的样子可爱极了，我决定娶她当老婆。

我向韦叶发起了进攻。韦叶已经有了男朋友，是政府部门的。这对我不是问题，她不是还没结婚嘛。我没什么特别的招数，主要手段就是赖皮。我找各种理由和韦叶在一起。我说话幽默，歪点子多，和我在一起的人都很开心，韦叶也不例外。韦叶让我不要打她的主意，她只和我做普通朋友。我说这就够了，我没别的奢望。和韦叶单独在一起时，我也总是扯些不着边际的事，不让韦叶怀有戒心和防备。能够接近她，至少已成功了一半，韦叶的笑声就是证明。我用的是渗透法。人多的场合，我故意不和韦叶说话，目光和韦叶对视一下，马上闪开。我的样子像是怕人知道我和韦叶的事。我在演戏，我就是让人知道的。遮遮掩掩比轰轰烈烈更能引起他人的兴趣。果然没多久，我和韦叶的事就传到她的男友耳朵里。那家伙疑心重，任韦叶怎么解释他仍然半信半疑。韦叶把男友的话一五一十告诉我，问我怎么办。她能和我说这个，证明我已成功了三分之二。我积极给韦叶出主意，比如割腕呀，写血书呀。我一本正经，韦叶笑得鼻子都错了位。她说我又不是嫁不出去，用得着搞这么隆重吗？我说是呀，后备部队多着呢。我和韦叶密谋的过程中，我俩睡到了一起。她的男友醒悟过来，韦叶已离不开我了。

婚后，我和韦叶住在学校宿舍。除了床，就是吃饭的家什了，此外没有任何装饰。我没钱，但是我能使韦叶快乐。人活在世上为什么？不就是图个快活吗？我懒散，并不说明我没有情趣。学校东面有片草地，我经常采野花送给韦叶。一天晚上停电，我夹块毛巾被和韦叶在草地上过了大半夜。你也许很有钱，可你尝过在草地上做爱的滋味吗？肯定没有，有钱就不去这种地方了。这种快乐时光持续了半年。之后，韦叶开始了艰苦卓绝的努力。韦叶好胜心极强，什么都不甘落后。她的第一项计划是改造我。懒惰、随便、不修边幅、不求上进等等，她要铲除我的毛病。韦叶的改造好像取得了成效，有那么一阵子，周围的人都说，韦叶厉害呀，连姚飞这样的人都能制服贴。她的第二项计划是挣钱。那些新婚的小青年在宿舍住一段后，就搬出去了，只有我一住就稳下来。韦叶不高兴，那些等待结婚的教师也不高兴，学校只有一间多余的房子。有个家伙问我什么时候能腾开，我说等我当了校长以后，要是等不及就搬来一块儿住，我不在乎。韦叶却受不了，她说一年之内一定要搬出去，哪怕租房呢。我说何必呢，面子算他妈屁。韦叶瞪我一眼，骂我怂样。

韦叶挣钱的唯一办法就是补课。占用教室是要收钱的，所以韦叶让补课生分时间段来宿舍补。学生一来，我就得躲出去。我没事干，就在街头与人下棋，棋艺还真见长。韦叶心疼每一分钱，一次因漏写一篇教案被学校扣了两块钱，她气得脸都青了。那次，她没吵过校长。我不屑在这种事上费脑筋，可不忍看着韦叶委屈，决定替她争回这口气。韦叶已经补了，学校是不该罚的。我找到校长，威胁他要不补发那两块钱，我就把他乱搞男女关系的事告诉他老婆。校长瞪着三角眼，说我血口喷人，无理取闹。我说那你就等好吧。校长女人蛮横、多妒，出名的不讲理，就算是捕风捉影的事，她也会把男人修理得尿裤子。校长恨恨地向我妥协了。我的做法有些无赖，话说回来，校长的做法就不无赖吗？韦叶问我怎么得逞的，我添油加醋一顿猛吹。韦叶承认我聪明，她开始利用我的聪明挣钱。我会修录音机、电视机、电脑一类的玩意儿，我没专门学过，只是对这些东西感兴趣。看看书，鼓捣几下就会了。周围人家的电器有了毛病，都找我修。以前是免费的，后来就收费了。

我和韦叶的转折点是到了皮城之后。我的同学老莫极能折腾，他在皮城办了一所技校，他知道我在这方面的特长，力邀我和他一块干。老莫给的待遇挺高，我和韦叶双双辞职，投奔了老莫。我任副校长兼主讲教师，韦叶当后勤主任兼会计。

我很卖力气，学校的前途与我和韦叶的未来有着直接关系，我不敢敷衍。那几年，技校火得很，老莫的腰包迅速鼓起来。作为奖赏，那个暑假老莫特意安排我去海南旅游，说是让我休整休整。

那顶绿色遮阳帽就是我在海南陵水一个小岛上买的。午后醒来，我穿着短裤，趿着拖鞋在岛上闲逛。一个妇女突然走到我面前，说大哥走鸿运了。我吓了一跳，当时我正想韦叶。妇女说你脑门子发亮呢。我笑起来，妇女脸盘小，眼睛却出奇的大，比例失调。妇女大概以为我是被她的好话逗笑的，趁机说，这大热的天，买顶帽子戴吧，得把鸿运罩住才是。卖一顶帽子竟然费这么大的心机，我二话没说就买了。

　　我从海南回来，韦叶和老莫已搞得昏天黑地。我早该料到的，但我就这德行，什么也不放在心上。老莫虽然掠夺性极强，但他怎么能夺我的女人呢？韦叶没一点儿内疚，她说我胸无大志，老莫这样的男人才适合她。老莫说你再找个女人吧，钱我出。我往他脸上吐了口痰，吹着口哨出来了。

　　第二天，我睁开眼，韦叶已成了我的前妻。

4

我恼火透了，好像被不相干的人突然抽了一鞭子。如果不是韦叶胡搅蛮缠赖在那里，我不会领着绿茶住旅店，也就不会落得这么狼狈不堪了。韦叶打乱了我的生活。

我气呼呼地往回走，有几次险些碰在出租车上。他妈的，眼瞎了？不要命了？这些话不断地击着我的后脑勺。我没有停下来，似乎被强大的气流冲击着。我不知韦叶为什么要找我，分手后，我再没找过她。我从来不在回忆中生活，甭管过去是多么的五彩缤纷——况且，我和韦叶也没到那份上。直到一年前，我才又见了韦叶一面。那次是她找我的。老莫把学校折腾垮了，还欠了一屁股外债，然后有一天，他从韦叶面前消失了。韦叶眼睛红肿，脸色铁青，咬牙切齿。韦叶说老莫和一个做生意的温州女人跑了，那个女人比老莫大十多岁呢，这个无耻的东西。韦叶在我面前发泄着对老莫的怨恨，我边听边搓脚丫子。老莫失踪和我有什么关系？不过，我还是耐着性子听完韦叶的痛诉。我问，我能帮你什么忙吗？韦叶终于意识到，她是不该来找我的，很干脆地说不用。后来，韦叶给我打过一次电话，老莫用了她的身体，却没给她留下任何值钱的东西。她租了间房子，在一所私立学校谋了份差事。我只知道这些，她不说我绝不问。我不感兴趣。

我冲进家，韦叶刚刚起床。她头发凌乱，双目无神。看见我，她的目光一下尖锐了。她死死盯住我，问，那个小骚货呢？

她总是这么理直气壮，仿佛我永远是她的跟班。我一只手已经举起来了。在路上，我发誓要把绿茶扇我的那个嘴巴让韦叶连本带利一块偿还了。可是，我抖着，却没落下去。韦叶的神情里有一丝嘲讽。我太熟悉她这种表情了，她豁出去时总是这个样子。我的手臂终于垂下来，我不想沾惹她。那一肚子气顷刻间烂掉了。我说，你走吧，别赖在这儿了。

韦叶撇撇嘴，是小骚货让你撵我的？你可真够听话，我那么多年也没改造了你，她一句话你就当圣旨了？

我说，她早走了，你不要污辱她。

韦叶似乎愣了一下，然后笑起来。韦叶的牙齿白，笑的时候挺迷人的。韦叶说，怪不得呢，你这种人，和哪个女人也长久不了。

我别，别发表宏论了，我怎么安排生活，好像和你没什么关系吧？

韦叶被我的话呛了一下，脸色灰暗下去，声音也低了许多，我遇到麻烦了，毕竟夫妻一场，你不会袖手旁观吧。她的语气带着恳求，这在韦叶是少有的。

我停顿了片刻，说，好吧。

韦叶拿不准我的态度，她对我的话没信心。她的眼里几乎是乞求了，不骗你，我真的遇到麻烦了。

我说，不要搞得这么紧张，你要相信革命群众。说吧，我能帮你什么？只要不卸我的零件，什么都行。

韦叶咬咬嘴唇，算了，你这种人，什么都靠不住。

我说，这不怪我，我没请你。

韦叶慢慢坐下去，望着窗外发呆。

我问，你什么时候走？

韦叶横扫我一眼，恨恨地骂，白眼狼！

韦叶没有资格，也没有理由损我。如果我是白眼狼，我连门都不会让她进，就是现在，我完全可以把她逐出去。我没那样做，毕竟她和我在学校宿舍里委屈了好几年，可是，她赖着不走，我不踏实。我问，你要住几天？韦叶将头扭向窗外，没理我。

我不知韦叶是否真的遇到了麻烦，不知遇到了什么样的麻烦。她不说，我懒得再问，我只想知道她借住几日。我习惯了现在的生活，不想让不相干的人插进来，尤其是韦叶。可是，我能拿韦叶怎样呢？我没再和韦叶纠缠，我还得打理店铺。

境门街是条老街，房屋全灰头灰脸的，像一群被男人抛弃、懒得梳洗打扮的怨妇。但老街上的女孩一点儿也不落伍，个个衣着鲜亮，该露的露，不该露的照样露。老街两边少不了饭馆、商店、澡堂，当然较多的还是发廊。我的店铺就挤在两个发廊中间。这儿原先也是个发廊，后来发生了凶杀案，一个发廊妹被奸杀，这间屋子就空了，没人愿意租，我捡了个便宜。好几次，房主想提高房价，不等他开口，我就说屋里有这样那样的动静，房主就把后边的话咬住了。

豁唇傻呆呆地坐着，见我进来，嗖地站起来，很忐忑的样子。这小子肯定又闯祸了，他视力不好，上次逛商场，碰着了挺着丰乳的塑料模特，连说了几声对不起。别人告诉他那是假的，后来又碰见一个，他伸手去摸。谁料这次是真的，挨了耳光不说，还被保安审了老半天。

我的目光落在豁唇身后，玻璃框被砸碎了，到处是碎玻璃。我急眼了，问是怎么回事。豁唇说他也不知怎么回事，两个后生进来，不问青红皂白就砸了。我问为什么不给我打电话，豁唇躲躲闪闪地窥我一眼，你不让我打嘛。我气呼呼地说，我说没事别给我打，没说出事别打，你真是猪脑子。其实这怪不得豁唇，豁唇本来死板，我又下了那样的死命令。可谁让我是老板呢，老板总要有些脾气。豁唇想分辩却不敢吱声。豁唇这家伙老实，绝不敢贪占一分钱，这是我收编他的原因，当然还有更重要的原因，豁唇长得笨气，修理技术倒是极棒。我问报警没有，豁唇说没有，等我决定。我问那个要求赔电视机的女人怎样了，豁唇说她吵了几句就走了。我问她没说什么吗？豁唇想了想说，她说走着瞧吧。我已明白了几分。

我报了警，两个警察很快就来了。进来一看，不高兴了，其中一个皱皱眉，另一个说，就这？他们见的案子多了，这种事在他们眼里也许不值一提。好在没有马上抽身走掉，问了几句，记了几笔。我说了那个女人的事，警察瞄着我，她叫什么？家住哪儿？我看豁唇，豁唇看我，谁也说不上来。我猜那女人就住在老城区，仅仅是猜猜而已。警察唔了一声，我不知唔是什么意思，忙强调说这件事肯定和那女人有关。警察说他们先调查，我知他们不会把这种芝麻案子放在心上。

警察走了。我叮嘱豁唇，留着点儿神，看见那个女人，一定要摸清她的窝儿。

豁唇频频点头。

我说，操，不就砸几块玻璃吗？找人重划一下，没啥大不了的。我说得轻描淡写，心里还是有些皱巴，怎么这些烂事一股脑砸到我头上了？

手机突然叫起来，我的手抖了一下，没必要抖的，可我确确实实抖了。我不知为什么。响了好半天，我才小心翼翼地接通。

5

那个神秘电话像根魔绳将我牵到五里桥。打电话的是个女人，声音牙膏样稀软无力。她似乎了解我所有的底细，而我对她一无所知。我再三追问她是谁，有什么事，她不肯讲，只说见面就知道了，我在五里桥等你。女人先前的话犹犹豫豫，最后这句倒干脆。我猜，她是怕我回绝。合上手机，我骂了句粗话。我最烦被人支来支去。可是，我什么也干不进去了，好奇如浪拍打着我。

我还是去了，我不是总盼着生活中有奇迹吗？也许会有什么艳遇。

一个女人背对我站在桥面，望着河水发呆。她体态基本匀称，臀部似乎小了些，裤子被风吹得直往两边甩。单从后面看，打八十分还是没什么问题。别以为我长了一双色眼，我看女性是审美的……眼光。如果一个女人吸引不住男人的眼球，男人是不是该替她悲哀呢？

我咳嗽一声。

女人回过头。

我问你知道今天是什么节日吗？

女人说秋叶落进河水，飘到了很远很远的地方。

我说是你给我打的电话吧？

女人说姚飞，欢迎你回到组织的怀抱。

事实上，我根本没有咳嗽，刚才的一切不过是我的臆想。没等我走近，女人就看见了我。一张苍白而忧伤的脸，眼里飘着一层雾气。我觉得有点面熟，却想不起在哪儿见过。女人说谢谢你能来，咱们见过面的。女人伸出手，她的手指细得像铅笔。我在脑里搜寻着，一个影子被我捞住了，嗨，你不就是鹿回头吗？女人脸上荡过浅浅的波纹，我叫陆小婉。我嘿嘿一笑，鹿回头就是陆小婉，陆小婉就是鹿回头。女人说你弄错了，我只叫陆小婉。我说好吧，也许是我错了，我这猪脑子，总是张冠李戴。女人淡淡一笑，你还是这么风趣。

见了女人总是本能地想讨好，真他妈没办法。不错，我和陆小婉见过面，仅仅一次。那时，她确实叫鹿回头，直到见面，我才知道她和我生活在一个城市。在我钓住的女人中，她是一个例外。我没和她上床，倒不是我恪守兔子不吃窝边草这句破话，而是她不给我机会。我请她吃了顿饭，她便鸟一样飞了。

我说，怎么想起我来了，是不是要请我吃饭？要请就去南海渔村，别的地儿我都吃腻了，这几年钱越挣越少，嘴是越吃越馋。

陆小婉的目光在我身上剐了几下，似乎估量能剐下几两肉。我太瘦了。我能吃能喝，就是不长肉，有一阵子，我每天坚持喝四瓶啤酒，连一块儿啤酒肚也没喝出来，后来我就放弃了努力。

我说，你是不是觉得我像灾民？吃腻了也会造成营养不良。

陆小婉脸上拱起一抹红色，我没那意思。

我嘿嘿一笑，那就好，说吧，找我什么事？

陆小婉看我一眼，犹豫不决的样子。

我说，你可想好了，咱们只见过一面，还是两年前，你知道我是什么人？实话告诉你，我品性可不怎么样。

陆小婉扭过脸，又望着河面了。

我站在她旁边，思忖，这个女人究竟要干什么？

半晌，她回过头，下了很大决心似的，说，我想请你帮个忙。

我稍稍一怔，你高看我了，你不想想我是什么人？

陆小婉说，我想过了，你最合适。当然，我会付你钱的。

她的神情触动了我，我说，倒是可以考虑，只要不是杀人放火。

陆小婉绵软却清晰地说，我想租个丈夫。

我跳起来，你脑袋没毛病吧？

陆小婉不再犹豫了，说出这句话她变得异常冷静。她说，我没瞎说，我确实要租丈夫，两个月期限。

我惊愕地问，你开玩笑，还是当真？

陆小婉说，开玩笑哪用绕这么大弯子？

也仅仅是片刻，我的惊异便如烟荡去。这年头，什么稀奇事没有？我只想知道她干吗这样。

陆小婉很敏感，抢先道，你不要问为什么，我不会告诉你，只求你帮我一把。

我嘻嘻一笑，没问题，我干过不少行当，这个行当还没试过。

陆小婉问，你同意了？

我说，咱们总归是有缘分的，我怎么会不同意呢？我跟你走就是了，白天，我给你炒菜做饭，夜晚嘛……我顿了一下道，我是啥活也会干的。要不，你先试用几天。

陆小婉的脸突然红透了，她说，你这个人！……咱们换个地方说吧。

我说，我饿透了。

陆小婉拦了出租车，对司机说，南海渔村。

我说，还真去呀，别拿我的话当真。

陆小婉说，我乐意去。

我不吱声了，操，去就去吧，反正不花我的钱。

我吃遍了皮城的大排档，像南海渔村这样上档次的饭店是很少来的。这有点儿羞答答的，其实一次也没来过。这儿未必好，有钱人吃的不是饭，吃的是身份。我也是个老板，但我没钱，没必要装阔摆谱。我和豁唇花十块钱就能吃一顿。

南海渔村的服务员个个唇红齿白，姿色不凡。我和陆小婉刚择个位置坐下，一个娇滴滴的声音便流进耳朵，先生，喝什么茶？我很霸气地在她脸上敲了几下，说，免费茶。对不起先生，这儿没有免费茶。妈的，就这么一句话，老底整个露出来了。我漫不经心地瞥陆小婉一眼，生硬地说，不喝水了，喝酒。陆小婉说，来壶龙井吧。我不屑地说，这里的茶太次了，我喝不惯。陆小婉坚持要龙井，我也就随她了。陆小婉样子颇为老练，但点菜时露怯了。这个地方她未必比我熟悉。其实，这很正常，花自己的钱，谁来这儿吃饭？

那顿饭吃了两个小时，倒不是我和陆小婉谈得多投机，主要是吃海鲜太麻烦，我架着两手，吃得满头大汗。我喜欢大块儿吃肉，这场面我不习惯。陆小婉吃得很少，话也不多，依旧是忧伤的样子。我不得不停下来，说，你吃啊，怎么不吃？陆小婉拿起筷子，刚伸到盘子里，又放下了。陆小婉断断续续地说着。核心内容可以概括为两句话：1. 我这个丈夫当然是假的，但必须随叫随到。2. 两个月期限她支付我两千块钱。我听清了，可她仍然说着，我就用"行啊""好啊"之类的废话回应她。我的兴趣并不在我扮演的这个角色上，而是想知道她为什么这么干。我想，她不会无缘无故花两千块钱，也不会让两千块钱白花。可陆小婉封死了我的好奇，我除了说废话，还能说什么？

饭费是四百三十元，我吓了一跳，冒冒失失地嚷，这不是宰人么？陆小婉显然也没料到这么贵，她的表情没逃过我的眼睛。服务员不卑不亢，都是您自己点的。陆小婉在桌底踢我一脚，对服务员说，开票吧。这一脚踢近了我和陆小婉的距离。我说，我来吧。我的声音假惺惺的，但我向毛主席保证，至少有一半我是真诚的。陆小婉说，你吃好了？要不要再来点儿？我摆摆手，别这么客气，咱们是一家人啊。陆小婉没接我的话，她靠在椅子上，幽幽地盯着我。她眼里含着什么东西，茫然而又固执，坚硬而又柔软，我读不懂。

从南海渔村出来，我跟在陆小婉身后，沿马路走了几步。陆小婉回过头说，谢谢你。

我说，你说反了，应该我谢谢你。让你破费，不好意思。

陆小婉说，我先回去了。

我说，我送送你。

陆小婉说，不用，我还要去超市买东西。她一本正经的，仿佛看出我有不良企图。

我说，得认个门吧，你要招我，我去哪儿找你？我故意不看她，东张西望的。

陆小婉迟疑了一小会儿，说也好。

我就这样到了陆小婉的住处。她住的地方好像是什么厂子的宿舍楼改造的——后来，她告诉我，是棉纺厂的宿舍楼。楼很陈旧，楼梯又窄又陡，楼道内堆着纸箱、菜罐一类的杂物。陆小婉住在顶楼，我跟在她身后，亦步亦趋的，生怕碰翻什么。陆小婉边走边解释，好像委屈了我似的。她完全没必要这样，我们现在的关系是合作伙伴。屋子装修得倒是挺好，两间卧室，一个小客厅，她一个人绝对够住了。如果加上我，也绝对够住了。其中一间卧室放着电脑，两年前，陆小婉就是通过它被我钓住的，现在，她直接送我嘴边了。如果有胃口，我准会把她吃进去。此时，我还不想这么干。我对陆小婉的秘密比对她的身体更感兴趣。

我在各个屋子转，陆小婉在客厅站着。我感觉她的目光在我脖子上缠绕着。等我返回客厅，她便直定定地望着我。她什么也没说，但我知道她催我离开。我装不懂，顾左右而言他，墙上的照片该换换了。那是陆小婉一个人站在野地里照的，太孤单了。

陆小婉说，那是以后的事。

我说，给我钥匙。

陆小婉嘴角微微一抽，你要钥匙干吗？

我说，如果你相信我，就该给我一把钥匙。

陆小婉迟疑道，我相信你，可是……我只有一把钥匙。

我说，没关系，反正我一个人不会进来。

陆小婉垂下眼睛。我发现，她还是挺耐看的。

6

晚上，我和豁唇在大排档吃烧烤。这个城市最大的特点就是遍地烧烤摊，一眼望过去，能戳见五六个。我和豁唇是天天乐烧烤店的常客。往那儿一坐，"爆米花"便颤着一身肥肉过来，扯着粗嗓门说，好几天不见，转移阵地了？我说，转来转去还是你的肉好吃。"爆米花"拍我一下，目光却落在豁唇脸上，点菜吧。我趁机在"爆米花"屁股上摸了一把。"爆米花"往后一拽，找打啊。"爆米花"并不是很难看，可一身赘肉使她错过了嫁人的机会。我喜欢和她开玩笑，她没心没肺，从某种意义上说，和我是一类人。往常，我一摸"爆米花"，豁唇就嘎嘎地笑，又羡慕又开心。今天豁唇没笑，绷着脸说，老三样。他要掏钱，被我制止了。我说，我来吧。豁唇问，老板你又赚生意了？豁唇所说的赚生意是指我又钓到女人了。每次我把远方的客人打发走，就请豁唇吃烧烤。我说屁。我的声音恶狠狠的，目光却抖出几分快乐。我失去了一个"绿茶"，却意外地捡到一个陆小婉，这是天意呀。我不知道接下来要发生什么事，可正因为不知道，我才感到刺激。网络让我乏味，我正想歇歇了。

"爆米花"很利索地端上老三样：肉串、煮花生、泡菜。请慢用。我不由嚷起来，好家伙，咋变成淑女了？爆米花笑笑，脸上竟有一抹红晕。她平时惯用的话是"招呼吧"。这句话粗，但味儿亲切。

"爆米花"一转身，豁唇突然说，老板，你以后别摸她屁股了。我差点将啤酒喷出来。豁唇极其严肃、认真，他避过我的注视，说，她……和我好上了。豁唇的脸涨成了红牛皮。我瞅着忙忙碌碌的"爆米花"，又瞅瞅豁唇，行啊，什么时候勾搭上的。豁唇压低声音，小声点儿，别让她听见。我嘿嘿乐了，还没住到一块儿，就这么怕她。豁唇讪笑。我问豁唇进展到什么程度了，豁唇说只摸过她的手。我说，差得远呢，抓紧进攻，我教你几招。豁唇一副洗耳恭听的样子。我故意逗他，你慢慢陪我喝，我喝醉了，教你绝招、怪招。豁唇频频点头。我乐得肠子都要流出来了。

那天晚上，我喝得晕晕乎乎的。我能有什么绝招？胡说八道而已。我和豁唇开玩笑，是让他多陪我一会儿。我的窝被韦叶侵占着，我不想早早回去。豁唇平时喝一扎啤酒就脸红，那晚竟喝下去四扎。这个实心眼的家伙，以为我肚里真有货呢。我不知自己瞎说了什么。只见豁唇不住点头，眼球又红又圆，爆着贼光。

我是打车回去的。那是个女司机，脸上有颗瘊子。我让她放盘刀郎的带子，她说只有张学友的。我说张学友几百年前就过时了，你也太土了。喝了酒，我就牵不住自己的舌头。女司机和我争执，说张学友怎么怎么好。我说我是上帝，你必须听我的。女司机不吱声了。我觉得特没劲。她和我吵下去，我会很过瘾的。

我拿着钥匙，却捅不到锁孔里。我一个个的换，换遍了，还是不行。后来，门自己开了，韦叶站在门口。一刹那，我有些恍惚，以为走错了地方。

韦叶瞪我一眼，瞧你这点儿出息，成天醉醺醺的。

我说，你厉害啊。

韦叶又说了什么，我没听清。她要扶我，被我甩开了。我好像流到了地上，脸触摸到凉冰冰一片，后来的事，我就想不起来了。

第二天早上，我一睁眼，发现韦叶和我在一张床上挤着。我狠狠推她一把。

韦叶睡眼惺忪地说，干啥干啥，我还没睡够呢。

我说，这是怎么回事，你怎么睡到了我的床上？

韦叶呼地坐起来，你说的是人话吗？你昨晚喝得死猪一样，我不照顾你行吗？

我说，睡一张床倒没什么，就怕你反咬一口。

韦叶边穿鞋边说，你说话最好干净点儿。

我以为韦叶一生气会离开。但她绕了一圈，站定了，说，当初你怎么把我骗到手的，现在说这种鬼话。

我说，老黄历了，套住的鸟又飞了。

韦叶大声说，姚飞，你别咬住过去的事不放，你有什么脸说我，你瞧瞧你还有人样儿吗？腐化堕落！

我哑然失笑，韦叶太抬举我了。

韦叶盯着我，你笑什么，我说错了？

我说，太精彩了。

韦叶皱皱眉，你几天没刷牙了？转身出去了。

我在床上躺了一会儿，韦叶喊我起来吃饭。大概怕我嘴损，她抢先道，我不白住。我说，白住也没啥，好歹是一个战壕里滚出来的。韦叶哼哼鼻子。似乎她当初跟了我，我就欠她一笔债，就算她最终将我踹了，这债也是无法勾销的。韦叶总是以自我为中心，可惜运气总是不好。

我拨拉几口，又放下了。我皱着眉头说，怎么有股怪味？

韦叶冷笑道，怕我谋杀你？还不够资格呢。

我忙道，别上纲上线，我受不了。不过，也说不准，咋你眼里有凶光啊？

韦叶被我激怒了，她拍着桌子叫，姚飞，我不是来找气受的，要不是遇到麻烦，你请我也不来。韦叶的声音像干柴一样，一粒火星就会呼呼燃烧起来。眼里没掉出火星，倒扑闪出水花。

我有些意外，说，几年不见，娇气了啊。

韦叶几乎哽咽了，我当真遇到麻烦了。

我不接韦叶的话茬就好了，韦叶的麻烦不会波及我身上。我最见不得女人流泪，韦叶一哭，我马上觉得自己是救世主，顶天立地了。我说，到底怎么回事？

韦叶的话像绳子，慢慢把我套牢了。

一年前，韦叶认识了一个叫刘青的男人。那天，韦叶买了三斤香蕉，她总觉得分量不够，到别的摊一称，还不到二斤。韦叶气呼呼地返回去，要求退货。卖主说短缺的香蕉被韦叶吃了，两人就这样吵起来。卖主很凶，眼球几乎跳到韦叶脑门上。围观者很多，没一个站出来说公道话。韦叶眼看要吃亏，这时，一个男人挤进来帮韦叶说话，卖主看苗头不对，乖乖给韦叶退了钱。那个男人就是刘青。当时，老莫杳无音信，韦叶正心中寂寞，想找个男人依靠，她和刘青慢慢交往了。刘青称自己是跑生意的，他言谈举止不俗，韦叶就信了。一个偶然的机会，韦叶得知刘青不过是街上的混混，根本没什么生意，整日游手好闲，打架斗殴。韦叶要断绝来往，刘青不干，他要不恶语相逼，说要给韦叶毁容，要不山盟海誓，说多么多么爱韦叶。刘青还经常到学校纠缠韦叶。数日前，刘青提着刀冲进教室，韦叶正在上课。刘青威胁，如果她不答应嫁给她，他就割腕。韦叶还没反应过来，刘青腕上已滴出了血，教室里一片惊呼。韦叶不敢再去学校了，可是她躲到哪里，刘青就追到哪里。这才找到我头上。韦叶说，在这个城市，除了你，我不知道还有谁能帮我。

我在韦叶眼底看到了疲惫和无奈。她一贯要强，却总是上贼船。先是上我的贼船，再是上老莫的贼船，现在又上了刘青的贼船。我了解韦叶，她没说谎，不然她不是这个样子。但有些地方，韦叶没说明白，比如她和刘青究竟发展到什么程度，同居过，还是仅仅发生了几次性关系？这些恰恰是我想知道的。

韦叶咬了几下嘴唇，说，我怎么这么倒霉啊。

我问，没有补充了？

韦叶摇摇头。

我说，你再想想，有哪些地方漏掉了。

韦叶瞪着我，你什么意思，审判我？

我说，我想弄明白那家伙是不是真的喜欢你。

韦叶叫，你不是白痴吧？

我耍贫嘴，我想对症下药嘛。

韦叶说，少来这一套，帮我甩掉他，求你。我请了一星期假，后天就得去上课，不然饭碗儿就丢了。我找这份工作不容易。

我沉吟，混混难对付啊。

韦叶撇撇嘴，你不也是混混吗？你们是半斤八两。

我说，你太高抬我了，我充其量是个雅痞，他是亡命徒，你懂不懂？

韦叶说，别斗嘴了，你肯定行，你满脑袋鬼点子，我知道你准行。

我嘻嘻一乐，我这点雕虫小技也就对付对付你，对混混使不上，我看雇个人，把他废掉算了。

韦叶脱口说，当然好了。

没想到韦叶应得这么痛快，我不过说说而已。韦叶当真是被逼急了。我问，如果吃了官司，你去坐牢，还是我去坐牢？

韦叶看着我，她的眼睛里盛开着冰凌一样的花朵。

7

我不会对韦叶的事无动于衷。尽管韦叶已改换门庭，另谋高就，尽管她找刘青是自投罗网，引火烧身，但她毕竟找到了我头上，毕竟是我的前妻。我的戏谑不过是缓解一下她的紧张。我这人本质不坏。可是怎么帮韦叶呢？找刘青干一架？从韦叶对刘青的描述看，显然我不是那家伙的对手。找人把他废掉？更是胡扯。我这张烂嘴从来不吃亏，要动真的，舌头就短了。我能做的就是护送韦叶上下班，论体质，我与保镖相差十万八千里，但有个男人在她身边，毕竟不一样。刘青总不敢明目张胆将韦叶掳去吧？

早上，我把韦叶送到学校，晚上，我再把韦叶接回来。一个星期过去，什么事也没发生。我倒有些怀疑了，是不是韦叶编出来骗我的？或者，那个刘青对他不再感兴趣了？我对韦叶讲，危险已经过去，你该离开了吧？韦叶生气了，你别急着赶我走，我不会赖你这儿，我会付给住宿费的。我说，我没这个意思。韦叶的柳条眉几乎站起来，那你什么意思？

我怎么说呢？韦叶和我住在一起，有些事就不好办了。韦叶冷笑着说，想找女人鬼混了？你领回来好了，我是瞎子，看不见。我说，我这点儿小身板能干啥？现在念头都没了。韦叶撇撇嘴，她特别爱撇嘴。你干别的不行，干那个倒是一把好手。我乐了，你对我倒是蛮信任的。韦叶后退一步，你别打我的主意。我说，你最好提防点儿，哪天我高兴了，会往沙发上扑的。这几天，韦叶一直睡沙发。韦叶说，谅你也没那个胆。我推测着，韦叶是嘲弄我，还是鼓励我？韦叶扭过身，不让我看她的表情。

那天，我把韦叶送到学校便折到修理部。豁唇叼着烟卷，正在修一台旧冰箱。看见我，急忙把烟藏到背后，可能觉得不妥，又拿出来。我一怔，什么时候学会抽烟了？豁唇扭扭捏捏地说，邬丽丽喜欢抽烟的男人，她说男人抽烟才有味道。邬丽丽是"爆米花"的本名。我说，抽可以，但干活不能抽。豁唇忙把烟丢在地上，用脚拧了。我问，有进展没？豁唇嘿嘿笑着涨红了脸，老板，我正按你教我的招搞呢。我说，我教你什么招了？豁唇说，老板，你真会开玩笑。我确实想不起来了。我拍拍他的肩说，好好干，你和"爆米花"都一脸福相，凑在一起错不了。豁唇乐得龇牙咧嘴。我问又接啥活了？豁唇说，这不，刚送来一台冰箱，老板你歇着，我一个人就够了。

我派头十足地点点头。我并没有沾手的意思，这几天，我总是心不在焉。我搬把椅子，靠在门框上。对面的发廊门口，一个小姐蹲着漱口，每次仰起头，都往这边瞟一眼，将深深的乳沟展露出来。这些风景我早就看腻了。我收回目光，掏出手机。屏幕上什么信息也没有。过了一会儿，我又不由自主地掏出来，生怕错过接听。和韦叶在一起，我也是这样。韦叶瞟我一眼，轻蔑地哼一声。我并不想这样，可我控制不住。我期待陆小婉打来电话，我说不清楚自己是一种什么心理。我告诫自己，不要想她，也许陆小婉只是心血来潮，没必要认真的。可……我不知自己犯什么邪了。

豁唇问，老板在等电话？瞧瞧，连豁唇都看出来了。

我懒洋洋地回答，我不如你，这世上谁惦记我呢？

话音还没落，手机就叫起来。我和豁唇相视一眼，才去看那个号码。

我在百利超市门口等你，你过来行吗？

就这么一句话，电话就挂了。她的声音还是犹犹豫豫的，她没问我在哪里，能否过得去，可挂了电话就由乞求变成命令了。我不喜欢城府深的女人，更不喜欢和城府深的女人玩游戏。对陆小婉我却不这么想，我觉得她蛮有意思。

陆小婉站在超市门口，盯着脚自我欣赏。等人的都东张西望，她却不。

我走过去，故意弯下腰，拦截她的目光。

陆小婉抬起头，来了？咱们吃饭去吧。

我和陆小婉在超市快餐店每人吃了碗牛肉面。陆小婉说让我陪她去医院看一位病人。我说你也不问问我能不能过来，陆小婉略带惊愕地问，咱们不是说好的吗？我打电话你就得过来。我假装忘了，拍拍脑袋说，记性让狗叼了，说吧，看什么人？陆小婉说我表婶。我说那我就喊她表婶了，第一次见面，是不是得送礼物呢？陆小婉说这个不用你操心。她的目光在我身上绕了两匝，说，你以后能不能穿利索点儿？瞧瞧裤子，尽是褶子，还有鞋，几天没打油了？我说，秘书出差了，我不会照顾自己，你要是看不过去，就替我换套行头。陆小婉竟然笑了，我知道你瞎吹，不过，你这人倒不讨厌。她自是没给我换行头，但硬是让我往擦鞋摊交了一块钱。

我陪陆小婉买了奶粉、水果，她嘱咐我，可不能露馅啊。我问，你租我来，就是为了看这位病人？陆小婉说，当然不是，今天是演练。我说，没问题，演戏是我的老本行了。陆小婉说，我挺紧张。其实，我瞧出来了。我说，又不是上战场，有我呢。我想在陆小婉腰上拍一下，陆小婉往旁边一撤，躲开了。

陆小婉的担心多余了，她表婶只问了我一句话，而且还是废话。她拉着陆小婉的手，东拉西扯的，全是些鸡毛蒜皮，没什么实质性内容。她表叔像个木头疙瘩，目光卑微、忐忑，游游弋弋。我不知该说些什么，正儿八经地说话，我的舌头不好使唤。我逐一看看病房里的人，目光落在陆小婉脸上。陆小婉飞快地和我对视一下。我看出她想离开，可表婶谈兴正浓，她无法脱身。我拍拍陆小婉的肩，她耸耸膀子，似乎想甩开，我稍稍用了些力，她不动了。我说，你先等着，我下午还有个会，散了会我来接你。她表婶倒也识趣，忙说，一块儿走吧，我好着呢。陆小婉就势说，也好，婶子好好养病，我明天再来。

出了病房，我不无炫耀地说，怎么样？我这个丈夫还合格吧？

陆小婉白我一眼，你是不是有病，咋老想占别人便宜？

我说，这就是你的不对了，既然演练，当然要像点儿，不能让人看出破绽。

陆小婉闭了嘴。

过了一会儿，她问，你下午没事吧？

我说，当然有了，你打电话时，我正谈一笔生意。

陆小婉颇失望地说，那就算了。

我问，你有什么吩咐？

陆小婉迟迟疑疑地说，我想去森林公园。

我很干脆地说，行啊，我陪你去，生意再重要也没你重要，况且，咱们有约在先。

陆小婉眼里迸出一丝亮光，但马上熄灭了。她说，除非有急事，我不会那么没趣。

我拽她一下，走啊，别在这儿浪费时间。她顺从地跟在我身后。

森林公园在皮城西北的山上，九月份了，游人还不少。我没有游山玩水的闲情逸致，我和韦叶曾来过一次，后来再没来过。我认为皮城最好的景致在酒馆，炒一盘羊杂，要一壶烧酒，那才自在。公园显然重修过，比以前漂亮了。陆小婉对森林公园很熟悉，不时给我指点，过去这儿是什么什么，过去那儿又如何如何。她总是把"过去"两字挂在嘴边，像能嚼出甜味。路过一个小木桥，她竟然有些恼火，过去这里没桥，怎么修上桥了？我不解地说，有桥不好吗？她说，有桥就和过去不一样了。我说，你挺喜欢怀旧啊，过去就好吗？陆小婉说，你不懂。其实，我已瞧出些眉目。她的忧郁，她的伤感，应该与过去的森林公园大有联系。

陆小婉的情绪低落下来，不再给我介绍了，她的目光柳絮般纷纷扬扬地飘着。爬上一个山坡，她在一个突出的岩石上坐下。我挨她坐了，她没反对。她托腮望着远方，我则捡脚底的石子投进坡底的松林里。

我的手机响了，是韦叶。我想起韦叶放学了。我站起来，快步走到一片开阔的地方。韦叶的声音依然霸道，你在哪儿？我说，我在外面，回不去了。韦叶叫，那我怎么办？我安慰她，没事的，这么多天都没事，你就放心回吧。我听见电话那头韦叶粗重的喘息，顿了顿，挂断了。

陆小婉说，误你事了吧？

我无所谓地摇摇头，吹了一声响亮的口哨。

8

那天晚上，我回家已经很迟了。我和陆小婉从森林公园下来，吃了饭，我又把她送到门口。陆小婉生怕我上去，轻轻握握我的手说，改天见。我说，口渴了，怎么也得让我回咱家喝口水呀。陆小婉邀请我，我未必进去，我就这德行，喜欢唱反调。陆小婉稍一犹豫，说，你这个人，真拿你没办法。算是默许。我说，这就对了。走了几步，我说，算了算了，我还是回去吧。陆小婉眼里有异样的东西闪过，我笑笑，离开。

那个时候，我脑子里全是陆小婉。并非被陆小婉迷倒，她尚不具备这样的魅力，而是推测她下一步要干什么。知道了谜底，事情就不好玩了，可我还是想知道。我懒散惯了，不想在任何事情上耗费太多的精力。一旦离开陆小婉，她还纠缠我，这不是给自己找病吗？

电视没开，我以为韦叶抢占卧室先睡了。韦叶是个电视谜，整夜整夜地看都行。电视机是老牌子了，看着看着人就拉长了，吊死鬼一样。遇到这种情况，我就揭开后盖鼓捣几下，图像就正常了。那天，我睡得正香，被韦叶叫起来修电视。我真想一拳砸烂它，可触着韦叶急巴巴的眼神，还是修了。后来，我就不上盖了，修的时候方便。韦叶看了几次，也会了，出了毛病，她就自己弄。

卧室是空的。

我瞅了几眼，一切都是早上离开时的样子，这就是说，她没回来。我看看表，已经十点半了。我没接她，她生我的气，不再回来了？我当即否定了这一想法。以韦叶的性格，不会这样。那么，她是遇到麻烦了，怎么会这么巧？就今天没接，她单单遇上了刘青了？

我急忙打韦叶手机。嘟嘟响着，没人接听。我就执拗地打。后来就打不进去，关机了。她为什么要关机？我毛躁起来。韦叶离开我的日子，我一点儿都不想她。可现在她奔我来了，就在我心上砸了一个坑。我不会无视坑的存在。

我不知怎么办，先等等，也许韦叶有别的应酬。胡乱看了几眼电视，我的眼球险些跳起来，电视正播一个女人被绑架的场面。我骂声娘，屏幕顿时漆黑一片。

十一点半，我再也坐不住了。

我从墙上抓起那顶帽子——我不想再强调它的颜色了，冲下楼。它在墙上吊了好些日子，自韦叶赖着不走，我就没摸过它。我说不清深更半夜的，为什么要戴一顶帽子。有些时候，我根本弄不懂自己。

一个黑影蹲在地上，两手抓着车棚的铁条，吃力地呕吐着。竟然是韦叶。我没想到她醉成这样。我说，怎么喝这么多。我去拉她，她甩开了。我又拽了一把，她泥一样流进我怀里。

我把韦叶背进屋，丢在床上。韦叶的脸又红又涨，眼皮垂下去，似乎不想见我，可那两撇目光还是挤出来，斜在我身上。她喷着酒气骂，姚飞，你他妈装什么孙子？我问，和谁喝的酒？韦叶挑衅地说，和刘青，你管得着吗？我暗自一惊，不知韦叶看见我僵滞的表情没有。韦叶冷笑起来，我他妈就和刘青喝酒了，我他妈要变成婊子了，我和你没一点儿关系，你干吗戴顶绿帽子？你天生就喜欢。你别走呀，我……

我拿湿毛巾进去，韦叶已呼呼大睡了。我擦掉她嘴角的污迹，给她盖上被子。我正要出去，猛听她吃喝我的名字——她在睡梦中竟不忘讨伐我。我搞不清她是否和刘青在一起，如果和刘青在一起，恐怕不单单是喝酒吧。我的心暗暗疼起来，手下意识地搁在被子上，要证实什么似的。韦叶翻了个身，我迅速拿开。我觉出了自己的荒唐。

我睡不惯沙发，几乎一夜无眠。当然，这是托词。我心里梗着一团东西，哪里还有睡意？我很少失眠的，所以韦叶总说我没良心。我打算清早替韦叶弄早餐的，天亮时竟眯着了。

我是被韦叶的洗漱声弄醒的。

我底气十足地说，醒了？我给你弄饭吧。

韦叶没理我。

我倚在门框上，想吃什么？

韦叶毫无表情地说，姚飞，别假惺惺的。镜子里的她依然浮肿着双眼。

我解释，昨天，我确实有事。

韦叶的肩膀耸动了几下。

告诉我，怎么了？

韦叶蓦地回过头，满眼泪光，和你有什么关系吗？

我说，我急坏了，我没想到……

韦叶要从我身边挤出卫生间，我拍她一下，她猛地扑进我怀里，你这个挨千刀的，你怎么不管我。她边骂边捶着我。当然，你不要相信，那仅仅是我一刹那的想象——像极了某些电影中的镜头。事实上，她什么也没说，只是死死地掐着我的肩。

韦叶告诉我，她在半路上碰见了刘青。刘青说我以为你失踪了呢，这几天我瘦了整整八斤。韦叶有些慌，边走边应付刘青。刘青叫她一块儿吃饭，她推说有事，可刘青硬是拽住她。那时，她惊恐地望着四周，希望看到个熟悉的身影，可是没有。一张张冷酷的脸，没人帮她。她就这样被刘青拖至一个酒馆，又被刘青灌醉。韦叶是借口上厕所逃出来的。

韦叶头晕眼花，走路摇摇晃晃。我劝她在家休息，韦叶没好气地说，我被炒了，你养活我啊。我问，刘青再截你咋办？韦叶说，反正也没人管我，我豁出去了。这自是说给我听的。我欠了她什么？什么也没欠，可是我一直在自责，似乎这一切都是我造成的。

我陪韦叶在门口早点摊上吃了饭，把她送到学校。陆小婉再没打电话，我一直接送着韦叶。我也没碰见刘青，暗自纳闷，我在韦叶身边，那个刘青不敢露面了？

一星期无事。

第八天头上，我和韦叶离开学校不久，韦叶忽然牵住我的袖子，紧张地说，刘青来了。

那是我和刘青第一次照面。刘青并不像我想象得那么面目可憎，相反，他有几分英俊，平头、圆脸，始终挂着笑。如果不说话，根本想不到他是个混混。

刘青斜我一眼，对韦叶说，想我了吧？

韦叶指着我说，这是我丈夫。

刘青的笑脸立刻冻住了，片刻之后，又阴阴地笑起来，我才离开几天，你就弄出个丈夫？

我憋不住了，刘青，你别欺人太甚。

刘青轻蔑地说，你算什么东西，滚开！

我护着韦叶。我不相信光天化日之下，刘青敢抢人。刘青推我一把，就去抓韦叶。

我揪住刘青，刘青也揪住我。四目相对，撞出噼里啪啦的声音。刘青比我力气大，可他终究比我底虚。渐渐有人围观，刘青松了手，甩下一句脏话走了。

韦叶依然白着脸，我拍拍她，轻松地说，不过是只纸老虎。

韦叶说，他不会善罢甘休的。

我给她打气，有我呢，你怕什么？其实，我心里没底。

那天晚上，韦叶闷闷不乐，饭也没吃几口。我没有临阵脱逃，好歹摆脱了刘青的纠缠，她何以如此郁闷？我和她看了几眼电视，独自睡了。过了一会儿，韦叶敲门起来。我问有事吗？韦叶说没事，睡不着。我往里挪挪，她在床边坐了。韦叶郑重地说，姚飞，我问你一句话。我慌了，我意识到她要说什么，硬着头皮道，讲吧，干吗吞吞吐吐的。韦叶问，你说我啥时候能彻底摆脱他？我说，道路是曲折的，前途是光明的。韦叶在我腿上拍一巴掌，你正经点儿，你会一直接送我吗？我说，他纠缠你一天，我就接送你一天，我要是没空，就让豁唇送你。我告诉她豁唇是我的徒弟。韦叶说，真不如找个人，把他摆平。她已经是第二次说这话了，说明她脑里确实有这念头。我说不值呀，咱清清白白的，掺和那些烂事干吗？韦叶沉默半晌，说，你就这么混下去，是不是找个女人成个家？韦叶个性太强了，她生怕碰钉子，总是把自己的意思藏在后面。我说，我这种吊儿郎当的人养活不了女人，这样蛮好。韦叶在我脸上剜了几眼，算了吧，我看你是不肯放弃你荒淫的生活。我吁了口气，却又有点儿失落。我以为韦叶会像刘青纠缠她那样纠缠我。

第二天，我送韦叶回来，半路上被刘青截住。不同的是，他身边多了两个青皮，青皮的头上各长了一卷黄毛。刘青喊我找个地方谈谈，我拒绝了。刘青说你放明白些，韦叶是老子的女人。我说，我俩闹了点别扭，韦叶是赌气离开的，我们在民政局登记过，是合法夫妻。刘青警告，我不管你什么狗屁夫妻，反正你得离开她，不然有你好果子吃。一个青皮往我脸上吐了一口，另一个青皮在我脚上踩了一下。

我没理他们，实际上是我不敢理他们，我不是他们的对手。我从他们旁边绕过去，我竭力克制着，脸还是青了。我应该多个心眼儿，看看是否被跟踪。但我没有，为了表示自己的轻蔑，我头都没回。

我径直去了修理部。

9

那天晚上，我和韦叶正在吃饭，豁唇给我打电话，说修理部让人砸了。我问什么时候，豁唇鼻音很重地说，老板，你快来吧。我丢下筷子就走。韦叶问出了什么事，我没理她，她便跟上来。

修理部里一片狼藉，玻璃柜台、几台待修的电视机全被砸碎了，地上连个下脚的地方也没有。"爆米花"正给豁唇擦嘴角的血迹，豁唇虚肿的脸横着一片片瘀青。见我进去，豁唇欲站起来，被"爆米花"摁住了。"爆米花"说，你都这样了，还不老实待着？"爆米花"的架势像只老母鸡。我冲豁唇点点头，无言。

豁唇简单讲了经过。他正要关门，几个人冲进来，不由分说一顿乱砸。豁唇护着不让砸，那几个家伙连他一块儿揍了。豁唇的胸脯一起一伏的，老板，我可是尽力了。我想拍豁唇一掌，这是我的习惯动作，只是绕了一个圈，我又垂下了。"爆米花"护着豁唇，我拍就拍在"爆米花"身上了。我说，这事和你没关系，你没责任。韦叶插嘴，那几个人长什么样？豁唇说，天黑，我没看清，似乎觉得不妥，又补充，都是男的。韦叶瞥我一眼，继续问，他们没留下话？豁唇看看我，又看看韦叶，他们让老板识趣些，不然没好果子吃。"爆米花"问，姚老板得罪过什么人？报案吧。豁唇也说，我怕破坏了现场，啥也没动。我说，后面的事你们不用操心，我来处理。我要领豁唇去医院，豁唇怎么也不去。"爆米花"说，把他交给我好了。

豁唇和"爆米花"离开后，韦叶说，肯定刘青指使人干的。

我恨恨地骂，这帮孙子。顺手操起扫帚，开始清扫。

韦叶问，为什么不报案？就这么由着他们？她的口气硬邦邦的。

我反问，你以为报案能套住刘青？

我懒得跟她解释，上次被砸的事还在那儿吊着呢。就算警察能顺藤摸见刘青，砸一个店治不了他什么罪，过不了几天，他就会出来。

我和韦叶回去的时候，已快半夜了。韦叶情绪低落，一路无话，进屋方闷闷地说，咱们想个办法吧。我说，想什么办法？兵来将挡，水来土掩，他不能把你抢了去，除非……我意识到说走嘴，赶忙把后半句掐断了。我扎在床上，不想再动。疲惫滴滴哒哒地渗出来，除了心里躁躁的，浑身上下哪儿都湿漉漉的。和韦叶一起生活的日子，我什么事都不放在心上，现在她对我而言，不过是个空洞的概念，反被她的事缠得无法脱身。当然，到了这份上，我不会撤离。陆小婉的忙我都帮，何况韦叶？

我去卫生间，门从里面锁上了。我躺了一会儿，韦叶还没出来。我憋不住了，敲着门问她能不能快点儿。可能我哪句话说重了，韦叶在里面抹眼泪呢。韦叶嗯啊了一阵，等她探出身，我使劲戳着她的眼圈，没有看到泪渍，倒是被她的香气扑了一脸。也是我的想法矫情了，韦叶是谁，就是她掉泪，也不会让我看到。

我在里面待了半刻钟。我以为韦叶睡了，谁料她跷着腿，在我的床上坐着。我说这么晚了，干吗不睡。韦叶说要和我商量事。我说，商量啥，你想好了，通知我一声就行。韦叶说，连累了你，我很难过。她一严肃，我就怵头。我竭力把气氛弄得轻松点，见外了吧，人说一块下过乡的，同过床（窗）的，扛过枪的，嫖过娼的，是铁杆，撬也撬不开的，咱们好歹同过床，别说客套话。韦叶说，我还是离开你吧，不给你添麻烦了。我问，有好去处了？韦叶摇头。我说，那干吗呀？虽说当初我怕她赖在这儿，可在目前这种情况下，她离开我还真不放心。韦叶看着我，她的目光很尖，试图扎进我的身体。我的皮太厚了，她扎不透。

韦叶说，我不知啥时候是个头儿，你能一直接送我？

我嘿嘿乐了，我向俺娘保证，接送你到地老天荒。这个词不知从哪儿冒出来的，完全是韦叶的做派。末了，忙又补充，刘青撤退，我再撤退。

韦叶问，你不怕刘青？

我说，他算个屁。

韦叶抿抿嘴说，有时我挺佩服你的，就算让人踩住脖子，嘴巴不输，气势也不输。

我说，你这是损我呢。

韦叶道，随你怎么想，这世道，就混了你和刘青这号人。

我不乐意了，干吗把我和刘青划成一类？

韦叶忙说，我不是这个意思，我是说就是你这样的人，不会被刘青吓住。当初我不离开你，也许没今天这档子事了。

我说，人往高处走，水往低处流，太正常了，哎？几点了？我重重地打个呵欠。

韦叶站起来，看我一眼，又看我一眼，退出去了。她的目光耐人寻味。在她迈出门的一刹那，我才把头抬得高了些。韦叶的相貌、身材都不减当年，难怪招人。我的身体突然有了反应。已有好多天没尝到肉味，差不多都要忘了。如果韦叶主动躺到我床上，主动剥开衣服，我和她的故事也许得重写了。但我清楚，韦叶不会那么做，也许她在别的男人面前可以，在我面前绝对不会。一个人是不会轻易放弃自己最后那点儿自尊的。

我和韦叶睡过了头，还是韦叶把我叫醒的。我正做一个与豁唇有关的梦，我摸了"爆米花"的臀部，豁唇急得要抠我眼珠。我和韦叶冲下楼，心想可别碰上刘青，谁料走了没几步，真和他撞上了。刘青似乎刚喝过酒，走路歪歪扭扭的，旁边跟着两青皮。刘青眼睛一亮，得意地笑了。那笑生了锈，像是什么部位卡住了，半天嗬一声。嗬……真是巧啊……嗬……你不在……嗬……我整夜整夜睡不着……嗬……回到我身边吧。

韦叶大声说，刘青，你太无耻了。

刘青的笑顿时枯干了，我怎么无耻了？

韦叶说，你别装了。

刘青喷着满嘴酒气说，我没装呀，我想你想得真是睡不着觉。刘青伸手往韦叶脸上摸去，韦叶往后一躲，我挡在她面前。

刘青轻蔑地瞪着我，你他妈不长记性，老子的女人你也敢沾。

韦叶欲言，我说别理他，拉着韦叶就走。

那两青皮一左一右将我夹住，你滚蛋可以，把刘哥的女人留下。

我护着韦叶往后退，厉声道，别碰她。

一青皮骂，妈的，活得腻歪了，大哥，怎么收拾他？

刘青说，卸他个零件吧，他需要上油了。

韦叶突然尖叫起来，抢人啦，抢人啦。她的喊叫有几分凄厉，几分恐怖，冰雹般击在柏油路上。

刘青和两青皮愣了几秒，往四周看看，悻悻地走了。

韦叶捶我一拳，发什么呆，他们让我吓走了。

我哦了一声，你打车去吧。

韦叶满不在乎地说，算了，反正也迟到了。

我说，没想到你还有这一手，嗓门够恶的。

韦叶浅浅一笑，想不到的事多着呢，我从没见你为我这么急过。

我打哈哈，你要相信群众。

韦叶突然不作声了。她挺敏感。我习惯了她的霸道，她这样我还真不适应。我没有搜肠刮肚地寻话头打破沉默。

10

　　我跟在陆小婉身后，在琳琅满目的商场里穿梭。如果不是她在最后一刻说出那样一句话，我就撕毁了和她的协议。其实，也谈不上撕毁，我和她没签生死文书，我一句话的事。我不能把自己分成两半，一半给韦叶，一半给她。我对她说，你另找个人吧，这个忙我帮不上了。陆小婉说，就三天！算我求你，你要嫌钱少，我可以再加。陆小婉的声音很急，随时要把电话线咬断似的。想起她那张血色极少的脸，我的心动了一下，随即摇头，我脱不开身。陆小婉想激我一下，你是个正直的人，不会言而无信。我乐了，我他妈正直什么，我勾引了那么多女人上床。又想，这和女人没关系，也许我还真是个正直的人。陆小婉说，我没时间再去找别人，算我求你不行吗？我就是被这句话、被她充满哀伤的声音打动了。

　　陆小婉的朋友要来皮城玩三天，我的任务就是作为她的"丈夫"，和她一起陪她的朋友。我不知这个朋友与她什么关系，她何以要付出这么大代价。钱倒是小事，我可能随时占她的便宜啊。这年头，哪个男人不跟狼一样？但有一点儿可以肯定，她苦心导演的这出戏，是专门演给她的朋友看的。

　　陆小婉提出要给我换一身皮，我说算了，再花你的钱，我过意不去。陆小婉说这个你就甭操心了，别给我演砸就行。我说那可没准，我干一行砸一行。陆小婉急了，你可别坑我呀。她的心理素质太次，我忙说，没问题，逗你玩呢。我长得瘦，试了好几套衣服都撑不起来。陆小婉不停地挑，不停地让我试，我实在不耐烦了，我相亲时都没这么认真过。陆小婉也挺紧张，脑门上挂满了汗珠。终于选好一套，她长吁一口气。

她的朋友是下午的火车。我和她在餐馆吃饭时，她告诉我，她的朋友是她昔日的同窗。我脱口道，那可不是一般朋友，同过床哦。我故意把"床"字咬得很重。陆小婉的脸竟然红了，你咋说得那么难听，我们只是一般关系。我嘿嘿乐了，那当然，那当然。陆小婉又嘱咐我一些注意事项，如记住朋友的名字，我少讲话多看她眼色等等。

我和陆小婉到达车站广场，离火车进站还有一个多小时。自和那个叫"绿茶"的女孩分手，我就没来过这儿。广场和过去没什么两样，就连那个卖矿泉水的老头，还是站在那个位置，还是戴一副瓶底样的眼镜。不过，还是有变化的，那个卖报纸的孕妇不见了，估计在产房里叫唤呢。数日前，我逍遥自在，而现在被韦叶的事拖得脑袋都是木的。这几天，我让豁唇接送韦叶，豁唇胸脯拍得啪啪响，我还是不放心。豁唇那视力，就怕刘青把韦叶抢走，他还发懵呢。

陆小婉碰碰我，你有心事？

我说，你不也有心事吗？

陆小婉的脸又红了，被我说中，她就这种样子，一句也不反驳。她似乎想转移我目光的角度，问，你想啥呢？

我故作遗憾状，要是真的多好，可惜是假的。

陆小婉撇过脸，你这个人，见一次面就跟熟了一百年似的。

火车一进站，陆小婉的脚尖就踮起来。我说早着呢，别崴了脚。陆小婉被我说得不好意思，人是站稳了，可眼球快飞出去了。旅客陆陆续续走出大半，没听她喊什么人。我问，你还认识他吗？陆小婉不高兴了，什么话？

孟子明！

陆小婉喊了一声，就要往前冲，可突然间僵了几秒，似乎被绳子牵住了脚，迈不动了，尔后平静地迎过去。

站在面前的是一对男女。男的中等个儿，极其英俊的一张脸，过分英俊了，反而没有任何特点。我从他的表情和梳得规规矩矩的发型一眼看出，这家伙是吃官饭的。女的个子略高一些，并无姿色，但穿戴绝对上档次，她身上的首饰随便捋一把，够我和豁唇吃两年的。

　　陆小婉和孟子明握握手，孟子明指着女人说，我太太许仪。

　　陆小婉冲许仪笑笑，笑得很灿烂，可我看出她很难受。我想，孟子明肯定没告诉陆小婉他要领太太来。

　　陆上婉介绍了我，她的声音不知怎么变细了，丈夫两字几乎没有痕迹。

　　我握住孟子明厚实的手掌，手掌这么烧，老弟惧内呀。

　　孟子明稍稍一怔，旋即笑了，你说得没错，这年头哪有不怕老婆的，社会进步了嘛。

　　孟子明城府甚深，实实在在是官场泡出来的。陆小婉给我使眼色，我假装没看见，说，老弟就是有水平，一下就说到要害处。

　　陆小婉选在"川府山珍"宴请孟子明夫妇。进餐前，陆小婉悄悄把我拽到一边，嫌我说话没遮拦，不给孟子明留面子。我已瞧出了她和孟子明是怎么回事了，我说，这小子不是个东西该损。陆小婉说，这和你有什么关系？管好你的嘴巴。我噎她，你要是觉得我不合适，可以换啊。陆小婉瞪着我，果然噎住了，青了脸说不出话。我换了口气说，我听你的，不说话，行了吧？

　　可是，看见孟子明那样子，我就来气，舌头痒得不行。孟子明始终面带微笑，沉稳而谦和。可问题也正在这儿，一个人无论走路吃饭甚至上厕所就这一种表情，这种人还算人吗？那已不称之为表情，而是面具了。它罩在那儿，你永远无法推测他在想什么，可是，他却能窥见你。我琢磨如何把他的面具撕破。

　　我问道，老兄在哪儿发财？

　　孟子明双手递给我一张名片，我接过瞧了瞧，是个办事处的什么主任。我没有装起来，而是搁在桌沿。我拿餐巾纸擦擦手，随手丢在名片上。

　　孟子明依然笑眯眯的，倒是他的太太厌恶地皱皱眉。陆小婉假装给我倒水，顺手将名片拿走。

孟子明问，老兄在哪高就？能否给我张名片？回头好联系。

我说，我从来不带名片，都在秘书那儿。我没啥职务，随便做点儿小生意。

孟子明微微颔首，还是做生意好呀，主要搞什么？

没等我张嘴，陆小婉踩我一嘴，抢先道，他能搞什么，小生意，混个肚子罢了。

我插嘴，一年也就挣个几十万，辛苦呀，不像你们，坐在家里，有人给送钱。

孟子明哈哈一笑，说笑话了。

这是句双关语，他要么嘲笑我一年挣几十万是白话，要么自嘲有人给他送钱是玩笑。这小子确实厉害。陆小婉又狠狠拧我一下。她肯定怪我瞎吹了。吹牛是我的看家本领，我连睫毛都不带眨的，倒是陆小婉显得不自在。我不敢再说了，再讲陆小婉自己先露馅了。

我为了不让自己乱讲，就不停地喝，不停地吃，每次孟子明刚刚放杯，我又端起来了。我没忌口，酸辣甜咸，天上飞的地上走的，生的熟的半生不熟的，啥都能吃啥都敢吃。孟子明说，姚先生海量呀。我说，马马虎虎。孟子明太太附和，还好胃口呢。这句嘲弄太露骨了，我说，皮城人都像我，不装假不玩虚的，绝不会饿着肚子走出饭店。孟子明极有涵养地笑笑，什么也没说。他的太太则撇撇嘴。孟子明似乎很体贴女人，每次都是他给女人夹菜。我看不惯，就替陆小婉夹。孟子明给女人夹一筷子，我就给陆小婉夹两筷子。陆小婉不住地使眼色，我视而不见，直到她的碟子堆起了小山包。陆小婉的脸涨红了，似乎为了掩饰，她喝得很猛。

那一晚，陆小婉喝醉了，几乎是我把她背回去的。她不打车，坚持一个人走，没走两步就爬到我背上。陆小婉愤怒得像头母狮子，对我又捶又骂，你真能吹呀，你个蠢货，你搞不过他的，你根本不是他的对手……他妈的，他是什么东西。然后，她就哭了，要把肠子崩断的样子。再后来，她不骂也不哭了，污秽物不断地喷出来，流到我的脖子和前胸。

我没有离开陆小婉，她醉成那样，我是不可能丢下她的。陆小婉猫一样蜷缩在床上，偶尔呻吟一声。我不知陆小婉演这出戏有什么意义。也许她和孟子明之间有过难忘的过去，可现在他已经是一张看不清颜色的纸了，她和他较什么真，赌什么气？不管她现在生活得多么幸福，或者生活得多么糟糕，孟子明都不会放在心上。当然，到了这一步，我会陪她演下去的。不过三天时间，一晃就过去了。

午夜过去，陆小婉竟然醒了。她问我，你怎么在这儿？我说，过河拆桥了吧，我一步一步背你回来的。陆小婉慢慢恢复了记忆，她说她没事了，我可以走了。我揉揉发涩的眼睛，你看看几点了，这个时候我怎么回得去？陆小婉说，可……我打断她，如果你觉得不方便，我可以睡楼道。陆小婉说我不是那个意思，尔后突然想起来似的，声讨我在饭桌上的表现。我说冤枉啊，我全是为你好。陆小婉说，你这样，只会出我的丑。我说，你说怎么办？陆小婉恨得咬牙，你听我的吗？我装出痛心疾首的样子，我向马克思保证，我彻底改正，你说咋办我就咋办。陆小婉评价，你这张嘴，成事，也坏事。

第二天，我和陆小婉陪孟子明夫妇逛了几个旅游点儿，我温和了许多，没再说怪话、刺话。我像个跑堂的，又是买水又是买票。陆小婉对我的表现很满意，居然掏出手绢替我擦汗。我这个没皮脸的家伙狠狠地感动了一下。

这么混三天完全没问题，可我没想到发生意外。

我们一行从大盛魁商号旧址走出来，被几个青皮拦住了去路。其中两个我认识，他们和刘青一块围堵过我和韦叶。我一看阵式，明白他们是有备而来。我对其中一个说，借个地方说话。我不想在这儿闹出什么事。没想那家伙出手就是一拳，妈的，后悔也晚了。

我捂着脸，不用看也知道孟子明和陆小婉是什么反应。

陆小婉抢上来，质问，凭什么打人？

一青皮不屑地瞄陆小婉一眼，凭什么？他借钱不还，还乱搞别人女人。青皮声音洪亮，字正腔圆。这种人，该不该揍？众青皮附和，该揍！

陆小婉的脸突然变黑了，她悲哀而怨怒地看我一眼，摇晃了几下，似乎要倒下去。我忙去扶她，可我刚伸出手，那几个青皮便扑过来。我没扶住陆小婉，腐木般倒在地上。数不清的皮鞋踢到我头上、脸上、肚上，黑色的、铅色的、茶色的。我听见陆小婉的惊呼，后来，我就看不见也听不见了。

11

　　这篇小说我计划写七八万字，因为关于韦叶、陆小婉和豁唇，还有许许多多的事。可写到这儿，我突然写不下去了。我被莫名的烦躁纠缠着，浸淫着，有些六神无主。我觉得有什么东西牵引着我，像萤火虫一样，扑闪出点点光亮，我瞪大眼睛去寻找，却什么也没有。我的眼前空空荡荡。当然，有些事，我还是要交代清楚的。

　　一、关于陆小婉。我出院后，就去找陆小婉。那几天我脑子里总是晃着她哀伤的面容，耳边常常响起她的惊呼。我很歉疚，至少我应该道个歉。我敲开门，陆小婉将装有两千块钱的信封递给我，始终不让我进屋。我装出洒脱的样子，别这样，我还是你前夫呢。陆小婉砰地关了门。她越是这样，我见她的欲望越是强烈。我在她家附近守候了几次，有一次她报了警，我被警察"请"到了里面。警察问清我没有歹意，就把我放了。我死不改悔，又去找她。我没别的意思，只想说清楚。那天，我刚到她家楼下，她和一个男人相跟着出来。她瞄我一眼，就把目光移到那男人身上了。她和男人很亲热，男人的手不时在她腰部摸一下。我呆呆地站了半天，再没找过她。

　　二、关于豁唇。我计划在另一篇小说中叙述。但有一点我先透露出来。他终于娶了"爆米花"。结婚的第二天，豁唇曾给我打电话，说"爆米花"

不是处女，他没看到红桃花。我说视力不好，有时是看不到的，看不到，也别较真。如果较真，这世上没有什么事是靠得住的。豁唇嗯嗯着，我就把电话挂了。

三、关于韦叶。我住院那天，韦叶陪了我一夜，她握着我的手，眼睛红红的。韦叶从没这么温柔过。可是第二天，她就从我眼前消失了。接替韦叶守护我的豁唇讲，韦叶要出几天门。谁料这一走就是一个多月。我去学校找她，校长说她一个月前就辞职了。她租的房子已换了主人。我想找刘青问问，以前天天露面的那个混混，此时竟也不见踪影。我揣测，难道韦叶和刘青私奔了？我捆自己一巴掌，这绝不可能。前天，终于有了刘青的消息，晚报上说一个叫刘青的人被杀死在家中。我赶到刑警队，想证实此刘青是不是彼刘青，被谁杀掉的。接待我的小刑警说皮城有一百三十一个叫刘青的，没有职业的，就有十二个。我什么也没打听到。至于是谁行的凶，小刑警不耐烦地说，我们正在调查呢。我喏喏退出来。那个人会不会是韦叶呢？我被自己的想法吓了一跳。当然不可能。别看韦叶要强，她连杀鸡都不敢看的。韦叶去了什么地方？我始终想不透。

四、关于我。没什么交代的。我不再上网钓女人了，那顶帽子我也早就扔了。老板嘛，我不再当了，修理部转给了豁唇，我则关在家里写小说，倒也混了一碗饭。周围的人颇为惊奇，没想到这小子还能写小说，可惜用心不专，不然或许会弄出个什么名堂。

我为什么写小说？没人问过我，其实，也没什么理由。我边写边等韦叶的电话。写小说是懒人的职业，和我还算对路。

我固执地认为韦叶会给我打电话的。如果她问我什么话，我一定明明白白地告诉她。只是不知我是否等得到。

你们说，我能等见她的电话吗？

同　谋

1

起初，孟高没在意那个老板。他穿着很土，话不多，亦无任何异相，敬酒时，孟高发现他还是驼背。这年头，老板多如牛毛，更像大众称谓。每次修鞋，那老头都称孟高老板。孟高本不想参加，昨夜几乎没睡，又上了一个全天班，脑袋昏沉如铁。师兄嘎嘎乱笑，难受？这年月谁不难受？你以为只是喝酒？师兄如此说，孟高再无托词。他的半个饭碗是师兄替他捧的。

孟高极度困乏，只盼饭局早早散场。终于上汤了，孟高看到曙光，长舒一口气。老板正站起敬酒，服务员或许怕碰着老板，迅速往后一撤。她没端稳，恰和老板的胳膊撞在一起。汤盆掉在地上，老板呀一声跳起来。服务员是个十八九岁的小姑娘，吓得脸都变色了。老板呵斥她拿拖把，她跌撞着跑出包间。师兄问老板不要紧吧，老板说只烫了脚面，不碍事。小姑娘打扫完，却未离去，垂立在老板身边，等候发落。老板说没事了，小姑娘的眼泪扑扑往外滚。师兄道，没打你没骂你，哭什么哭？小姑娘抽抽噎噎地说，这是三天来她闯的第二次祸，如果经理知道，她的工资就扣没了。老板说，我向毛主席保证，不告经理。小姑娘连着说谢谢谢谢。她转过身，老板突然喊住她，往她手里拍了一百块钱。

老板这个动作让孟高多看了他几眼。

气氛仍有些硬，师兄哈哈一笑，说这叫岁岁平安，在座的都是有福相的人呢。接着说昨晚喝高了，他们几个科主任参加院长孙女的生日宴，他踩了地雷。众人不解，师兄却没有下文，只说，怕吓着你们，喝酒。

老板再次站起，说，刚才让大家受惊了，我敬个酒，压压惊！每人一小杯，老板却灌了满满一茶杯，足有三两。师兄击掌，连说厉害，我要有你这量，什么地雷都能踩哑。老板说那我再来一杯，我喝下去，所有的地雷都会变哑。孟高以为师兄会制止，但师兄笑吟吟的，欣赏，又像考验。

终于散了，下楼，孟高靠近师兄，问还有别的事没有。师兄揽住他，问他还想干什么。孟高说睡觉。师兄说那就打道回府，没喝醉吧，别睡到别人家。孟高说我还以为有什么事呢。师兄说喝酒就是事。

另外两人打车离开，老板让孟高和师兄坐他的车。孟高和师兄不是一个方向，本想自己打车，师兄拽他一把，他栽进车里。孟高让先送师兄，师兄说先送你吧，看你困了。孟高确实困了，一路眼皮直打架。车在巷口停住，老板随孟高下车，将两个盒子往孟高手里递。孟高问，这是什么？老板说，我们厂的薯片，你尝尝。拎到手里，孟高觉得不太对劲儿，可脑袋隐隐作痛，就没深想。老板拥着孟高走了几步，说些有空去作客之类的客套话。孟高唔唔着，这种场面话，根本不用过脑的。

客厅开着灯，卧室的门紧闭。孟高便知肖雨仍然没有离去。孟高还是扫了扫鞋架。昨夜的前半段，孟高和肖虹听肖雨哭诉，后半夜姐妹轮番进攻，一定要孟高想个办法。孟高不过一个普通医生，能有什么办法？况且，肖雨做的又不是什么光彩事。但孟高知道，他不能说不管，更不能说肖雨自作自受。肖虹不会咋的，肖雨没准会把他的脸糊了。她们早早躺下，肯定也困了。孟高把薯片搁到电视柜旁，关了灯，蹑手蹑脚摸进书房。惊醒姐妹俩，又将是痛苦的一夜。

次日，孟高睡到十点多才醒。身子酥软着，便躺着没动。反正是周六。外面静悄悄的，可能姐妹还在睡。朦胧中，孟高似乎听到开门关门声，当然，也可能是做梦。正想着，听到开门声，真真切切的声音。书房门随后被推开，肖虹探进头，还睡？孟高没看到肖虹脸上的愁云，用手比划一个问号。肖虹轻轻一笑，瞧你这鬼祟样儿，她一早起来就走了。孟高问，怎么回事？肖虹说，那个男的昨晚又打电话，他还是愿意和肖雨在一起。孟高问，肖雨认了？肖虹翻白眼，有话总比没话强，起码肖雨看到了希望，让你想办法，你又想不出来。

不管怎么说，肖雨的战争暂告段落，孟高能过一段安稳日子。

饭后，孟高看书，肖虹洗衣服。肖虹有个好习惯，洗衣服前要将所有的衣兜翻一遍，即便小小的纸片也要问孟高有没有用处。肖虹把零零碎碎搁到茶几上，夹起两张名片，问，还要吗？孟高接过瞅了瞅，一张是药品推销员的，另一张红底黑字，挺特别的。那个老板的样子闪出来，孟高说扔了吧。许多人也就一面之缘，那些名片没有任何用处，隔上半月二十天，在什么地方见面都想不起来。肖虹端详一会儿，说挺喜气的，留着吧。

孟高想起那两盒薯片，问肖虹，肖虹说给肖雨拿走了，我不爱吃那玩艺，油腻腻的。孟高没再说什么，那两盒薯片就这样从他的生活中抹掉了。

2

一个星期后，师兄给孟高打电话，说有任务。所谓的任务即孟高的另外半个饭碗。孟高所在的医院半死不活，除了工资，没任何灰色收入。都言医生捧的是金饭碗，孟高自嘲不过是半个铜饭碗。钱挣得少，心操得也少，吃得饱睡得香。当然，这是孟高的自我安慰，没有谁和钱有仇。孟高不是那种做梦都想着发财的人，但终归是俗人。任何一个俗人对金钱都是向往的吧？师兄所在的第一医院全市最牛，那次吃饭，师兄问他想不想挪一挪，他说当然，就是没这本事。师兄未能把孟高办到一院，但给孟高争取到一个兼职岗位。精神疾病司法鉴定中心在一院挂着，中心设三个专家小组，师兄是其中一个专家小组的组长，小组的一位专家退休了，孟高顶了缺。虽然是兼职，薪酬却不低，说半个饭碗并非虚言。

孟高记得很清楚，那天是星期二，风很大，没出巷子，刚洗过的头发就乱了。平时上下班，他骑自行车或坐公交，那天拦了出租。不是怕头发吹脏，而是怕迟到。鉴定时间是九点，但要提前开会。踏进一院大门，孟高摸出手机，八点二十，稍嘘一口气。

师兄带领的专家组三个人，另一位是二医院的金医生，年纪比师兄孟高都大。师兄让金医生和孟高看材料，昨天他已经看过。是一桩刑事案，孟高并不意外，之前鉴定的两起，其中一起也是刑事案。案情摘要大约五六百字，被鉴定人乔占礼怀疑同村居民武某要加害自己，用铁棍追打武某造成武某死亡。事关人命，孟高反复看了几遍。被带进来时，乔占礼两只胳膊往上翘着，仿佛腕上的手铐是金链子，不炫耀一下心有不甘。他挨个儿冲三个人点头，很自然，似乎和他们是多年老友。孟高觉得在什么地方见过，在脑里搜索一下，没有结果。

你叫什么名字？

乔占礼。

年龄？

四十三

为什么戴手铐？

打人了。

为什么打人？

他想害我。

你有什么证据说他想害你？

我能看到他的心，他早就想害我。他还想害别人，我是为民除害，我算不算英雄？

……

询问用了两个多小时，乔占礼镇定自若，反复强调自己是英雄。被带下去的瞬间，孟高窥见他眼里的慌乱。孟高的笔摔到地上。他蹲下捡笔，乔占礼回过头。两人对视数秒，乔占礼迅速扭过去。

午饭在一院食堂吃的，三菜一汤。孟高所在的医院不供应午餐。金医生话少，询问过程中只插过一句话，此时头埋在盘子里，专注地剔着鱼。师兄抱怨伙食差，尔后摔了筷子，我他妈都快患精神疾病了，每次问完都没胃口。孟高正想就上午的询问发表意见，师兄如此讲，他把话压回去。

回到办公室，师兄说你们二位歇着，我把鉴定书整理出来。金医生说你辛苦了，便坐到电脑前。孟高沏了三杯茶，一杯端给金医生，另一杯端给师兄，然后立在师兄身后。师兄没回头，说这是典型的妄想症。孟高说，他是有点不正常，可是我觉得他……孟高顿住，师兄侧过头，目光里有一丝很陌生的东西。这陌生让孟高发慌。师兄却笑了，下次鉴定书该你整理了，不能老让我一个人干啊。孟高听出师兄不想让他在身边，便退后了。

鉴定书打印出来，师兄让金医生和孟高传看，是否有补充和不妥的地方。金医生看完，说了三个字，没意见。然后签了名字，也是三个字。金医生说有事就离开了。孟高看得慢，看了一会儿，稍微有些汗，解开两粒扣子。终于看完，嘴有些干，抓起茶杯一饮而尽。师兄给他续上。孟高问，要不要再询问一下？师兄反问，你觉得不妥？孟高说了乔占礼离开时的眼神。师兄笑笑，说我看到了，没什么反常。鉴定方面，师兄自然是有经验的，质疑结论就是质疑师兄。孟高有些犹豫，不知该不该再说。师兄说，人已经被带回去，你确有疑问，只能改天。对了，先给金医生说一声？孟高看着金医生龙飞凤舞的签名，想重新询问会折腾许多人，还惹师兄不高兴，便把孟高两个字画上去。

师兄送孟高出来，快到电梯口，猛地攥一下孟高的胳膊，薯片还好吃吧？师兄说得没头没脑，孟高愣怔片刻，想起那两个礼盒。孟高啊一声，薯片送人了，他没尝到滋味。当然，更主要的是听出师兄话外有音。师兄也没等他的回答吧？电梯门开了，孟高有些僵，师兄推他了一把。

孟高竖在电梯里，满脑子都是薯片。过了老半天，不见电梯动，正奇怪，电梯门再次打开，一个人跨进来，摁了数字键。

出了大楼，孟高突然加快步子。门口候着一排出租车。孟高拉开一辆钻进去。

进屋，来不及换鞋，孟高拽开放名片的抽屉。那张红色的在最上面。孟高一下就捕到那三个带刺的字：乔占仁。乔占仁—乔占礼，饭局—薯片。大脑里阻隔的地方突然贯通。他明白那天晚上感觉不对头的原因了，薯片没那么重。薯片盒子，装的绝对不是薯片。那么……孟高抹抹脑门上的汗，赶紧给肖雨打电话。

3

妻妹肖雨在孟高的生活中充任着很重要的角色。

孟高和肖虹交往半年后，想把关系确定下来，肖虹答复，得问问妹妹同意不。孟高惊得眼眶都要裂了。肖虹没什么主见，孟高已经领教。比如吃碗削面，也摇摆不定，一会儿要西红柿卤，一会儿要茄丁卤，在地摊买包袜子，得挑拣一小时，最终还得孟高替她决定。毕竟这些是鸡毛蒜皮，婚姻大事也需别人做主就过分了。肖虹见孟高沉了脸，小心翼翼地说，要么过一阵再告诉她？孟高叹息，你这么听她的话，还是早点告诉吧。肖虹说，你同意，我就和她说了。孟高哭笑不得。转念一想，老实有老实的好，最初喜欢她也正是她的毫无心机。一个不安分的女人，他未必拴得住。

星期六，孟高和肖虹在肖雨就读的大学门口见面。那是孟高第一次见她。肖雨身材修长，相貌俏丽，气势颇为咄咄逼人。孟高突然就虚了，目光摇曳不定。他伸出手，肖雨却没握。你就是孟高？怎么鬼鬼祟祟的？这话挺伤人的。孟高没接话，适度地笑笑。肖雨抛出一连串问题，她问，孟高答。肖虹站在一边，像个局外人。门口不时有人进出，孟高觉得不止一束目光投过来，提议找个地方坐坐，慢慢聊。肖雨看看表，说约了同学去商场。你得给我时间，就这么一会儿，我怎么了解你？孟高耐着性子说好吧。肖雨要了孟高单位电话和寻呼机号，让孟高等消息。孟高想当年考大学，也没这么难。

两天后，孟高正洗脚，寻呼机响了。看到肖雨的留言，草草收拾一下，急急往外走，结果把洗脚盆踩翻。他跑到大街给肖雨打电话，肖雨说一位室友肚疼，直不起腰，怎么办？孟高问没校医吗？肖雨没好气，有校医还用找你？孟高从药店买了一瓶颠茄合剂，赶到大学。那位女生是胃痉挛，服下颠茄合剂缓解许多。肖雨对孟高的评价是，反应慢点儿，水平还行。

再一个星期日，肖雨打电话说和同学吃饭，钱不够，让他去救火。一顿饭二百多块，那时孟高的工资也就六百多。结完账，肖雨问什么时候还他，孟高说我请客。肖雨说，我看出来了，你心疼，肯定还你。谁额外花钱不心疼？又不是大风刮来的，他和肖虹吃饭都在大排档。孟高笑笑，说好容易有个请客机会，不想错过。谁料肖雨竟然竖眉，我最讨厌撒谎。又恶作剧般地追问，一个月请我一次，可以不？孟高说可以呀。肖雨击掌，好！我倒要看看你能装多久。第二个月，孟高被肖雨招去，只她一人在座。肖雨问请她吃饭，和肖虹说过没有，孟高摇头。肖雨说，这点儿还行，动不动就邀功请赏的男人，我看不上。那天，肖雨点了一个菜，要了两碗米饭。

肖雨不停地考验孟高，孟高和她在一起的时间反而超过和肖虹在一起的时间。有些孟高容易接受，有些让孟高不舒服。一次她和同学爬山，让孟高当随行大夫。如果她平和一点，孟高或许就应了。她完全是命令式的。孟高略有些迟疑，肖雨就问孟高是不是烦了，孟高直接说是。又问孟高是不是后悔先前的付出，孟高说不知道。肖雨说我料你坚持不住，因为你根本不是可以托付终身的男人。已欲罢手的孟高被肖雨激起火，陪同一趟又怎样？结果已经无所谓，她还能玩出什么花样？

一年后，肖雨大学毕业，随男友去了大同。秋天的一个傍晚，孟高接到肖雨的电话，话未出口，那边先哭出声。孟高问怎么回事，她说个宾馆名字就挂了。她远在大同还不忘考验，他不想再被她拎来拎去。可那个夜晚，孟高心绪不宁，天没亮便赶到火车站。费了些周折才在那个小旅店找见她。她瘦了一圈，看上去异常憔悴，没说几句话便扎到床上。她感冒了，还不轻，亏得孟高及时赶到。不是考验，唯一一次。孟高陪了她一整夜。她和男友分手了，孟高说那就回吧，还是家里好。她说孟高难得来一趟，领他去看云冈石窟。晚上，两人吃过饭，孟高把她送回房间，肖雨突然从后面抱住他。

孟高一下木了，好一会儿，终于有些神智，身子依然僵着。

留下……好吗？

孟高心跳如擂。怎么可能？又怎么可以？

肖雨的脸贴着他的后背，紧紧地。

孟高思绪飘忽不定。肖雨可能真喜欢他，所有考验不过是借口。他其实也是喜欢她的，不然不会被她喝来唤去。和姐姐恋爱，和妹妹走到一起。没什么不妥。

肖雨的胳膊向下摸去。

孟高抓住她的手。然后一个一个把她的手指掰开。出门前，如果她再次抱住他，他会留下。他想。

肖雨喝住他，审视好一会儿，说，你总算抵挡住了诱惑，可以打七十分，我姐可以嫁给你。

孟高惊出一身冷汗。

半年后，孟高和肖虹结婚。肖雨在保险公司工作，两年后嫁给工商局一位科长。肖雨的家庭各方面都强过孟高和肖虹，可肖雨天性不安分，先是会网友，闹得鸡飞狗跳，后又搞婚外恋。两人商定同时离婚，肖雨离了，那个男人却拖着，且有踹掉她的动向。喜欢替别人做主的人，现在竟然让孟高想主意，岂不滑稽？孟高没什么主意，就算他是黑道人物，也不可能把那个男人和肖雨捆在一起。可又不想惹她。

现在，孟高再不能躲她。

4

楼梯陡而窄，是过去的老楼，没灯，光线昏暗。楼道里堆满杂物，孟高小心翼翼地看着脚底。肖雨主动把房和孩子给了男方，决绝彻底地离开。房子可以不要，不要孩子，孟高无法理解，也不能接受。肖雨振振有词，孩子归谁也不会改变她母亲的身份。失去亲情，徒有名义，母亲两字和手纸没什么区别。

爬到六楼，孟高有些喘。肖雨临时租这么个地儿，满以为不出两月就可以和那个男人住在一起，没想一住就是一年。小区没物业，今儿跳闸，明儿跑水，折腾得孟高一趟趟跑。简直成了她的维修工。

孟高轻轻击着门板。电话没有拨出。万一肖雨没打开薯片盒，无疑会提醒她。他上门的过程中，她有充足的时间。什么可能都会有。直接上门堵最好。

敲击由轻而重。没人应。后背不知什么时候就湿透了，极不舒服。站了一会儿，脚就酸了。从楼道拐角拽出个空纸箱，拆开，垫在台阶上。目光从栏杆挤出去，在斑驳的墙壁上缓缓爬行。爬上去，掉下来，爬上去，又掉下来。

差不多两个小时，楼道里响起脚步声。孟高听出是肖雨。肖雨走路频率快，永远踩着鼓点的样子。孟高站起来，脑袋一阵晕，赶紧握住栏杆。

孟高？你怎么过来了？肖雨没叫过姐夫，一直喊他名字。

孟高眯着她手里的购物袋，竭力挤出笑，咋才回来？

肖雨说，做美容，完后又逛超市。

孟高接过购物袋，肖雨边开门边问，怎么不打电话？

孟高说，手机没电了。

天已经暗了，肖雨顺手打开灯。我没喊你啊，怎么就来了？

孟高梭巡着各个角落，喉咙干干的，正好路过，进来看看。

肖雨说，怕我想不开？我才没那么脆弱。全世界的人都寻短见，我也不会。

孟高说，想开就好。

肖雨问，就这事？

孟高说，哦，那两盒薯片，你拎回来了吧？

肖雨眉毛往外抻着，你不会专程来要这个吧？

孟高笑笑，有点儿情况，和薯片有关，一两句话说不清，在哪儿放着？

肖雨瞪大眼，你还真是来要的？我姐两盒薯片的主也做不了？

孟高说，不是这样，你先拿出来，再给你解释。

肖雨沉下脸，早吃光了。

孟高啊一声，吃……光了？

肖雨冷冷地瞧着孟高。

孟高问，两盒都吃光了？

肖雨说，要我赔？你等着，我去买。

孟高拦住肖雨，肖雨气呼呼的，走开！两盒破薯片，我他妈稀罕啊！

孟高说，我不是要薯片，肖雨，你别生气。

肖雨盯住他，要什么？你说清楚！

孟高问，盒子呢？

肖雨说，扔了。

孟高又是一惊，扔了？

肖雨说，怎么？我连盒子也吃掉？

孟高说，不是这样，不是这样……盒子里只有薯片？

肖雨恼恼的，什么意思？你装了金条不成？

孟高说，你别生气，我就是问问。

肖雨说，没头没脑让你审半天，我涵养就算好的了。

孟高歉意地笑笑，就是问问嘛，别上纲上线。

肖雨说，你以为我脑残呀，你今儿说清楚，说不清楚甭想离开。

孟高说，说不清楚的，回头再给你解释。想也许是自己判断有误，盒子里只有薯片，那天晚上他头昏了。

肖雨堵在门口，一定让他说清楚。丝丝缕缕的怒气在她脸上生长着。

手机突然叫起来。肖虹问他几点回去，炒米饭还是热馒头。结婚多年，肖虹越发习惯了孟高的安排。孟高说在外面吃，可能回去晚点，匆匆挂断。

肖雨斜着孟高，没电了？

孟高说，快没电了。

肖雨冷笑，你那点儿小花样甭想骗我。说清了你走，说不清老实儿待着。

孟高说，你不让我走，总得管我饭吧。

肖雨哼道，休想！

孟高说，让开，别让我动手。

肖雨叫，你动手试试。

也就是说说。动起手，肯定被肖雨抓个满脸花。对自己的孩子她都那么彻底，他算什么？孟高垂了头，缩到沙发上。

肖雨拽个小凳子坐在门口，打开购物袋，拿出两块蛋糕，慢悠悠地吃起来。孟高挺纳闷，她为什么不用这蛮劲儿对付那个男人？如果她不去向孟高和肖虹讨主意，那两盒薯片也不会被她拎走。

肖雨，你太狠心了，就这样对你的姐夫？孟高试图打破僵局。

肖雨说，是你狠心在先。

孟高说，我连问你话的资格也没有？

肖雨说，你可以问，但没资格审讯。

孟高说，又上纲上线。

肖雨说，少废话，说正经的。

孟高说，你关我一夜？

肖雨说，你以为我不敢？我一个离婚的女人怕什么？要不我给我姐打电话，告诉她，你在我这儿？

孟高忙说，别别，她咋说也是你亲姐。

肖雨说，那你就识点儿相。

孟高说，我成你的犯人了。

肖雨一点儿不客气，那是你活该。

5

半个月后，孟高拿到鉴定书复印件。复印件的后面附着同样是复印件的县公安局撤销案件决定书，鉴定结论通知书和释放证明书。不过是几页纸，孟高感觉沉甸甸的，半晌没说话。师兄拎着喷壶浇龟背竹。龟背竹根部泛黑，要枯死的样子，阔大的叶子却青翠欲滴。师兄说他家的楼下养了一条大狗，每次他都得给狗让路，那条狗理直气壮也就罢了，牵狗的男人居然半句客气话都没有。他妈的，人还不如狗呢。师兄回过头，问孟高怎么了。孟高啊一声，没……没怎么。师兄说怎么失魂落魄的。孟高扬扬手，问，那个人……放了？师兄怪怪地盯孟高一会儿，忽然笑了。师兄鼻高目深，笑起来眼睛陷得更深，似乎要藏起来。师兄说你昨天肯定没干好事，谁折腾你？弟妹？还是发展了小护士？孟高说我可没这本事。师兄说那就是弟妹，夜里损耗大，白天得补补，你请还是我请？孟高稍一迟疑，师兄说我请吧，我发现一个地方，有道菜你肯定喜欢。

餐馆距一医院非常远，几乎绕了半个城。门脸不大，装修也很普通。师兄推荐的菜是蒜泥羊头，说在别的地方吃过多次，没有一家能做出这个味。孟高尝了一口，师兄问怎样？孟高没觉出有什么特别，面对师兄热切的目光，说还行。师兄说那就多吃点儿，男人一过四十，就得补。吃第二口，孟高已经如同嚼蜡，酒也同样没滋没味。孟高酒量稀松，平时只喝啤酒，那天主动倒上白酒。孟高想把师兄岔开的话拽回来，无须酒壮胆，但喝酒的好处是说话失了分寸不会伤着彼此。

师兄说那天给院长孙女过生日踩了地雷，今儿讲给你。几个科主任提前商量，每人两千礼金。进包间就把红包给了院长的孙女。女孩九岁，嘴巴特别甜。吹灭蜡烛，小女孩给大家分蛋糕，每个科主任一块，轮到我，她切去一个角。院长问她，她说别的叔叔给三千，这个叔叔给两千。那个场面尴尬极了。我笑着问她怎么认定两千的红包是我的。小女孩极其干脆地说他们的红包里都有纸条，写着名字。你知道我当时什么感觉吗？多拿一千以和别人区别，谁曾想那些人想法那样一致。只有我心眼儿少。恰好前几天有人给我一张三千的购物卡，还在包里搁着。我把购物卡给了小女孩，对她说，叔叔有意外的惊喜给你。结果小女孩给我切了两块蛋糕，吃得牙痛，但一点儿没剩。你说，他们怎么可以这样？

孟高久久无言，半晌道，那孩子，大了可怎么得了。

师兄说，他人即地狱，这是谁说的？

孟高揣摩出师兄讲这个故事的意味了。孟高当然知道谁说的，但他摇摇头。师兄肯定知道。

够窝囊吧，更窝囊的还不是这个，明明被算计，还得扮笑脸。我不是害怕他们，但得向单位法则低头。也就是你了，我和老婆都不说这个，太他妈窝囊了。我知道你不会乱讲。

孟高说，我当然不会，还有……

师兄端起杯，干一个，我没看错你。

孟高给师兄倒满，再给自己添上。孟高沉默，师兄不再说什么，平静地看着孟高，但孟高能感觉到师兄目光中的力量。就此闭嘴，孟高又不甘。就算是帮凶，也该清楚怎么回事。

他肯定有问题。孟高突然道。终是没忍住。

有什么问题？师兄脸色一变，死盯住孟高，也就几秒，师兄咧开嘴，差点儿被你吓着，你怎么了？莫名其妙的。

孟高凄然道，咱们之间也有法则么？

师兄骂，狗屁。

孟高说，那你告诉我，我的怀疑对不对？

师兄点着孟高，瞧你这点出息，几杯酒就说胡话，别喝了，剩下的倒给我。

孟高抓住师兄的手，师兄微微一笑，别这么调戏我，小心我向弟妹告状。

孟高松手，师兄抽开，招呼服务员上饭。

孟高说，求你，和我说句实话。

师兄陡地起身，我饱了，你慢慢吃。孟高待了片刻，追出去。师兄正结账，脸上没有任何恼怒，光鲜得像龟背竹的叶子。

师兄揽住孟高，关切道，不要紧吧，找个地方醒醒酒。

洗浴中心客人寥寥，孟高随师兄滑入水池。雾气缭绕，师兄的脸有些模糊。孟高正想离师兄近点，师兄先靠过来，在孟高肩上拍一掌，说吧，想知道什么。

没想到师兄如此直接。孟高环顾四周，有些明白了。师兄在饭馆不接话，不是提防隔墙耳，是怕他身上藏着设备。在水池，两人赤条条的，师兄无须担心。孟高突然有些冷，如果他的猜测正确……

怎么哑了？师兄碰碰他。

孟高长吸一口气，那个人是不是有问题？

师兄反问，你觉得有问题？

孟高尚在斟酌措辞，师兄又追问，有问题你为什么签字？签字意味着什么？你应该清楚。

孟高说，我清楚，可是……

师兄问，我逼你了？

孟高老实道，没有。

师兄略拉长声调，那就是别人逼你了？

孟高声音越发稀软，没有。

师兄说，那还有什么疑问？你要对自己的行为负责。

或许热气蒸腾的缘故，孟高脑袋胀胀的。

师兄说，你又不是爱因斯坦，什么都要怀疑。我干这么多年，金主任也是快退休的人了，我们相信自己的判断。

师兄言之凿凿。可……如果姓乔的没问题，那个老板为什么要提前设宴？还有那两盒薯片？

薯片还好吃？孟高把师兄问他的问题扯出来。

师兄愣了愣，继而意味深长地笑笑，你说呢？

孟高说，我没吃，送人了。

师兄的目光刺着孟高每一寸皮肤，送……人了？

孟高说，小姨子吃了。

师兄一声爆笑，鼻子几乎跳起来，孟高呀，你还真是高人，实话告诉你，我也送人了，不知薯片何味。

孟高咽咽唾沫，我真是送人了。

师兄连说，我相信我相信，我也没说假话呀。

6

白天犯困，晚上又睡不着。连续数日，孟高处于半混沌半清醒状态。老板、薯片、乔占礼像生硬的铁三角植入大脑，硌得脑仁疼。孟高治愈过不少失眠患者，对自己的状况却束手无策。他尝试着吃药，但效果不大。睡一会儿，很快就醒来。

肖虹发出轻微的鼾声，孟高再也躺不住，轻手轻脚地溜下床，带上卧室的门。在沙发上可以变换姿势，不用担心影响肖虹。客厅似乎比卧室黑，置身于朦胧中，周围的一切隔着遥远的距离，感觉挺好。待了一会儿，一切变得清晰起来。那是他熟悉的物件，此时却陌生地瞪着他。孟高猛然立起，定了一会儿，又缓缓缩到沙发上。

灯突然亮了，孟高下意识地遮挡了一下眼睛，随即撒开。脸色青白的肖虹问孟高怎么了，孟高说没怎么呀。肖虹说没怎么你不睡觉，孟高说睡不着。肖虹不再说话，就那么看着孟高，有点担心，又有点不安。孟高笑笑，我只是睡不着，真没什么事。肖虹挪过来，挤着孟高坐下。她仍不说话，脸僵僵的，孟高说我给你挠挠吧。她没动，孟高的手从她睡衣下钻进去。抓了两把，她的脸仍木着，孟高的手从后背滑至前胸，攥住她的双乳。不早了，睡吧。她没反应。孟高拽她一把，她有些违拗地站起来。

再次躺下，孟高仍睡不着。不，更睡不着了。但他忍着，强令自己保持着痛苦的姿势。听到肖虹的啜泣，孟高猛地一震。他掰过她，问她怎么了。肖虹不言，反而哭出声。孟高说黑天半夜的，哭什么。肖虹问他是不是外面有人了。孟高苦笑，乱想什么呀，我要人没人，要钱没钱，谁能看上我？肖虹说你不对头。孟高说我只是睡不着，瞧你这样。肖虹说，那就是出了别的事，什么事啊？我和肖雨也帮你想想办法。孟高说我又不是官，想贪也贪不上，给我念点儿好行不？肖虹转过身，但孟高晓得没有说服她。

孟高不会和肖虹说。结婚二十年了，他已经习惯任何事都一个人装着，不惊扰她。肖虹没主见，不要说帮忙，不添乱就是万幸。

那天从洗浴中心出来，师兄意味深长地说，过去的就是历史，别和历史较真，没好处。劝解，也有警告的意思吧。孟高不会被师兄吓住，大不了扔掉那半个饭碗。他是觉得师兄对自己不错，不想和师兄闹别扭。历史上的冤假错案多的是，那次鉴定就算有误，也不算什么。况且也未必有误。过去就是历史。可是，无论怎么自我安慰，就是无法平静。不但把自己搞得一团糟，还影响到肖虹。在这个夜晚，孟高彻底明白，搞不清楚，他是过不去的。

第二天，距下班还有一小时，孟高正琢磨去家里找肖雨，还是把她叫出来，肖雨打来电话，让他过去。孟高稍一顿，问她有什么事。肖雨说三言两语说不清楚，孟高说那就多说一会儿，我现在正好没事。肖雨说不来拉倒，你可别后悔。孟高忙说，别呀，我这就去。肖虹从未用这种命令口气和孟高说话，肖雨就不同，好像孟高有什么短握她手里。孟高一面恼火，一面又不由自主地迁就她。

路上，孟高想，也许肖雨要归还盒子里的东西。只要还了，他不会和她计较。她不过是一时糊涂。当然，犯了错她也不会承认，孟高有数。

你倒够快。或许刚做了美容，肖雨光洁鲜亮，目光却没多少友好。

孟高说，你下命令，我不敢慢呀。

肖雨哼一声，转身去了卧室，出来手里端一个盒子。是一把电动剃须刀。孟高问干吗？赏我的？肖雨说公司发的。孟高下意识地往她身后探探，想她不至于因为一把剃须刀把他招来吧。肖雨捕到他的眼神，嘴角绷了绷。

就这事？孟高问。

肖雨说，当然不止，我姐打电话了。

孟高抖个激灵，她说什么？

肖雨说，你明白。

孟高叫，我明白什么？

肖雨讥讽地笑笑，看不出啊孟高，你隐藏这么多年，终于露出狐狸尾巴了。

孟高大叫，你姐这个糊涂虫，无中生有的事也乱说。

肖雨说，这说明我们姐妹情深。你认识她的时候就这样，你又不是不知道。你犯一个错误，面对的不是一个人，是两个。

孟高突然来了火，你还有脸说姐妹情深。

肖雨凌厉地盯住孟高，你什么意思？

孟高仰起头，锁眉合目。不是怕和肖雨对视，他实在难受。说不出的痛从骨缝儿往外散。好一会儿，孟高睁开眼睛，说了薯片盒的故事。我睡不着觉是因为这个，我不能和你姐说，你知道的，我不能说。

肖雨脸色晦暗下去，你还是怀疑我黑了盒子里的东西？孟高，你也太小瞧人了，房子、孩子我都不要，会看上别人送你的破东西？

这也是孟高不解的地方，孩子、房子都可以舍弃，她怎么会贪恋薯片盒子？师兄反复问薯片好不好吃，其实是在敲打他。盒子里有货，这无须怀疑。

东西我可以不要，但你一定告诉我，究竟装了什么？孟高几近乞求。

肖雨大步走到门口，拉开门，滚！你他妈给我滚！

孟高说，你别这样。

肖雨双眉倒立，你滚不滚？

孟高说，除非你讲清楚。

那天晚上，孟高说了一箩筐好话，她才放了他。现在她却赶他走。孟高揣摩，她是有点儿心虚了。

肖雨冷声道，你横竖要赖了不是？

孟高说，不是赖，肖雨，咱俩说说话。

肖雨要报警。孟高知道她能做出来。稍一思忖，还是离开。

7

　　孟高要说去省城开会，肖虹瞪大眼，这么远？孟高笑说地球也没多大，省城能有多远？肖虹没说什么，执意要送孟高去车站。孟高说老夫老妻了我又不是不认路，肖虹说正好休息。肖虹的神色藏着慌，孟高不忍戳破，无奈地叹息一声。肖虹盯着，孟高只好买了张去省城的长途。出站不久，孟高下车返回。白扔一百多块钱，怪可惜的。必须稳住肖虹，绝不能把她搅进来。

　　到营盘镇已近正午，日光正毒，街道白花花的。走了几步，脖子就湿了。张望之际，一块儿骨头丢过来，翻几个跟头，落孟高脚边。两条狗窜出，孟高惊了一跳。还未做出反应，两条狗已经撕咬在一起。一个男人站在门口，笑眯眯地瞧着酣战的狗。孟高迅速走开。

　　在街边食摊吃了碗凉粉，一个烧饼，借机打听薯片厂和那个叫小毡房的村庄。薯片厂在镇东，孟高没敢近前，远远瞭了一会儿。比孟高想象得大不少，大门左右各蹲一具石狮子。小毡房在镇子北面，没多远，走了也就四十分钟。

　　村庄的房子极不规整，前一处后一处，乱糟糟的。街道随房屋拐来拐去，像迷魂阵。孟高绕了好一会儿，才碰见个扛着筐的女人。孟高问乔占礼，女人一下紧张起来，左右扫扫，才低声道，你找他干什么？孟高说有事，问女人能不能带他去。随后摸出十块钱。女人伸出手又缩回去，说不知道他住哪里。孟高说，他就是小毡房人啊，你怎么会不知道？女人不答，绕过孟高匆匆走掉。这就有些蹊跷了。转过两处房屋，总算又看到个老头。老头闭着眼，不知在打盹，还是享受夏日的阳光。孟高没敢惊扰他，静静立着。皱纹叠摺，老头的脸像揉皱的布。

找谁？

老头依然闭着眼，也未见他的嘴开启，孟高愣怔数秒，小心翼翼地说找那个武某。他没敢提乔占礼。

老头眼皮往上抬了抬，半睁半闭，很吝啬的样子。孟高忙赔了笑。死了？孟高装出吃惊的样子，他女人在家吗？老头说不在，男人一死她就离开了。孟高问能不能带他看看。老头问看什么，看铁锁吗？孟高问武某的死因，老头说被打死的。孟高让老头说详细点。老头反问，你是微服私访的包公？你是，我就说。孟高苦笑着摇头，说很想知道怎么回事。老头说不关你的事，我懒得和你说。我说得够多了，整个村子就剩我这张老嘴没贴封条，快入土的人了，没什么怕的。孟高问，凶手叫乔占礼是吗？老头的眼睛突然撑开，你是干什么的？套我？孟高说，我想见见这个人。老头说，你见不到他，他不在村里。孟高问，他在哪儿?老头僵滞地摇头，天地这么大，谁知道他在哪儿。孟高还想问什么，老头再次闭了眼睛。

碰见的第三个人是个小男孩，孟高问他认不认识乔占礼，小男孩说疯子么，当然认识啦。孟高让小男孩带他去，男孩犹豫一下，应了。一处砖瓦房，铁门上吊着大铜锁，门口的杂草有半尺高。孟高扒门缝儿往里瞅了瞅，满院子杂草。

孟高还想打听点什么，后来碰见的几个人，要么说不知道，要么躲瘟神一样躲开他。日已西斜，孟高想在镇上住一夜，次日再来。一个镇说到底没有多大，在镇上或许能了解得多一点儿。

半路，一辆越野车迎面驶来，在孟高身边停下。孟高和乔老板虽然只见过一次，还是晚上，但印象还有，尤其是他的驼背。孟高定住，一时无语。乔老板抓住孟高双手，什么风把孟医生吹来了？怎么不给我打电话？太不够意思啦，你不会把我忘了吧？乔老板神情依旧谦和，声音却有些高，一浪一浪地赶过来。孟高想应该有个解释，乔老板说上车上车，一手拉孟高，一手拉车门，不由分说将孟高塞进去。

孟高的思维几乎处于停滞状态，车调头，才意识到，不该上的。但现在要求下车，似乎又不妥，而且可能也下不去。乔老板肯定是得到信儿，不然不会这么巧。哎呀，怎么不给我打电话？乔老板身体偏转，目光热情地膨胀着，将孟高掬在中心。孟高说正巧经过营盘镇，想随便瞧瞧。乔老板没问孟高公干还是私事，只说，那就好好玩几天。孟高说不了，乔老板说不能走，你得给我个机会呀。仿佛怕孟高逃跑，乔老板很用力地抓抓孟高胳膊。

车穿过营盘镇，往另一个方向驶去。孟高欲张口，乔老板马上道，镇里条件不行，咱去县城住。孟高说我不挑剔，有张床就行。乔老板声音略高，那怎么行？孟医生，你听我安排就是。乔老板打电话订了宾馆和饭庄，问孟高有没有朋友，一并叫上。孟高摇头。乔老板说咱俩也好，人多嘴杂，吃不好说不好，也不方便。

饭庄在县城边上，院落不大，乔老板说这地方菜是自己种的，牛羊是自己养的，别看地儿不大，档次是那些大宾馆大饭店不能比的，没贵宾卡订不上。包间没什么特别，墙上贴一些黑白照片，切格瓦拉、梦露、乔丹，余下的孟高说不上名字了。桌椅样式粗笨，却均是实木制作。司机没和他们一起吃，乔老板和孟高享用了满满一桌子菜。孟高耐不住乔老板软磨硬泡，喝了不少。乔老板仍是劝，先是他喝三杯，孟高喝一杯，后来他喝五杯，孟高喝一杯。就是这样，孟高也实在喝不动了。

乔老板问找个地方玩会儿不，孟高摇头。乔老板把孟高送到宾馆，让孟高早点休息。

孟高头晕目眩，踢掉鞋，一头扎下去。孟高酒后嗜睡。

渴醒的，还是惊醒的？睁开眼，一位女孩正笑盈盈地望着他。孟高腾地坐起来。裤子不知几时脱掉了，衬衣扣子已解了大半。孟高做了个护的姿势，结结巴巴地问，你……干……吗？女孩不缓不急地，你醒了？孟高叫，谁让你进来的？出去！女孩说，你别紧张。孟高大叫，出去！女孩嗷嗷嘴，又微笑一下，慢慢往门口挪。孟高跑过去，将门插牢。靠门板上定了好半天。

孟高一遍遍回忆他进房间和女孩离去的过程。他没干什么，确实没干什么。可中间他睡着了，不知女孩干了什么。检查衣兜，身份证、钱、卡一样不缺。又细细搜寻两遍，没发现摄像头之类。稍稍松口气。孟高想起乔老板那张谦和的脸，暗暗骂娘。

　　清早，孟高的脸有些青。乔老板问孟高休息得可好。孟高说没休息好，半夜被人打扰了一下。乔老板说这是我的失误，今儿换家宾馆。孟高说不住了，今天务必回去。乔老板说，那怎么行，来一趟不容易，一定得转转，国家领导人还休假呢。我知道孟医生忙，也不在乎这一天不是？孟高说不好意思给你添麻烦。乔老板说，你是我的恩人，谢你是应该的。孟高咬咬嘴，那根刺又往肉里扎了几公分。

　　在乔老板热情的攻势下，孟高妥协了。他还是想寻机套问些什么。比如薯片，比如乔占礼的病。就算做帮凶，也得有个数，不能糊涂着。

　　上午看了几个景点，司机在身边，孟高不好说什么。下午在杏林摘杏，尔后去茶庄喝茶。孟高终于逮住机会，问他弟弟的病情。乔老板表情毫无变化，还那样，时好时坏。要不要我给瞧瞧？孟高问。乔老板的目光铺过来，孟高平静地接住。他不在，我怕他再出什么意外，把他送回山东了。哦，我老家在山东，由一个亲戚专门看管他。这边儿我也放心，孟医生，你们救他一命，这份恩我记一辈子。孟高说，你已经谢过了，你的薯片很好吃。乔老板啊呀一声，这算什么，应该的。孟高问，可否再尝尝？乔老板似乎怔了一下，很快回答，可以呀，孟医生喜欢吃，我常年供应。

8

乔老板的司机把货卸下便调转车头。二十多箱齐齐整整码在路边。孟高给师兄打电话，催促他快点下来。昨晚，乔老板当着孟高的面给师兄打电话，孟高的秘密之行已经公开，他得给师兄解释。

师兄终于出来，抓着手机，边说边东张西望。一辆出租车急促地鸣笛，师兄没有任何避让的意思，出租车刹住，师兄火腾腾地穿过马路。凭什么？啊？凭什么？你说出一条理由，哪怕一条？不行，绝对不行，到此为止，不要跟我再提！师兄合上手机，恨恨地骂他妈的。

孟高买瓶矿泉水递给师兄，师兄拧开，直视着孟高，干吗？孟高说，喝点水，消消火。师兄却拧住了，你喊我下来，就为了喝水？孟高说，我去了趟营盘镇。师兄没说话。孟高说，我想去看看。师兄没有表情，那是你的自由，和我说这个干吗？孟高顿了顿，乔老板送了不少薯片。师兄说，那是给你的，没必要和我说。孟高问，这些薯片，怎么处理？师兄说，你的东西，你爱怎么处理怎么处理，如果只这个事，我上去了。孟高扯住师兄，别。师兄说，大天白晌的，干什么？孟高说，你别生气。师兄说，我没生气，正忙着，有话快说。孟高说薯片……师兄打断他，别提薯片，你的东西与我无关。孟高说，找个地方坐坐，总可以吧？快中午了。

孟高给店主二十块钱，把薯片寄存到店铺，和师兄打车到常去的一家餐馆。

落座后，师兄的神情松弛了些。孟高让他随便点，师兄嘲讽，大方得认不出了，此行收获不少？孟高说你都看见了，二十多箱薯片。师兄大幅度地摇头，没有这么居心叵测的，我什么也没看见。如果你是让我作证，对不起，这比鸿门宴还鸿门宴。孟高急了，跳起来把师兄摁到椅子上。

师兄强调，不提薯片，OK？

孟高说，不提了。

师兄说昨天一个县的县长死了，在自家吊死的。孟高瞪大眼问怎么回事，师兄讲了经过。末了道，这是传说中的一个版本，究竟怎么死的，为什么死，怕是没人能说清。说清说不清，对死的人没什么区别，对活着的不相干的人也不关紧要。每天都在死人，战争疾病车祸，合起来就是一组数字。如果要悲痛，什么也别干，活一千年一万年也悲痛不过来。并不是所有的人都麻木，隔着距离，只能坦然面对，这是自然法则。

师兄的话外音，孟高当然明白。不错，许许多多的死亡对他人确实仅仅是个数字。孟高亦不例外，从未因看到地球上某一角落的惨案而悲痛，那距他太远。作为医生，对死亡也是司空见惯。可如果充任刽子手的角色，就另当别论。"刽子手"冒出来，孟高吓一大跳。先前还没这么想过。是师兄一席话引出来的。师兄咄咄逼人，孟高没有反驳。

你怎么不说话？

我没什么可说的。

师兄盯孟高一会儿，问，你老实说，跑县里干什么？

孟高说，薯片好吃，想再讨些。

师兄冷冷地嘘一声，区区几箱薯片值得跑这么远？路费够买几倍薯片的。别跟我玩花样，把你的肠子拽出来。

孟高说，闲得无聊，去县里转转。

师兄问，村里有好玩的地方？

孟高一惊。显然，师兄对自己的行程一清二楚。想想也是，孟高意外造访，乔老板肯定警觉。

孟高说，只是随便转转。

师兄叫，随便转转，你哄三岁孩子？

孟高压低声音，他说什么了？

师兄说，你清楚。

孟高说，我去，他紧张。

师兄说，行有行规，孟高，你是明白人。

孟高说，我心里有数。

师兄说，看来，你对兼职厌烦了，如果你想退出，没什么不可。

孟高沉默。他舍不得这半个饭碗。可没想到这碗里的饭会硌牙。

师兄说，当然，我舍不得你离开。知道我费多大劲儿吗？不是两顿饭能解决的。你说说，我图你什么？我他妈图什么？

孟高一阵歉疚，惹师兄生气了。

师兄说，我不图你什么，只求你别添乱。在小医院待久了，脑子都朽了。找个机会还是调出来吧。

孟高说，谢师兄抬爱。他不想和师兄闹掰，无论从哪方面说，都不该。至于那个事，或许他是妄猜。

出来，师兄拍着他的肩，咱不能既当婊子又立牌坊。声音不大，落到孟高耳里却是惊雷。师兄提醒他，也是警告他。师兄有理由这么说，谁让他吞食了薯片？

孟高心中的捻子就这样被师兄的话点燃。肖雨不是爱吃薯片吗？那就让她吃个够。

肖雨刚睡醒吧，表情松松垮垮，说话也有气无力。孟高没答她，胳膊一松，薯片盒摔在门口，他往里踢一脚，又去抓堆在门口的那些。直起腰，肖雨已经堵住门口，眉毛竖直，眼睛也瞪圆了，你干吗？孟高往里猛撞，肖雨趔趄着退后。

你他妈干吗？肖雨叫。

孟高胸中笼着火，毫不示弱，你不是爱吃薯片吗？这些够不够？

肖雨猛踹几脚，大叫，姓孟的，你吃狗胆了？

孟高冷笑，咋？你还剐了我？

肖雨指着门口，让孟高滚。孟高撕开一盒薯片，喝令肖雨吃掉。肖雨骂着顶过来。孟高就势抓住她。揪扯了一会儿，肖雨终是气力不支，被孟高摁倒。孟高抓起薯片往肖雨嘴里塞。肖雨闭着嘴，乱甩着头。孟高单手用不上力，改用双手。肖雨瞅准机会，照孟高左脸挠了一把。孟高顿觉火辣辣的。他摸左脸，肖雨快速袭击他右脸。孟高躲闪之际，肖雨挣脱，奔向门口。孟高捂着脸呼哧着，没再追。肖雨这一挠，让他清醒不少。

9

肖虹催促，你倒是说呀。

孟高已经不胜其烦，但竭力控制着，不显露在脸上。我已经说过，还让我说什么？

肖虹说，你肯定还有事。

孟高说，我能有什么事？你不信，我还说什么？

肖虹说，你喝醉不是一次两次了，没见你……

孟高说，天天那样，我不成疯子了？

肖虹说，不是开好几天会么？怎么一天就散了？

孟高说，不是告诉你原因了吗？

肖虹问，烦了？

孟高说，你问个新鲜的问题好不好？

肖虹不言语了。

孟高在家休息四天了。脸被肖雨抓出伤，不愿意在单位露面。肖虹陪了他四天，执意要陪，孟高度日如年。那天，孟高在派出所待了五六个小时。肖雨报的警，最终还是肖雨把他领出来。孟高跟在肖雨身后，饥肠辘辘，一步三摇，但他板着伤脸，没有霜杀的萎靡和沮丧。到十字路口，孟高没打招呼便拐了方向。他不想理她。肖雨喊住他，让他跟她回去。孟高迟疑，肖雨嘲讽，刚才疯狗一样，怎么又怕了？孟高横下心，去就去，看你玩什么花样。

看到肖虹那一刹，孟高神色骤变，整个人瞬间垮下去。咋回事咋回事啊？惊恐的肖虹扑上来，又是摸又是抚。孟高一时无措。他看肖雨，肖雨也正看他。他突然明白了肖雨的用意。肖雨太知道他的软肋在哪儿。恼怒像伪劣的肥皂泡，刚刚露头便碎裂掉。肖雨可以赌，他赌不起。乞求野草一样从他眼睛里生长出来。他败了，一塌糊涂。肖雨读懂他的眼神，也用眼神回答了他。肖虹还在问，孟高说，你问肖雨。孟高不知肖雨已对肖虹说过什么，只能让肖雨演。肖雨编的过程中，孟高做了忏悔般的补充。心照不宣，但很默契。一个是妹妹，一个是丈夫，两人合演了一场戏。孟高挺感激肖雨，意识到这点，孟高又沮丧又窝囊。好在肖虹暂时被哄住。只能这样。肖雨自然也不想让姐姐知道薯片的故事。

孟高料到肖虹还有问题，没想到她会穷追猛打。

结婚多年，孟高和肖虹虽然不是诸事如意，但没有大风大雨，没有雷鸣闪电，至少，肖虹没疑神疑鬼过。偶尔有口角或不快，孟高轻易就化解了。肖雨虽然跋扈些，不该做主的也替他们做，但那不涉及什么，孟高也习惯了，从不计较。谁曾想意外的两盒薯片却把他们引到危险的胡同里。

第五天，孟高终于劝走肖虹。刚松一口气，师兄说有活儿。出门前，孟高特意照照镜子，伤痕不怎么明显了。

师兄一下就瞧出来了，嬉笑着，小护士的杰作？孟高说什么呀，我可没你那水平。师兄哈哈一笑，说你是该多锤炼。胸上可以有，脸上不能。孟高说你不早教我。师兄猛拍一掌，要学的东西多着呢，乖一点儿。

又是一桩刑事案。主角是个四十多岁的女人，身壮如牛。孟高注意到她始终握着拳，厚实的手背上满是伤痕。没有家族病史，本人也初次发病，伤的人却不少，除了丈夫，还有她怀疑与丈夫有染的两个女人和其中一个女人的孩子。询问的时间比往次久，她不好好答。有两次，她跳起来，威胁要像剪她丈夫一样剪断师兄的阴茎。她认为师兄挑逗她。

依然是师兄写鉴定，金医生玩手机，孟高仰在椅子上，竭力回想女人的眼神。整个过程中，他注意更多的不是女人的回答，而是她的眼睛。他努力从她眼里窥见点儿什么，生怕错过某个瞬间。后来给女人做脑电图，波幅极低。典型的妄想症，很明显的。回忆女人的眼神有些可笑，也有些愚蠢。但孟高不能自控，一遍遍过滤。

鉴定报告写好，金医生直接签了名字。孟高看得很仔细，签了"孟"后，忽然对自己产生怀疑，似乎跳过了两行，于是又从头看。没什么问题。孟高把"高"补上去。师兄意味深长地，看清了？要不要再看看？孟高说不用了。并不是所有的活儿都有薯片吃，孟高明白。没有薯片，也就没那么复杂。他却没那么坦然。

师兄请金医生和孟高吃牛排，说从未这么累过，得补补。师兄要五成熟，金医生牙口不行了，要八成熟。师兄问孟高，孟高的思绪似乎还在餐馆外面。师兄嘲讽，你是不是被小护士整懵了？孟高说几成都行。师兄说，来个痛快的，到底几成？两成熟也行？孟高说和金医生一样吧。师兄说，生孩子也没你这么费劲儿。

师兄和金医生说转基因食品的事，孟高听着，偶尔插话。后来就走神了。女人的眼睛和乔占礼的眼睛轮流闪现，像黑暗中的磷火。

怎么就剪了？孟高本是心里想，看到师兄和金医生错愕的表情，意识到说出声了。

师兄突然笑了，很简单，她不打算用了。

孟高说，太……啊呀。

师兄说，娶上弟妹，是你的造化，不然你长多少条也不够剪。

孟高应该反击的，但他愣怔着，什么也没说。

师兄笑道，别紧张，这只是个例。

饭后，师兄要回医院，金医生说我和孟高先走了。孟高则让金医生先走，他和师兄说个事。由于某种意识到却未能准确捕捉的不安，孟高说话不那么利索，神情也不自然。金医生唔一声，转身离开。

师兄盯住孟高，这儿？还是回办公室？

孟高说，回……屋吧。

一路无话，沉默如巨大的扁担横亘开两人。

孟高几乎是追进去的。泡茶的时候，水溅到桌子上，师兄擦了又擦，足有数分钟。

什么事？

我还想看……师兄的目光压过来，孟高不由停顿一下，尔后，轻轻吐出……报告。

干吗？师兄皱眉。

孟高咧咧嘴，近乎讨好，不干吗，就是看看。

师兄说，你已经签字，签字意味着什么，不用我告诉你吧。

我知道，孟高又笑了笑，就是想看一下，就一下。

师兄不言，目光渐渐冷硬，如冬日的枯枝。

你说个理由，说个理由我就让你看。

孟高脸僵僵的，像刷了胶。

师兄拉开抽屉，丢给他。师兄显然生气了。

孟高看得很快。他不清楚自己要看到什么。那一行行字是他捋了又捋的。没什么问题。孟高把鉴定报告推到师兄面前，歉意地笑笑。

看完了？

完……了。

有什么不对的地方吗？

没有。

你究竟想干什么？师兄的声音突然跳起，孟高下意识地往后撤了撤，解释，确实没别的意思，他说不清怎么回事。

有话直说，别绕弯子。似乎有什么落在脸上，师兄狠狠拍一掌。

没有，真的没有。师兄多心了。

不是我多心，你怀疑我和金医生搞小动作吧？师兄眯了眼，嘲讽，又痛惜的样子。

孟高双臂乱晃，他不知怎样更能表达自己强烈的否认，不不……没有……绝不是。

再这么下去，就没法合作了。我把你带进来，自然是当自己人。

师兄，你真误会了。孟高恨不得发毒誓。

师兄说，好吧，是我不对。不过你也明白，不是桩桩案子都有薯片。

孟高点头，明白明白。

师兄吝啬地抛出一缕笑，明白就好。

10

那个深夜，孟高突然从噩梦中惊醒。回想，脑子却是一片空白。肖虹睡得正甜，孟高翻了几次，怕惊醒她，强迫自己吸在床上。可是，他无法强迫脑袋和身体一样听话。孟高多次回想，肯定地说，他绝无怀疑师兄和金医生的意思，但，他确实存有疑问。疑问让他不安，不安让他恐惧。在那个深夜，听着肖虹的鼾声，孟高似乎明白了一点点，薯片的阴影把他心上的某个空间罩住了，那个身壮如牛的女人虽然没带薯片，却把那块阴影撑得更大更茂盛。过去的就过去了，师兄说。这个世界每天都在死人，这是无法改变的事实，师兄说。孟高不想失去这半个饭碗，只能选择忘记，选择视而不见。孟高尝试着这么做，但不能。那个女人能撑阔阴影，别的被鉴定对象自然也能，不管是否带薯片。那样，他的心会被阴影堵满。那将是无边无际的黑暗。

没多久就被验证。其实，根本无须验证。孟高的某些不正常自然又一次惹得师兄大为光火。师兄说这么下去没法工作了。似乎觉得表达太过含蓄，似乎孟高已经听不懂他的暗示，干脆明确地说，你要退出，我不拦你，不能影响你的前途。孟高有些失落，但表示尊重师兄的意见。后来师兄又表达歉意，又拍又搂的，说自己过于冲动，舍不得孟高，孟高必须留下。孟高猜师兄的挽留可能与曾经的薯片有关。那是他们共同的秘密，共同的胶带，共同的链子。

似乎没有别的选择。自然，他承认半个饭碗的诱惑。不过，还得把薯片搞清楚，不然，进不得退不得。

不可能从师兄嘴里套出什么。三句话不到，师兄就能窥透他肚里的杂碎。肖雨一直否认，再追下去怕搞得更僵。自上次闹翻，他就躲着她，有时她过来，他总躲出去。直接找乔老板，问他薯片盒里塞了什么？那更愚蠢，乔老板、师兄和金医生会迅速把枪口对准他。想来想去，金医生风险最小。没有把握……干吗不试试？

孟高成为专家鉴定组成员前，和金医生不认识。现在似乎很熟了，但对金医生并不了解。金医生话少，容易相处，朝东也可往西也成。正因如此，孟高越发觉得他难以把握，整个人就是一段影子。

孟高查了金医生的出诊日期，那天上午，给他打电话，言来二院办事，问他在不在。金医生说你过来吧，我在二楼，就快完了。能省的都省去了，孟高想，看来他平时也就是这样。

孟高转了两遭才找见金医生的诊室。在旮旯里，门口的牌子和别的诊室不一样，别的诊室牌子白底红字，楷体，金医生诊室的牌子白底黑字，手写。诊室小得可怜，一张桌子几乎占去一半空间。孟高甚是诧异，二院的门诊大楼是新建的，硬件设施比自己所在的医院强几倍，作为专家的金医生竟然挤这么个破地方。

金医生正写病历，他向孟高点点头，说坐。孟高瞅了瞅，哪有地儿？退到走廊，坐条椅上。

办事？

金医生边洗手边问。

孟高说，别人托的事……

金医生接的倒快，二院的事我帮不上你，瞅我待的耗子窝就知道了。

孟高忙说，不，已经办了。

金医生说，好！

孟高笑笑。

金医生随孟高的目光扫着逼仄的诊室，说，习惯了，反正一周就上两个半天。

孟高问，你们房间这么紧张？

金医生淡淡一笑，所有走进诊室的都大瞪眼，医院空房多的是，这里面有故事，不讲了，没意思。金医生没有激愤，也没有任何抱怨。孟高想，这算修炼还是麻木？

中午，两人在二院对面的刘老大莜面馆要了一盘羊蝎子，两个凉菜。孟高特意从旁边的烟酒店买了瓶杏花村。金医生爱喝白酒，虽然酒量也不是很大。孟高心怀鬼胎，每次和金医生碰杯后，杯底都要剩一点儿。金医生专心致志地对付着每一块儿骨头，孟高说话，他抬头笑笑，表示在听。孟高问他家里的情况，他答得很简单，孟高讲的与他无关的事，他只是唔或啊。

眼瞅金医生有了几分醉意，孟高长长叹了口气。金医生抬头，并不接茬。孟高问，金医生，你没有烦恼事吗？金医生说，想就有，不想就没有。孟高纳闷，人活着咋能不想呢？那不成植物人了？金医生将将自己已显稀疏的头发，顿了顿方说，到我这个岁数，你就知道了。孟高笑笑，你不过比我大十多岁。金医生说，大一年也不一样。孟高想这么踢球，不会有什么收获，于是直言道，我最近烦得要命。金医生斜着他，嘴唇磕碰几次，又合闭。孟高说，感情的事。金医生哦一声，埋下头。

孟高一时语结，不知怎样继续。就算金医生没兴趣，仅仅作为礼貌，也该有个回应吧？金医生面目沉静，很小心地啃着一块没有肉的骨头。

你有过吗？孟高决定单刀直入。

金医生拭拭嘴角，想了一会儿才说，没有，我情商低。

孟高做羡慕状，这其实是一种福分。

金医生脸上划过一个表情，太快了，一闪而过。他终于有话了，真是小护士？

孟高狠狠平抑着心跳，哪里？我没胆子……是小姨子。最后几个字说得有些艰难，不是装的。

金医生并不惊讶，说，胆子够大。

孟高叹气，平时没胆儿，那天喝了酒。哦，就是那个姓乔的老板请那次，他把我送到门口，我没进家，返到小姨子那儿。她离婚了，一个人住。乔老板不是给了两盒薯片么，小姨子最爱吃这个。倒是没白去。第二天酒醒，忽然想起薯片……啊呀……你说蠢不蠢？给也就给了，后悔没用，舍不得孩子套不住狼，谁让咱没自控能力呢？可……你说女人的心是什么做的？我再去，她却摆冷脸。你说冤不冤？两盒薯片换了一次……有这个数吧？孟高先举起一只手，又犹犹豫豫举起另一只。他死死盯着金医生。金医生失去弹性的脸已现老年斑。

金医生没有躲避。孟高就那么举着，等待答案落定。

终于，金医生张开金口，我听不懂。

孟高急了，恨不得揪他领子，乔老板没给你薯片？

金医生摇头，没有。又补充，我从来不吃那东西。

孟高差点骂出脏话。金医生比师兄还泥鳅。

晚上，师兄打过电话，劈头问他什么意思。

孟高装糊涂，什么什么意思？

师兄一点不客气，你小子少打哈哈。去二院干什么？

孟高哦一声，正巧……

师兄打断他，你不是正巧，孟高，别自作聪明，没有谁是傻子。

孟高说，我没别的意思，只是问问。

师兄突然变了语气，推心置腹地说，你也该看看医生，孟高，你病得不轻，别固执。要不要我给推荐专家？

孟高说，不用了。

挂了电话，觉得整个人往黑漆漆的洞里下坠。

11

夜里下了雨，早上起来，有一丝凉意，半上午，热气便再次席卷了整座城市。从窗口望出去，树木、车辆跳着一朵又一朵白光。那个赤裸肩膀的卖瓜汉子抓着看不清颜色的毛巾，一会儿擦擦脸一会儿抹抹胸。裹在冷气中，孟高却有些躁。本没打算来单位，昨天通知开会，他请了假的。

没听进去，除了"紧急"两字。参加工作二十多年，紧急会议不知开了多少次，没一次觉得是紧急的。看似相关，其实没有任何关系。看似不搭界的事，他却难脱干系。不仅仅是干系！孟高不知道乔老板的弟弟在山东还是别的地方，就算在市里，大摇大摆招摇过市，谁在意呢？没人在意他，没人在意那桩案子，那终是不见光的秘密。自然也没有谁会想到那个人的自由与孟高有关系。没人把孟高当回事，没人把孟高的半个饭碗当回事，但孟高在意。这些天，"同谋"这个词汇盘在脑子里，挥之不去。

会议室已经空空荡荡，孟高仍然坐着。办公室的小刘准备锁门，见孟高发愣，又悄然退出。孟高发呆的时间比听传达的时间久。

不弄个明白，终是不甘。同谋，也不应该糊涂着。路堵死，那么，换个方向。

下午，孟高买了两盒西洋参片，又转到市场买了一只柴鸡。途经杂货铺，灵机一动，买了把竹尺。很多天没到肖雨那儿，她也拗着，没给他打过电话。沿昏暗的楼梯拾级而上，孟高心里完全没底儿，不知肖雨会做出何种举动。

肖雨略有一丝惊讶，随即很淡定地抱住膀子，一只脚顶住门。不说话，就那么看着孟高。

孟高笑笑，让我进去呀。

肖雨眼角略略吊起，你是谁？

孟高道，你姐夫。

肖雨冷笑，我没你这样的姐夫。

孟高说，修理工也好，我检查一下。

肖雨说，用不着。

孟高扬扬尺子，我负荆请罪来了。这玩意儿打人很痛的。

肖雨说，你没罪，我也没那个兴趣。

孟高说，罪过大了。

肖雨冷声道，离开，别烦我。

但她没关门，就那么站着。

孟高抓起尺子照手心抽了两下，又抽手背两下。很用力，不完全是演给肖雨，握着尺子那一刻，他突然对自己生出莫名的恼怒，还有鄙视。他想惩罚自己。声音很响，肖雨自然瞧出孟高不是装样子。他的手背瞬间暴起两道紫青。

肖雨击掌，好！你抽，我看。

孟高又抽一下。再次举起，肖雨架住他胳膊，别演了，你受伤，我姐心疼，我担不起责。她转身，孟高挤进去。

孟高先把鸡炖上。他在厨房忙，肖雨抱着膀子冷眼看着。孟高洗过手，说开锅把火拧小即可。见孟高要离开，肖雨的脸才有了变化，却不是孟高期望的那种。她不让孟高走，如同先前不让孟高进门。

想来就来想走就走，似乎这儿不是你家吧？眉又竖立了。

孟高突然笑了，他记得某部香港黑帮片中有类似的台词。该干的干了，在这儿干吗？

肖雨问，就为这个？没别的？

孟高说，确实是负荆请罪，还有，也是谢你，没把你姐拉进来。不管你我发生什么，都不能把她拉进来，她不经事。

肖雨嘲讽，你还有点儿良心。

孟高说，不是良心，一起生活多年，这是男人起码的责任。哦，不提这碴儿，我还有事。

肖雨很干脆，不行，谁知你下毒没有。你尝过我才敢吃，不然我全倒掉。

孟高想说没见过你这么霸道的，又生吞下去。实在不能再和她起摩擦。

肖雨看穿他，我就是霸道，咋的？我必须吃掉？

孟高说，我没那么说，也不敢啊。好吧，我等。

孟高去厨房看看火势，坐到沙发上。

肖雨仍是不依不饶，咋突然这么乖？我受宠若惊哦。

孟高轻笑，我有那么不正常？

肖雨说，我连做好几天噩梦，都是有人往嘴里塞东西，还用钳子拔我的牙。

孟高垂下头，对不起，真的。

肖雨撇嘴，算了吧，别装大头蒜。

孟高说，你罚我吧，怎么罚我都接受。

肖雨不屑地哼了哼，你没当演员，真是可惜了这块料。老实交代，你来干吗？来点儿痛快的。

孟高说，负荆请罪呀，信不信由你。

肖雨不再说话，平静地看着孟高。

孟高不由就慌了，当然，我还有别的事。

肖雨说，就是嘛，有话直说，装蒜多累。

孟高斟酌着，你情绪不好，我不敢说。

肖雨说，那就闭嘴，我就知道你没安好心。别人赖我也就罢了，你也……

孟高忙说，我不是……过去的事别提了，好不好？

肖雨咄咄逼人，那你来干什么？

孟高说，你帮我个忙。

肖雨颇意外，笑笑，又笑笑，孟高，长本事了啊？给我下套？

孟高说，真是想请你帮忙。

似乎孟高是陌生人，肖雨往前探探头。孟高眼球上的血丝格外明显，枝枝杈杈的。肖雨猛往后撤，差点仰下去。孟高！你再不痛快点儿，就给我滚出去！

12

出租车里的肖雨向他招手。孟高甚是意外，先前打电话她没接，孟高担心她反悔，没想她倒比他积极。孟高轻声说谢谢。肖雨说，快上车，瞧瞧几点了。

出租车径直驶向城外。孟高刚哎一声，肖雨打断他，直接打车去，我晚上有约会。孟高唔一声，盘算这趟得花多少钱。肖雨瞧破他的心思，车费我出。孟高只能顺着说，你想得比我周到。肖雨说我最瞧不上你这副德行，说一半藏一半。孟高笑了笑。这当口尤其不能惹她，否则她说不定会让司机调头。人生在世，头顶总会有长长短短的尺子。肖雨洒脱，没有禁忌，也就很少约束。孟高活得格外沉重，尤其最近更是被同谋的罪恶感搞得寝食难安。

车距村口几百米远，孟高叫司机停住。司机问等多久，孟高说讲不好。司机说要到镇上找个小旅店睡一会儿，他们出来给他打电话。孟高想这样更好，一辆出租车停在村外，可能引来额外的麻烦。

肖雨问你陪我进去吗？孟高说我能陪就不用你帮忙了，他们认出我，这趟肯定白跑。又问肖雨是不是怕了。肖雨不屑，一个破村儿，又不是虎穴。孟高说还是小心些，别让他们怀疑。肖雨说没少看谍战剧，这方面我有悟性。

肖雨的身影消失在村口，孟高的心跳快了许多。不会有大碍的，可……谁说得准呢？并不是所有不可能的事都在黑暗中发生。

　　路一侧是杨树林，另一侧是成片的向日葵，金灿灿的。孟高挤进葵花丛，就地坐下。整个村庄对陌生人似乎有着天然的警惕，他已经领教。

　　薯片已是带刺的死结，孟高不要说打开，碰都不能碰。

　　孟高虽然对肖雨有怨气，想来想去，也只有肖雨能帮他。肖雨就这点儿好，应的不是很痛快，应了就很上心。

　　太阳移到头顶，宽大的叶片在炙烤中松松垮垮的，日光从所有的缝隙往下渗，热度丝毫没有减弱。孟高挪了几处，没一处能逃开。他不再动，耳边嗡嗡不断，孟高寻着声音，一只蜜蜂紧吸在花盘上，另外一只在它身边环绕，情意绵绵的样子。

　　后来，孟高犯困了。他提醒自己千万打起二百分精神，可他的提醒也没有力度。迷迷糊糊中，忽然听到女人的尖叫，孟高直跳起来。没错，是女人的叫声。孟高急往外窜，到路边，却没了音。快两点了，孟高有些慌，拨肖雨电话，不通。孟高更慌了，急往村里去。碰见两个人，一老一少，目光稍作停留便滑开。转过街角，一个扛着铁锨的老汉迎面过来，孟高问他见没见一个外地女人，老汉盯孟高半天，点点头。孟高问在哪儿，能不能带他过去。老汉又点点头。孟高跟在老汉身后，有几次差点撞老汉身上。老汉没回头，也不应孟高的话，到一处有砖门楼的院子，老汉停住。孟高再顾不得其他，举手就敲。

　　一个穿着红背心的男人竖在门口，目光紧紧绑住孟高，问孟高干什么。孟高往他身后探，男人横了身子挡住，再次问他干什么。孟高说她是我同伴……她在哪儿？男人问孟高干吗？孟高说你放了她，不然我报警了。男人说听不懂孟高的话，孟高要进去，男人拦着不让进。

　　僵持间，突然瞥见肖雨从街角闪出来。孟高呆了呆，忙说对不起，甩下男人就走。肖雨迎上来，小声道，不是说好在村外等吗？孟高猛扯她一把，快走！肖雨不屑地嘘一声，哪有你说的那么可怕。孟高不言，抓着她疾走。

　　出村，脚步慢下来。肖雨表功，说收获大了，你怎么谢我吧。孟高让她给出租车司机打电话，肖雨说，急什么。话音未落，身后传来杂沓的声音。

一队人追过来，为首的是那个穿红背心汉子。孟高拉起肖雨就跑。

肖雨跑不动了。身后的脚步声越来越清晰，孟高急得一阵阵眩晕。肖雨喘着，死也不跑了。孟高扯她，她直接坐到地上。又不是逃犯，怕什么？孟高不能再说什么，那些人已经围上来。穿红背心的汉子问孟高来村里干什么。孟高镇定下来，反问凭什么要告诉他。汉子说你不讲我就给派出所打电话。孟高当然求之不得，只是那样一来，此行就不再是秘密。迟疑间，汉子说，怕了吧，看你们就不是好东西。肖雨突然跳起，甩了汉子一掌。你骂谁？你骂谁？汉子似乎懵了，连着退后几步。肖雨嘴巴快，骂的也脏。那些人竟然被镇住。

两人欲离开，他们又拦住路。肖雨手未扬起，便被红背心汉子抓住。肖雨欲咬，红背心汉子突然揪住她头发。几个回合，肖雨就倒在地上。孟高被两个人控着，不能动。

是乔老板把他们救出去的。乔老板把那几个人好一顿训。肖雨不甘休，骂咧着要在红背心汉子脸上留点印记，孟高拽住她。乔老板满面笑容，回头我狠狠收拾他们，这帮家伙就欠揍。

上车后，乔老板问孟高几时来的，怎么不给他打电话，那几个粗人什么都能干出来。肖雨气咻咻的，能干出什么？把我俩杀了？乔老板说那倒不至于，只是冲撞起来，你们难免吃亏。肖雨骂，一帮土匪，真是无法无天了。乔老板解释，村子北面有辽代墓葬群，经常被盗，先前只盗墓，后来就盗到村里，白天有陌生人进村，夜里准失盗，他们也是怕了。孟高和肖雨运气还好，若全村出动，怕是他也不能控制局面。

听两人打车来的，乔老板沉下脸，这就是孟医生不对了。孟高没把他当朋友，不给他表现的机会。孟高说不想给他添麻烦，乔老板说，我说嘛，你不想交我这个朋友。

乔老板仍要把孟高和肖雨送到县里。孟高说务必返回市里，乔老板说那就先回厂，喝口水也成啊。孟高和肖雨被乔老板强行拉到薯片厂。

孟高和肖雨喝茶的工夫，饭已经备好，就在厂食堂。确实饿了。既然和乔老板撞上，早走晚走一样。孟高挺尴尬的，乔老板是精明人。那些人防的岂止是盗墓贼。整个村庄都是乔老板耳目。

孟高以为乔老板会问，至少，言语中会带出敲打的意思。乔老板绝口未提，只是责备孟高不够朋友之类，再无其他。相反，乔老板一再致歉，弄得孟高不好意思，似乎是他太不识相。

上车时，乔老板握着孟高的手，低声问，孟医生对文物有兴趣？

孟高略一沉吟，说，没兴趣。

乔老板道，孟医生别见外，我手上有一些，现在不方便拿，改日……

孟高急速摇头，不，不，我不懂那个。

乔老板说，我也不懂，摆着玩呗。

孟高说，真的不用，我没兴趣。

乔老板说，兴趣是养出来的，下次什么时候来？

孟高说，没想好。

乔老板重重一握，记得给我打电话，我去接你。

13

走了不到一小时，师兄的电话追过来。师兄直接问孟高在哪里。孟高略一顿，说在路上。师兄语气生硬，回市？还是返营盘镇？孟高说回市。师兄说了个地方，让孟高务必见他。

师兄声音大，肖雨隐约听见了，问这谁呀。孟高想说吃薯片的人，又改口说同事。他不愿刺激她，她刚帮了他的忙。她比他本事大，虽然没搞清楚乔占礼在什么地方，但获得另外一条信息：乔占礼和武某女人有染。武某死后，女人也离开村庄。女人的妹妹在东莞，女人很有可能投奔妹妹去了。乔占礼外号乔疯子，擅唱乡曲，常半夜在村庄边晃边唱，出事那天疯病突然加重。外号疯子，未必就是疯子。孟高有些兴奋，真相埋在故事背后，摸清故事什么都清楚了。师兄一个电话，孟高的头便耷拉下去。没那么容易，这故事的角色太多。

师兄脸上变幻着大块的青灰，硝烟弥漫，眼睛反而眯着，目光也因此格外锋利。师兄不言，一下一下削剪着。路上，孟高疯狂地给自己打气，被师兄一阵削剪，整个人像扎了过多窟窿的轮胎，迅速瘪下去。

孟高虚虚地笑了笑，叫声师兄。师兄仍然不说话，但靠近了一点儿。孟高听到哧啦哧啦的声音。不知来自师兄的喉咙，还是他剪刀般的目光带出来的。孟高又笑笑，叫，师……师兄突然踹他一脚。孟高捂裆躬腰。师兄又踹一脚，孟高倒下去。孟高紧咬着牙，没叫出声。

瞧你这熊样儿！师兄叫，没打过架？

孟高说，你是师兄。

师兄的眼睛终于撑圆，似乎很吃惊，我是师兄？我怎么不知道？

孟高惨然一笑。他想起多年前一个场景，读小学的他被同学打倒，同学逼他做不愿做的事。孟高性格弱，从小就是受气包。

师兄拉椅子坐下，说吧。

孟高不那么疼了，仍蛇一样蜷着。师兄的尖头皮鞋距他不足一尺。

师兄厉声道，说呀！

孟高目光往上扬扬，迅速垂下去。

师兄问，你想干什么？

孟高说，不干什么。

师兄说，你有胆子做，没胆子承认？

孟高说，我没做什么。

师兄声音猛然高了许多，你一趟趟往村里跑，还没做什么？

孟高说，我只想去村里看看。

师兄问，看什么？

孟高说，随便看看。

师兄突然抬脚。孟高抖了抖，没躲。师兄的脚并没有落下来，好一会儿，师兄说，起来吧，别装了。孟高没动。师兄说还要要赖啊？要不，你踹我两脚？孟高缓缓坐起。师兄推开椅子，坐在孟高对面。四目相对，无言。他们从对方眼里看到疲惫。过了很久，师兄说，我不该把你弄进来。孟高说，对不起。师兄说，你跟不上时代了。很多事过去了，就不能再翻。孟高问，我错了？师兄非常肯定，大错特错。

很晚了，两人走进一家小餐馆。师兄问孟高为什么不还手，那阵子他太想打架了。孟高说不敢。师兄说得了吧，你什么时候把我放在眼里。孟高说对不起。师兄说你不和我打，那就陪我喝酒，这几天烦得要命。孟高再次说对不起。师兄哦一声，不单是因为你，没一件事顺心，不过你最让我烦。

师兄连敬孟高三杯，第一杯赔罪第二杯赔罪第三杯仍是赔罪。孟高再三说不敢，师兄说，我失去理智了，你别怪。孟高说绝没有怪师兄的意思。师兄问，当真？孟高说真的没有，师兄说那就喝酒，别做这个鸟样子。孟高酒量不行，不是师兄对手。一瓶酒很快喝完了，师兄又要了一瓶。孟高说差不多了吧。师兄说什么差不多，差得远呢。孟高叹口气。师兄说，你也不用垂头丧气的，想干什么就干什么。孟高看他，师兄说，我还没醉，不是说酒话。你想干什么干什么，爱干什么干什么。孟高想，自己能干什么？其实真是干不出什么。可能投奔妹妹的武某女人，就算他去东莞，也未必能找到她。即使找到她，她也未必告诉他什么。就算她和盘托出……孟高的心微微一动。

下一步有什么打算？师兄捏着酒杯。

孟高摇摇头。

师兄自嘲地笑笑，瞧我，这是机密事啊。

孟高想，和师兄的关系可能真要终结了。

虽然孟高一再阻拦，师兄还是把第二瓶酒喝下大半。师兄吐了，已经是凌晨三点，孟高一面对老板说着抱歉，一面打扫着师兄的秽物。

那个夜晚的最后几小时，两人是在洗浴中心的包间度过的。孟高睁开眼，师兄已经离去。孟高瞧着对面皱皱巴巴的床单，发了好一阵子呆。看时间，已经是上午十点。

走出洗浴中心，孟高接到某医学杂志的电话。他的一篇论文被选用。孟高怔了片刻，说知道了。孟高业余精力都用在写论文上，算下来，发表十多篇了。初发论文的喜悦不再，但听到刊用的通知，仍然开心。挂了电话，孟高意识到应该说声谢谢的。在文字和数字的疆场任意驰骋时，孟高总觉得自己没有用武之地。挣了顶专家帽子，总算有那么点吐气的意思。更重要的是可以施展身手。谁曾想几个回合就扎了手，连脑子也扎了。他以为文字和数字会是自己的武器，没想到根本就不堪一击，如同婴儿的须发。

孟高不但没有开心，反有些沮丧。

又走了一段，孟高接到第二个电话。号码是肖雨的，声音却有些陌生。孟高问谁呀？肖雨骂，你脑袋长毛了，装什么大头蒜？孟高哦一声，真是你呀，刚才听着不像你。肖雨问他能不能过来一趟，最好现在。她少有的客气反让他不适。他问什么地方坏了。那边沉默几分钟，说，你过来就是，我有东西给你。

有东西给我？孟高嘀咕。脑袋深处某个地方忽然敞亮了。

打车到肖雨所在的小区也就十几分钟，兴奋加上紧张，他不停地冒汗，额头耳侧后背前胸，下车整个人都湿着。孟高有预感，肖雨所言的东西与薯片有关。或许，那原本就是她和他开的玩笑。谜底就要揭晓，孟高急不可耐，冲进楼道。

上楼的时候，孟高的脚步慢下来。若不出所料，那么他拿到的将是铁证。他无须再到营盘镇，更无须寻找武某之妻。可是，他怎么办呢？师兄说想干什么干什么，爱干什么干什么。他可以有这种"自由"的时候，才突然意识到，那种自由比不自由更为艰难。

终于到了，孟高吃力地举起手。

（本作为东莞文学院签约作品）

秘密旅行

1

刚出城，雨便刀劈斧砍地砸下来。中巴车受了伤，摇晃了一下，又摇晃一下，犹豫不定似的，但最终停在路边。车内昏暗如夜，空气变得稀薄。身边的女人含混不清地唔了一声，带着几分惊恐。她的手先是抓住前座的套布，尔后一只手迅速往朱雀这边移，滑落下去。朱雀说不清是她先抓他的，还是他先抓她的。似乎是她试探着碰了他，他攥住她的。女人的手指冰凉，朱雀想起寒冬的铁器。

裤兜震动了一下，朱雀另一只手掏出手机。是妻子的短信，问他到哪儿了。显然，城里的雨并不比城外小，妻子在担心他。朱雀回复说已经到了。他几个小时前就出来了，到车站后，又返到金棕榈影院看了一部美国电影。妻子说市里在下雨，昏天黑地的。朱雀回复这里没下，只有些阴，放心。打出放心两字，朱雀脑里突然一闪，旋即，喉咙扎了刺似的，嘴巴极其难看地扭出夸张的角度。

朱雀掏出手机那一刻，女人可能怕妨碍他，轻轻抽了抽，没抽出去。当然，女人也不是真要抽离。合上手机，朱雀稍稍瞄她一眼，虽然光线极暗，朱雀还是觉出女人的脸纸一样白。朱雀低声道，别怕，急雨都来得快去得快。女人没说话，胳膊颤了颤，算是对朱雀的回应。

也就二十分钟，暴雨逃得无影无踪。中巴车启动的同时，朱雀松开手。女人会允许他握着的，朱雀有这种感觉。女人低声说，谢谢你，同时送给朱雀一个羞涩的微笑。朱雀以微笑作答。女人——准确地说是少妇，圆脸，短发，一双容易受伤的眼睛。

朱雀先前就想站起来的，可不忍也不愿松开女人。现在两手空了，朱雀终于可以站起来。借着整理背包的掩饰，朱雀扫了扫那个男人。男人坐在朱雀两排后靠左侧车窗的位置，捏着下巴，正朝朱雀这边看。朱雀想起电影中的某些镜头，如果他有下车的举动，男人没准会扑过来摁住他。当然，朱雀不会中途下车，男人也未必有胆量过来。充其量，男人是个蹩脚的跟踪者。

朱雀等公交的时候就注意到男人。站牌有三趟公交线路，其中一趟到长途车站。公交车门打开，朱雀忽然想起手机欠费，于是到对面的移动营业厅交了话费。出来，另外两趟公交相继驶离，站牌下只有男人孤零零地站着。显然，男人和朱雀一样等驶往长途车站的公交。但刚才为什么不上？朱雀划过一个疑问，并未多想。后来，男人和朱雀登上同一趟公交，朱雀也未当回事。到了长途汽车站，男人尾随朱雀进了候车大厅，朱雀才突然意识到，男人似乎在跟踪自己。走到购票窗口，朱雀本来已经掏出钱，忽又后撤。他匆匆离开车站，打车到了金棕榈。

两小时后，朱雀回到候车大厅，警觉地扫视着。没看到男人，朱雀松口气，暗暗嘲笑自己多疑。检票上车后，朱雀再次看见男人。发往郊县的车每小时一趟，男人两小时前就可以走的。男人没走，而是选择了和朱雀同样的班次。那么，他一定在暗中窥视，似乎料定朱雀还会返回候车室。

看来是被跟踪了，几乎可以确定。可是，更大的疑问随之而来，男人为什么跟踪自己？朱雀竭力挖着，也想不出结果。他没得罪过什么人，过去没有，现在也没有，不要说得罪，和同事红脸的事也没有。朱雀的谦和、不计较为他在单位赢得了良好的口碑。自参加工作，年年是先进工作者。到后来都不好意思了，去年年底，他特意找到头儿，说自己绝不当先进了。头儿笑呵呵地，当不当不是你说了算，我说也不算，先进是大伙评出来的。末了，他依然是先进。关键是没人嫉恨他，否则他早就不是先进了。像他这样一个人怎么会得罪人？怎么会有仇家？

收到妻子短信时，朱雀突然冒出个念头，男人或许是妻子雇的私家侦探。但朱雀很快就否决了。他不相信妻子会派人跟踪他，再说，也不会雇这么蹩脚的侦探吧。私家侦探应该在暗处，而男人一出场就被朱雀注意到。不过，就算男人不是侦探，跟踪朱雀是无疑的。为什么，为什么呢？

这当儿，少妇开始和朱雀搭讪，这是在致谢。朱雀明白。朱雀脑里乱糟糟的，还是耐着性子应答。少妇正是朱雀要去的那个县的，此次到石家庄探亲。朱雀告诉她，他也是去探亲。

朱雀边和少妇说话，边琢磨男人。得甩脱男人，必须甩脱男人。一心不能二用，有两次，朱雀说错话，他及时纠正，少妇依然觉察到他的心不在焉。他的漫不经心伤了她，他从她眼里看出来。她不再开口，他试图一尝试了一下，最终像她一样闭紧嘴巴。这样也好，他的全部心思用来琢磨对付男人。

2

第二天，朱雀醒来已经九点。昨天睡得不错，睡得不错是因为成功甩掉了男人。当然，说男人甩掉他更合适一些。从出站口出来，朱雀没有急着离开，而是折上台阶。一分钟后，少妇拎着大包经过，冲他点点头，他也冲她点点头，她的身影消逝在人群中。再一分钟，朱雀看到男人。男人背一个与朱雀类似的旅行包，不过颜色不同。他往朱雀这边偏了偏，也只是偏了偏，并没盯着朱雀看。男人顺着马路往前走，朱雀跟上去，和他保持着十几米距离。他不是跟踪朱雀吗？朱雀干吗不来个反跟踪？这招是从电影学的。男人觉察到了，回了几次头，后来走进一家药店。朱雀在药店不远处站着，并不担心自己暴露。既然男人不怕，朱雀为什么要怕？男人从药店出来，恰好一辆出租车停在路边，男人匆匆钻进去。出租车绝尘而去，朱雀哑然失笑。后来，朱雀回想整个过程，意识到自己神经过敏，男人并不是跟踪他。男人没上第一辆公交，也许出于朱雀不知道的原因，朱雀在金棕榈看电影时，男人可能因为别的事耽搁了——等车时男人没背背包，也许男人去买包了？男人和朱雀乘同一班车，完全是巧合。朱雀误会了男人。当然，男人也误会了朱雀。就像和少妇相遇，男人不过是旅途中意外的枝节，睡一觉就翻页了。

朱雀轻轻拽了拽窗帘，一绺窄细的阳光挤进来，在白色的墙壁上割出一道红。他撩开被子，却没有急着穿衣服。就那么四仰八叉地躺着。外边有吆喝声，是卖豆腐皮的。从声音判断，是个中年男人，不超过五十岁，但脸上皱纹不会少，是六十岁才有的皱纹。吆喝声挺高，男人昨天一定与老婆吵过架，胸内还憋着气，因此声音里没有水分，像枯干的竹子。与老婆吵架可能是生意不好，经济状况不佳，老婆也是常年窝着火。

是不是很无聊？

是无聊。在别人看来，这不仅无聊，根本就是脑子有病。但这是朱雀一大爱好。朱雀痴迷已久。没人知道朱雀的秘密嗜好。朱雀从未示人，也绝对不会示人。

卖豆腐皮的中年男人连同这个人的故事渐渐远去。朱雀冲了个澡，然后烧了一壶水，冲了一杯咖啡。朱雀依旧一丝不挂。在家里他不会这样，即使只有他和妻子。如果他赤身裸体在客厅游走，妻子会不会苛责他？也许不会。即便妻子宽容，他也不会把自己的丑态裸露。在这里，在这个十平米的房间，他没有任何担忧，没有任何顾忌。他的丑也不再是丑，而是放松，没有节制的放松。

中午，朱雀在门口的饭馆吃了一盘饺子，鸡蛋韭菜馅。平时朱雀不吃这种馅。以前吃，自那位女同事牙齿沾着一片韭菜叶守在旁边等他打完一份材料后，他再也不吃了。朱雀还要了两头蒜，像其他食客那样，旁若无人地嚼出清脆的声响。

朱雀住的宾馆在县城边上，半小时，朱雀就到了田野。正是麦子抽穗的季节，满眼青油油的。朱雀沿着田间小路慢慢行走，贪婪地抽着鼻子。他喜欢庄稼与青草的香气，虽然上大学后就离开农村，但仍迷恋乡村的气息。

朱雀隔一两个月就出来一趟。作为林业研究所的研究员，太方便找理由和借口了。有时候说是会议，有时干脆说去林场。妻子如果有什么疑问，他也会遮掩过去。当然，她从没问过。朱雀没向妻子撒过谎。这是唯一……朱雀不觉得这是撒谎。他没做过什么。他要么躺在宾馆从声音想象别人的故事，要么像现在这样在田野漫步，呼吸一下乡间的空气。他没什么秘密，可这又是他的秘密。有些秘密可以与人分享，这样的秘密只属于他一个人，纯粹是他的私密。

傍晚，朱雀在街头吃了一碗拉面，喝了一瓶啤酒。朱雀所住的小区门口就是大排档，每天晚上都是烟熏火燎。每次路过，朱雀都掩着鼻子。烤肉串还好些，虽然烟比较重，毕竟是烟。朱雀最讨厌炸臭豆腐，捎带也反感那些吃货，许多面貌姣好的女孩竟公然站在路边咬吃。现在，朱雀身居其中。不过，他远离炸臭豆腐摊，实在闻不惯那放肆的气味。朱雀不是破罐子，绝不是。可此时有破罐子破摔的不在乎。朱雀每次去的县都不同，但不管在哪个地方，他都不会担心别人认识他。他不是名人，长相普通，谁会在意他？

　　一天就要结束了。很庸常的一天，没风没浪，涟漪也没有，但朱雀很惬意。回宾馆的路上，很放肆地打了几个嗝。十字路口，一位骑自行车的汉子和一位妇女争吵，旁边围了一圈人。朱雀没有如往常那样走开，而是站定，足有十分钟。如果每天都要寻个高潮的话，汉子和妇女的争吵显然是成全朱雀。

　　妻子打来电话，朱雀刚脱了袜子。外出，他喜欢赤条条的感觉，早上如此，晚上也如此。朱雀听出妻子声音不正常，问她是不是感冒了。妻子说没有，朱雀叫，什么没有？鼻涕都快流下来了。妻子这才招认，中午出去买盒饭淋了雨。朱雀问，又下雨了？妻子说不大，就一小会儿。朱雀说她不小心，一小会儿雨还让她赶上了。朱雀问她吃药没有，妻子说不碍事，就是有点软，打算早点睡，所以先给朱雀打个电话。如果朱雀在家，不会让她先吃药，多喝些白开水，扛扛没准就过去了。可他不在身边，只能嘱咐她睡前喝两粒感冒胶囊，并告诉她感冒胶囊所在的位置。妻子被他搞得不耐烦了，说好吧好吧，我喝三粒。朱雀气笑了，三粒就超了，就两粒。妻子负气地撒娇，偏喝三粒！

　　挂了电话，朱雀有些心神不定。他没有接着脱衣服，早上那种感觉不会有了，他知道。妻子不会吃药。普通感冒，不吃也没什么。但也可能加重，那就不是吃药的事了。那次妻子就没挺过去，结果连着输了五天液。朱雀想给妻子打个电话，又想这会儿她差不多睡了。其实没什么，可这种没什么给朱雀的旅行蒙上阴影。

　　朱雀本打算后天回去。现在，他改主意了。

3

妻子的名字很好听：唐小婉。

清早，唐小婉醒来，朱雀已经把豆浆打好。她洗漱完毕，坐到餐桌前，豆浆的温度正好。主食是鸡蛋和绿豆糕。鸡蛋是早晨煮的，绿豆糕是前一天买的。唐小婉咬一口绿豆糕，笑嘻嘻地说馋油条了。朱雀沉下脸，说油炸的食品少吃。唐小婉说又不是天天吃，我就是馋了么。朱雀说好吧好吧。门口就有炸油条的，不到十分钟，朱雀买回来。唐小婉咬一口，然后送给朱雀一个油乎乎的吻。

朱雀出门时，唐小婉说昨天看见卖樱桃的了。朱雀说还不到樱桃上市的季节，这个时候的樱桃肯定是催熟的。唐小婉说知道了，二爸，我就是说说。唐小婉常戏谑地叫朱雀二爸，因为朱雀像她的爸爸一样管着她。朱雀享受二爸的感觉，而唐小婉其实也喜欢被朱雀管着。这管是疼爱，有格外的宠溺。

朱雀不时回头。从郊县回来一个星期了，生活早该驶入原先的轨道，可是朱雀没有如往常那样并轨。朱雀总觉得背后有个身影，不远不近地跟着。他回头，那身影便消失了，一旦他转身，那个影子又跳出来。由于这个原因，他的行走不再坦然，而是带了鬼祟。他明白不会有人注意他，他也没什么值得被注意。可是他不自在，甚至有几分紧张。

　　研究所上班没那么严，有的人快中午才来，有的人一周露一次面。朱雀只要在市里，都会按时按点，多数时候是早到。如果有人说你到得真早，朱雀会说我离得近。这是实话，两站地，走着就到了，不像别人在路上一堵半天。如果别人说怎么你又拖地，朱雀说外面空气不好，闲着也是闲着。这也是实话。一年有四分之一的时间被雾霾包围，在户外活动等于慢性自杀。回得晚，多半原因是唐小婉有聚会，他不用回家做饭。那时，他会关了办公室门，从网上看恐怖电影，韩国的美国的日本的，那些电影他几乎看遍了。如果说他在单位有秘密的话，这是唯一。朱雀不知道自己为什么喜欢恐怖电影，他知道的是只能偷偷看。

　　下班后，朱雀绕到超市买了一斤樱桃。说归说，一斤樱桃吃不坏人，他还是要让唐小婉解馋。四十块，够贵的，朱雀挺心疼。买大米够母亲吃一个月。朱雀和唐小婉工资不高，但生活算得上奢侈，至少在朱雀心里是这样。岳父岳母挣钱多，朱雀和唐小婉的经济来源多半靠岳父岳母。开始，朱雀挺别扭，且暗暗违拗，这令他不爽。岳母说就这么一个闺女，他们不想苦了她。朱雀抵触几次便慢慢领受了。和唐小婉恋爱时，朱雀就已经倚靠岳父岳母了，不然，他一个农村娃有什么本事进省直单位？既然靠了，继续靠也没什么不妥，虽然朱雀并未心安理得，虽然仍有那么一丝丝不爽。除了领受，朱雀能做的就是对唐小婉好，孝顺岳父岳母。对母亲，朱雀没有做到的，对岳父岳母都做到了。当然，朱雀心甘情愿，不是装的，老天可以作证。若父亲在天有灵，也会替他作证。

　　那个身影又出现了。朱雀走走停停，试图猎手一样反击。很可能是幻觉，没有谁跟踪他，但万一……呢？

　　朱雀没能逮住。他走进小区，身影止步。

　　唐小婉不会做饭，也不会洗衣服。如果朱雀出门，她要么在父母家吃，要么从饭馆买。朱雀不觉得这是缺点，相反，他觉得她给了他补偿的机会。朱雀很小就会做饭洗衣，对于他，实在太稀松平常。而唐小婉的能力，朱雀也缺失，比如在服饰方面、发型方面，都是唐小婉替他做主。朱雀宠唐小婉，唐小婉也宠着朱雀，那一斤樱桃，至少有一半被唐小婉塞到朱雀嘴里。

就在床头，她吃一粒往他嘴里塞一粒。

唐小婉蜷在朱雀怀里睡了，怕冷的样子。夏天也是如此。如果往常，朱雀也会很快入睡。自那个身影咬在身后，朱雀的睡眠就出现了问题。

谁在跟踪他？

为什么跟踪他？

朱雀在唐小婉细微的鼾声中冥思苦想。

再一个傍晚，当察觉那个身影出现时，朱雀突然转身。那个身影没来得及消失，朱雀和他的目光撞在一起，差点叫出来。他看见了他，另一个朱雀，那个郊县的朱雀尾随他进了城。那个朱雀同样惊愕，嘴巴撑得老大。朱雀转身就跑，慌不择路，与一辆电动车擦肩而过。

那个朱雀并没追上来。朱雀三步并两步奔上楼，心跳如擂。

朱雀脸色极其难看，唐小婉吓着了，问他怎么了。朱雀说没什么，遇见……犹豫一下，遇见一条狗。唐小婉并不相信，问什么狗。朱雀比划一下，好像是狼狗。唐小婉说大型犬禁止上街，你会不会看错？朱雀说没错，就是狼狗。唐小婉问街上那么多人，就追你了吗？朱雀说很多人都跑。唐小婉眼里的疑问并没有消除，朱雀说你饿了吧，我也饿了。

那个夜晚，朱雀彻夜无眠。另一个朱雀跟他回城了。这不可怕，毕竟是他，他不会伤害他的。但后果又很严重，那个他揣了太多秘密，如果抖搂出来……朱雀不敢想象。怎么办呢？向唐小婉招认吗？说他所有的会议与考察不过是幌子，他背着她旅行去了？其实，他没干过什么对不起唐小婉的事。他是有机会的，而且不止一次，比如和少妇，如果他主动点，一场艳遇很可能蓬勃生长。偶尔有个苗子，也被他毫不留情地掐断。一个农村娃，娶了唐小婉这样条件的妻子，他很知足了。可如果没干对不起唐小婉的事，他的秘密又作何解释？他有没有背叛她？该主动坦白，还是继续隐藏？他该不该有这样的秘密？

朱雀的脑袋被这些问题折磨得要裂开了。没有答案。找不到答案。只是，他知道，不能再这么继续下去。要么把另一个朱雀赶走，要么向唐小婉坦白。预料不到后果，可他必须选择。

天慢慢亮了。

鸡鸭略传

1

我是一只鸡。

你们不要错误地理解，我不是你们想象的那种，我是名副其实的鸡。我不明白你们为什么将那种女人称作鸡，这是对鸡族的巨大污辱。你们轻薄的、暧昧的、不屑的、恶意地吐出那个字时，我就想啄破你们的嘴巴。算了，不讲这个了，并非所有的人都轻贱我们，比如我的主人。还是说说我和我的主人吧。

我叫黑头，我的主人叫刘贵明。我出生那年，主人五十一岁，现在主人六十一了，你们该明白我的岁数了吧？下过多少颗蛋，我记不清了，好鸡不提当年勇。我已经衰老，羽毛失去了光泽，两腿被剔过一样，又细又瘦，一年前我就下不出一颗蛋了。这意味着我已经没有用处，但主人是个善良的人，没把我杀死或卖掉。好在我没有拖累主人，我的目光还算敏锐，耳朵还算聪敏，这得于鸡族的遗传。我的头脑尚未糊涂，主人的一个眼神一丝表情，我就知道他在想什么。

其实，我不怕死。一只鸡不能再下蛋，那就离死不远了。我下第一枚蛋时，母亲就将鸡族的古训教给我。母亲说，一只鸡必须竭尽全力下蛋。你们是不是觉得有点儿矛盾？既然不怕死，为什么拼命下蛋？告诉你们，这是生命延续的方式。死亡是难以抗拒的，你们抗拒不了，鸡族也抗拒不了。在这个过程中，鸡下出足够的蛋，足够的蛋又孵出足够的鸡，鸡再下蛋。这笔账对你们并不陌生，不过你们算的是经济账，鸡族想的是如何让生命永恒。我下过那么多蛋，对死亡我是坦然的。

换个角度说，我对死亡司空见惯。一个鸡的一生，死亡随时相伴，就我，已经历过三次了。第一次，母亲还健在。主人的女人病得不行了，主人想杀只鸡给她补身子。主人因没钱给她治病愧疚万分，他能做的也就是杀只鸡。他悲伤的目光在我们身上飘来飘去。我有点儿慌乱，怕那目光落在我身上。毕竟我还小。可主人却圈定了我，慢慢靠近。就在他扑向我时，我的母亲从旁边穿过来。主人没抓到我，我跳开了，主人抓住了我的母亲。主人有些犹豫，我猜他是怕母亲的肉炖不烂，他再次睃我一眼，我已跳到墙头上。主人便拎着母亲进了屋。主人杀鸡不让我们看见，但我听到了母亲的叫声。你们不要以为母亲吓坏了，她是在嘱咐我。我明白母亲的意思，泪水突然涌出眼眶。她是替我去的。我发奋下蛋就是报答母亲。我没有记恨主人，死在主人手里理所当然。

我经历的第二次死亡是主人的儿子外出时。主人的儿子高高大大，但有点儿憨，很容易上当受骗。我倒是挺喜欢他，他常常丢谷粒给我们，然后笑眯眯地蹲在一边。他和主人一样善良。可能是这个原因，当然还因为穷，一直没成过家。那年，一个外地人来村里领工，许多人都报名。主人的儿子也想去，但主人犹豫不定，他担心儿子在外吃亏。儿子说，没事的，我有胳膊有腿有力气，挣了钱回来娶媳妇。主人同意了，不出去挣钱，儿子怕是要打光棍。好在同出去的都是本村人，互相有个照应。但主人终究不踏实，决定杀两只鸡送给领工的。我和一位侄子被主人选中。主人用细绳把我俩的腿绑住，丢在筐里。主人把领工的请进院子，说儿子就交给他了，让他费心了，主人说想给他带两只鸡，问他带活的还是带死的。那家伙往筐里瞄瞄——他长着一张长脸，嘴巴又极其大，一看就是个好吃的主——然后在院子掠掠，他看到了墙角的三只鸭子。那时，主人只有三只鸭子，不像我们鸡，有二十多只呢。那家伙的目光久久地停在鸭子身上，说，我不喜欢吃鸡。主人心领神会，急忙点头，那就带鸭子好了。那家伙张开大嘴片子叮嘱，褪干净点儿啊。主人受了多大恩宠似地，躬腰说，放心，我不马虎。就这样，那两只鸭子消失了，我依然活得好好的。

年根儿，外出的人陆续回来，你们可能猜到——你们总是比鸡聪明，主人的儿子没回来。主人问一同出去的人，他们说到城里就分开了，在不同的厂里干活，主人的儿子去哪儿，他们说不上来。他们安慰，再等等，也许在路上了。主人每天到村口张望，直至过了年儿子也没回来。外出的没出正月就走了，主人托他们打听儿子的消息，他们说打听到信儿就给他打电话。然而直到第二年年底，主人也未等见电话。他们又陆续回来了，都说没见到他儿子，也没见到那个领工的人。那家伙再没在村里露面，主人打听到那家伙倒是去过别的村，等他赶过去，人早没了影儿。

五年了，主人的儿子没一点儿音讯。主人的头发渐渐变白，耳朵也陈了许多，其实是半聋了。我暗暗着急，却帮不上忙。主人每天都要到村口张望，见到谁问谁。特别是年根儿，主人追在那些刚回家的人屁股后头，一遍又一遍地询问。他们先前还耐心回答，后来就烦了，贵明叔，昨儿个不是说了吗？我不知道，你怎么还问？或者，你问我没用，我从没和他在一起。主人耳背，对方不耐烦也要冲着他耳朵大声嚷，有时还得嚷几遍。主人终于听清，可第二天他又忘了，还要追着人家问。后来，那些人见主人就躲了，要么插住门。主人敲一阵门，自语，明明开着灯的，咋就没人了？尔后，踽踽往另一家走。我有时悄悄跟在主人身后，我从那些人的神色中看出，他们确实不知道主人儿子的消息，我还从他们的话里觉出主人的儿子怕是很难回来了。他们没明着说，也不敢明着说，但已暗示出来，他的儿子失踪了。但主人听不出意思。他相信儿子还在某个厂子做工，有时会抱怨，憨家伙，也不懂给爹捎个信儿。

每天上午我跟着主人去池塘放鸭子。主人养了一百多只鸭子，鸡只我一个了，沧海桑田啊。鸭子在前，主人在后，我则在主人后面。我不愿和那些蠢笨、傲慢、无礼、粗俗的鸭子一起。他们嘲笑我也就罢了，还当众羞辱我，有一次……不提了，那是我一生最大的耻辱。当然，鸭子也有优点，下的蛋个儿大，这也是他们自负的一个原因。

一到池塘边，鸭子们就注射了兴奋剂一样，又吵又闹又叫又跳，主人选一个地方坐下，充满爱意的目光抚摸着每一个鸭子，这是他的银行，他给儿子积攒的钱都来自银行。主人的目光渐渐移开，往远处拉伸，再拉伸……那目光带了钩子，仿佛要从遥远的地方钩回他的儿子。什么也没钩到，主人的目光困乏忧郁。我知道主人又在想儿子了，有时，他也想死去的老伴。想，已成了主人生活中一项重要内容。那些愣头鸭子，只知道嬉闹，有几个知道主人的心思？那个馋嘴鸭子聪明些，可她过于嘴馋了，总是溜到主人屋里找吃的。我没和她说过话，每次从我面前走过，她都一副孤傲的样子，比那些鸭子更甚。她似乎连自己的同伴也瞧不起，看见同伴为一只虫子争抢，她是那样的不屑。有好几次，我发现她在偷偷打量我，我递过目光，她却扭开了。鸡鸭和人一样，是不能过于孤傲的，说到底，她嫩了点儿。如果有机会，我会把自己一生的思考告诉她。

馋嘴鸭过来了，她显然看出主人的惆怅，似乎想为主人分忧，可看到我在主人身边，她没靠近，就那么踱来踱去。我懒得理她，我现在想的是主人，我和主人一样难受，如果我能用生命换回主人的儿子，不，哪怕主人的片刻快乐，我毫不犹豫。

我经历的第三次死亡发生在几个月前。主人怕是忘记了，其实没忘，不愿再想罢了。我倒宁愿他忘掉。那天，来了个收蛋的。每个月底，那个光头汉子都要来收蛋，他总是穿着油腻腻的衣服，看上去脏兮兮的。但那天不到月底，来的也不是光头汉子，是个小低个儿，留着八字须，主人不该卖的，但八字须给的价比光头汉子多两毛。这是表面的理由，真正的原因是想换钱找大篷车。我不得不提主人唯一的一次风流。我不是故意给主人脸上抹黑，我不是一只道德败坏的鸡。作为一个叙述者，我不想有任何隐瞒，而且，我不认为这是主人脸上的黑。

大篷车是村里名声不怎么好的女人，现在人老珠黄，没人待见了，她就来勾引主人。我以母亲的名誉发誓，是大篷车在勾引主人。就在八字须来的两天前，主人路上遇见过大篷车。大篷车啧啧，好大一群鸭子啊，然后大声说，你想吃点儿啥不？晚上过来，我给你做。主人问，你想买蛋？大篷车咕哝一句，对着主人耳朵重复了一遍。主人不笨，一下就悟透大篷车的意思。那一刻，主人苍老的脸爬上些许淡淡的红色。大篷车往主人脸上吹了口气，一扭一扭走了。她相当臃肿了，屁股往后凸着，和那些鸭子没什么两样。那一夜主人没睡好，清早就呵欠连天的。第二日，主人又碰见大篷车。大篷车带了些怨气，先是用眼神责怨主人，尔后对着主人大叫，我等你半夜，胆小鬼。主人像做了错事，怯怯地、紧张地、没有底气地笑笑。就是那一刻，一种叫欲望的东西从主人心里弹出，主人不愿被一个女人嘲笑，他不是胆小鬼。而且，主人实在太寂寞了。恰在那天，八字须来了。主人给儿子攒的钱，绝不会往出拿，哪怕一分。总共卖了二百一十块钱，八字须把钱交给主人时，我看见狡黠从他眼里闪过，我马上意识到他骗了主人。我拼命大叫，不要，主人，这钱不能要。可主人听不懂我的话，情急之下，我跳起来在八字须手背上啄了一口。八字一甩下胳膊，还想踢我，我已闪开。八字须操我母亲的同时，钱到了主人手里。我又跳起来啄主人。八字须笑得脑门都裂了，怎么养了只疯鸡。我的放肆让主人恼火，八字须一走他就拎住我，说，你不想活，我就结果了你吧，丢人现眼的。我挣扎着咯咯大叫，我想告诉他，那钱有问题。主人把我摁在板子上，看看我，又松开了，说，可怜的家伙，我有点儿舍不得呢。我的眼睛顿时一湿。

主人揣钱去找大篷车，我悄悄跟在身后。主人和儿子一样憨了，找大篷车这样的女人二十块钱就够，哪用得了一百？好在那钱有问题，这也正是我担心的地方，大篷车可没那么好哄。主人进屋，我孤零零地在院里站着。我心里矛盾极了，一面为主人祈祷，让他顺顺利利风流一次，另一面又希望出点儿问题，我怕他从此不能自拔。突然间，大篷车大叫起来，这是假钱，你竟然拿假钱糊弄我？主人辩解着什么，两人几乎吵起来。不一会儿，两人从屋里出来，主人气呼呼地说，钱还能有假的，我看你的眼睛有问题。主人的生气有点虚张声势，我觉出他已经慌了。

主人把大篷车领到家里，找出另外一张，喏，你拿去好了。大篷车捏捏又照照，轻轻一丢，这张也是假的。主人飞快地捡起来，狐疑地问，也有问题？大篷车说，你个老家伙，让人骗了。主人的脸突然变白，他怎么这样，怎么这样？哎呀……哎呀……主人狠狠捆自己一掌。大篷车说，我怎么办呢？你怎么也得给我点儿补偿吧？主人拿出那几个零钱，怯怯地看着大篷车。大篷车恼火道，你这是打发要饭的，但她接了过去。她提出抱一只鸭子，主人没反对，打开圈门，大篷车一下就拽了两只，并且说，两只也是你占便宜。她回头瞧瞧主人，看到的是一张扭曲的脸。她呆了呆，又把两只鸭子逐一放回。她小声说，算我倒霉。

主人悔恨了好一阵子，他没诅咒八字须，他怪罪自己。如果他不是急着干丢脸的事，就不急着卖给八字须鸭蛋。对大篷车，他没有丝毫责怪，相反，他是愧疚的。主人没再去找大篷车，她不过是飘过眼前的一片枯叶，而儿子则是生长在他心里的一棵树。

我不止一次想过自己的死亡，我的心湖水一样平静。这是我必须面对的，逃避不了。我并未因预知自己的未来而心灰意冷，相反，挤满了无数的念想，它们像一个个红灯笼，照亮我的鸡生。我盼望主人等回儿子，盼望主人的余生一帆风顺……当然，我也担心，而且这种担心很快就应验了。

那是一个没有风的夜晚，静得能听到树叶的呼吸声。夏天刚过，暑气还没完全退去，缩在墙角的我却莫名地感到冷。我有一丝不祥的预感，我无法把自己的感觉告诉别人。那些鸭子在露天的圈里，我从不和她们在一起，我喜欢独自卧在院子的角落。主人曾试图让我融入鸭群，我反抗了几次，主人也就放弃。难道要有什么事情发生吗？我不安地揣度着，眼睛始终半闭半合。

半夜时分，我听到一种声响。我辨出来了，是机动车的引擎声。声音到主人的院门口，突然熄灭。接着我看到三个人跳进院子，每人手里拎着几条袋子，径直向鸭圈扑去。我明白他们要干什么了，这帮家伙真是可恶。我气愤得浑身发抖。他们动作利索，在我发抖间，已装满一袋并丢到院里。不行，必须阻止他们，我要叫醒主人。我飞到墙头咯咯大叫，那几个家伙肯定被我吓了一跳，一个人问，怎么回事？接着一束光亮扑到我身上，另一个声音说，妈的，一只鸡，我结果了它。我拼力一飞，飞到房顶，没让他得逞。那家伙显然想爬上房，另一个声音阻止他，老三，理一只破鸡干啥，赶紧装。老三骂了一声，再次回到鸭圈。

我大叫，主人，起来呀！

我要吼破嗓子了，主人，抓贼呀。

主人耳背，怕是听不见我的喊声，除非我和鸭子们一起喊叫，即使叫不醒主人，也会叫醒邻居。这时，我方发现，那些鸭子居然一声不吭。妈的，你们的胆量哪里去了？你们的霸气哪里去了？这样任人宰割！她们是指望不上了，只能靠自己。一个鸡的战斗，悲壮而无力，但我没有停止，我不敢停止。立在房顶的我，一声声吼叫着⋯⋯

2

我是一只健壮的鸭子，她们叫我馋嘴鸭。她们一副讥笑的口吻，我不屑与她们争，随她们叫好了。鸭子的一生，归结起来只有两个字，吃和下。吃得饱才下得多，下得多才能得到主人喜欢。不讨主人喜欢，活着也就失去了意义。这是个哲学问题，那些头脑简单的家伙哪里懂得？她们还不如一只鸡。

那个黑头是我见过的最聪明的鸡，她那么讨主人喜欢。她年轻的时候肯定貌美如花，落蛋无数，可是现在她已经老了，一脸沧桑，再也下不出蛋了。按理，她已没有存活的必要，可主人不但没杀她，走哪儿都领着她，对此，我心怀妒意。我不敢流露出来，那样有失身份。鸭子比鸡高贵——这是鸭族的共识，而且我又如此年轻，嫉妒一只衰老的鸡似乎不可思议，但事实如此。我只能以高傲的神情和她做着表面的对抗。内心，我是渴望走近她的，我对她充满好奇。鸭子的虚荣让我处在一个尴尬的境地，我轻视她却又偷偷打量她，甚至学她的一举一动。那些家伙总是嘲笑她，有一次两只公鸭还想把她摁到身底。他们说她下不出蛋并不是衰老的缘故，而是因为她没有雄壮的伴侣。她没有惊慌，平静地说，我可以当你们的奶奶了。这句话反激怒了两只公鸭，他们几乎是扑上去的。她好半天才站起来，虚弱不堪，她冷冷地看公鸭一眼，一瘸一拐地走了。那时，我在不远处站着，我完全可以阻止公鸭，但我没有，那个阴暗的念头水花一样溅起，我想看她怎么应对公鸭的挑衅和污辱。出乎我的意料，她的沉着让我害羞。也难怪主人喜欢她。

主人是个孤独的老头儿。他那个岁数不该老成那样，瞧瞧他现在的样子吧，头发全白了，像覆盖了一层鸭毛，脖子皱皱巴巴，被搓过一样。我知道他是想儿子想的，出出进进都念叨着儿子的名字。我没见过主人的儿子，我出生时他的儿子已远离乡村。据说，他的儿子进城挣钱去了。我怀疑儿子抛弃了他，不然这么多年怎么连个面儿也不露？当然，主人不这样想，我也只能顺着主人的心思。也可以这么说，这是一种美好的期盼。我，不，我们的命运其实是和儿子连在一起的，如果他有什么意外，主人肯定承受不住打击，主人有什么变故，我们遭殃在所难免。最好的结果，就是换个新主人。在这个乱糟糟的世界，去哪儿找像主人这么和善的人？

我讲一件事，你们就知道主人多么善良了。

那天，两个男孩来到主人家里，主人受宠若惊。平时极少有人登主人的门，甭说孩子了。主人想寻点儿吃的，可家里根本没有。主人让男孩先待一会儿，他去去就来。两个男孩是来看鸭子的，主人不在正合他俩心意。这是两个顽皮的孩子，哪是看鸭子，分明是玩鸭子，要么摁住鸭子的头让鸭子喝水，要么各抱一只鸭子互啄，若有不从或反抗，他俩就用手指弹鸭子的嘴。那几只倒霉蛋没少让男孩折腾，直到主人回来。主人买回糖果杏干之类的东西。主人问东问西，不时摸摸男孩的头，脸上带着巴结和讨好。显然，主人想让男孩多待会儿。可主人在场，男孩不能尽兴，吃过主人的食品之后就想离开。主人不让，主人说你们多玩会儿，我给你们讲故事。没说三句，男孩就腻了，一眼一眼瞄着门口。然后，两人挤挤眼拔腿就跑。主人愣了一下，喃喃，怎么走了？一枚白果从男孩身上掉落，我大步过去，认出是主人给男孩买的泡泡糖，毫不犹豫地啄进嘴里。你们知道，鸭子是嚼不动的，什么东西都得咽进肚子里。泡泡糖没有顺利咽进去，卡在我的脖子里。我吃过糖果，没想到泡泡糖和别的糖果不一样，咽不进，吐不出。我扭着脖子，痛苦不堪。主人发现了，摸摸我的脖子，生气地说，又吃什么了？馋嘴？我连声音都发不出，甚至站立不稳。主人意识到我有生命危险，抱起我就跑。主人找到大奎，慌张地说，救救我的鸭子，脖子里卡东西了。据说大奎先前是兽医，现在是个皮毛贩子。大奎捏捏我的脖子，我疼得眼睛都要冒烟了。主人紧张地问，怎样？有办法吗？大奎笑笑说，办法倒是有。主人忙说，那你快点儿。他的耳朵突然间变得好使了。大奎说，除非割断脖子。主人受了愚弄，顿时涨红脸，叫，你……你……。大奎说，你别急，这个鸭子没法救了，你不如卖给我，我今儿正想吃鸭子呢。主人退后一步，她还小着呢。大奎扑哧一笑，你管那么多干吗？我不嫌小。主人气呼呼地抱着我离开。大奎叫，我是想帮你，死鸭子可就不值钱了。我觉得羽毛有异样的感觉，主人落泪了。

主人把我搂在怀里，不停地捋我的脖子，数落我，你个馋家伙，逮住什么都往肚里咽，那是你吃的吗？你看看，受罪了吧？我痛苦地扭着，想说什么也晚了。主人说，你配合点儿，用力往下咽，咽不下去你就没命了，那个破大奎早就想吃你的肉了。我是想用力地，可使不上劲儿，那颗泡泡糖像长在了肉里。主人再次落泪，挺住啊，你要挺住啊。我挺不住了，我已失去信心，我的脖子渐渐麻木，失去了感觉。我昏昏沉沉的，想自己可能要死了。突然间，主人大叫，下去了，下去了！我从昏迷中惊醒，脖子顺畅了。可怜的主人，竟然捋了我半夜。如果换了别的主人，也许我早成刀下鬼了。

我有什么理由不勤奋下蛋呢？这是我报答主人的唯一方式。

索性坦白了吧，我还闯过别的祸。仍然与我的嘴馋有关。嘴馋有它的好，自然就有它的不好，用你们所谓的辩证法解释，应该说得通吧。村里养鸭的除了主人，还有一户，不过她养的可没主人多。那次那个女人也到池塘放鸭子，我们在东边，她在西边。那家的一只公鸭悄悄溜过来找我，说他发现一个地方，有不少好吃的虫子。那只公鸭子追过我几次，我一直没理他。其实，我已动心了，但故意摆出矜持样。别以为只有你们会谈情说爱，我们也会。这套把戏说来不外乎四个字：进退有度。那天，我随他去了。我知道这意味着什么。我美美地吃了一顿，而那只公鸭也遂了自己的心愿。缠绵过后，再回到池塘，主人和鸭群已经不见了。我有点儿慌，但回家的路我还是认识的，可那个女人强行把我赶进她的鸭群，我被迫进了她家院子。爱情的刺激已烟消云散，我失魂落魄，甚至感到恐惧。我不知这家主人怎么打发我，没准我连夜里也活不过去。那只公鸭信誓旦旦，说他保证我没事，从今儿后他能和我长久在一起了。我不屑地说，你连自个儿都未必保得住，怎会保证我？就算这家女主人不把我怎样，我也不想留下来。在爱情和主人之间，我肯定选择后者。

没多久主人就找来了。那个女人一脸假笑，说你的鸭子咋能跑到我的鸭群呢？我刚数过，不多不少。主人执意要看，女人冷冷地说，随你好了。主人一眼就认出我，也许他认不准所有的鸭子，但绝对能记住我。女人咬定我是她的，是主人记错了。有一个办法很简单，我跟谁走，我就属于谁。但主人急昏头了，拿不出证据，一味地和女人吵。他当然不是女人的对手。主人放弃了，他说，你说是你的就是你的吧，不过你答应我不能宰她，她是个下蛋好手。女人说，我的鸭子我想咋就咋。主人提出，如果她当真要宰，他愿意用别的鸭子交换。可能是主人的话打动了她，她犹犹豫豫地说，我不会真数错吧，又假模假样数了一遍，责怪自己糊涂了。我被主人抱回。主人没有责打我，只说，你这个馋家伙，尽给我添乱。

我对主人的过去产生了兴趣。若说对主人的了解，无疑黑头最有发言权。可虚荣堵塞了我的喉咙，我迟迟没有开口。我，散发着青春的气息，走到哪儿都吸引着异性的目光，而她，不过是一只又老又丑的鸡。我对她的抗拒和排斥，其实是因为她的吸引而产生的恐惧。意识到这一点儿，我的舌头更加僵硬。我知道这是不对的，我必须向她请教……一拖再拖，直到那个夜晚来临。

那个夜晚，我像往常一样卧在最里面的角落。我没有闲聊的习惯，我喜欢自己遐想，在想入非非中进入睡眠。我不担心什么，没有比窝里更安全的地方了。就这一点儿看，我是愚蠢的。急促的声音击碎了我的梦幻，我睁开眼，还没明白怎么回事，三条黑影已扑进圈中。我呆了一下，忽然意识到三个家伙是窃贼。他们肯定干惯了这种勾当，手法熟练而阴狠。揪住鸭脖子用力一拧，便丢进袋子里。我没经见过这种事，吓得浑身发抖。我的同伴像我一样害怕，一个个直往里挤。我突然意识到，我们都成了哑巴。喊叫是唯一可能的生路，我们吓傻了，还是担心？——无疑，先叫的肯定先遭厄运。不，我得喊叫，必须喊，可我浑身打战，脖子像被捏住一样，只发出短促的呻声。

鸡的咯叫就是这时响起的。我为之一振。一个窃贼似乎要灭掉她，她机警地飞到屋顶。她没有停止，叫得更响。那一刻，我为鸭族脸红。高贵和卑贱，伟大和渺小，勇敢和怯懦，只有在特殊时刻才看得出来。我们这群贪生怕死、胆小如鼠的鸭子竟然靠一只衰老的鸡拯救。如果这时鸭群集体高叫，窃贼也许会仓皇逃走。可我们依旧哑着，抱着一丝可怜的侥幸。那只鸡几乎喊破了喉咙，但毕竟形单影只，她的喊叫反而成了窃贼的伴奏曲。窃贼没有住手，但慌了些许，一个家伙不停地催促，快点儿，另一个家伙不停地咒骂那只鸡。

鸭子越来越少，只剩几只了。我意识到自己在劫难逃，没想到死亡以这样一种方式走近我，我还有无数的蛋要下，我还没来得及向那只鸡请教……只剩我和另一只鸭子了，那家伙一把揪住我俩的脖子，没来得及拧就往袋里塞。袋子已经满了，往外拎的时候，我从袋里滑落。那家伙没理我，我昏头昏脑地趴在地上。

3

我紧张得不敢呼吸，心弦几乎要绷断。

主人打开门，像往常一样往鸭圈走去。突然被抽了一鞭子似的，他僵在那儿。仅仅几秒，他啊了一声，扑进鸭圈，鸭子呢？我的鸭子哪里去了？那个馋嘴鸭，唯一的幸存者，仍然被惊恐笼罩着，一句话也说不出，只是扭着脑袋。主人在鸭圈里转着圈儿，并狠狠踢着脚下，仿佛怀疑鸭子们钻进土地。几分钟后，他从鸭圈跑出来，他的目光在我身上停停，我说，我尽力了，我的喉咙已经喊破了，我还想劝主人想开些，但主人已转过身，他看到被拽烂的栅栏门。他终于明白发生了什么，跌跌撞撞跑出去。

我的鸭子丢了！主人惊慌地喊。

我的鸭子丢了！主人悲痛地喊。

谁偷了我的鸭子？主人绝望而愤怒。

主人的喊叫在街上乱撞，同时，他拍着别人的门，没等这家开门，他又敲下一家了。孤单的主人这时想起了他的乡邻，他们是救命草，他要抓住。主人跌了两跤又滚爬起来。我气喘吁吁的，快跟不上他了。

乡邻三三两两来到主人院子，他们察看了鸭圈，确认被贼洗劫了。有的说，昨夜好像听见车响来着，有的说，好像还有鸡叫声，我以为做梦呢。他们骂一阵窃贼，安慰主人几句，叹息着离去了。

上午来了两个警察。他们看过鸭圈，问了主人一些问题，说抓住那些家伙一定轻饶不了。主人牵住一个警察的衣襟，说这些鸭子是他的全部家产，他还靠她们给儿子娶媳妇呢。他说，鸭子受了惊吓，不肯下蛋了。警察说一有消息就告主人，让主人放心。说这话的时候，试图推开主人的手。然主人牵得紧，警察不得不说，李家庄还有一个案子，他们得去哪儿。主人不情愿地松开。

一连几日，主人都呆坐在鸭圈门口。他一言不发，目光迟滞。我和馋嘴鸭小心翼翼守着他。馋嘴鸭问我怎么办？我缓缓摇头。自那个夜晚，馋嘴鸭谦和了许多，但也呆了许多，如果我知道怎么办，我有那个能力，早替主人办去了。我现在能做的就是守着主人，不离不弃。主人一会儿悲痛，一会儿自责，唉，可怜的主人，这和你有什么关系呢？

那天，主人终于开口了。他没在鸭圈门口枯坐，他清扫了鸭圈，又打扫了院子，然后给我和馋嘴鸭吃早餐。馋嘴鸭悄声说，主人总算想开了。我却从主人的神情觉察出不祥，这不是我见惯的那种祥和，而是一种让人发冷的平静。主人摸摸馋嘴鸭，说可怜的家伙，又摸摸我，说，瞧你瘦的，白送怕是没人要呢。主人让我俩多吃，说，我可是最后一次喂你们了。我的不安应验了，傻子都听得出来。馋嘴鸭紧张地递过一个眼神儿，我思忖一会儿说，咱们必须看住主人，紧紧地。

然我和馋嘴鸭的想法落空了。吃过早餐，主人左抱我，右抱馋嘴鸭出了院子。阳光稀稀淡淡的，一条狗在街上游荡。主人步伐稳健，径直来到大篷车家，我一刹那明白了主人的意图。我说不，试图抽出身子，可一点儿也动不了。大篷车很是意外，惊问，你这是干啥？主人说，我只剩一只鸡一只鸭，不值得养了，我想送给你。大篷车竟然有些不好意思，你留着吧，好歹有个伴儿。主人说我用不着了。大篷车没听出主人的话外音，说我先替你养着，什么时候要了，你过来领。主人说不用了，没理大篷车让他进屋的话，返身离去。

我给馋嘴鸭使个眼色，我俩佯装什么也不懂，我啄了地上一粒麦子，她则饮一个残碗里的水。大篷车看我俩如此老实，转身进屋。我和馋嘴鸭逃出院子，拼命往回跑。

我俩跑回去，主人正往房梁系绳子。他咦了一声，怎么又回来了，并笑笑，这个不好玩，我可不能领你们。我大叫，主人，你怎么想不开呀！馋嘴鸭也叫，主人，别丢下我俩呀。主人不理我和馋嘴鸭，系完绳套，搬了一个凳子。刻不容缓了。我啄住主人左裤口，馋嘴鸭夹住主人右裤口，主人懂了我俩的心思，咕哝，我活着没意思了。

我意识到，光凭我和馋嘴鸭是救不了主人的，我让馋嘴鸭拦着，我跑出去喊人。大门口没人，我跑到大街上，仍然空空荡荡。我心急如焚。终于看见一个小男孩，我哭叫，快去救救我的主人。对了，他听不懂我的鸡语，我扑上前啄他的裤口。男孩踢我一脚，骂，滚！我趔趄一下，再次扑上去，男孩重重踢我一脚，大步离开。一个女人端着盆子走过，我去啄她的裤子，女人呵呵一笑，傻家伙，饿疯了吧，想吃东西么，得跟我走。她也离开了。看来，我是喊不上人了，这会儿主人怕已经……我打个寒战，往回猛跑。

主人好好地在凳子上坐着。他手里拿着半截绳子，另半截绳子在房梁晃荡。主人脖子有一道明显的红印，没等馋嘴鸭开口我就明白了，绳子断开了。主人绕了绕，突然把绳子甩到墙角。主人生命的最后一刻，一定想到了什么，是他的儿子吗？那么，并不是不结实的绳子救了他，而是他的儿子，是生的愿望拽断了绳子。也许没这么简单，那么又是什么呢？我想不出来，我这个鸡脑子呀。但不管怎样，主人拒绝了死亡。

我说，我和你在一起。

馋嘴鸭说，还有我呢。

这一次，主人似乎听懂了我和馋嘴鸭的话，他摸摸我，又摸摸馋嘴鸭。我从主人的眼神知道，主人开始算账了。虽然他只有一只下蛋的鸭子，但鸭子下出的每一个蛋都孕育着一个新的生命，用不了几年，他还会有一大群鸭子。我知道主人没算我的数，我已经衰老了。可是，什么都有可能不是？我要下一颗蛋，我生命中的最后一个蛋。这是主人的荣誉，也是鸡族的荣誉。

我发誓。

敦　煌

1

那一切，是怎么发生的呢？

2a

如果不喝那瓶啤酒，不，如果不是烂泥般的情绪，李东是没那个胆子的。原以为喝点儿酒会好些，可酒什么也没冲刷掉，胸反堵了黄沙一样沉。李东丢下十块钱，离开烤肉摊。敦煌的黄昏铺天盖地的烧烤味，伴着烟尘的气味吻着李东的鼻子、嘴巴、眉毛、头发，李东有种被架在炭火上的感觉。漫无目的，目光飘忽不定，像大漠上的一绺烟雾。敦煌真没什么特别，肯定是她编出来的。某个地方被劈了一下似的，李东不由抽抽鼻子。一股野蒿香。李东愣了愣，嘴巴和鼻子同时张大。没错，是蒿香！李东意外地一喜。终于有了些意外，尽管与他的期待相差甚远。李东追寻着蒿香，他想知道是从哪里来的。忽然没有了。李东躁躁地转着圈，香味儿忽又掠过鼻翼。一会儿没了，一会儿又来了，像一只鸟。

李东追寻着，穿过两条街道，拐上一条僻静的窄街。街面显然上了年纪，布满长长短短的皱纹。水果摊、垃圾箱、电线杆。还是电线杆。李东站住。那一幕李东永远忘不掉。两个男人正在猥亵一个姑娘。姑娘双臂被拽到电线杆后面，一只手捂着她的嘴巴。另一个男人上上下下摸着她。尽管光线昏暗，李东还是捕见姑娘眼中的惊恐和哀求。那两个男人似乎没发现李东，或根本没把李东当回事，我行我素。李东喝叫一声。两个男人放肆地扫李东一眼，让李东滚开。李东没滚，相反，他有些愤怒，骂着什么冲上去。李东摔倒，昏暗的天空几乎压到脸上，随后是两个男人的身躯。姑娘惊叫着，两个男人逃离。

半小时后，李东和姑娘坐在了餐馆。李东要陪姑娘报案，姑娘说报案会很麻烦，她反正没损失什么，当然，多亏了他。李东尊重她的意见。是他的提议，还是她的提议？记不清了，总之，两人朋友似地坐在一起。姑娘再三致谢，李东说你没吓着就好。李东脑袋隐隐泛痛，那一下摔得不轻。但他的心却像加温的水，渐渐腾起朦胧而欢快的雾气。他朝思暮盼，就是这样的奇遇啊。哪怕，哪怕……他怕姑娘瞧出什么，低头喝水。姑娘问，大哥不是本地人吧？旅游？李东点头，简单介绍了自己。半真半假，李东留了一手，他没那么傻。姑娘说她是兰州人，朋友在敦煌开玩具店，她来看朋友，恰朋友的婆婆病故，她临时给朋友看门店。李东说，你挺义气啊。姑娘说，也是凑巧了。我想趁晚上出来逛逛，没想，……多亏你。李东说，有惊无险，别去想了。姑娘得知李东刚到敦煌，打算呆数日，说她朋友明天回来，如果李东愿意，她陪他玩一天，充当向导。惊喜漫过李东脸颊，太好了。姑娘一笑，飞快瞄李东一眼。她肤色稍黑，眼睛也小了些，但很耐看，特别那一笑，摄人心魄，难以抗拒。李东怕她窥见他阴暗的心思，用反问防守，你不会哄我吧？姑娘似要噘嘴，嘴巴聚成"O"形时突然松弛。她伸出小拇指，以不容置疑的顽皮口气说，拉钩！说好了哦，谁也不许赖！李东有种触电的感觉。

李东陪姑娘走了一段，姑娘忽然顿住，说自己到了，不让李东再送。李东望去，两边全是店铺。李东恋恋不舍，但不敢有其他造次，只是又重复一遍自己的住处。姑娘说，你这个傻子，我记住了。笑着跑开。尔后回头，冲李东摆手。他看懂了姑娘的手语：赶紧回，不然我要生气了。李东艰难地拽回目光。

李东不知自己怎么打车、怎么回到宾馆的。他抓着房卡，来来回回在走廊上窜，他找不见房间了。卡上没写。然他并不着急，甚至不清楚自己在干什么。他静不下来，心里窝了一群跳鼠般。从来没有过的，就是恋爱时也没有过。无法描述的感觉。没想到，他真遇上了。姑娘影子似的飘过来，但她的眼神，她的口气，她的话都清清楚楚：谁也不许赖！他不会赖，他怎么会赖呢？蓦地，他定住，眼睛慢慢睁圆，怎么不邀请她到宾馆呢？如果他提出，她会来的。只要她来，那么……想象中的镜头撞得浑身发热。该死，错过了，还是没经验啊。不，不，他立刻否决。不能这么快，那会吓着她。那和找妓女有什么区别？他不是找妓女，不是的。尽管他找过，但到敦煌，他不是找妓女的。他吁口气，为没有冒失邀姑娘到宾馆而庆幸。

　　若不是服务员询问和帮忙，他仍会在走廊游窜下去。看到拉上口的包，他醒过神儿，返到前台续了房费。他住七八天了，白天游景点，晚上逛夜市。他期待发生点儿什么，但什么也没有。莫高窟、鸣沙山、阳关、玉门关，甚至附近的县，他都去了。毫无收获。不像他妻子，呆五天就……他揪住头发。明天他打算离开的，一天也不想呆了。可……蒿香……不，一定是神在帮他，他撞见那一幕，他出手救了那个姑娘。他和姑娘一定会发生什么故事，敦煌是个浪漫的地方……总之，他不走了。

　　睡前，李东摸了下裤兜，他习惯把手机放枕头底。空的。又摸一下，仍然是空的。这才着急，里里外外搜个遍，影儿也没有。丢了！姑娘跳出来，难道……难道……李东吸口冷气。他强迫自己不把手机与姑娘联系起来。他仔细回忆着，离开烤肉摊儿，还拿出手机看时间。她怎么可能……她又怎么有机会……他并没觉出什么啊……他再次压住自己的念头，不往姑娘头上怀疑。她那么的……怎么可能？明天就知道答案了。李东睡意全无，再次被架在炭火上。

　　第二天一早，李东凭记忆找见和姑娘分手的地方。赶紧回，不然我要生气了，他仍能在杂乱中辨出她的声音。确实有玩具店，一个汉子正把卷帘门抬起。李东问过，汉子是店主，从来没什么姑娘替他看店。李东按店主的指引，往北五十米又找见一家。李东等了一会儿，等到一位中年妇女。李东顿时跌入深谷。他遭遇了小偷，而他竟可笑地当成艳遇。那两男人可能是她同伙，他们演戏引他上钩。傻子，他真是个傻子啊！

　　连着三天，李东发疯地寻着姑娘。玩具店，当然还有别的什么店，他都不放过。他不信她不露面，既然她是干那个的。丢个手机对李东不算什么，他丢的东西还少么？但这次不同，他不只为找回手机。他从未有过的愤怒与难过，就是妻子说出那句话，他的愤怒也没这么强烈。从清早到中午，从中午到黄昏，他的眼睛扫视着任何一个可疑的地方。直至夜深人静。

她似乎蒸发了。酸痛的身子摊在床上，李东决定放弃。第二天吃早餐，两个学生模样的青年不时瞅着李东，小声商量着什么。李东吃完要离开，两个学生娃截住他，问李东去不去雅丹公园，能不能和他们拼车。李东摇头，瞥见两个学生娃脸上滑过的失落，不由一动，问，什么时候去？学生娃说今天，他们已经联系好出租车，如果李东去，出三分之一车费即可。

李东不知自己为什么答应学生娃，他已经去过。其实钻进车他就后悔了，他这是干吗呢？没等他做出反悔的表示，车开了。他把侧过的头缓缓扭正，也只好这样，眉头却皱着，那是对自己妥协的疑惑。学生娃兴奋不已，黑戈壁，沙蒿，滑翔的鹰……不时从他们嘴里跳出来。李东有一搭没一搭地瞅着，不久便昏昏欲睡。海市蜃楼！李东突然惊醒，顺着学生娃手指望过去，前方果然是影影绰绰的城楼。这个他倒没目睹过，总算没白跑一趟。学生娃热情地往李东手里塞瓶矿泉水，走得匆忙，他没带任何东西。如果坐在身边的是……李东啪地拍下头，那个影子顿时碎裂。

中途看了玉门关和汉长城，到雅丹地质公园已近中午。路边停着旅游巴士，一个个腆着肚子，会妖术似的，把行头各异的游客吐出来，吞进去；吞进去，吐出来。李东和学生娃约定一个小时回到车上，其实活动范围有限，没有谁敢往深处走。逼人的热，几乎难以呼吸。西部昼夜温差大，据说早晚到这儿必须穿羽绒服。李东慢腾腾走在学生娃后面，扫视着一个个巨型蘑菇样的岩砂山包和蚂蚁样窜来窜去的游客。目光突然被咬住，李东惊在那儿。是她，那个小偷！她距李东几十米远，转着头，一定在寻找目标。李东兴奋，甚至紧张，因此没有马上过去，似乎那是个什么稀罕物，怕吓着她。她看见他了，拔腿离开。李东追上去，越过学生娃身边，他迟疑一下，掏出一百块钱丢到学生娃脚边，说，不要等我了，我自己打车回。学生娃喊什么，尚未触到李东耳根便消散在酷热中。

李东咬住她的背影，加快步子。她像长了后眼，也快了许多。李东只抓瓶矿泉水，当然，她东西也不多，仅一个挎包，但还是影响了她的速度。她往人多的地方奔，李东猜测她有同伙。他没喊叫，她也没有。游客被她和他甩在身后，他明白了，她没有同伙。她和他同时奔跑起来，岩砂碉堡一个个被甩在身后。脚底的沙子烤熟了似的冒着蓝烟，空气迅速黏稠。看你往哪儿跑！他恨恨地，又快意地想。一定要擒住她，他当然能擒住她。显然，他低估了她的体力，他气喘吁吁、两眼飞花时，和她的距离并没有缩短。你跑吧，就是累死，我也要追上你。瞅她的姿势，他明白她支撑不了多久。她会累趴，很可能突然倒下。他脑里闪过她求饶的样子。她没趴下，也未停住，而是改变策略，不再直跑，躲在碉堡后面和李东捉起迷藏。这就有了喘息机会。李东万分恼怒，但扑不住她。有一次，两人照面，只有几步之遥，还是被她逃掉。

奔跑，躲闪；躲闪，奔跑，一个前，一个后，没有喊叫，没有斥骂，只有脚与沙地的摩擦声，伴着越来越粗重的喘息声。

她终于跑不动，歪了几歪，鱼似地倒下去。几乎同时，李东腿一软，倒在距她约两米的地方。她似乎要翻身，但显然已没了力气，李东往前爬一步，她身子躬起，李东以为她要逃。他骨头和肉一样软，如果她逃，他可能爬不起来。但她没有，复又倒下。李东看到一张毫无血色的脸，张开的嘴巴如一个黑洞。她软软地看李东一眼，闭上了眼睛，那是一种无望又豁出去的眼神。李东没再靠近，身体彻底摊在滚烫的沙子上，拧瓶盖的力气都没了。天空湛蓝，没有任何杂质，如静静的湖水。

两人无声地躺着，像一对默契的情侣。

过了很长时间，她方软软地问，你想咋样？李东的愤怒似乎在奔跑中蒸发掉了，他平和地反问，你说呢？她说，我不知道，你爱咋咋吧，我是不跑了。李东坐起来，说，拿来！她反问，什么？她脸上有了一点点儿颜色。李东说，装什么糊涂！她拽下挎包丢给李东。李东拉开，自己的手机在里面窝着。除了手机，包里还有一包纸巾，一个葫芦玩具。李东打开手机，问她卡哪儿去了。她说扔了。李东瞪圆眼，扔了？你……她说，对我没用，我留着干吗？她竟然笑了笑，像数日前那个晚上。那不是顽皮，而是顽劣。李东终于忍不住，吼，你个恶贼！她嬉皮笑脸地说，别生气了，哥哥，不就一张卡吗？明儿我给你买新的。是了，这是她的本来面目。李东本想放过她，此时突然改变主意，喝道，起来！她装作吃惊的样子问，干吗？李东叫，跑我走！她舔舔嘴唇，哥，先给我喝口水。只剩半瓶水了，李东没敢一次喝完，如果喝，两瓶也不够。她这么一说，李东方意识到她没带水。李东问，渴了？她说渴死了。李东说你干吗不哭？一哭自己就解决了。她很无赖地说，你不给我水喝，我就躺着。李东冷笑，是吗？那就躺着吧。他拧开盖，抿了一口，斜睨着她。她张着大嘴，脸上挂着混含笑意的乞求。李东一口一口抿着，她的笑意消失了，只剩下乞求，她眼里浮上一层薄烟样的痛苦。她低低叫了声，哥！李东问，躺着很舒服吧？她双臂抬抬，然后支撑着坐起来，瞅瞅李东脸色，摇晃着站起，哥，给我口水。李东说，别装了，跟我走。她迟疑一下，乖乖跟上。

李东听不见声音。她又站住了。李东凝视着她。她缩着头，包在胸前吊着，像套了副枷锁。她的目光锥子样盯着李东手里的水瓶，哥，我渴！李东骂，活该。那锥子突然烤化一样，腾起一团朦胧的白雾。李东被灼疼，抓瓶子的手机械地缩缩，慢慢走回去。

她扬起头，李东看见她脖子上有一道深色的疤痕。不长，但趴在白皙的脖子上，甚显凶悍。她的嘴唇对准瓶口，李东的目光仍盯着疤痕。她劈手夺过瓶子，猛灌起来。李东猝不及防，奋力争夺，她抓得死死的。愤怒之中，李东抬脚踹她一下。她倒下去，李东砸她身上。并未放弃争夺，李东占了上风。只剩个瓶底了。李东青着脸，呼呼地喘。你占我便宜，她软软地说。李东挖苦，你好像吃狼肉长大的。她突然一副凶相，你骂谁？你才是吃狼肉喝狼奶的货。她不大的眼睛好像没了眼白，纯一色的黑。李东吃了一惊，但并未被她吓住，不无讥讽地说，是啊，所以我是个贼么，别人好心好意救我，我倒偷她的手机。她说，我从未碰见过你这样的人，早知这样，你花钱雇我，我也不会理你。竟然是李东的错，李东气笑了。我真是倒霉透了，她又说。李东说，行了，起来！她索性一挺，我偏不，除非你拿轿子抬我。李东说，行啊，你好好等着吧。他放弃把她扭到公安局的打算，他必须回了。李东看看手里的水瓶，犹豫一下，立在她身边。

走了一段，她在背后喊，等等我。李东没回头，也没停步，知道她会跟上来，她不会留在这里过夜。日已西斜，碉堡扯出一团团巨大的影子，不像中午那么热了，但又饿又渴，每迈一步都异常吃力。他不敢停下，天黑前必须走出这个地方。

她追上来，李东没有回头，但知道她在身后。

哥呀，方向对不对？她问。

疑问早就蛰伏在李东脑里，但他不敢轻易触摸，她这么一说，他躲不过去了，疑团顿时放大。他转过身，看着她。夕阳给她镶了层金边，她像要飞起来似的，但她的目光沉沉地坠着。李东说，路在北边，咱们不是朝北走吗？李东没意识到他用了"咱们"。她说，可怎么望不见头儿呀，不会走错吧？李东说，只能是这个方向。

日头坠下去，暮色一层层厚了。两人谁也不说话，但步子快了许多。碉堡收回了拖长的影子，它们本身就是巨大的影子。它们不再扎在沙土中，云团一样慢慢腾挪、移转。本来已超过它们，一眨眼，它们又飘在眼前。

哥，转向了。她惊恐地喊。

李东打个激灵，斥道，胡说！

她指着一个河马状的碉堡，我记得走过它了，咱们又转回来了。

李东狠狠瞪着她，似乎她的烂嘴会带来灾难。他多么希望她改口，可她没有躲避，重复，真的，我记得清清楚楚。

李东的眼睛和暮色一样暗了。这也是他的感觉。两人置身于一团团巨影的包围中。方向彻底混乱。

咋办？她小声问。

反正不能等死。李东恶狠狠地说。

夜空低垂，如一盆随时会倾覆下来的沙子。风呜咽着，吐出缕缕寒气。

李东站住，说不能再走了。她问，怎么办？就这么等着？李东沉寂下去的怒气又卷上来，不等待还能怎么办？如果她不扔掉手机卡，也许可以求救，现在他抓个没用的手机。她问，你也没个同伴？他们怎么会丢下你不管？李东想起那两个学生娃，说我没同伴。她提醒了他，问她怎么来的。她说搭一个外地旅行车来的，没有谁记她。看来你没得手吧，不然他们会记住你的，他嘲讽。她说，我没你想的那么坏。李东顶回去，还嫌坏得不够？不是你我怎么会到这个鬼地方？他有撕扯她的冲动。她说，反正这样了，你想骂了骂，想打了打，我乖乖的，我保证。没等李东说话，她就埋怨上了，你也是，一部手机值得你追这么远。李东捏捏拳头，随即松开。

李东在碉堡背风处坐下。等待天亮，也许是最明智的选择。但愿这个地方没有野兽什么的。她坐他身边，挨得很近，像那天他送她回"玩具"店那样。当然，李东不用再提防她。他不再生气，毫无必要了，但不想理她。她说，也许会有人寻咱们，不过待一夜也没啥大不了。她竟然安慰他。要是有狼来，让它先吃我好了，她说，谁让你是我引来的呢？李东忍不住笑了，但没出声。她觉察到了，碰碰李东胳膊。李东问，干吗？她说，水！李东这才发现她手里抓着水瓶，她没有喝掉剩下的水。她说，我不渴了，你喝吧。李东愣了几秒，突然抓过瓶子，拧开。张开嘴！他说。她愕然地叫声哥。李东大声说，张开！她顺从，喝水的声音很响。那条疤痕从黑暗中浮起，在李东眼前游荡。李东生出悔意，不该那么疯狂地和她抢夺水瓶。

从什么时候改变的？是妻子歉意地说对不起，却执意要分手的时候？还是他踏上敦煌之旅，寻求妻子背叛他的答案，并一心报复她的时候？是和这个女孩在寒冷中偎在一起的时候？还是听她讲述自己的故事，几次替她擦拭眼泪的时候？所有这些都模糊在黑暗中，但有一点毫无疑问：人生拐向了，他不会再回到原来的生活中。人生的拐向竟这么容易。

但要离开这个碉堡林立的巨大沙盆，只能朝来的方向。北，往北，他和她都记得。朝霞漫红半个天空时，两人踩着冰凉的沙子相拥前行。谁也不说话，并非说够，而是张嘴和行走一样吃力。沙粒渐渐烫脚，不知不觉太阳已骑在当头。她几乎歪在李东身上，但没有停下来。

2b

出发那天，王西就注意她了。广播通知火车晚点两小时，贵宾候车室一片抱怨，他们已经等了一个多小时。王西没抱怨，倒不是他有足够的耐心——这年头，有几个有耐心的？——而是觉得自己没有资格。他们是制药公司的客人，都与药沾边儿，医生，药房主管，药店销售员，而王西是个顶替者。把机会送给他的老枪表示毫无问题，王西仍觉气短。王西坐在角落沙发上，瞭着他的同伴们。男男女女，二十多个人。不再毫无意义的抱怨，三三两两聊上了。有的早先就熟，有的虽然挨得近，一直在说着，但是可以看出刚刚认识。王西甚至能想象他们说些什么。她也是一个人。她没像王西那样观察别人，她在翻一本杂志。也许是从家里带的，也许是临时买的。好像她料到火车会晚点。阅读的间隙，她抬起头——觉察到王西凝视的目光了吗？两人的目光撞在一起，她客气地点点头，又埋进杂志中。王西推测她的年龄，也就三十出头，却经过大风大浪的样子，沉静，安详，甚至……没有欲望。

途中，王西认识了顾小艳，一个胖胖的有些凶蛮的女孩，说话总带个哦字，发音又重，像拖个大尾巴。多吃一碗哦，她盛一勺米饭，却扣在王西碗里。王西先前的担心简直多余，没人在乎他是干什么的，到了陌生环境，身份自然而然被忽略掉。王西也记住她的名字：闻可，和她的人一样特别。旅途沉闷，不知谁提议讲段子。女客不但不怵，比男客讲的还生猛。轮到闻可，她摇头说不会。有人起哄，让她表演别的节目，唱首歌或别的什么。她站起来，我给大家鞠个躬吧。她微微一笑，目光却从大家头顶越过去，望着远方辽阔的戈壁，她在向戈壁行礼，那么神圣。突然出现短暂的静默。令人窒息。她低下头，一副与己无关的样子。后排两位女士悄声说着什么，王西猜一定是关于她的。他竖起耳朵，她们却不说了。闻可当然听不见，但肯定觉出异样——她那么聪明。中午吃饭，王西和她坐一桌，她轮流给人盛汤，仍然微笑着，并非歉意，但王西看出来，她分明想弥补什么。王西的心隐隐疼了一下。他几次想接近她，并费尽心思找借口。她淡淡笑着，却是拒人千里之外的样子。王西并非寻花问柳之徒，几次之后便放弃，和顾小艳嘻嘻哈哈厮混着，聊以排遣旅途的寂寞。

入住敦煌山庄的第二天晚上，多了个节目：放孔明灯。穿过敦煌山庄弯弯曲曲的廊亭，来到后院的空地上。先是露天晚餐，待暮色四合，服务生端出孔明灯。每人一个，服务生示范怎么放。平展，撑开，点烛，几分钟后，红灯笼飞离手掌，摇摇晃晃向天空飘去。敦煌的夜空深不见底，海水般厚重，红灯笼像从天海坠落的眼睛。

王西的放了，顾小艳的也放了……真他妈的好，顾小艳说粗话。闻可刚刚拿到手，她上下翻看，似乎寻找什么。王西见状，过去帮她。她说谢谢，肯定是微笑的，王西没朝她脸上瞅。王西正要点火，她忽然叫，等等。声音很大，王西吓一跳。她急急从包里掏出笔，在孔明灯上写着什么。无疑是她许的心愿。她的表现有点儿疯，出乎王西意外。孔明灯终于飞离她的手掌，她似乎松口气，突然又惊呼一声。王西抬头，那盏孔明灯燃烧起来，火舌耀眼，几分钟就熄灭了。她傻了一样，半天没动。服务生重新拿一个给她。她问，还管用吗？服务生没听明白，说可能刚才那个漏气了。但王西清楚，她问的是另外一个问题。她依然写了什么，很慢，仿佛耗尽力气。没有再燃烧，她仰着头，入定一般。三三两两往回走，王西离开时，她仍站在那里。天空像一个剪满窟窿的黑罩子，柔软的星光从窟窿漏出来。

王西被顾小艳喊去打牌，她是个牌迷，牌技却极臭。十点多钟，牌友之一，被顾小艳称作李姐的打了几个呵欠，说昨夜没睡好。顾小艳说是哦，是哦，我也没睡好，吃个冰激凌提提神哦。随即掏出一百元钱，让王西辛苦一趟。其他东西你随便买哦。王西开句玩笑，没接她的钱。餐厅在楼顶，晚上兼做酒吧。王西意外地看见闻可。她坐在餐厅外的观望台一角，背对王西，望着前方——鸣沙山。黑魆魆的夜幕下，鸣沙山只是个朦胧的影子。桌上放了两瓶啤酒，看不清她刚开始喝，还是已经喝过。只她一个人。戈壁吹来的风穿过观望台，扑进夜的深处。她一动不动，如一尊塑像。王西想打个招呼，嘴唇还未张开便合住。他轻手轻脚走进餐厅，又轻手轻脚离开。

王西的心思再难集中到牌上，脑里全是观望台上那个雕塑似的身影，挥之不去，甚至落到牌面上。奇怪的是，不再是背影，而是略带忧郁的面孔。和王西打对家的顾小艳终于有机会埋怨，你丢了魂哦。再一次出错牌，顾小艳大叫，真让女鬼勾魂了？王西脸色突变，狠狠瞪顾小艳一眼。李姐乘机说，都困了，明天再玩吧。王西第一个离开。他大步流星穿过廊道，在楼梯口还摔了一下。如同上面失了火，必须他去扑灭，一步跨三个台阶。快到观望台，他突然踌躇了。会不会打扰她？见了她说什么？观望台是公共场所，但深夜出现在她面前，还是有些鲁莽。偶然碰见的，他对自己说。深深呼吸几口，蹑手蹑脚登上去。

空空荡荡。

王西怅然若失，又松了口气。他走到她刚才坐的角落，桌上什么也没有，肯定被服务员清走了。他坐在那儿，望着对面的黑暗，直到餐厅的灯熄灭。毫无疑问，她的心并不像她的外表那样沉静，一定揣着什么，她用微笑掩盖了。可是，和他有什么关系？几天后这些人就各奔东西，他没必要伤感。是的，伤感。他花几年时间才逃离伤感。有一瞬间，他懊恼得要揪自己头发。但他明白，他不可能轻易甩掉，即使旅行结束。

第二天，王西急欲在她脸上发现什么。她仍是那样，挂着淡淡的微笑，平淡温和，拒人千里之外。她眼圈发暗，明显睡眠不足，这没法掩饰。游玩鸣沙山，十几分钟车程。顾小艳凑过来，问王西是不是生她气了，王西打着哈哈应付过去。顾小艳快活地说，晚上继续玩哦。

王西被挤在中间，沿贴着沙丘的木梯拾阶而上。尽管踩着梯子，喘息声仍如绳子一样晃在头顶。半途歇息，王西方发现闻可没走木梯，她独自从另一端攀爬更为陡峭的没有游客的沙丘。无疑，这是艰难的，每迈一步脚都会陷进去。一次次吃力地拔脚，她的身子左右摇摆。王西离开木梯，选择了她那样的攀爬方式。并非证明什么，但仍希望她能看见他。

王西歇了一会儿，她才爬到顶部。其他人已陆续下了。没像别人那样一屁股崴在沙丘上，她来回走着，似乎考虑是否再爬。沙丘那侧仍是连绵起伏、没有人迹的沙丘，看不到尽头。终于，她躺下。王西只能看见她的头。

顾小艳和李姐摆着各种姿势照相，下去时，顾小艳招呼王西。王西说我再歇会儿，你们先下。顾小艳瞟王西一眼，王西装没看见。空阔的沙丘上只剩王西和闻可，她还躺着。又待了一会儿，王西走过去，问要不要帮她照相。她侧过头说不用。极干脆，仿佛那两个字一直在嘴边，就候着拒绝王西。王西脸上挂出僵笑，转身欲离去。她突然喊住他，帮我个忙好吗？王西大喜过望，好啊。她说你用沙子埋住我。王西没听明白，抑或怀疑听错，你说什么？她平静地说，你用沙子埋住我。王西乐了，童年的游戏？她说……算是吧。

她仰躺着，闭上眼睛。黛青色的裤子，白上衣，飘着红晕的脸。再熟悉不过的姿势，王西突然一阵紧张，牙齿几欲打战。他拼命控制住自己，小心翼翼地往她身上掬了几捧。她嘲弄道，我又不是蚂蚁，埋啊！在她的催促中，王西奋力抛埋。脚，膝盖……腹部。王西顿住，她再次催促。沙子流进乳沟，填平，开始往白皙的脖子上流。不要停下，快点啊，她的声调带着恼火。王西的背已经湿透，她仍不让他停。头部以外，她整个身子被沙包盖住。她的脸渐渐涨紫，继而发白。王西不敢再弄，她的口气变成央求，我撑得住，帮帮我！王西掬了一捧，说超过规定的时候，该回了。她说好吧，我自己起！她先把胳膊挣脱出来，又一点儿一点儿往两边拨沙子，挺起来。王西大松一口气。她望着对面连绵不绝的沙山，遗憾地说，可惜。王西脱口道，晚上再来？她眼睛一亮，好啊。

下午参观敦煌博物馆，但王西根本不知自己看了什么。那个约定让他心神不定，兴奋与不安像两匹野马，一路狂奔。他躲着她，生怕她说，算了，我们不要去了。漫长的下午耗过去，除了顾小艳，没人跟他说话。他费半天口舌，才让顾小艳相信，晚上确实有事。

从山庄出发时，夕阳尚红着半个脸，粉色的帐子罩着大地，到了沙丘底，薄暮悄然聚合。路上寂静无声。寂然也是一种力量，王西受到重压似的，突然闭口。一路王西嘴没闲着，不仅坦白自己是临时顶替，而且在她不经意的询问中，透露出不少真实信息。他的未婚妻，也是他的同窗，他们结婚前夕，她淹死了，还有另外一个青年，捞上来的时候，两人还在一起抱着。他摆不脱心理阴影，至今远离婚姻。为什么对她说这些？怕路上沉闷的尴尬，还是让她也说些什么？他不清楚。她没有片言只语，也没评说，除了几声叹息。

爬沙山时，两人都沉默着。头顶悬着一钩弯月，晃晃悠悠，随时栽到沙滩上的样子。先是并排，渐渐的，王西落到后面，踩着她的脚印。他是故意落下的，像从后面审视她。只看到一个模糊的背影。他干吗要说那些话？尽管他没彻底倾倒，隐去了某些东西，但依然有些后悔。他对这个女人说得太多了。

在山顶喘息一阵儿，她问，敢不敢再爬？王西明白她指的是对面朦朦胧胧、白日都无人敢越界的沙丘，夜晚爬无疑更加危险。但她用那样一种挑衅的语气，他能说不么？

先下到谷底，然后再上，王西仍然在她身后。难以想象的陡，每迈一步都得把腿抬得高高的。她摇摇晃晃，歪歪扭扭，但没有停步。爬到山顶，她惊喜地叫一声，躺倒。王西躺她身边，大喘。

她再次提出让王西掩埋她。王西没有犹豫，他先挖个坑，让她躺进去，随后往她身上堆沙子，堆了几下，突然疯狂。她没再催促，没再哀求。王西被一种恶意的快感驱使着，直到她呻吟了一声。像从遥远的地方射过一束光亮，又像锋利的刀片划过，王西倏然惊醒。双臂挥舞，疯狂地往两边抛，几乎不再喘息。沙土飞扬中，她含混地说什么，他听不清。他忘记是怎么抱住她的，触到她柔软的肢体，他的大脑一片空白，再次失去控制。他只记得她捆了一掌，也仅仅一下，他便被什么缠住。整个世界都变成沙漠。

回到山庄，东方的天空已褪尽黑暗，就像她灰白的脸。他在那灰白上摸到湿漉漉一片。王西以为她会骂他，抽他，扇他，但没有，她像个木偶，不看他，不说话。这一天，她没露面。王西听旁边人说，她病了。王西忐忑不安，她会怎样？告发他吗？还是从此不再理他？王西回忆那一切，怎么也聚拢不起来，是的，她捆了他……是什么缠住他？一方面不安，一方面王西又被狂喜卷住。他花几年时间终于摆脱感伤，然后恋爱结婚。但新婚那天，他出了问题。触到妻子的身体，她突然变了，变成淹死的曾经的未婚妻，肿胀的身子，发白的脸。他发抖，抽搐，甚至呕吐。黑暗中，不行；开着灯，橘红色，粉红色，淡蓝色，橙黄色，都试过，没用。几个月后，他离婚了。他不断地找女人，但只要上床，只要触见女人柔软的身体，他的病就犯了。他无法摆脱那个泡大的与别人抱在一起的尸体。也看过心理医生，只让他更加懊丧而已。渐渐心灰意冷，一个死结，一块伤痕。就在昨天，他发现自己的死结打开了。是她治好了他，只是这样的方式……他眉头再次蹙紧，忧虑弥漫着。他对自己的喜悦产生怀疑，真的不治而愈了？只这一次，还是……？车猛一颠簸，王西重重磕了一下。

第二天上午，她的病好了。王西暗暗松口气。他不敢正眼看她，可不放过任何偷窥她的机会。依然挂着淡淡的微笑，但脸色发白，确实病过一场的样子。他的担心多余了，她不会报复他。可就这样过去吗？王西忧伤地想，他宁愿她，宁愿她把他送进监狱……只要再给他一次机会。

明天就要返回，下午安排购物。顾小艳招呼王西李姐一同到敦煌市区，王西无心购物，左顾右盼。发现不少他们的人，却不见她。可能她没出来，该死，为什么不问她一声？难道连这点儿胆子也没了？好像他和他们一同抛弃了她，内疚突然填满发空的心。再无意逛下去，打了个车，直奔山庄。

她不在房间。王西敲了几次，没有任何回应。她去哪儿了？王西愣怔一会儿，突然灵光一闪，她会不会……会不会……没有任何犹豫，跌跌撞撞跑下楼梯。

下午的鸣沙山游客稀少，王西瞭了一会儿，沿着他和她夜间攀爬的大致路线匍匐而上，如四脚动物。在山顶四望，找不到她。一串浅浅的脚痕蜿蜒至谷底，王西眼睛亮亮，划下去。再次爬上山顶，望见她了。她在另一个沙丘上，背对着他。四周是绵延不绝的沙子，她坐在那儿，小了许多，似乎随时会缩成一粒沙子。转眼间，她又像一棵树那样挺拔起来，葳葳蕤蕤，广漠的沙粒被她巨大的树冠罩住。

王西怕惊着她，悄无声息地靠近。他的身影从她身边拖过，她肯定觉察到了，但没有回头。她专注地在沙上写着什么。相同的两个字，反反复复。那两个字重重叠叠，一次次凸出，又一次次被掩盖。王西辨出那两字是李东。李东是谁？她丈夫？还是情人？王西痴痴地望着，不敢出声。

她停止划写，抹了一下，那里什么也没了，那里只有沙子。同时，她长长叹口气。

对不起。王西声音小得像一粒沙子。

她斜他一眼，眼里含着愠怒，同时浮着一层王西捉摸不透的东西。

她站起来，嘴唇哆嗦着，终于碰出两个字，混蛋。她的脸突然变青，目光也凶了许多。他尚未做出任何反应，拳头雨点般扑向他……

王西猛地抱住她。本来想任她打骂，可捶打和叫骂就那么奇怪地、猝不及防地成为王西进军的号角。她奋力挣扎，柔软的沙子倾翻了他们。倒下去的同时，她缠住他，用她有力的臂缠住他。他们的嘴准确地吸在一起。翻腾着，顺着陡坡滚下去……

他确认找回了自己，也明白他扯出了被微笑掩盖的另一个她。仅仅是瞬间，他的脑腔成了燃烧的沙子。

2c

苏北看见出租屋门口的宋佳，惊得眼珠差点爆出来。她毫无变化，黝黑的脸，齐耳短发，旅游鞋，牛仔裤，只不过此时挂在脸上的不是凶蛮，而是挑衅和得意。毫不避让的目光分明在说，怎样？你能逃出姑奶奶的手心？你怎么……你怎么……苏北结巴着。宋佳换个姿势，嘴角吊着轻蔑的笑，天网恢恢，哟……不至于吓成这样吧？我没带手铐。苏北遏住慌乱，竭力使语气和目光一样阴狠，你想怎样？宋佳说你明白。苏北恼怒道，你不要再缠我，再缠我报警了。她的眼睛闪闪发光，太好了，现在去？苏北顿时软了，避开她的目光，半晌方说，我今儿挨老板训了。她骂活该，依然咄咄逼人，你挨训就冲我嚷？我跑两千里路是为看你臭脸的？苏北说，行了行了，我检讨，你还没吃饭吧？她哼一声，这还差不多，别惹我，我饿了一天，肚里净剩气了。苏北问她吃什么，她不假思索地，羊肉！到敦煌当然要吃羊肉。那样子似乎是苏北把她请来的，是他尊贵的客人。

在骨头馆，她一连吃了三支羊腿。先前戴着餐馆提供的专吃骨头的塑料手套，后嫌不利索，扯掉，两手甚至嘴角外也油光闪闪。吃相也恶，皱眉瞪目，和羊腿有深仇大恨似的。邻桌食客投过惊愕的目光。苏北觉得脸热，踢踢她，小声说，都看你呢。她啪地把啃剩的羊骨砸在桌上，咋着，丢你人了？苏北忙说，当然不是，我怕……她打断他，咸吃萝卜淡操心，再上一盘！苏北说你就不怕吃胖？她刺他，没良心，吃啥都不长膘！你啥意思？心疼钱还是心疼我？苏北苦笑。她瞟他一眼，德行？以为我真想嫁给你？苏北说行了，趁热吃吧。酒足饭饱，她把手和嘴角打理干净，凑过脑袋，笑嘻嘻地问，你有没有胆子娶我？苏北下意识地往后撒撒，我可没那福气。她敛起笑，这么多年，还装啊，露出你的本来面目吧。忽又忧伤地说，你这样的男人都不要我，看来我真嫁不出去了。苏北说行了行了，你吃好，我送你回去。她眉毛上扬，回哪儿？苏北硬着头皮说，回你住的地方啊。她锋利的目光削着苏北，装什么糊涂？苏北对自己的紧张恼火，但毫无办法，悄悄做个深呼吸，解释，这个房东和别处的房东不一样，不允许带人回去。她立刻顶回来，谁说我一定和你住？演戏似的，很快又一副笑嘻嘻的无赖相，遍地宾馆，还怕没住处？苏北说，你住好了，哪怕住五星十星的呢。她吹他一口，别这么恶狠狠的嘛，姐夫在这儿，我干什么自己去住？你又不是不懂，我的钱都有用。苏北被咬了似的，疼痛颤过，蔫巴巴地，还是回出租屋吧。她问，不怕房东告发你？苏北说，我会和他讲清楚的。她说，看在我姐面子上，我就不挑剔了。回去的路上，苏北一言不发。她碰他一下，干吗垂头丧气的？好像你领个乞丐。苏北丧气地想，还不如乞丐呢！那她是什么？索债鬼？冤家？刽子手？法官？魔鬼？似乎每个身份她都有，他看不清真正的她。

　　一张床，一张沙发，她毫不客气地霸占了床，像过去跟他"借"住时一样。沙发大约是房东捡的，又破又硬，极不舒服。苏北不停地折腾，试图找个最佳睡姿，然怎么躺都一样。其实，沙发的硌在其次，更硌的是床上那位。

　　是不是想我了？想我就上来嘛，何必苦苦坚持？她一副调侃语气。

　　苏北的声音似乎像房间的黑暗没有方向，谢谢，还是留给别人吧。

　　她说，我虽然不是花容月貌，说啥也是黄花闺女，你真能忍得住？

　　苏北终于逮住反击机会，谁知道呢，我怕背黑锅。

　　她呸了一声，看你装到猴年马月。

　　苏北说，霸占别人的地方，还这么凶？

她加重语气，这是轻的，厉害的还没使出来呢。

苏北想，还不够厉害？快把他逼疯了。

她问，喂？你真不想？

苏北看不到她的脸，却能想象出嬉皮笑脸的样子，轻轻却极其干脆地说，不想。

她吃惊地，咋会呢？一个大活人躺在身边……是不是自那以后你就不行了？真是报应！

苏北没好气地说，什么叫自那以后？那不是我干的。

她冷笑，以为没证据你就逍遥法外了？休想！

苏北半是愠怒半是哀求，怎样你才相信我？

把那个清白的人还给我！

她声音不重，每个字都像一支飞镖，苏北被射中，蔫下去。这是她擅用的手法，激怒他，再狠狠捅他一下。

怎么不说话了？我好寂寞耶。她就这样，不停变换着面具和腔调。见他不应，她戏谑地问，睡着了？姐夫？

你咋找到这儿的？他知道不该问，每次不管他怎么逃离，也不管逃到什么地方，她都能嗅着他的踪迹杀上门；可他每次都憋不住，这个愚蠢的问题也一次次碰壁。

她得意地说，知道我的厉害了？我警告你，你逃也没用，甭说逃到敦煌，就是逃到国外，逃到天上，我照样揪住你。除非你逃进地狱，永远待在那里。

苏北试图解释，我并不是想躲，不过换个环境，我还会寄钱回去的，直到……喉头卡了东西似的，他猛咳一下。

她嘲讽道，是吗？看来我是小人之心了。不过，我也确实想你，你孤单单的，身边连个伴儿也没有。

苏北问，你待在这儿？

她反问，你说呢？

苏北耐着性子，不是任何地方都能找上工作，何况离家又远……

她斩断他的话，少操心我的事！

苏北说，没事干，你……

她立刻顶回他，我去偷行吧？又不是没当过贼。

苏北说，别作践自个儿。

她换了亲昵语气，谢谢你呦，有你在，我还饿着不成？

苏北重复，我会寄钱的。

她嬉戏着，我没怀疑你啊。

苏北竭力压着火气，你到底想怎样？

她说，就这样。

苏北顿顿，听见喉头迅速滑动的声音，如果你逼我，都没好下场。

她连珠炮似的，威胁我？我碍你事，你杀了我呀！你终于露出真面目了，来吧，来呀！我他妈凭什么缠你？以为我真发情了，没你这条公驴我活不下去？你觉得委屈，可你把别人毁了你不知道？光是我姐吗？我呢？三年，不死不活的……她带出哭腔，苏北从未听过的。

苏北声音矮下去，黑天半夜的，别吵了。

她恶狠狠地，是你要吵！然后，又欢快地非常知足地说，这样的日子也挺好啊，不是你，我哪有机会到敦煌？

苏北不再接茬，不然整个夜晚都消停不了。他从没占过上风。先凑合着吧，既然无计可施……他叹息着，再次调整睡姿。

她发出鼾声……一个女孩，装的，还是真累了？苏北不知道，没法试探。尽管他也累，沉入梦中却非易事。到敦煌三个月，也是他摆脱她时间最久的一次，原以为……她让他恐惧。他没杀人，没抢劫，却胆战心惊地过着逃亡的生活。还不如杀人放火呢，至少，能够自首，结束流亡。他连自首的地方都没有，向她，向她姐姐？他做的一切已超出自首范围。可……那不过是同学打赌的戏言，为了赢一顿烤鸭，他向那个卖雪糕的女孩发起进攻。谁能想到她陷得那么深呢？老实羞涩的她竟然到宿舍堵他。他果断，及时，狠心，临近毕业，终于甩掉她。刚喘上口气，宋佳问罪上门。那个女孩精神失常，还怀了孩子。他和她没有过那种关系，对她后来的事一无所知。但刁蛮的宋佳咬定他毁了她姐姐，她用另一种方式缠住他。从此，噩梦如影随形。

她醒来，苏北已买回油条豆浆。她惊喜道，姐夫，你真是我肚里的蛔虫哎，我刚才梦见吃油条呢。苏北哭笑不得，比情此景，谁能想到两人是躲逃与追逼的关系？她说，别那么拉着脸嘛，夸你两句就不知天高地厚了？真是的！苏北出门，她让他留下钥匙。苏北知道，她会配一把，她还会出去找工作。他并非对她一无所知。她不会躺在屋里混，到了日子，她把她和他的那部分钱一并寄回去，若发薪不及时，她会体贴地节俭，甚至和他就咸菜下饭。这也是最让苏北害怕的地方，她一副持久战的架势，他看不到尽头。

　　傍晚，苏北没像往常那样回栖身地，在大街游荡一会儿，拐进一个餐馆。加班晚了，还不让他在外吃口饭？可是，待了几分钟，他如坐针毡，道过对不起，迅速逃离。怵意，当然还有别的，他无法说清的东西。她烧好菜等他，我以为你不回来了。苏北略带夸张，老天，我哪儿敢呀？她眉毛上挑，装什么大尾巴狼，甭忽悠我！苏北说，哎呀，你可看清了，这是我的家。她盯住他，什么意思？苏北说，我饿了，尝尝你的手艺。她说，你就不怕我下毒？苏北说，下毒也揑不到现在呀。她说你小心点儿，惹急我，我什么都做得出来。苏北说我牢记你的教导，一不着你二不惹你，三不……她不耐烦地说，行了行了，少贫吧，菜都快凉透了。苏北吃了几口，连夸不错。她哼了一声，眉色却露出喜气，说已在餐馆找了工作。苏北吃惊地，这么快？她说有你的功劳噢。苏北装个糊涂，吵架不是她的对手。可什么又是她的对手呢？

　　睡觉时，苏北发现沙发上多了块海绵——她的善解人意有时比凶蛮还让他不安。没再争吵，他想问问那个女孩的病情，张了几次嘴，终是没敢捅马蜂窝。她要早起，温柔地和他道了晚安。没那么硌了，苏北依然不能轻易入睡。她是一颗炸弹，随时都会爆炸。苏北数次领教她的利害。因无证据，苏北起先理直气壮，说什么也不答应去看那个女孩。他怕扯上关系。一次在他房间，她用刀子抵住脖子，威胁如果他这么狠，她就死在他面前。他没那么狠，退让了，跟她去了精神病院。数月未见，女孩胖了许多，也许是穿号服的缘故，她的脸黯淡无光，眼睛混浊呆滞。看到苏北，那混浊似乎晃荡了一下。苏北——女孩的声音像是从深井里发出来的。苏北很紧张，女孩的目光滑过他，落在墙角，那儿堆些杂物。苏北，我要苏北。女孩自语。宋佳抱着女孩，涕泪滂沱，姐，姐，苏北来了，我给你带来了。女孩依然是僵硬的姿势，苏北，我要苏北。宋佳嚎，姐呀——紧紧抱住她。苏北突然被击溃，碎裂的身体坠于深井中。苏北答应拿出工资的一半给女孩治病。他和女孩、和宋佳拴在一起。是的，他愿意赎罪。但宋佳并不只是要钱，她缠着他，用他想象不到的方式威逼他，索要着他无法偿还的债……

苏北谋划着下一次逃亡。每次她追来，逃的念头就会冒出。往哪儿躲呢？三年了，去的地方还少么？无论大城市还是小城镇，都躲不掉她，她仿佛长着神犬鼻子，能嗅见千里之外的气息。不逃又不甘，这种日子，这种温柔与粗蛮挟裹的日子，让他时时有吞刺的感觉。那夜，苏北辗转反侧，她鼾声起伏。这个索债鬼！绝望与愤怒突然涌上来。掐死她，他要掐死她！靠近床边，她的鼾声停止。黑暗中，他仿佛看见她冷笑的眼睛。他打个寒战，悄然退回。还是在海口的时候，被酒精和欲望燃烧的他想扑到她身上。同样，他及时遏住自己。她故意设陷阱，引他上钩，把他投进牢狱。她有什么做不出呢？不，不上她当。

炸弹再次引爆。往回寄钱，她嫌他给的少。苏北解释半天，他挣得少，不像以往能找上兼职，况且得支付房租，日常开销。她依然不行，逼住他——他缩在沙发一角，把她能想到的恶词，奸诈、阴险、流氓、恶棍之类，劈头盖脸砸向他。她的胸在跳，脸在跳，目光在跳，整个人离地三尺似的。苏北突然怒了，身子陡竖，几乎和她撞在一起，逼我去偷不成？和你一样当贼？我没那么长的手！她一下子定住，目光被切断似的，她就用切断的目光瞪着他，脸白了青，青了白。她的声音轻得空气一样，不错，我是贼，我是三只手……苏北并不想改口，只是偏了头——她的声音渐大，你有什么资格寒碜我？我他妈生下来就是贼？就是贱货？喜欢和一个恶魔不死不活混着？你毁的不是一个人，是两个！你有什么资格冲我叫？你出点儿钱怎么了？你以为几个臭钱就能赎回你的良心？

苏北抽搐着，再次往后缩，好像被她的话烫了。他试图缩在墙角，但没等靠过去，就坚持不住了，双手抱头，失声痛哭——仅仅一下，便压抑地呜咽了。她和她姐毁了，他呢？一千多个日子，他东躲西藏，女友没了，好端端的工作没了。一个荒唐的玩笑，让他背了还不清的债！

她坐他身边，等他抽泣停止，塞块毛巾给他，行了，大老爷们掉眼泪也不怕羞。她责备中夹着亲昵，好像他们是闹小别扭的夫妻。她转变得就这么快，难以想象她刚才恨不得剐了他。她抱抱他的胳膊，姐夫，小妹脾气不好，你别计较哦。苏北觉得自己是被她捏在手心的泥巴，他抽出胳膊，冷冷地说，你要怎样？今天一次了断吧。她顿顿，笑着说，等我姐病好了，等到你们结婚那一天，我就离开。苏北吸口冷气，你杀了我好了，把我送进监狱也行啊。她忽地站起，刹住漫延的笑意，我没那么残忍，你掉一根汗毛，我姐都会怪罪我呢。好了，别讨论这些无聊的问题了，我要睡觉。

苏北一动不动窝着，说话的力气都没了。她躺了一会儿，又窸窸窣窣穿衣服，随后是轻轻地关门声。他知道她去干什么，懒得理她。他的目光在逼仄而空阔的屋里不停地又毫无目的地爬行。再一次落在床上，抖了抖。干吗要抖呢？让她偷去好了。不，终究是他的麻烦。明天再找找，也许能找一份兼职呢。她是午夜之后回来的，天不亮又走了。餐馆工作，她比他辛苦。

第二天晚上，她又出去了。苏北没找上兼职，也就没开口。她不会相信他的空话。

她一夜未归。

苏北嘀咕，也许她直接去餐馆了。然后嘲笑自己，去不去和他有什么关系呢？傍晚，苏北回到出租屋——他并未意识到他的脚步有些急——她没回来。他寻思着，后来迷迷糊糊地睡了。突然醒来，天已大亮，目光扑到床上，一如昨晚的样子。她出事了，他马上想，她毕竟是业余小偷，毫无经验。等了一上午，没什么人找他。苏北有些慌，不知自己为什么这样慌。再无心工作，请了假，跑遍敦煌所有的派出所。没有她的消息，她没被抓，她……去哪儿了？苏北猜测着，忽然想，难道她主动离开他，因恼怒不辞而别了？随即觉得没有这么简单，她怎会放弃他？不管怎样，她不见了，也许从此再不见了。苏北没有摆脱纠缠的轻松，他对她的牵挂——他无法形容自己的心情，找不出更恰当的词——一日重似一日。捱了一天，他再也撑不住，一头扑进敦煌的角角落落。有一个问题，他终于搞明白了，不是他逃不掉她的追踪，而是逃不掉自己的内心。

3

　　我叫李东、王西或苏北。我叫什么并不重要，重要的是与他们相关的故事。其实，故事又有多重要呢？那不过是我的想象。但愿，也是你的想象。难道在庸常的日子里，你没希望在某一个时期跳出自己的生活吗？没希望那些未曾发生或曾经发生在别人身上的故事垂在自己身上吗？如果你说没有，你肯定在撒谎，并不能证明你满足自己的人生，只能说你伪装惯了，面具已经紧紧贴在你的脸上。

　　我在前往敦煌的路上，我放任自己的想象，希望其中一个——我不知哪个更适合我——与我有关。当然喽，生活总是超出我们的想象，不是吗？在机场大厅，我鲁莽地撞了一个金发碧眼的姑娘。她微笑着，像是一个老朋友和她开什么玩笑。我没见过那么蓝、那么清澈的眼睛，我一下子就掉进去了，直到上了飞机，我仍然呛了水似的晕头转向。我看见了她，那蓝色的海水。她慢慢移着，在我身边停住，迷人地一笑，坐下。

　　我的故事就此开始。

春色

清明节还没到，生意已如七月的骄阳火腾腾的。水仙、百合、波斯菊，束花、盆花、吊花，哪种卖得都好。来扫墓的没几个砍价，即便砍价也不像买菜的老太太那样死磨硬缠，顶多试探性地问问。祭奠逝者，花总是要买，卖花的也摸准了对方的心理。这年头什么都涨，土豆都三块多了，花价自然也往上蹿，嫌贵？甭买好喽。这是卖方市场，一口价！

　　在所有卖花人眼里，只有杨芬是另类——买主杀价，她立马松口。五十元的花篮卖四十五，二十元的花束十五就出手了。杨芬不傻，比任何人都知道钱的好，也不是故意和别的卖花人作对。她心软。扫墓人不是普通买主，眼睛或浸着悲伤，或含着忧郁，尽管与杨芬无关，但杨芬和那些眼睛对视，心就会隐隐地痛，他们砍价，杨芬咋能不应呢？比如那个戴着红框眼镜的女孩，买花时泪珠还扑噜扑噜掉，杨芬不少要五块钱，黑夜会睡不着觉——仿佛干了亏心事。那些卖花人都不和杨芬说话，偶尔搭话也是冷嘲热讽。不说就不说吧，杨芬只想相安无事。一次，杨芬内急去了趟厕所，花篮花束都遭了打，东一束西一束，有的则成了花泥。杨芬和孟亚说，孟亚说你是不忍心，那些卖花的认为你是不正当竞争，当然要报复你。孟亚劝杨芬换换脑子，心该硬则硬，不然会和同行发生更大纷争。杨芬默默点头，可买花的只要砍价，她依然没有定性。所以，那些卖花的依旧孤立她。

　　杨芬的花摊在旮旯，生意不如别人好，但并非卖不动，不过别人卖得快，她卖得慢，别人卖得多，她卖得少。她晓得这个，上花也比别人少。杨芬也不吆喝，安静地坐着，像个道士。

大约正是这份安静吸引了那个人，杨芬得以和他相识，开始了她在京城的传奇——这个词是孟亚嘴里跑出来的，他还酸不溜溜地警告，可别被人家哄了啊，好像那个人和他一个德行。每次孟亚乱说，杨芬都想把那块黑乎乎的毛巾塞进他嘴巴。

三年前的清明节，杨芬第一次见那个人。他穿着古铜色夹克，行走缓慢——腿似乎有点儿瘸。后来，她知道他崴了脚。卖花人注意他并不是因为他的穿着和走路姿势，而是因为他是第一个来祭扫的。买花吗？想要什么花？那些卖花的热情地招呼，就差拦截了。那个人边看边走，不点头也不摇头，越过众多摊位，径直走到守在墙角的杨芬这儿。他选得很细，一束花的花朵间夹了片枯叶，他轻轻夹出来，再轻轻一揉，弹到地上。仿佛怕枯叶粉末沾花瓣上，他连吹几口气。一种没来由的情感攫住杨芬，杨芬的心又隐隐痛了。那个人离去好一阵，她才意识到忘找钱了。她快步追去，叫住他。那个人接过她递上的五十块钱，重重看她一眼，什么也没说。他从公墓出来，再次走到杨芬面前。那时，祭扫的人已经多起来，杨芬很忙，那个人插缝和杨芬聊天，问杨芬什么地方人，在哪儿租住，末了问杨芬能否给他推荐个老乡，他想找个钟点工，每周工作半天。杨芬脱口道，我行吗？就这样，他成了杨芬的雇主。杨芬上午卖花，正愁下午没事干。虽然一周干半天，可一个月下来也二百多块钱呢。

一干就是三年，有时他在家，有时不在。杨芬没遇到第二个人，他似乎单身。不，他就是单身。这是杨芬的感觉，过去他不是，现在他绝对是一只孤雁。女人的照片，公墓祭扫，那个人忧伤的眼神，杨芬虽不知他的经历，但这些已让杨芬隐约猜到他的故事。

每个清明节，那个人——某次，杨芬在茶几上看到他的身份证，知道他叫吴连生，但她习惯称他那个人——准第一个到达，像急着和谁约会。不，不是像，就是约会。待那么久，不是约会是什么？杨芬生怕与他错过，天黑就爬起来。

但在这个清明节，那个人没来。杨芬从早等到晚，眼涩脖酸。因她的心不在焉，耽误了不少生意。太阳落山，仍有十多个花篮没卖出去。隔一夜花就蔫了，不能再卖，别人早已收摊儿，只有杨芬守在角落。暮色帐篷般垂下，渐渐地，黑漆漆的夜色把她涂抹成墙壁，她才万分不甘地站起来。

　　回到租住的小屋，杨芬虚脱一般，扎在床上，手指都抬不动了。脑子里满是那个人。那个人，那个人，他出了什么事？杨芬想不出来。隔壁那对安徽夫妻又吵架了，他们经常吵，没有规律，前一分钟还大笑，后一分钟已大打出手。女的擅骂，尽管听不懂骂什么，她语速加快就更听不清了，但从她的嗓门和语调中能猜出大概，男的骂不过，着急就上手。杨芬和孟亚经常听功夫片，如同住在电影院隔壁。两人黑夜争吵，大动干戈，白天却有说有笑，杨芬常怀疑自己的耳朵出了问题。孟亚感叹，夫妻没有隔夜仇，这就对了。杨芬明白孟亚言语的含义。杨芬和孟亚从未打过，闹矛盾当然免不了，即使小别扭，杨芬也会好几天不理孟亚。安徽夫妻没有任何值得杨芬敬佩欣赏的地方，她甚至瞧不起他们。好得快，并不能说明他们有情义，没心没肺罢了。

　　隔壁的争吵提醒了杨芬，她挣扎着起来，烧了一壶水，寻出两颗没有水分的土豆，正待削皮擦丝，孟亚来电话说不回来了。杨芬心里一沉，没吱声。她下意识地瞅瞅墙上走得不准但从未停过的钟表。孟亚前天回老家，说好今天回来，一般十一点就能到家。孟亚觉出杨芬的不快，解释不能赶回来的原因，有两笔账没能要回，不然还得专门回去一趟。孟亚抱怨那些欠账的人，抱怨人心不古，明明有钱就是不还，他甚至骂了娘。他虽未明说，但语气分明告诉杨芬，他并不是不想回，而是无奈。你别担心，末了，孟亚这样说。这话的含义有点儿复杂，也正是这句话激怒了杨芬，但杨芬并未像隔壁的安徽女人扯起嗓子，她声音很低，不是一般的低，但每个字都被冰层裹了，冷，硬。孟亚又解释为什么现在才打电话，为了要钱，喝醉了，刚醒。他说得断断续续，仿佛那些字也被酒浸醉了，东倒西歪，不连贯。好吧，随你，你想住多久就住多久，杨芬如是说。还能怎样？让他现在赶回来？那不可能，除非他有私人飞机。就是有飞机，他也未必立刻回来。要账？或许吧，可别的可能不是没有——他真正的目的恐怕是后者，此刻，三桃花可能就躺他怀里，正龇着黄牙冲他撒娇呢。我明天肯定——孟亚说了一半，杨芬关掉手机。爱住多久住多久，杨芬又说，仿佛孟亚听得见。

杨芬把两颗土豆扔回角落，用热水泡了剩饭，晚餐就这么打发了。躺下的时候，三桃花的脸又晃出来，神气活现的，仿佛说，我没办法，谁让他喜欢我。杨芬恨恨地骂无耻。

隔壁没了声音，安徽夫妻骂累了，正相拥而眠吧。没廉耻！杨芬又骂，想的却是孟亚和三桃花在一起的样子。

杨芬和孟亚进城与三桃花有关，准确地说，是三桃花逼的。在孟村，杨芬和孟亚的日子不算最好的，但绝对是数得着的。孟亚是半拉兽医，技术一般，但在缺少兽医的乡村，还是蛮吃香。除了行医，还开小卖部。当时村里已有一家，杨芬和孟亚的小卖部开了一年，那家就关了。杨芬不得不承认孟亚有点子，比如，他专辟一间屋子，供人们打麻将，那些人输有输的开销，赢有赢的消费。他在小卖部门前支一口锅炖羊头羊蹄，香味不但勾引着村民，村里的猫狗都追着味道过来，人气旺，畜气也旺。别人出外寻营生，孟亚和杨芬在家就能挣钱。除了能干，孟亚还有一样好，不打老婆。村里没打过老婆的屈指可数，孟亚名列其中。孟亚最暴怒的一次是把菜碗掼到镜子上。当然，他为此付出了代价——杨芬整整一个月没和他说话。可千好万好的孟亚竟然出轨。杨芬不知孟亚和三桃花什么时候勾搭上的，又是如何勾搭上的。她听到传言，如遭闷棍。她不是泼辣女人，过了几日才小心翼翼询问孟亚。孟亚矢口否认。不久，孟亚被三桃花男人堵在床上，杨芬想自欺都不行了。杨芬哭过求过，孟亚也没少发誓忏悔，但和三桃花的关系却一直延续。杨芬找过三桃花，怕自己难堪，也怕三桃花害羞，杨芬特意去地头，只有她俩。他喜欢我，我有什么办法？三桃花以退为进，仿佛受伤害的是她。杨芬没把三桃花怎样，若撕打起来，未必是三桃花对手。经历无数个失眠的夜晚之后，杨芬做出人生中最重要的决定：离开村庄。她从未有过的坚决，如果孟亚不随她走，她就一个人离开。最终，孟亚选择跟她走。在城里的生活是艰辛的，烦恼并不少，但再不用每天想那些破事了，她很知足，甚至享受。只是，心病未能彻底剔除——每年清明节，孟亚都要回村给父母上坟，杨芬就是有一千个理由也不能阻拦。清明，对孟亚和三桃花无疑就是七夕了。这不，说好今晚回来，孟亚一个电话就搪塞了杨芬。他们开小卖部多年，村人确实欠了不少账，孟亚的借口听起来合情合理，可……杨芬翻个身，低声骂，不要脸！也只能这样出出气。

卖花人都盼清明节，杨芬也盼，但与他们不同，清明节对杨芬还有着别样的意义，因了那个人——过了好长时间她才意识到的。绝不是她对那个人有什么想法，或那个人对她有什么表示，不，才不呢，那是一种……杨芬说不上那是什么感觉。牵挂？敬慕？似乎有一点，可绝不止这些，真的说不清楚，就像一个梦。对，就是梦，无法准确描述的梦。

迷迷糊糊，朦朦胧胧，杨芬也不知自己睡着没有，可能睡着了，也可能没睡着。闹铃设的是三点，她爬起来脑袋又疼又胀，像杵进了什么东西。冷水激一把脸，稍稍清醒些。别的住户尚在梦中，杨芬怕惊动他们，轻轻把三轮车推出院，走出数米，方发动。四月的黎明寒意甚浓，杨芬心里却暖暖的。这是新的一天，孟亚要回到她身边了——他能赖一天，不会赖两天吧？翻过这一页，也就翻过了三桃花，起码三百天之内杨芬不用再想那张狐狸脸。这天是她去那个人家做工的日子，还有……昨天那个人没过来，今天怎么也该来了，就算他有天大的事，也该抽空来的……杨芬不了解他的过去，但猜得出他和照片上女人的故事。杨芬认为自己猜得出来，或者说能想象出来。她甚至想象有一天自己不在的时候，孟亚……她未和孟亚说过这些，有几次，话到嘴边，她又吞回去。孟亚不配听，什么时候他配了，她再说。

上花，赶路，待杨芬把三轮车停在墙角，摆好花篮，挂好花束，才六点多一点。杨芬往路那边望一眼，松口气。她不会错过那个人的。公墓大门刚刚打开，保安似乎还未睡醒，呵欠连天的。突然间，保安身子颤了一下，竖直，又稍稍躬下去。保安的手机叫了，他接听的时候往杨芬这边扫了扫，似乎怕杨芬听见。这么早就有电话，肯定是哪个女孩打来的，保安二十出头，正是……杨芬想起她和孟亚的第一次约会，两人也是二十出头。唉，干吗想那个没良心的？杨芬晃晃膀子，孟亚像一片树叶，坠落了。

陆陆续续有人来，卖花的，祭扫的……停车场门口堵了，喇叭声此起彼伏。本来是安静的场所，唉，这世界。

生意出奇的好，没到中午，杨芬的花已经卖光。一对看上去像夫妻，又像兄妹的男女凑过来问价，杨芬说卖完了。女的指着墙角的花篮，那不是还有吗？杨芬摇头，那个不卖！她往中间移移，正好挡住女的视线。女的说，你不是卖花的么？干吗不卖？杨芬说那个不能卖，同时，杨芬往后一撤，两臂外拐，防备的架势。说到这份上，女的该走开了，邪性的是那女的不但没走，反做出一副公鸡斗架的架势，问杨芬凭什么不卖。女的眉毛上吊得很厉害，此时几乎竖直。杨芬还没碰到这样的顾客，不卖就是不卖，还非要给个说法？杨芬的目光从女的鼻梁上跳开，有些紧张，有些歉意，还有些不知所措。是这样的……杨芬试图解释，可能声音低，女的没听清，大声质问，凭什么不卖？男的拉女的走，不卖拉倒，和她较什么劲儿？女的甩开男的，我偏要问。我不能卖。杨芬声音高了一些。为啥不能卖？女的马上把杨芬盖过去。杨芬说，你去别处买嘛。女的气呼呼的，睁开你的眼看看，我去哪儿买？不用看，杨芬清楚得很，如果她的花销光，别的摊儿早就卖完了，谁能想到这么火爆？要不，你明天……我不要钱……杨芬话未说完，就被女的掐断，我是捡垃圾的？男的再次搂女的走，女的一扬胳膊，我就不信了，今天非买不可，多少钱，你说个价？杨芬的脸先是涨红，又一点点变紫，她躲避着女的咄咄逼人的目光，可女的目光像粘丝，她没躲掉。是给别人留的，杨芬本不想说，那是她的秘密，她不想透露给任何人。杨芬以为这样说，女的就会罢休，光天化日，怎能强买强卖？何况，这是京城。可女的根本不听，她迅速拉开皮包，夹出几张百元大钞，在杨芬面前一晃，行不行？杨芬心惊肉跳，仿佛女人晃的是大砍刀，随时会落她脖子上。啊……杨芬喉咙动了一下，女的又夹出几张，够不够？杨芬听见周围的惊叹声，无数的脸皮球一样在她眼前晃。有人捅杨芬，杨芬惊醒过来，是她的邻位河南侉子。河南侉子的眼球都要鼓出来了，发什么呆？赶紧卖呀，这大运你八辈子也撞不见！杨芬又啊一声，头微微一晃，说不上是摇还是点。那女的把钞票往三轮车内一摔，绕过去，径直走向花篮。杨芬往后一跳，双臂张开，大声说，不卖，这个花篮不卖！空气被冻住，一张张脸被冻住，世界刹那间归于死寂。几秒钟后，女的突然爆发，你他妈是疯子啊？河南侉子和围观的人都如木桩竖着，表情错愕。对不起，杨芬说，但她的声音淹没在女的叫骂声中，泡沫一般。

围观的人散去好半天，杨芬才蹲下去，很快又站起，疲惫焦急的目光往路那边摆。快中午了，那个人还没来。是不是那个人没发现她，买别人的花祭扫后离开了？又想不大可能，如果他来了，会找见她的。杨芬执着地站在那里。

公墓门口渐渐稀拉，保安换了岗，新上岗的保安瘦高个儿，站不稳的样子，来回摇摆。杨芬摸摸头，她又晕了。他不会来了。他真的不会来了。杨芬蹲下去，揭掉罩在花篮上的遮阳布，花瓣上水滴尚在，一粒一粒，如泪珠晶莹圆润。他不来，这个花篮就是另一番命运了，杨芬错过一个好价钱……岂止是好，是天大的好，但杨芬不后悔。如果他来了呢？她说，对不起，你来晚了，我的花卖光了？不，不能那样说。她宁可……他出差了？还是别的原因？杨芬骑得猛，脑子也在疯转。车往院里一停，杨芬顾不上吃饭，急急往外走。做工是有时间的，不能误了。还有……公交车渐渐停靠，杨芬猛跑几步。

小区很大，杨芬第一次来那个人家做工，出了屋却找不见大门，现在不会了，出进都懂得抄近道。二十三层，A室。边走边摸钥匙。她第一次来，那个人就把钥匙给她了，当时，她甚是吃惊，他对她没有任何防备。她跟孟亚说，孟亚说想必他家也没什么值钱东西，才这么放心。杨芬撇嘴，没与他争论。结婚多年，她还从未对孟亚有过不屑。一次，孟亚休息，提出去那个人家看看，我倒要瞧瞧，城里人的家是不是贴着金砖。杨芬没同意，那个人相信她，她就要对得住人家，怎么可以随便领人进来？她丈夫也不行。

那个人在家。那个人竟然在家。门没完全打开，杨芬就意识到了。她看到了那个人的包。愣了一会儿，她轻手轻脚进去。他不在客厅。她看看墙上的挂钟，两点多一点儿，他或许还在睡午觉，或许刚出差回来吧。换拖鞋，杨芬又是一愣。那个人的鞋旁有一双红色女鞋，一只矗立着，另一只歪倒，懒洋洋的，撒娇的样子。杨芬脑里迅速划过一个念头，仿佛被这个念头吓着了，她抖了一下。她没有动，就那么直立着，轻轻移动目光。终于，在沙发角落看见一只小坤包。一定是了。似乎被击了一棍，脑袋轰隆轰隆响。她不明白怎么回事，可她又很明白。这不关她的事，她是钟点工，来干活的。想清这一点，她弯下腰，腿软着，手有些抖。

卧室门响了，那个人出来。杨芬冲他笑笑，表情僵硬，笑得很吃力。那个人哦一声，来啦。杨芬啊着，眼神往他身后瞟。那个人再哦一声，今天不用干了。杨芬瞪着他，没听明白的样子。那个人又重复一遍。你回吧，不用打扫了，下周再来。杨芬听清了，那个人第一次说她就听清了，她怀疑那个人说错了。杨芬很想提醒那个人，可那个人已经折返卧室，门啪地响了一声。杨芬呆立着。从她的位置，可以看到卧室半个门。当然，就是看到整个门，也看不到什么，门关着。就算看清里面的一切，又能怎样？那和她无关。可杨芬难以名状的愤怒和心痛，胸剧烈起伏着，海浪一般。

杨芬轻轻合上门，站到外面，屋里的一切与她更不相干了。什么也没干，浑身却软得没了筋骨，摁电梯开关都吃力。到了一层，杨芬咬咬嘴唇，再次返到二十三层，打开门，把那个带着金属环的钥匙放到门口地上。砰的一声，将门合住。

出了小区，孟亚打来电话，说他到家了，问她在哪儿。她没好气地回敬，管我在哪儿！狠狠将手机合上。手机不停地响，像饿极了的孩子。杨芬不理，抹一下眼睛，又抹一下眼睛。后来，她拦了一辆出租车。进城好几年了，这是第二次坐出租。第一次是在午夜，孟亚突发肚疼，她送他去医院。

手机一直响到下车。她进了院，跌跌撞撞往屋里跑，仿佛屋里失了火。撞开门，满头大汗的孟亚抬起头，又喜又惊的样子。我赶最早的车……孟亚的嘴还未彻底拉开，杨芬已扑进他怀里，孟亚还想说什么，杨芬一口叼住他的膀子。

白雾袭来

那天下午，我并没有喝酒的打算。尽管头天和妻子闹了点儿别扭，可我并不是借酒浇愁的家伙——如果那也算愁，二十年前我就白头了。为什么想起喝酒？其实没什么理由。就像在旅途中，看着窗外飞速划过的树林或田野，忽然会想起一张忧伤的脸或某桩童年时代的恶作剧。如果非找个理由不可，只能说树林或田野勾起了——某些作家常这样荒唐地叙述，而我喝酒，是那场铺天盖地的雾勾起了馋虫。

那时，我正站在窗前。连着看了两个小时材料，我的眼睛像连续飞行的大雁一样疲劳，我是律师，刚接手一桩案子。据说远眺是休息眼睛的最佳方式，但我的目光跑不了多远，对面是一座高楼，高楼左侧是正在兴建的高楼，右侧是电视转播塔，高楼后面仍然是一模一样的叠压的水泥笼子。我只能近眺——造词也是律师的强项，但没多久，几乎是突然之间，浓雾淹没了一切。我生活的城市，近年常常遭遇大雾侵袭。一觉醒来，世界海海漫漫，辨不清方向，摸不着季节。有时像现在这样，本来是晴空朗朗，顷刻就翻脸了。

我缩回目光，抑或是被白雾逼退，给李左打了个电话。李左是个医生，我曾打理过他的案子。不管结果如何，只要案子结束，我和委托人绝不再来往。李左是个例外。我的亲戚老乡到皮城看病，我都找李左，解决病床或别的什么问题。我和他就这样成了朋友。我请教了李左一个医学方面的问题，忽然间——我保证是临时想起的，但没有那场雾我也许不会加那么一句——他晚上是否有空，能否出来坐坐。李左答应得很痛快，然后，我又约了我的同学罗小伟。大头打电话，我正收拾东西，他是约我吃饭的。他约过我几次了，我都推了。我不忍吃他，也是想躲他。我说已经约了人，如果他能赶过来——他马上接过去，我就在你楼下呢。我不知自己为什么加那么一句，舌头是极易背叛的。

就餐地点在对面的清雅斋，我记得很清楚。大头上来就说他做东，我沉下脸，如果这样，就请他离开。大头忙说听我安排。我嘱咐他不要在酒桌上提他那些事，大头连连保证，说绝不露一个字，绝不给我丢脸。我本想再说些什么，见他点头的幅度像日本少佐晋见元首似的，便咬住后边的话。还好，罗小伟及时到了，整个房间便全是他的声音。破雾，塞了半小时，怎么想起请客了？还有谁？点好了？车上有茅台，要不要尝尝？对罗小伟的问题，有的需要回答，有的不需要回答。什么场合，他都能抢夺话语权，他当老板真有些可惜了。

那天的酒局只有我、罗小伟和大头三个人，李左有危重病人没到。罗小伟喝到一半也撤了。他还有酒局。罗小伟是个忙人，浑身上下的零件和他一样忙，我毫不怀疑，但是否真有酒局，只有天知道。有多少财产，有多少套房，有多少女人，他从来不瞒我，但我绝对说不清与他相关的任何一个数字。我没必要知道那么清楚，与我和他的交往没什么关系。他"告诉"我不过是证明我是他的朋友。只剩我和大头，我指着新开启的酒，问要不要再喝点儿。我的话带着客气的虚伪，旁边的服务员也听得懂我的话外音。如果大头识趣，他该说算了，就到此为止吧。可他没听出我的意思或听出了故意装傻，说反正也打开了，咱俩喝了吧。他恭恭敬敬给我倒上，又给自己加满。我还能说什么？请的人要么没到，要么提前离席，唯一"捎带"的角色却留下来，滑不滑稽？我不能再阻止他说话，不能阻止他扯出他的烂事。其实，我已听过几十遍，倒着都能背下来，我帮不了他，我已经尽力，但大头说我是他唯一的救命草，如果我不管他，他只剩自杀这一条路。被别人当救命草死死掐住，那是顶顶不幸的。像过去一样，大头说着说着，眼泪和鼻涕跑出来擂鼓助威。我怕他喝多，抢着往自己杯里倒酒。我酒量不大，但在那样的场合，我有什么选择？我不下地狱谁下地狱？谁说的来着，醉酒也是逃避的一种办法。

我费了老大劲才把大头拖出清雅斋，两个人都跟跟跄跄的。我问大头住哪儿，要不要我送。大头不让我管，坚持要送我回去。我并没醉得失去理智，如果大头送我回去，很有可能会赖在那儿。我俩抽扯一会儿，我提出各走各的。我并不想送他，怕他继续缠我。那个一直等待的出租车司机不耐烦了，问到底谁走。我总算把大头塞进车里，并目睹出租车被浓雾吞噬。

我站在路边，等待下一辆出租车。雾更稠了，像掺了面粉的油，随时要结块似的。沉闷的喇叭声摇摇晃晃的，辨不清从哪个方向来的。车灯昏黄，滞涩，像害了眼疾。我等了半天，竟没拦到一辆出租。要么有人，要么司机也害了眼疾，看不见我举起的胳膊。有一次，我大叫着往前扑，结果被司机臭骂，那并不是出租。我看花了眼，要么也害了眼疾。后来等见一辆18路车，我赶紧跳上去。错过公交，也许就要流落街头了。车上只有一个乘客，是个四十几岁的汉子。我坐下后，他回头瞧我一眼。我不知他为什么瞧我，我懒得去想。我看着外面——我什么都看不见——酒劲卷上来，脑袋渐渐昏沉。

我被尿憋醒，酒意已去了大半，屋里影影绰绰的，天快亮了。我光脚去卫生间，目光从床对面的墙壁滑过，似乎觉到什么，又似乎什么也没觉到，但肯定有什么地方不对头。从卫生间出来，我的目光落在墙上，看清楚了，墙上多出一块圆形的电子钟。妻子早就想在卧室墙上挂一块钟表，我没同意。我不喜欢在墙壁上挂赘物。我以为妻子放弃了，没想她趁和我闹别扭的空隙自作主张。当然，这不是什么要紧事，挂也就挂了。我重新躺下去时，看了一眼熟睡的妻子。这一看，惊出一身冷汗。不是我的妻子！她是谁？我的妻子呢？我正欲推她，打个激灵，缩回自己险些酿祸的爪子。不是她跑到我家里，而是我跑到别人家了。我哆嗦着抱起衣服，蹑手蹑脚来到客厅，匆匆套在身上，逃离了。

出了小区大门，我没命地奔跑起来。浓雾没有消散，我不知自己往哪个方向跑的，反正看到路口就拐弯，仿佛这样就能甩脱什么。我不知自己跑了多久，直到力气彻底耗尽。我抓着街边的树慢慢缩到树根，不敢松开，生怕松开就会渗到土里去。那个女人没追上来，或者说我彻底甩脱了她。但我甩不掉惊愕和慌恐。那个女人是谁？我怎么会睡在她身边？我回想昨天的事，我送大头上车……等车……上了18路车……后边的事怎么也想不起来，脑袋被洗劫了似的。

雾气消散，太阳露出硕大的头颅，和往常没什么两样，但对于我，往常已不再是往常，尽管我没忘喂肚子，尽管我装模作样地出现在办公室。我不知为什么会发生这样的事，又怎么能；但确实发生了。我回想了二百遍，仍打捞不出半丝记忆。

也许迷迷糊糊的我走错了门，谁能保证我的钥匙打不开他人的房间？妻子睡眠不好，过去我回家晚而她又睡下时，我怕惊扰她，很少开灯。我以为回到自己家，摸索着在一个不属于自己的位置躺下。我醉了但惯性牵引着我，我睡在那个女人身边。她或许像我一样醉了，或许她没醉，这并不重要，重要的是她没能识辨我的身份。也许我是被这个女人领回去的，我遇见在路边的她，一番讨价还价之后，我跟她去了。去年有一桩案子，一个醉酒男人在街头被一个女人钓走，酒后怪罪女人，于是两人大打出手，撕打中，女人的头撞在墙上……我复制了那个版本，只是及时逃出，没和女人发生冲突。那么，我和女人……我还是什么也想不起，如果我干了什么，她不会轻易罢休。想到有一天——也许很快——她认出我，并当着妻子或别人的面辱骂我，冲我要钱……我打个冷战。当然，我可以否认，她没有证据。但万一她有呢？我里外搜了两遍，无法确定自己是否遗失了什么。

整个上午，我在不安和揣测中度过。没人找上门，没人打电话。我并不因此心安，相反，我更紧张了。这是不正常的，平时，我起码接十个以上的电话。至少，妻子该打个电话，除非我出差在外。我罕有彻夜不归的时候。她为什么不打电话？生我的气？是仍因前日的别扭生气，还是因我没有理由的夜不归宿生更大的气？我想给她打个电话，可最终缩回犹犹豫豫的手。如果她问我昨天的事，我该怎么回答？是的，我必须编一个理由，扯一个没有漏洞的谎言。我喝醉了，没等到车，只好在办公室凑合一夜。为什么不打个电话？对不起，我喝醉了，忘了这码事，不，我没忘，我估计你睡了，怕惊醒你。和谁喝的酒？和大头，罗小伟，你可以问他们。是的，我必须得有证人。那一切也许就这么过去了，除了我，没人知道昨夜发生了什么——我又知道多少？——我觉得有必要给罗小伟和大头打个招呼，如果妻子询问，只管原原本本说就是。可突然，一种巨大的猝不及防的恐惧席卷住我。被诱入陷阱。我觉得一把锋利的刀在脑壁上重重刻下这几下字。大约半年前，罗小伟和我探讨甩掉一个难缠的女人而又让她没有理由从他那儿讨钱的办法，他半开玩笑地说，如果我帮他的忙，他会支付我一笔数目可观的报酬。具体操作是我和那个女人搞到一起。只一次就够，他说。一次是没问题的，不过得先把酬金给我，我记得自己也是开玩笑的口吻。当真？他问，一次就够，绝对的。尽管仍然是玩笑的口吻，可我觉出那里面混杂的严肃。我甚至想到他背后的手段，比如在女人的卧室安摄像头，比如让人拍女人和我的不雅照片。我和他打着哈哈，当作纯粹的玩笑。我以为此事就这么过去了，但罗小伟并非如此——他需要甩掉那个女人——昨天喝酒给了罗小伟机会，他提前退场不过是借口，或许他起初并没有这样的想法，但后来开着车的他看见摇摇晃晃的我，突然冒出那个念头。懵懂的我就这样躺到那个女人身边。这样，他甩掉女人，还省下那笔可观的报酬。罗小伟没想陷害我，我只是他给女人设计陷阱的道具。可事实是改变不了的，我和女人一样落入陷阱。一旦那些照片或录像带落入妻子手里，或将来某一天，我和罗小伟因什么事翻脸，他会以此要挟我。不错，我和罗小伟是同学，可父子、夫妻都可能反目，谁能保证我和他永远是朋友？

我呆呆地坐着，一幕幕霸道地在脑里上演。

导演也可能是大头。我的这个老乡，其实挺能折腾，一个农民，混得并不比我差，不，比我耀眼。有那么几年，他开着那辆二手桑塔纳，抽烟最次是玉溪。可两年前，他从别人手里转包一项工程，受了骗，欠了一大笔债务。他隐居在城市的角落，一方面躲避着讨债者的追踪，一方面寻找那个骗了他的家伙。我确实帮过他，相关部门跑了无数趟，但没有成效。我无能为力了，大头仍缠着我，似乎我能通天，好像我不只是个律师。昨晚，他并没有走远，那辆出租始终跟着我。那个女人或许是大头的妻子或他临时雇佣的，我糊里糊涂成了他的猎物。

猎手究竟是谁？

我等待着，一张冷硬的面孔，或某个熟悉而陌生的声音。但徘徊在耳边的只有空气的摩擦。傍晚，我终于耐不住，给罗小伟打电话。怎么？还请我吃饭？是不是宰了大客？昨晚怎样？挺开心吧？我下意识地抓住桌子。一会儿要见个朋友，改天咱再聊吧。我突然说，别！罗小伟问，还有事？我定了定，问，你昨天没什么事吧？罗小伟咦了声，怎么，怀疑我的酒量，还是驾驶技术？我说，我只是担心，你没事就好。罗小伟笑起来，我几乎看到他诡异的眼睛。可罗小伟没往下说。挂了电话，我抹抹头上多余的东西。罗小伟为什么那么笑？听起来不像他的。他为什么不说？他等待什么？我不该打这个电话，不该让他觉出我心虚。

　　可是，仅仅间隔几分钟，我又打了大头的电话。大头不像平时语气讨好得要从那边流过来，而是懒洋洋的。我还好。没喝多。没什么事。我斟酌着，那事，你别太急，急也没用，我再想想办法。大头说，只有你能帮我了，你不帮我，我只有死路一条，你眼睁睁看我走上绝路吗？不！声音大得我自己都吓一跳，别这样，我会想办法的，千万别。大头激动起来，一遍又一遍说着他说过无数次的话。我没像往常不耐烦地打断，只是不停地换着姿势，等待他说点儿多余的话。他终于闭了嘴巴，没有"多余"的。我恼恨自己这样讨好大头。他没露出什么，也许根本就没什么。可他的口气为什么和平日不同？他没露出，并不等于他和昨夜的一切没有关系。他没露，只是等待合适的时机。

　　两个电话未能让我踏实，另一个声音又在击打我。现在，最重要的不是追寻那一切是怎么发生的，而是怎么应对妻子可能的审讯。那个借口能否搪塞过去？妻子若追问不止呢？我无法预料那一切，我知道的是今晚必须面对妻子。

　　妻子正背对着我切菜，一下一下，切得很慢。我故意弄出声音，妻子回头扫我一眼。我没从她眼里看出什么。如果妻子仍生我的气，不管我制造多大的动静，她的脖子绝对是梗着的。如果我们没有闹别扭，她回头必定要说一句哪怕是最无关紧要的话。可是，她回头，却没说话。我猜不到她的意思。我走过去，从背后抱抱她。我紧张到极点，也许她会突然爆发。但没有，她只是扭了扭。我问要不要帮忙，她说不用。声音极其平静，但不是冷冰冰的，而是含了一丝暖意。争吵带给我们的阴影似乎散去。可我不但没感到轻松，反而更加沉重。如果没有昨夜的不归，那是正常的。她这个态度又是什么意思呢？

接下来吃饭，说话，和从前没什么两样。我知道这是不对的。也许这是她的策略，她装着不在乎，等我自己开口。我如果一直回避呢？她仍这样沉得住气？我怕她审问，可她不审问我更忐忑。那感觉就像害怕炮仗的人听着炮捻的哧哧声，却等不到巨大的声响。我不能像她一样装糊涂，因为装不了多久。当然，我也不会说得多么严重，在说完别的什么之后，我顺便道，昨晚，我喝多了。妻子问，吐了？我说没有。妻子说，难怪，昨天我吃了片药，睡得格外好，根本不知道你什么时候回来的。怎么走得那么早？

我突然噎住似的，我听见一声回响，不知是嗓子眼儿发出的，还是来自脑里。我的表情一定让妻子骇住了，她问，怎么了？

我没理她，起身接了半杯水——我察觉到手在抖，慢慢喝掉，方说，噎住了。

过了一会儿，我小心翼翼地问，你睡到几点？

妻子说，七点多了，你走的时候我是知道的。

我不甘心，又问，你知道我走得很早？

妻子说，那会儿，我已经半睡半醒了……怎么了？

一定是我的脸更加难看，我说，我还有些头疼。趁机躲开妻子的注视。

我摸摸身底，自己确实躺在床上。我看着对面光溜溜的墙壁，妻子没有在那儿挂任何东西。我扫视着房间，是的，这是我和妻子的卧室。可是，我仍被巨大的惊骇架在空中，我虽在自己家里，但家悬于另一个世界。

我不敢相信这是真的：我睡在别的女人床上时，另外一个男人代替了我。可是，我无法推翻这个判断。我想不起自己和那个女人做过什么，自然推断不出那个家伙和妻子发生了什么。那个女人和妻子也许蒙在鼓里，但那个家伙和我一样，不管出于什么原因和目的，对"误入"这个事件是清楚的。那个家伙是什么人？他现在是否像我一样惶恐不安地躺在床上？

我推测着那一切，茫茫大雾中，两个喝醉酒的男人走进对方的房间。迷迷糊糊和对方的妻子……凌晨，这两个男人酒醒，落荒而逃，而对方的妻子仍熟睡着或半睡半醒。不可能的事就这样发生了，没什么，只要他们不再去回想，那一切也只是个梦幻而已。可我做不到，我无法拽住自己的思绪。如果只是这样，我装个哑巴就是。但万一不像我想的这样简单？万一那个男人是有预谋的呢？我想到昨晚公交车上那个男人。继而又想到罗小伟和大头甚至还想到李左——也许并没有危重病人——谁会是睡在妻子身边的男人？不，不能这样怀疑。可我越是阻止，思绪越是疯狂。

我逃过妻子的审讯，这比审讯更让我不堪。我瞒着妻子，我不能把她卷入其中——尽管事实上她已经被卷进来，但懵懂何尝不是一件幸事？我担心的是有一天她会知道……我不敢想下去。

事情变复杂了。职业的特点使我总能从纷乱的事件中理出头绪，但面对自己作为主角——也许是配角——的事件，我像个笨拙的娘们儿面对一团缠了又缠的乱麻。当然，我不会躲避，我无法躲避。那些疑问排着队叩问我，那个男人是谁？那一切是怎么发生的？……

我的生活蒙上了阴影。我等待某个声音传入——哪怕是让我愤怒的声音，可电话一响，我却有种心惊肉跳的感觉。放下电话，庆幸之余，又不免感到失望。当然，我也主动出击。几乎每天给罗小伟和大头打电话。和罗小伟主要是瞎侃，不着边际，没有正经，有时他在开会，有时他大概和什么女人幽会，不同的场合他的语调和口气自然不同，但都急匆匆的，我像一个赖皮，缠住他不放，直到他不客气地关机。我就是想让他烦，让他撕掉那层面纱。但罗小伟仍然没有提那个夜晚的事，我放弃了对这个嫌疑犯的骚扰和试探，可第二天，我又忍不住了。和大头通话，我没那么随便，我先告诉他我做了什么——天晓得我做了什么，安慰一番，问他有别的事没有。大头多半说没，但说得并不干脆，欲言又止。我催促他，他就很干脆地说没有了。有一天，我告诉他我没办法了，他和我啰唆一通，问我从此不管了？我说是的。停顿几秒，传过来的不是我想象中的冷笑，而是抽泣，我真的活不下去了，你救救我吧。我没让自己狠下去，尽管他"诀世"的话我听了无数遍。像对罗小伟一样，我没有停止对大头的试探。也许，我是用和他们通话来平息我等待的不安。我也给李左打电话，他不是说废话的人，一两分钟通话就结束。我不该怀疑李左，可我管不住自己。

我无暇——也是没有心思——接手新的案子，已经接手的那一桩我渐渐失去信心，但不得不硬着头皮应付。许多准备工作我做得潦潦草草，这不是一个进入案中的律师的状态，更不是我的风格。

我暂时瞒住妻子，但我的反常没瞒住妻子。我的性生活糟糕透顶。在那之后，我和妻子的首次恩爱就出了问题。妻子不让我开灯，从结婚那天起似乎立下了这样的规矩。但是，我仍能在黑暗中看清妻子的脸，每个男人都有这样的第三只眼不是？我甚至能看到她细微的表情。那次，我像往常一样亲吻着她，忽然间，妻子的脸变了——一个陌生女人，那个女人张着嘴，同样惊恐地瞪着我。我叫了一声，拧开床头灯。灯光下，仍是妻子的脸，那个女人突然间逃遁了。妻子愕然地问我怎么了，我喃喃着，我抽筋了。妻子问我没事吧，眼神却是狐疑的。我说没事。但我们没有再进入状态。几天后，我遭遇了同样的情形，不同的是，妻子的脸没变，但她上面的我变了——一个模糊不清的陌生男人。我不知自己躲在哪个角落，像突然触见那个不堪的场面，我愤怒无比。灯一亮，我却傻了。妻子怨怒，你这是怎么了？我不知道，我无法回答。自此，我恐惧做爱，甚至有一天我躺在那儿，听着妻子均匀的呼吸，忽然感到害怕。我打开灯，确信身边是我的妻子，而不是某张陌生的脸。妻子和我闹了几天别扭，跟我谈了一次，问我有什么事瞒着她。我咯噔一声，但坚决否认，只说被这个案子搞得恍恍惚惚。妻子劝我找找医生，我生硬地拒绝了。吵了几句，不欢而散。

大约半年后，我方从惊悸和恍惚中挣离。没人要挟我，事情的可能是：我和某个男人无意中走错了门。也可能是我并没有走错，只不过那天凌晨看花了眼，从自己家落荒而逃。我和妻子的生活渐渐恢复正常，但并没有彻底驱掉阴影，谁知道呢，我或是别的男人会不会真的走错？这是很有可能的，鸽子窝样的水泥笼子并没有特别的记号。想到此，我不寒而栗。可我一方面惧怕，一方面又被怪异的东西吸引着想验证什么，于是又一个浓雾弥漫的日子。我突发奇想，约了李左、罗小传和大头，仍旧在清雅斋，仍旧在那个房间。我磨磨蹭蹭，直到李左和罗小伟离去，我和大头又喝掉一瓶。

像复制似的，我费了老大劲才把大头拖出清雅斋，两个人都跟跟跄跄的。我问大头住哪儿，要不要我送。大头不让我管，坚持要送我回去。我俩抽扯一会儿，我提出各走各的。我并不想送他，怕他继续缠我。那个一直等待出租车司机不耐烦了，问到底谁走。我总算把大头塞进车里，并目睹出租车被浓雾吞噬。

　　我站在路边，等待下一辆出租车。雾更稠了，像掺了面粉的油，随时要结块似的。沉闷的喇叭声摇摇晃晃的，辨不清从哪个方向来的。车灯昏黄，滞涩，像害了眼疾。我等了半天，终于有一辆出租车停下，我却挥了挥手。18路车来了，我赶紧跳上去。车上有两个乘客，一个是妇女，一个四十几岁的汉子。我坐下后，那汉子回头瞧我一眼。我不知他为什么瞧我，我懒得去想。我看着外面——我什么都看不见——酒劲卷上来，脑袋渐渐昏沉……